总有一天你会抓住你想要的一切

也永不会辜负努力生活的人

秦汉

限定惊喜

秦三见 著

上 册

青岛出版集团 | 青岛出版社

图书在版编目（CIP）数据

限定惊喜/秦三见著. —青岛:青岛出版社,2023.10
ISBN 978-7-5736-1442-1

Ⅰ.①限… Ⅱ.①秦… Ⅲ.①长篇小说－中国－当代 Ⅳ.①I247.5

中国国家版本馆CIP数据核字（2023）第166204号

XIANDING JINGXI

书　　名	限定惊喜	
作　　者	秦三见	
出版发行	青岛出版社（青岛市崂山区海尔路182号）	
本社网址	http://www.qdpub.com	
邮购电话	18613853563	
责任编辑	龚雅琴	
特约编辑	崔　悦	
校　　对	耿道川	
装帧设计	蒋　晴	
照　　排	梁　霞	
印　　刷	三河市良远印务有限公司	
出版日期	2023年10月第1版　2023年10月第1次印刷	
开　　本	32开（880mm×1230mm）	
印　　张	15	
字　　数	450千	
书　　号	ISBN 978-7-5736-1442-1	
定　　价	65.00元（全2册）	

编校印装质量、盗版监督服务电话 4006532017　0532-68068050

目　录

上

册

目 录

下 册

第一章

人在囧途

沈觉终于信了那句话：人要是倒霉，喝凉水都塞牙。

十七个小时前，沈觉拿到了人生中第一个，也是作为设计师来说含金量相当高的美国 ID 大奖的金奖。

颁奖典礼刚刚结束，沈觉跟他父亲就在休息室里大吵了一架，然后头也不回地奔向了机场。

当初他要回国发展，他爸沈震威跟他打赌：如果他能拿到这一届的 ID 大奖金奖就承诺不会再干涉他的事。然而，沈震威亲身示范了什么叫食言而肥。当初是他爸主动提出打赌——如今沈觉赢了，拿了奖，他爸却赖账不让他走。沈觉可不管那么多，指着那奖杯说："既然你这么喜欢，那就送你了，至于我，先走一步，不奉陪了。"

沈觉走得潇洒又决绝，气得沈震威在后面骂他："你走了就再也别想花家里的一分钱！"

沈觉单手扯掉领带笑了，心说：这种威胁也太老套了。

在沈震威看来"玩物丧志"的沈觉其实早就在国内有了自己的事业，而且这两年做得风生水起。沈觉也下定了决心，这一次要回国，

· 1 ·

谁都拦不住。

　　只不过，或许沈觉回国的时候没看皇历，偏偏赶上了"不宜出行"的日子，这一路过来可以说是一步一个坎了。

　　等待登机的时候，无辜的沈觉被吵架的小情侣用咖啡泼脏了衬衫，登机时还被一个熊孩子踩了脚。那小家伙一句道歉的话都没有，家长更是不悦地瞥了他一眼，就好像在怪他的脚碍了自家孩子的路。

　　生了一肚子气的沈觉好不容易熬了十几个小时，飞机落地，打电话给朋友，结果那小子一如既往地不靠谱，跑错了机场。

　　"余科，"沈觉黑着一张脸站在那里等着取行李，"究竟是你在这儿生活了二十多年还是我？你不知道有两个机场吗？"

　　两个机场，一南一北，现在那个要接机的人距离沈觉足足几十公里。

　　余科在另一个机场买好了咖啡满心欢喜地等着沈觉，然而接到对方的电话得知自己走错地儿之后，瞬间在原地石化。

　　沈觉吐槽他："也对，咱们俩认识这么多年了，你不分东南西北这件事，我是知道的，早就不应该对你抱有期待。"

　　余科要死不活地笑了笑，看了一眼时间说："要不沈总先原地等着我？我现在赶过去接你，应该来得及一起吃晚饭。"

　　"算了，"沈觉说，"咱们俩酒店见。"

　　挂了电话，沈觉揉了揉眉心，觉得耳朵"嗡嗡"响。

　　他本以为倒霉事也就到此为止了，接下来便去取行李，然后打出租车直奔酒店，按理说不该再有什么变数了。

　　他万万没想到，故事，或者说事故，其实才刚刚开始。

　　沈觉一直在等自己的行李，然而等到所有人都走了也没见着自己的行李箱，过去一问才知道，他托运的行李被落下了，现在还在别的航班上，在蓝天上遨游。

　　沈觉给机场的工作人员留下了自己的信息，等行李到了他们会联系他。

　　"谢谢，麻烦你们了。"即便在这个时候，沈觉也在努力保持风度和礼貌的样子。

郁闷到头顶乌云的沈觉从"国际到达"的出口走出来时，外面还有很多接机的人，但很可惜，这么多人里也没有等他的那一个。

机场人来人往，嘈杂热闹，沈觉实在太累，索性先去买杯咖啡。

咖啡店大排长龙，他懒得等，转身进了旁边的便利店。

十五块钱一罐的咖啡，他拿起之后朝着门口走去，准备结账。

要保持冷静，要保持良好的心态，沈觉拿着咖啡站在那里叹了一口气。

沈觉过来结账的时候前面就只排着一位姑娘，那姑娘看起来很着急，手忙脚乱的。

他跟前面的人保持着一定的距离，一边等待结账一边环顾四周，打量着这十几年没见的机场，心里感叹着时过境迁，机场变化也太大了。

机场便利店的收银员手脚麻利，很快就给前面的人结完了账。那人付完钱还没走，站在那儿接起了电话。

沈觉不管那么多，先把咖啡递给收银员，然后掏出钱包抽出了一张百元钞票。

这次回国，最让沈觉感到惊讶的就是大家似乎都不怎么用纸币了，也不刷卡，直接手机支付，比在国外方便不知道多少倍。此刻拿着回来前去换好的人民币付账的沈觉，觉得自己简直就是个土老帽。

"土老帽"沈先生付了钱等着找零时想：买个咖啡，不至于再出什么幺蛾子了吧？

不会才怪。

当沈觉接过收银员找回来的零钱后愣住了："我的咖啡呢？"

收银员闻声看过去，咖啡不见了，只剩下一瓶矿泉水在那里静静地跟沈觉对望。

"是刚才那姑娘拿错了吧！"收银员说，"你赶紧去追，跟她换回来。"

沈觉拿起那瓶矿泉水就往外走，结果站到便利店前面那个人已经不见了踪影。

十五块钱的咖啡变成五块钱的矿泉水。

关键钱不是重点，重点是这件事让沈觉越发觉得自己今天真是倒霉透顶了。

他气急败坏地拧开瓶盖一口气喝了小半瓶水，然而喝再多水也浇不熄他的怒火。

今天到底是什么日子？此刻的沈觉仿佛在拍《人在囧途》，怀疑自己被扫把星附身了。

然而，此时才中午，距离这一天结束还有十几个小时，沈觉"倒霉的一天"也还没结束。

陈七安发现自己错拿了别人的咖啡时已经走出很远。等到她火急火燎地跑回便利店时，收银员告诉她："那人出去追你了，你没见着啊？"

天地良心，陈七安真不是故意要占别人的便宜，而且本身也不喜欢喝这种口味的咖啡。

但事已至此，她也没别的办法，总不能因为一罐咖啡就机场广播寻人吧。更何况，她还赶时间回去上班呢。

陈七安今天下午的班，早上八点半就被闺密兼合租室友方凝叫醒，拉来了机场。

方凝最近谈了个男朋友，本地富人，人帅钱多，对方凝还算大方。

如果说陈七安的人生理想是赚钱买房，那方凝的人生理想就是找一个人傻钱多、对她还好的男朋友。

陈七安的理想尚未实现，但方凝认识这个男人之后倒是朝着自己的理想生活前进了一大步。

上周这位男友因公出差，说是今天回来，还在热恋中的方凝决定给对方一个惊喜。她"斥巨资"订了199朵红玫瑰，为了节省花店配送的费用，决定自己去取然后直接去机场——不仅省钱，看起来还更有诚意。但她没料到，199朵玫瑰扎起的花束，大到她根本拿不了。就这样，陈七安成了方凝的苦力。两个人抬着那么大一束花坐机场快轨过来，一路上相当引人注意。

陈七安帮方凝把花送到了接机的地方，之后一刻不敢耽误地往回赶，生怕上班迟到。

要知道，她可是店里唯一一个全勤保持者。谁要扣她的钱，想都不要想。

陈七安又渴又饿，买瓶水还拿错了，也挺委屈。

她忍着口渴朝着机场快轨的方向去，其间还被拦下问路。那人问她在哪里坐车，她一边看时间，一边随手指着前面说："一直往前走，有指引牌。"

陈七安着急，甩下这么一句话就火烧屁股似的跑了，一路跑得头也不回，刷卡进站的时候竟然发现卡里没钱了。

充值的队伍排得特长，陈七安看了看四周，转身去了自动售票机。

自动售票机倒是方便，只不过陈七安眼看着要排到她了，前面的人不动了。

沈觉站在自动售票机前面气得额头青筋暴起。

人到底还能多倒霉？沈觉现在急需知道这个问题的答案。

他时隔十七年重新来到这个机场，好巧不巧赶上这边更换指引牌。他转了半天没看明白应该去哪里坐出租车，拦了个刚好路过的人想着打听一下，结果那人连个眼神都没给他，直接告诉他一直往前走。

更气的是，他问完才反应过来，这个路人好像就是刚刚拿了他的咖啡的那个！

那人赶着投胎似的。沈觉都没来得及再多说半个字，她已经不见了。

为了十五块钱的咖啡，这人至于吗？

沈觉想不通，索性不想了，认倒霉还不行吗？至少那家伙给他指了条明路可以走，也算弥补他受到的伤害了。

然而，沈觉走了好远才发现，自己到的根本不是坐出租车的地方，而是机场快轨的入口处。

他看了下路线图，发现机场快轨倒也方便，从这里上车直接就能到他要去的酒店附近。

事已至此，那他就既来之则安之吧。沈觉乖乖地排起了队。不过，他都说了今天喝凉水都塞牙，命运怎么可能停止对他的捉弄呢？

沈觉排了好久的队，好不容易轮到他了，一摸口袋，不知道什么时候钱包不见了。

沈觉人生中第一次如此局促不安，对着自动售票机哭笑不得。

"你到底买不买票啊？"站在沈觉后面的大哥催他说，"后面这么多人排着呢，你快点儿啊！"

沈觉是想买的，可没有钱。

什么叫一夫当关万夫莫开？这就是。

听着身后怨声四起，沈觉尴尬得灵魂出窍。

"不好意思，"沈觉回头，"我没带钱，您能帮我付一下吗？我给您转账。"

后面那大哥像是看傻子一样看着他，看多了防诈骗宣传的良好市民此刻十分警觉。

"哎，我来吧！"

就在大哥跟沈觉僵持的时候，站在后面的一个姑娘突然凑上前来帮沈觉扫码付了十块钱。

"快点儿，快点儿，后面的人都排着呢！"

当机场快轨的车票从机器里掉出来，又被塞到沈觉的手里时，沈觉这才看清刚刚帮他付钱的人是谁。

"是你？"沈觉拿着票，下意识地说了这么一句话。

但对方根本没理他，而他很快就被排队买票的人挤到了一边去。

沈觉被推搡出了队伍，笨拙又窘迫。所有人都行色匆匆，只有他站在队伍不远处正仰头望着刚刚帮他付钱的人。

不是冤家不聚头，他们竟然又在这儿遇见了。

沈觉看着跟自己相隔虽然不是很远但挤过去实在费劲的人想：照

理说我应该把车票钱还回去，但既然是这家伙，那就算了。

他攥着票转身就走，跟着人流过了安检，坐着扶梯到了楼下等待快轨进站。

我的咖啡十五元，换你五块钱的矿泉水外加一张十元的车票，算是扯平了。

等到陈七安买完票再回头的时候发现自己找不到刚才那个男人了。她四处扫视，根本就不见那人的踪迹。

"看着人模狗样的，怎么就不干人事呢？！"陈七安心痛自己损失了十块钱，但也只能自我安慰，至少不会让那个男人成为她全勤路上的绊脚石。

陈七安小跑着挤过人群，刚好在冲下扶梯的时候赶上快轨关门前的最后一刻。

她"呼哧"带喘地跑进去，刚站稳就听见"嘀嘀"声，身后的门关上了。

还好，她赶上这趟车上班就不会迟到了。

陈七安掏出手机看了一眼时间。屏幕暗下去的时候，她在反光的手机屏上看到了一张眼熟的脸。

当看见那个一步步把他逼到这番田地的人跑进来时，沈觉真的满脑子都是四个字：冤家路窄。

冤家路窄，他们又见面了。

两个人在陈七安的手机屏幕上对视了。

然后陈七安抬头并转过身，他们几乎同时开了口。

陈七安："还钱！"

沈觉："道歉！"

陈七安记得沈觉欠了她十块钱，沈觉记得她在便利店里拿走了自己的咖啡，又乱指路把自己引到了这地方来。

沈觉认为，要不是陈七安当时给他胡乱指路，他的钱包也不会丢。

这件事要是放在平时，沈觉不会这么蛮不讲理地甩锅，但今天他的心气实在不顺。这位精英设计师决定抛弃理智抛弃风度，不做绅士了。

机场快轨上人很多，最后一个跑进来的陈七安整个人后背紧贴着门，面前这个欠她钱的男人跟她几乎零距离。她能闻到对方身上十分张扬的香水味。

"你刚才说什么？"沈觉以为自己幻听了。

陈七安懒得多废话，直接打开手机收款码："刚才买票的十块钱，麻烦还给我。"

说完，陈七安突然想起这人似乎不会扫码付款，于是非常贴心地问了一句："扫码还是转账？现金也勉强可以。"

"等一下。"沈觉说，"要算账没问题，但你先把欠我的东西还了。"

陈七安听到这话，一头雾水："我欠你什么了？"

沈觉抬起手，手里拿着一瓶喝了一半的矿泉水。

陈七安看看那瓶水，还是不懂。

"你刚刚是不是去了便利店？"

经沈觉这么一提醒，陈七安终于想起，自己刚刚在便利店买的矿泉水就是这个牌子的。

"你错拿了我的咖啡。"

沈觉平时并不是斤斤计较的人。尤其几块钱的事，他根本不会在意。但谁让他今天心情不好，陈七安又撞到了枪口上呢？

"咖啡十五元，这瓶水五元。"

"我是错拿了咖啡，但你怎么证明我拿走的咖啡是你买的呢？再说，"陈七安指了指沈觉手里的那瓶水，"你都知道这水不是你的，竟然喝了，还喝了这么多。你这人真的很没品。"

沈觉气不打一处来，咬牙切齿地说："你有品！你有品的话，把我的咖啡还来！"

陈七安微微一笑，淡定地从包里拿出了那罐完好的咖啡。

她得意地冲着沈觉挑眉，以胜利者的姿态说："现在，你觉得咱们俩谁更没品啊？"

两个人正针锋相对地计较着，快轨已经驶到下一站。

陈七安站在最外面，车门打开前绷紧了神经，生怕自己被挤下去。

拥挤的车上，陌生人之间毫无距离感可言。陈七安想着，跟谁撞到一块儿都行，但就是别碰到那个欠钱不还的家伙。

她嫌弃。

只可惜，天不遂人愿，上车的人一股脑儿地拥进来，毫无防备的陈七安直接被扎扎实实地推进了沈觉的怀里。

陈七安曾经也期待一个结实宽厚的肩膀和温暖踏实的胸膛，可以让她在拥挤的地铁里靠一靠，但此时，错的地方错的人，陈七安的怨念和尴尬感搅在一起，恨不得跟这家伙同归于尽。

更惨的是，突如其来的拥挤情况杀得人措手不及，沈觉手里的矿泉水跟他本人一样，在毫无准备的时候被挤爆了。

一瞬间，沈觉跟陈七安都蒙了。谁也想不到，他们竟然在机场快轨上湿身了。

什么是克星？沈觉认为，眼前这个女人就是自己的克星。

沈觉自打出生以来，虽然不能说始终顺风顺水没遇过险阻，但也很少会经历这种"霉神"附体的时刻。

他看看被自己捏爆，或者说，被挤爆的矿泉水瓶，又看看满脸是水正闭着眼深呼吸的人，觉得这就是他人生中的至暗时刻。

如果可以，他希望地球立刻爆炸。

"你有病没病啊？"

沈觉还在努力平复情绪，陈七安先怒不可遏地开了口。

沈觉惊了："你有病没病啊？是我扑你怀里的吗？"

这要是搁在偶像剧里，那就是男、女主角奇妙又充满宿命意味的相遇场景，但生活从来都不是偶像剧，陈七安也不是会对着一个空有一副好皮囊却诈骗车票钱的渣男有任何幻想的人。

她说："你当我愿意？"

此时的陈七安满脸是水，上衣衣襟也已经湿透。

她深知自己来不及回家换衣服，想到等会儿要这样去上班，气就不打一处来。

陈七安说："我怎么这么倒霉，今天竟然遇见了你？"

沈觉"呵呵"一笑，用一根手指嫌弃地推开陈七安："巧了，我也想说这句话。"

两个人对彼此的存在都深恶痛绝。

陈七安试图挤到别处去站着，刚转身，突然想起重要的事，回头对沈觉说："还钱！"

别的都好说，钱不能不还。

"还什么钱？"沈觉庆幸自己随身的包里放着纸巾，抽出一张用力地擦着湿漉漉的衣服。

"车票钱。"陈七安说，"十块，转账还是现金？"

沈觉嗤笑一声，发誓自己从来没见过这么喜欢计较的人。

不过，既然你爱计较，那我也不客气了。

"你先把咖啡还我。"沈觉说，"你把咖啡还我，我不仅给你十块钱，这瓶水钱也照付。"

他的话正合陈七安的意，她拿出咖啡，要求沈觉一手交钱一手交货。

拥挤的机场快轨上，这两个人已然被围观，谁都没落着好，各自被大家在心里吐槽着。

沈觉身上没钱，毕竟钱包也丢了。他掏出手机问陈七安的银行卡号，陈七安倒背如流。

十五块钱分分钟到账，陈七安心满意足地把咖啡丢给了沈觉，顺便好言相劝："以后好好做人，别净当衣冠禽兽。"

沈觉不乐意了，心说：我怎么就当衣冠禽兽了？

陈七安懒得多跟他废话，这回是真的要离这家伙远点儿了。可她刚转身要走，又被叫住了。

"你又要干吗？"陈七安不耐烦地说。

沈觉被她的态度气着了，下意识地想不管她了，但看着她被打湿的刘海还是把纸巾递了过去："擦擦吧。"

陈七安有些意外，目光落在那包纸巾和拿着纸巾的手上。

"不用了。"陈七安没接纸巾，翻了翻包，找出剩下的半包纸巾说，"我也有。"

陈七安去了另一边，抓着扶手继续站在飞速运行的快轨上。她看着窗户，但只能看到被窗户映出的自己的样貌。

陈七安很漂亮，高挑白净，柳眉黑眸，但又不乏英气。她穿着最普通的衬衫和牛仔裤，头发随意地在脑后扎了个马尾。

以前上学的时候，方凝总看着她说："美女就是美女，美女穿淘宝30块钱的大 T 恤都比普通人穿高定礼服要吸引人。"

对方凝的这种说辞，陈七安向来不是很在意，知道现在的自己最不需要的就是那种虚荣心。

她早就失去了穿高定礼服优雅地生活的机会，也并不再渴望回到那种状态里。如今的她，安心地在当下摸爬滚打，去追求自己想要的生活。

这不是认命，不是妥协，而是另一种对抗生活的方式，她要用自己的能力去追回属于她的东西。

这些年，陈七安被自己的执念撑着，再辛苦都咬牙挺过来了。

她永远记得自己第一次学着写下名字的时候，妈妈对她说："七安的意思是，早安，午安，晚安，行也安然，坐也安然，穷也安然，富也安然。"

那时候她还不能很好地理解妈妈给她起这个名字的意义，可是后来逐渐明白了。人生短短几十年，她总归是要遇到一些洪水猛兽的，生活会被颠覆，甚至会被摧毁，但无论身在哪里，在什么情境之中，都要安然处之，继续向前。

陈七安永远记得妈妈的话，这是妈妈对她的期待。

一直以来她都觉得自己做得很好，不管何时都没有抱怨过生活。可是今天，当她有些狼狈地挤在人群里，随着机场快轨来回摇晃时，心里突然有些泛酸。

陈七安的眼睛红了，不知道为什么，她一手紧紧地抓着扶手，一手死死地攥着纸巾。

陈七安数着站，就这样一路过去，煎熬地等到了自己下车的时刻。

她从来不允许自己有脆弱的时刻，因为清楚暴露出来脆弱的样子没有任何意义。在过去，无论遭遇了什么，她都能很平静淡然地走开，今天却像逃兵一样逃离了地铁站。

陈七安跑出去的时候，沈觉也从地铁的另一个车门走了出来。

他看着陈七安的背影，满脑子都是她最后拒绝他的纸巾时丢过来的眼神。

沈觉其实很想吐槽一句不识好歹。他都主动示好了，她竟然不买账，但对上那有些骄傲倔强的眼神时，什么吐槽的话都说不出来了。

沈觉从地铁站里出来的时候被阳光晃了眼，走出几步，发现前面不远处就是一个商场。

衣服湿了，行李箱还在天上飞，沈觉想着干脆去买身新的衣服先换上。

他往商场走的时候，迎面过来的人都有意无意地瞄向他，甚至有人表情微妙地打量他。

沈觉觉得奇怪，低头一看才明白人家为什么那样看他。

沈觉很少会爆粗口，但现在实在忍不住了。

之前在车上空间狭小他没注意，现在才发现自己不仅衣服湿了，裤子也湿了，而且湿的地方还很尴尬。

虽然正常人都不会认为他这个看起来衣冠楚楚、风度翩翩的男人大白天尿了裤子，但不排除这世界上有很多不正常或者故意往歪处想的人存在。

他下意识地伸手去捂裆部，但发现这样更奇怪，只能硬着头皮快步朝着商场走去，心里默念：只要我不尴尬，尴尬的就是别人。

沈觉几乎是跑进了商场里，想都没想就直接一头扎进了门口的一家服饰店。

"欢迎光临。"店里的导购小姐温柔可爱，笑盈盈地跟沈觉打招呼。

然后当她看到沈觉湿漉漉的裤裆时，立刻抿嘴，强忍着才没笑出来。

导购小姐问他："先生想选什么风格的衣服？"

"随便。"沈觉实在没心情仔细挑选了，随手拿起架子上的一条黑色运动长裤，"有185 cm的吗？"

"有的。"

"来一条。"沈觉想都没想，立刻让导购小姐去给他找裤子，之后又拿了件白色短袖T恤。等导购小姐拿了裤子过来，他直接进了试衣间。

沈觉很少会穿这么休闲的衣服，奈何这家店里都是这种风格的服饰。

运动裤、T恤，换上之后沈觉看着镜子里的自己，突然觉得这样也挺帅，而且还青春。

沈觉换了干净舒服的衣服，整个人都神清气爽起来。他希望今天的霉运就像那身被换下去的脏衣服一样，被丢进纸袋里，别继续黏在他身上了。

买完衣服出来的沈觉心情好了不少，这时候余科的电话也打了过来。

"帅哥，哪儿快活呢？"余科依旧没个正形儿，被堵在路上也不忘开玩笑。

"快活？我今天可真是太快活了。"沈觉简单地给余科叙述了自己身上发生的倒霉事，换来的是余科毫不留情的嘲笑声。

沈觉黑着脸说："差不多得了，我今天这么倒霉都是因为谁你心里应该有数。"

余科赶紧收敛笑容，哄着他说："怪我，怪我。我没办明白事情，让沈大少爷遭罪了。"

沈觉不情不愿地"哼"了一声，正准备离开商场，突然被对面的一个店铺吸引了目光。

"你还在商场呢？我这边堵车，得一会儿才到。那商场刚好有咱们的线下直营店，你要不要顺便过去看看？"余科问。

余科说话的时候，沈觉已经看见了"X星球"三个大字。他是有些惊喜的，没想到刚回来就巧遇了这个店。

"我看见了。"沈觉说，"不跟你说了，我要去逛逛。"

说完，沈觉挂了电话就往对面走。

余科还有话没说完，突然就这么被挂了电话，在车里吐槽沈觉说："男人哪，你的名字是无情！"

无情的男人沈觉着了迷似的走到了"X星球"的店外面，没有急着进去，而是在门外观察着。

这个"X星球"是近两三年来大火的潮玩品牌店，不仅售卖品牌设计师的潮玩，还抓住了时下年轻人对未知事物的好奇心，去年年底开始推出了盲盒产品，吸引了一大批年轻用户。

忙起来分不清东南西北、看起来相当不靠谱的余科就是这个品牌的创始人，刚刚回国的沈觉则是余科使出浑身解数拉来的合伙人。

现在最火的盲盒就是沈觉设计的。

可以说，余科跟沈觉在短时间内已经名利双收。也正是因为这个，沈觉离家的时候才会对他爸的那句威胁话语嗤之以鼻。

赚得盆满钵满的沈觉才不在乎家里给不给他钱过活。

不过，沈觉跟余科合伙推出这款盲盒，并不是为了赚钱。

此时此刻，他站在店外，看着人来人往的"X星球"，心里说不出来是什么滋味。

进去看看吧，沈觉想。

小时候不理解大海捞针的意思，而如今的他，正试图在茫茫人海中用自己的方式寻找一个杳无音信的人。

沈觉走进店里，一眼就看见了摆在正中央的货架上的盲盒。

他设计的这款盲盒，首发系列一共12款普通款，外加一款隐藏款，所有的形象都是拟人化的小兔子，只不过它们穿着不同款式的衣服，做着不同的可爱表情。这些小兔子有一个统一的名字，叫作安安兔。

当初他在美国没日没夜地画这个系列的产品，把自己关在书房里，不跟任何人联系。有一天他爸进来撞见他在画画，斥责他搞这些小孩子的东西是玩物丧志。

是不是玩物丧志沈觉自己最清楚。

他站在店里盯着自己的作品出神，突然之间听见一个似乎在哪儿听过的声音。

"这款盲盒的设计初衷就是鼓励我们年轻的女孩子要勇敢接纳自己！"

沈觉支起耳朵听，突然好奇究竟哪款盲盒的设计理念是这个。他没听余科说过除了他的盲盒还有别的设计师也推出了作品啊！

沈觉循着声音绕过货架，对方说的话越来越清晰。

"你看它们，12 款盲盒，12 种装束和态度。"陈七安口若悬河地对眼前穿着校服的女孩子说，"其实我们每一个人都是多面的，这 12 个形象就代表着不同面的我们。"

她拿起一个穿着小狐狸衣服的小兔子盲盒说："这代表了我们聪明的一面。"

她又拿起一个女战士形象的小兔子盲盒说："这代表了我们勇敢的一面。"

接着，她给身边的女孩子逐个介绍："这代表了温柔，这代表了坚强……"

当绕过来看清楚眼前正滔滔不绝地给顾客介绍盲盒的人时，沈觉瞬间觉得耳边似雷声滚滚！这人手里拿着的盲盒竟然就是他设计的！

这世界这么小的吗？这究竟是什么孽缘哪？！

突然之间，沈觉仿佛变成了孙悟空，而这会儿正喋喋不休的陈七安就是如来佛祖——任他孙悟空再怎么折腾也逃不出如来佛祖的五指山。

此时的陈七安已经换上了工作服，正尽职尽责地工作着。全身心投入其中的她并没有发现有一双燃烧着怒火的眼睛正直勾勾地看着她。

身为导购员的陈七安凭借着自己出众的"销售"能力，把原本没打算买盲盒的这个女学生说得疯狂心动。

女学生立刻决定直接买下一整盒盲盒。

陈七安心满意足地拿出一整盒尚未拆封的盲盒："跟我来这边结账吧！"

带着女孩子去结账的时候，陈七安还在说："我们一盒有 12 款不重复的形象，除了基础款之外，也有抽到隐藏款的可能哟！"

女孩子付钱的时候问她："隐藏款是什么意思啊？"

"隐藏款的意思就是出现概率非常非常小，而且也更有意义的形象。"陈七安指了指盒子上印着的图案说，"就是这款，女王陛下。"

"女王啊……"

"没错，它的意思就是，当我们真正接纳并爱自己的时候，我们就是自己的王国里最优秀骄傲的女王！"陈七安充满元气地对这个女孩说，"女孩子要自信起来，以后孤单、疲惫的时候，就让'安安兔'陪着你吧！"

受陈七安感染，原本有些怯懦的女孩从她手里接过盲盒的时候，觉得自己被鼓舞到了。

是啊，女孩子要自信，要勇敢潇洒，就像这些小兔子，看起来似乎是柔弱的，但其实有着强大的内心世界。

她对着陈七安道谢。

顾客临走前，陈七安还说了一句："年底我们会推出第二弹，到时候再来找我哟！"

又是一单进账，陈七安心情大好，今天在机场快轨上的所有不悦情绪都一扫而空。

"喂。"

陈七安正低头整理刚从收银员那边接过来的票据，突然听见有人在身后说话。

她以为是顾客，立刻挂上职业笑容转过头去："您好，请问想要了解我们的哪一款产品呢？"

她刚说完，笑容僵在了脸上。

"是你？"陈七安说。

沈觉臭着脸看着她："是我。"

陈七安打量了一眼已经换了一身衣服的沈觉，然后小声嘀咕了一句："还真是冤家路窄。"

"你说什么呢？"沈觉问。

"我说，真巧啊，我们又遇见了。"

陈七安重新挂上笑容，心说：来者皆是客，今天不掏空你的钱包我不姓陈！

陈七安极尽温柔地对他笑道："请问这位先生，对我们的哪款产品感兴趣呢？"

沈觉面无表情地看着她，直接伸手指向后面的货架："这个。"

陈七安瞄了一眼，满脸堆笑地说："先生真有眼光，这是我们品牌最受欢迎的盲盒。"

"我知道。"沈觉咬牙切齿地对她说，"你，过来，给我介绍介绍，介绍得让我满意了，今天你们的库存我全包了。"

沈觉的一句话不仅让陈七安惊讶不已，也让旁边其他的店员目瞪口呆。

此等财大气粗之人，那他们得把握住了，这是潜在的大客户啊！

陈七安立刻抛弃个人恩怨，甚至没想着问一句"那要是您不满意呢"，直接振奋精神双眼放光地带着沈觉来到了货架前。

"第一次见您我就知道您不是普通人，"此刻的陈七安一改之前的态度，对着沈觉说，"风度翩翩，胆识过人，我们这款盲盒再适合您不过了！"

第二章

冤家路窄

　　沈觉虽然不能算是阅人无数，但形形色色的人也见过不少，只是像此刻眼前这人一样可以如此自由切换表情状态的人实属少见。

　　他板着脸，跟面前眉飞色舞地开讲的陈七安形成了相当鲜明的对比。

　　陈七安说："这位先生，不知道您之前有没有了解过我们的品牌，这个系列的盲盒是我们最新推出、最为火爆的一款。"

　　陈七安没有直接切入主题。她需要在开始之前先激发顾客对产品的兴趣，同时也利用这些时间来对顾客进行大致了解。

　　毕竟，知己知彼才能百战百胜，对顾客以及顾客的诉求有基本了解，她才能有针对性地去营销。

　　虽没正儿八经地学过营销这门课程，不过这些她从实战中摸索出来的经验可是让她连续做了三个季度的销售冠军。

　　沈觉没接她的话茬，而是突然没头没脑地问她："你是四川人吗？"

　　陈七安被问愣了。

但顾客提出的一切问题她都要保持微笑地回答："不是啊，先生您为什么这么问？"

沈觉盯着她堆满笑容的脸说："那你一定在四川学过艺。"

陈七安依旧一头雾水，心说：这男人怎么回事，脑子似乎不太好？

"不好意思先生，"陈七安虽然心里在吐槽，但脸上还是挂着笑容，温柔地笑着说，"我不太明白您为什么这么说。我确实不是四川人，也没在四川学过艺。如果您一定坚持，我也没意见。"

顾客第一，您满意了，我就有钱赚。

陈七安此人能屈能伸。店长都说她有前途，也有钱途。

沈觉嗤笑了一声："我才懒得管你是哪儿的人。"

陈七安深呼吸，然后继续保持微笑："那您的意思是……？"

"你学过川剧的绝活吧？"

"啊？"

"变脸。"沈觉大爷似的站在那儿，"之前还横眉冷对，现在又笑得这么谄媚。别以为我没听见你说什么冤家路窄的。"

陈七安在心里翻了个白眼，但脸上依旧挂着笑容。

随便你怎么说，随便你说什么，只要你待会儿把我们店里的盲盒库存都买光就行。

沈觉见她一副油盐不进的样子，觉得有些不可思议，开始好奇这人脑子里究竟都装了些什么东西。他都这么嘲讽她了，她竟然还笑得出来。

"我说你，怎么一点儿原则都没有呢？"

陈七安还是那么客客气气热情饱满的状态："先生您这又是什么意思呢？我有原则啊！我的原则就是'顾客第一'。"

她不想再跟这人多说废话，立刻引回主题上来："您看我们这款盲盒。设计师将可爱的小兔子拟人化，设计了不同形象，每一个盒子拆开前您都不知道里面是哪一款。"

沈觉听见她说"设计师"三个字就觉得头疼，忍不住想质问她：

你知道你口中这个设计师究竟是谁吗？

不过沈觉没说，要先听听这个女人究竟能胡诌到什么程度。

"很多人会下意识地觉得盲盒这种东西都是小女孩玩的，不过就是小玩具罢了，但其实不然。"陈七安一本正经地说，"首先，盲盒绝对不能跟普通的小玩具混为一谈。您看我们的'安安兔'，十二个普通款形象加一个隐藏款，所有的基础形象都是这只拟人化的小兔子，但在造型和细节上又有很多不同。我们的设计师在设计它们的时候，已经赋予了每一款形象独特的象征意义。"

沈觉不耐烦地听着她在这儿说，直到听见她说"象征意义"，突然来了兴致。

"象征意义？"他坏心眼地挑眉，指了指面前的一款兔子，"你给我说说，它有什么象征意义？"

沈觉觉得自己够体贴了，没选隐藏款让她"编"。

陈七安顺着他手指的方向看过去，是那款她很喜欢的穿着睡裙怀里抱着一本童话书的兔子形象。

"这种小女孩的款式，你觉得适合摆在我家里吗？"沈觉故意给她出难题。

"当然适合！"陈七安斩钉截铁地回答，"怎么会不适合呢？"

陈七安的脸上自信满满，这种事才不可能难住她。

"当代年轻人生活压力大，经常会出现入睡艰难或者睡眠质量不佳的情况。"陈七安试探着问他，"先生，您也一定有过这种时候吧？"

那是，不仅有，还很多，但沈觉不能说。

"没有，我睡眠质量一直很好。"

没关系，这都不是问题，陈七安见招拆招。

"那可太让人羡慕了！"陈七安并不理会他拆台的行为，继续说，"不过，再强大的人其实也是需要陪伴的。"

她把那款盲盒拿下来，看着它的时候眼里满是温柔的笑意。

陈七安是发自内心地喜欢这一款形象，甚至自己"斥巨资"抽了好几盒，就为了拿到它。

就像她自己说的那样，这款盲盒让她有"陪伴"的温暖感。

"夜深人静，窗外灯火阑珊，忙了一天回到空荡荡的家里，拖着疲惫的身子躺在床上，"陈七安轻声说，"一看到它，就会觉得自己并不孤独。"

她指了指小兔子捧着的那本书："你看，这是一本童话书。长大之后，我们似乎再也不会看儿时的那些童话书，但其实它们一直在。"

沈觉竟然真的有点儿被这人的说辞打动了。但事实上，他很清楚，打动他的并不是眼前这个人说出来的这些话，而是这些话把他拉回了自己设计这些形象的那些夜晚的场景里。

在那些夜里，他把自己关在书房里，想着那个藏于人海中杳无音信的人，设计着这些与她有关的形象。

这个小兔子的形象来自她，这些或可爱或温柔的造型来自他对她的挂念。

当初设计这款穿着睡衣捧着童话书的小兔子时，沈觉不由自主地想起了小时候她在晚上打电话来给自己讲故事的场景。

那个时候，沈觉的爸妈总是很忙，要么闭关创作，要么忙展览的事，他能跟他们相处的时间少之又少。说起来，这对父母在他的成长过程中陪伴他的时间似乎还没有保姆阿姨久。那些日子，他跟保姆朝夕相处。虽然他每次都会在爸妈打电话承诺会回家的日子上用红色的马克笔画圈，但他们常常食言。

父母不在家，很小的时候沈觉就一个人睡。

大大的卧室，大大的床，小小的人裹在被子里。

虽然嘴硬地对陈七安说自己睡眠质量很好，但事实上，他小时候就会睡不好觉，怕黑却不得不一个人面对黑暗世界。

后来那个小女孩就出现了。她知道他一个人睡觉会害怕，就每晚打电话过来。

无论过了多少年，那段记忆对沈觉来说都尤为重要。

只是，那样的夜晚已经离他很远了，她也像不知名的星星一样，藏在了他触碰不到的银河里。

陈七安说完那番话之后，故意停顿了几秒。她意识到这个嘴上始终不饶人的家伙竟然没反驳她，甚至好像若有所思地看着她手里的盲盒。

　　他上钩了！

　　陈七安没有得意忘形，继续煽情，"在大城市生活的人，不管身处什么境遇，无论赚多少钱、事业成功与否，其实心里永远都会有一种抹不去的孤独感。这种孤独感来自这座巨型城市带给他们的压力和人与人之间的疏离感。"

　　陈七安用这招来戳顾客的心，从来都没失手过。

　　就如她所想，沈觉确实上钩了。

　　但沈觉是谁啊？他可是这款产品的设计师。

　　这位设计师是来干吗的啊？他当然是来拆台的。

　　他自然不会真的买下自己所有的产品。就算被陈七安戳了心窝，当目光再次落在这个女人身上的时候，他还是很快就回到了现实中。

　　现实是什么？现实就是，这女人满嘴跑火车，眼里只有钱。

　　"你这么胡说八道，设计师本人知道吗？"

　　"什么？"

　　沈觉往后退了半步，仰着下巴用鼻孔对着她："我说，你这么胡乱去解读人家设计师的作品，礼貌吗？"

　　陈七安笑了："先生，我怎么就胡乱解读了呢？"

　　"是不是胡乱解读你自己心里清楚。"他优哉游哉地环顾四周，打量了一下这家店。

　　这家门店其实很不错，商品摆放分区合理，客流量也不小，每个导购员看起来都挺活跃的，不过沈觉现在是越看这里越不顺眼，双手揣兜，"哼"了一声转身就往外面走去。

　　陈七安这回不高兴了：这人怎么回事啊，在这儿耍我呢？

　　她跟过去，强压着怒火说："你故意的是吧？"

　　她本以为这人会解释两句，却没想到，沈觉回头看看她，泰然自若地说了一句："对，我就是故意的。"

说完，他对陈七安笑了笑，离开了这家店。

沈觉走出"X星球"的时候自己都觉得有些不可思议。他从来都不是这种小肚鸡肠的人，今天却因为这些可笑的事情做出了更可笑的事。

他站在店门口，回想了一下自己刚刚的行径，挺幼稚的，估计在那个"变脸大师"导购员眼里自己还挺可耻的。

不过随便吧，反正他解气了，谁让她擅自胡诌自己的设计想法呢？

沈觉"大仇得报"，心情愉悦地往外走，准备回酒店去等余科，刚走出几步突然想起了什么，又折返回了"X星球"。

他回去的时候陈七安正满腔怒火，她发誓那家伙再出现在自己面前，她绝对一个过肩摔摔得他亲妈都不认得他！

正这么想呢，陈七安就看见那人回来了。

"你怎么又回来了？"

陈七安想：他该不会是良心发现了，准备至少买一套盲盒回去？

沈觉对她微微一笑说："我的东西落下了。"

他抬手拿起之前放在收银台上的袋子，挥一挥衣袖，走的时候没带走一片云彩。

陈七安火冒三丈，磨着后槽牙，闭上了眼睛，问身边的同事："公共场所打架斗殴要被拘留多少天？"

旁边的同事惊恐地看了她一眼："安安，别这样，进去了对你没好处，一天得少赚不少钱呢！"

说到钱，陈七安终于清醒，睁开眼，用力深呼吸，努力平复心情。

"你说得对。"陈七安看着门口沈觉离开的方向咬牙切齿地说，"像这种卑鄙无耻、阴险狡诈、涎皮赖脸、蝇营狗苟的鸡鸣狗盗之辈，不值得我杀敌一千自损八百。"

同事在旁边被她这个样子吓着了，赶紧轻抚她的背给她顺气："对，对，对，不值得，他走他的，咱们赚自己的钱！"

陈七安又运了运气，虽然很郁闷，但还是迅速调整好了状态，重新投入工作中。

刚刚在那个狗男人身上浪费的时间，她得抓紧追回来！

沈觉离开商场之后过了马路走出没多远就是他预订好的酒店，此刻余科已经赶了过来。

沈觉推门走进酒店大堂的时候，余科正坐在那里喝咖啡。

"沈总！好久不见！"余科这人最会拿腔拿调，故意叫沈觉"沈总"，笑得跟朵花似的。

沈觉本来今天一直倒霉，生了一肚子的气，但刚刚的一场闹剧让他的心情好了不少，现在见了余科也没脾气了。

"我以为你今天来不了了。"不闹脾气了，但挤对人的话还是要说，沈觉就这样，别扭得很。

"哪儿能呢？！沈总不远万里地过来，我肯定得来好好招待您哪！"余科没正形儿地跟他开玩笑，挽着他的胳膊撒娇似的说，"人家今天剩下的时间都归你！"

沈觉被他这一出弄得一脸尴尬，嫌弃地用手指戳着他的额头让这人离自己远点儿。

"哎，不对啊。"余科打量着眼前的人，"你什么时候成运动男孩了？转型啦？"

"转什么型？！"沈觉累得不行，跟着余科到大堂休息，茶几上有余科已经给他点好的咖啡，"今天倒霉死了。"

他一边喝咖啡，一边又把自己到商场之后发生的事情跟余科大致说了说。

"哎，我说，"沈觉放下咖啡杯，质问余科，"你们线下店招人究竟都是什么水准啊？什么臭鱼烂虾都往里招，咱们的品牌形象还能好吗？"

余科喝着咖啡，一脸幸灾乐祸的表情："你不觉得这件事挺有意思的吗？"

"哪儿有意思？"

"你跟那姑娘还挺有缘的。"

沈觉一个眼神甩了过去，余科立马乖乖道歉。

"行了，你跟一个小姑娘计较什么？"

"她？小姑娘？"沈觉嗤笑，"得了吧，我看她就是一个江湖骗子。"

余科憋着笑说："她叫什么啊？我给你打听打听，咱身为老板，对付她一个小导购员还没辙吗？"

沈觉一听这话，警觉地问他："对付？你要怎么对付她？"

"没想好呢，不过既然她招惹了我们沈总，再怎么也先开除再说吧。"余科故意装腔作势，说话的时候还用余光瞄沈觉。

他觉得沈觉今天很反常。

余科跟沈觉认识少说有十年了。虽然沈觉不是什么好脾气的人，但也绝对不是那种会故意找碴的人。尽管今天这件事，那个导购员可能确实有点儿问题，可那所谓的问题绝对不至于让沈觉这么……

他说不好这种感觉，就是觉得自己这好兄弟今天不对劲。

他想起自己这儿天听的一本书，叫什么《霸宠嚣张俏佳人》。典型的无脑爽文，他听得倒是怪起劲。

"你笑什么呢？"沈觉没好气地问他。

我都气成这样了，你还给我笑？

余科赶紧收敛了笑容："没事，想起点儿好玩的事。"

沈觉皱眉，觉得事情不简单："什么事？"

"那不能告诉你。"要是让沈觉知道自己把他脑补成小说里动不动就狂踩酷炫加暴躁咆哮的男主角，余科估计沈觉能立刻把自己丢出去。

"不说算了，我也懒得听。"沈觉不耐烦了，脾气又上来了，"不过倒也没必要因为这事就开除人家！"

现在经济环境不好，这种没什么本事的小导购员一旦被开除，估计再找工作挺费劲的。沈觉是不大喜欢那人，但也不至于那么欺负人。

"沈总大度！"余科嬉皮笑脸地说。

沈觉瞪了他一眼，让他少在这儿耍嘴皮子。

"行了，喝完了，我去办入住手续。"

见沈觉起身，余科紧跟着站了起来。

沈觉头也不回地往前台走去。

余科很快就跟了过来，挽住他的胳膊，娇滴滴地说："耶，沈哥哥带我来开房了！"

他话音一落，抬头看见酒店前台正表情微妙地看着他们俩。

余科依旧没骨头似的粘在沈觉身上，同时朝着前台抛了个媚眼。

前台接收到余科抛来的媚眼瞬间起了鸡皮疙瘩。身为新时代女性，她对客人的一切癖好都表示尊重。但这位顾客实在过于"外放"，她有点儿承受不住。

"沈先生是吗？"前台尽职尽责，"请问是您一位入住还是二位一起呢？"

"一起一起！"余科故意开玩笑。

沈觉又是一个眼刀甩过去，同时把人推开。

余科故作娇柔委屈地捶了一下沈觉的胳膊："哥哥讨厌！"

前台看着这俩人，尴尬地笑笑，觉得这世界可真是太不能描述了。

虽然一脸嫌弃，但沈觉还是任由余科先他一步从前台手里拿过了门禁卡。

"哥哥真好！人家要以身相许了啦！"余科跟着沈觉走进电梯的时候，还沉浸在他让人头皮发麻的剧情设定里。

前台依旧用余光偷瞄他们俩，没忍住，觉得一阵恶寒。

沈觉从他手里拿回门禁卡，冷着脸说："余科。"

"嗯？"余科这一声娇滴滴的，说完自己都起了鸡皮疙瘩。

沈觉深呼吸，告诉自己千万不能动手，就算余科再怎么发神经，那也是好兄弟。

"我警告你，你再这么扭扭捏捏的，我就告诉所有人你快30岁了，晚上也要抱着玩偶才能睡觉。"

余科打了一个激灵，立刻站直："你胡说，我没有。"

沈觉轻声一笑："我可不是胡说，有证据的。"

他掏出手机，相册里就那么几张照片，很快就找到了余科的一张"床照"。

照片上，余科睡得很熟，枕头旁边放着"X星球"推出的首款潮玩。

"沈觉你能不能专业点儿？你管这叫玩偶？"

"我专不专业不重要，反正很多人分不清它们的区别。"

比如沈觉的父母。

沈觉的父母一直不支持他做潮玩设计。那一代人无法理解什么潮玩、手办和盲盒，这些东西在他们看来就是没有任何意义的小玩偶。

余科听沈觉这么说，知道他在想什么，清了清嗓子，说："你还是要乐观一点儿，我们已经越做越大，也有越来越多的人了解我们了。"

沈觉若有所思地说："但愿吧。"

"我说，待会儿你有什么别的安排没？"两个人来到房门前，余科看着沈觉刷卡进门，问了这么一句话。

沈觉现在累得半死，进来之后站在那里环顾四周，看着酒店整洁的房间觉得脑袋生疼。

"怎么了你？"见沈觉不回话，余科追问，"想什么呢？"

"在想我的行李箱，"沈觉说，"还有我的钱包。"

"你怎么钱包也丢了？这么大意，不像你的作风啊。"余科大大咧咧地躺在沙发上，舒舒服服地伸了个懒腰，"也得亏你的证件都还在。"

"别提这事了，说起来就烦。"

"行，不提了，说正事。"余科坐起来，"明天去公司？我得把咱们尊贵的沈总介绍给大家。"

沈觉想了想，说："算了，明天我先随便转转。等机场那边的人联系我，取完行李我再去公司。"

沈觉可不想自己第一次去公司就穿得这么随便。他很注重形象的！

"也行，反正你这次回来一时半会儿也走不了，不着急。"余科突然想起什么，认真地问他，"你这次回来，该不会真的是为了那个人吧？"

"不完全是。"沈觉说，"不过，主要原因确实是这个。"

"不是我说你，做人真的不要太天真。"余科苦口婆心地劝他，"你想找回小时候的朋友，这没什么，但作为你现在的好朋友，我必须得提醒你一下。"

"时间可以改变一切，你心心念念的只是记忆里的那个人，可能……是被美化了的。"

余科说得很委婉，不想太直接，怕伤害到沈觉。

"嗯，我知道。"沈觉点头，怎么可能不明白这个道理。

"我只是想先找到她。"沈觉来到窗边，看着外面车水马龙的场景有些惆怅。

余科不喜欢这样的气氛，目光一转，又起了坏心眼。

"哎，"余科凑过去，用手肘撞了撞沈觉，"你有没有想过，万一你心里那个可爱的小仙女长大之后变成了你面目可憎的克星，怎么办？"

"克星？"沈觉脑子里突然冒出一个人来，忍不住打了个寒战。

"就比如……"余科灵机一动，"那个导购员叫什么来着？"

沈觉仿佛听见耳边响起一声炸雷，缓过神之后咬牙切齿地对余科说："麻烦立刻闭上你的乌鸦嘴！"

余科还想再多逗他几句，每次把沈觉惹急，都觉得特有意思。但他还没说几句，手机响了。公司那边有事，等他回去签字。

挂了电话，余科说："我得先走了，你有什么事给我打电话。"

沈觉站在窗边，背对着余科疲惫地摆了摆手，意思是"你可赶紧走吧"。

从美国飞了十几个小时过来，好不容易回到了祖国母亲的怀抱，结果又遇到那么一连串倒霉事，沈觉需要赶紧洗个澡，洗去这一身霉运。

余科坏笑着凑过去，从后面抱住了沈觉："人家舍不得哥哥嘛！"

沈觉被他闹得起了一身鸡皮疙瘩，见了鬼似的躲开他，催他赶紧走。

余科恶作剧得逞，看着满脸尴尬的沈觉笑得差点儿一屁股坐在地毯上。

"不逗你了，我可真走了。"余科转身朝着门口的方向走去。

"等会儿！"沈觉突然叫住了余科。

余科回眸一笑："怎么？哥哥也舍不得人家吗？"

沈觉皮笑肉不笑地看着他，然后指了指放在门口的袋子说："我那套脏了的衣服，你直接帮我送干洗店。"

余科表示很失望，骂了一句"臭男人"之后翻着白眼拎着脏衣服出门了。

余科一走，酒店套房突然安静下来。沈觉长长地舒了一口气，看了一眼手机上的时间，转身进了浴室。

他所有的衣物和生活用品都在行李箱里，现在自己只能用酒店提供的那些东西。

洗澡的时候，沈觉浑身不自在，觉得哪儿哪儿都别扭，又想到既然回来了，而且要长期留在这里，肯定不能一直住酒店。

温热的水从头顶淋下来，他闭着眼，脑子里立刻出现了那栋房子的样子，还有曾经住在那里的人。

时过境迁，本来应该一切都变得模糊，可他一踏上这片土地，那些曾经的画面突然逐渐清晰起来。

沈觉从浴室里出来之后，第一时间拿起手机搜索了一下"新城水筑"。

在他的印象中，那个地方离这边应该不远，但已经过去十七年，沈觉对这里不再那么熟悉了。这种明明是家乡却比他乡更陌生的感觉让他心里很不舒服，没着没落的，好像一切都近在咫尺却又远在天边。

陈七安忙了一下午，到下班时间，又换上了之前被弄湿的衣服，好在这会儿已经干了。

她从商场的员工通道出去，到了附近的公交站等车。

过了晚上九点，陈七安平时坐的这趟公交车就变成一个小时才来一趟。她九点半下班，收拾好出来差不多九点四十五，基本上要等十五分钟车才来。

陈七安站在人群中，被夏日夜晚的风吹得身心愉悦，在等待期间，脑子里一直在回想今天卖出了多少商品，自己能拿到多少提成。

突然，一辆红色的保时捷跑车停在公交站台边，除了陈七安，其他人都朝着那辆车投去了"注目礼"。

车上的人看向窗外，紧张地吞咽了一下口水，然后清了清嗓子，深呼吸，尽量让自己保持平常心。

车门开了，车上的人走下来，是个穿着运动短裤和T恤的年轻男人。

身边的人都在窃窃私语，陈七安这才抬起头来，意外地看着朝她走过来的人。

"别过来！"陈七安开他的玩笑，"你衣服上的巨大logo（标志）闪瞎了我的眼！"

来人倒是一点儿不介意陈七安的玩笑话，笑得没心没肺，拍了一下自己的车前盖说："走啊，送你回去。"

陈七安扫了一眼停在路边的车，终于明白为什么刚才人群躁动了。

这小子又换车了。

"快点儿上车，"那人催促着，"我这占了公交车道，等会儿要被贴条的。"

陈七安也不跟他客气，二话不说就上了车。

"向弛，你怎么又换新车了？"陈七安坐上副驾驶座，在心里默默感慨这家伙真的已经"壕"无人性了。

向弛跟陈七安认识有十七年了。当初陈七安家还没出事，两家算是邻居，那会儿向弛家是有名的暴发户、土大款，吃穿用度只讲究一个字：贵。

十七年过去了，陈七安从生活优渥的小公主变成了在温饱线上努力奋斗的灰姑娘，向弛家的资产却轻轻松松翻了好几番。

这就是宿命。

不过，这么多年，即便陈七安早就已经搬出了那个地方，也不再是从前的她，向弛依旧跟她保持着紧密的联系，两个人隔三岔五就会见一次面。

"我爸给我的奖励。"向弛说，"今天我到公司上班了。"

陈七安听到这话，笑了出来："可以啊，终于想通了，不当游手好闲的富家子弟了？"

向弛不好意思地笑了笑，小声嘀咕："还不是因为你……"

"什么？"陈七安正在给方凝发微信，没听清他的话。

"没……没事！"向弛差点儿说漏嘴，愣是把自己吓出了一身冷汗，要知道现在可不是告白的好时机，"对了，给你这个。"

他献宝似的拿出一杯奶茶，递到陈七安的手里，特骄傲地说："新店开张！排队排出一公里去！"

陈七安喜欢喝这家的茉香芋圆奶茶，但三十块钱一杯——精打细算的她平时舍不得经常买，一个月最多喝一杯解解馋。

"你自己去排的啊？"陈七安有些惊讶。

向弛突然紧张起来，从耳朵根红到了脖子："哪儿能啊？！"

他嘴硬："本少爷什么时候会自己去排队啊？！找黄牛买的！"

陈七安怀疑地盯着他看，看得向弛心里毛毛的。

向弛心虚，不敢直视她，一边发动车子一边说："你可别这么看我，再看我都要误会了。"

"误会什么？"

"误会你对我有意思呗！"向弛开玩笑的时候，心跳得特别快。

陈七安笑了笑："不看了，怕你误会。"

向弛瞬间被泼了一桶冷水，耳边响起那首歌：男人哭吧哭吧哭吧不是罪……

"那什么，你……你等会儿有安排吗？我请你吃饭啊？"委屈巴巴的向弛调整好心情，又开了口。

"都这么晚了，不吃了。"陈七安喝着奶茶，看着前方。

她其实是有点儿担心方凝。今天上午两个人在机场分开之后，方凝就仿佛人间蒸发了一样，微信不回，电话不接，她实在有些放心不下。

"随便吃路边摊也行。"向弛今天第一天去公司上班，有一肚子的话想跟陈七安说，"前阵子你不是说想吃大排档？我请客！"

陈七安笑了："你请客没问题，但今天真不行。"她收起手机，忧心忡忡地说，"方凝一直不回消息，我得回家看看她。"

向弛"啊"了一声。他知道方凝，那姑娘是陈七安在这里最好的朋友。也正是因为这个，向弛跟方凝也算熟悉。

"那行吧，不过下周我过生日你可千万不能忘。"

陈七安点头答应："这个你放心，生日礼物我都准备好了。"

陈七安回到家的时候已经快十点了。她跟方凝住在一栋很老旧的居民楼里，六层楼，没有电梯，楼道破败杂乱，家门口的感应灯都坏了。

她没让向弛送她上来，自己摸着黑打开了家门。

家里没开灯，她皱了皱眉，以为方凝还没回来。但当她往前走了两步，被什么东西绊到，抬手把玄关的灯打开时才看到绊到她的是方凝今天出门时穿的那双鞋子。

那是双很漂亮的高跟凉鞋，价格不菲，当初方凝为了跟她男朋友一起参加宴会买的，平时舍不得穿，当宝贝似的供着。今天去机场接机，方凝特意穿了这双鞋，说："一双好的鞋子会带着我走向真爱。"

那个人是不是方凝的真爱，陈七安并不知道，但知道那人的家庭条件肯定是方凝的真爱。

打从陈七安跟方凝认识开始，方凝的择偶标准就一直没变过——要有钱，最好男人长得帅点儿，对她还好点儿。

在很多人眼里，方凝就是典型的"拜金女"，努力把自己装点成一只漂亮的凤凰，一心想攀上高枝。

但陈七安知道，方凝是穷怕了，也是真的不想再回到那个让她不愿意面对的家庭。每个人都有自己的选择，陈七安不想过多干涉朋友的生活。因为她相信，方凝再怎么爱钱也不会做触犯道德底线的事。

"方凝？"陈七安弯腰，换好鞋后又把方凝随意乱丢的鞋子摆正，"你在家吗？"

她觉得有些不对劲，平日里方凝恨不得每天擦拭一遍的高跟鞋今天就这么胡乱地丢在一边，事出反常必有妖，一定是出什么事情了。

陈七安的第一反应是：方凝带男朋友回来了！

偶像剧里不经常有这样的桥段：热恋中的情侣小别胜新婚，刚进门就忍不住缠绵起来，无暇顾及其他，鞋子、衣服到处乱扔。

陈七安这么想着，突然就红了脸，有那么一瞬间甚至觉得自己应该先出去，把空间留给那对热恋中的人。

然而很快她就意识到不对劲，因为门口只有方凝一个人的鞋子。

难不成那富家子弟直接把鞋穿进了家门？

陈七安的火气一下就蹿到了头顶，要知道她今天上午出门前才擦完地！这些有钱人家的少爷根本就不知道做家务有多辛苦！

愤怒的陈七安关好门，迈着六亲不认的步伐走了进去。她已经想好怎么教训那个不知人间疾苦的富家公子了。但当她走到狭小的客厅时，只看见方凝一个人喝得醉醺醺地躺在破旧的沙发上。

这沙发有些年头了，表层的皮都有些破损了，裂开的地方露出了白色的棉。

方凝还穿着上午出门时的那条黑色长裙。裙子不贵，但她的身材好，脸又漂亮，把那些线头剪掉、重新熨烫，几十块的裙子让她穿出了上千块的效果来。

她躺在破沙发上，妆花了，头发也乱了，脸上还泛着红晕。

陈七安站在那里看着她，没过多久，发现有眼泪从方凝的眼角流了下来。

原来方凝没睡着。

陈七安绕过遍地的空易拉罐走过去，蹲在方凝身边，轻轻地给她擦眼泪。

"这又是怎么了？"陈七安轻声细语地问，觉得这样的方凝特别脆弱，让她有些心疼。

方凝睁开了眼睛，撇撇嘴，跟陈七安对视几秒钟后，"哇"地大哭起来。

陈七安被她吓了一跳，赶紧抱着人轻轻拍背，哄她说："好了，好了，不哭了，是不是那个富家公子惹你生气了？"

"去他的狗男人！"方凝哭得毫无形象可言，扑在陈七安怀里，一边大哭一边痛骂，"什么狗屁爱情！都是狗屁！"

陈七安是心疼方凝的，这姑娘的感情路实在不太顺。此时此刻她应该跟着对方一起痛斥渣男，或者替姐妹抱不平，去手刃了那个狗男人。

但她还是忍不住有点儿想笑，因为这个剧情半个月前上演过，那会儿方凝的男朋友是另一个富家公子。

"对，对，对，都是狗屁。"陈七安说，"我早就说过，你还是放弃富家公子吧，没一个靠谱的。"

方凝哭得脑袋生疼。虽然已经不是第一次失恋了，但每一次失恋她都要大醉一场。

方凝从陈七安怀里出来，抽出纸巾擦了擦眼泪，又擤了擤鼻涕。她手里的纸巾还贴在眼睛上，假睫毛都掉了一半。她突然想到一个很重要的问题："你刚才说让我放弃富家公子。"

"是啊。"陈七安见她好多了，站起来开始收拾乱糟糟的家。

方凝盯着她看，突然一把抓住了陈七安的手腕："安安！我悟了！"

"啊？"陈七安回头，莫名其妙地看着她，"你悟什么了？"

"你真的是神，恋爱之神！我怎么就没想到呢？！"

"什么啊？"陈七安怀疑方凝喝酒喝多了，把脑子都给喝坏了。

方凝对她微微一笑，气定神闲地盘腿坐在了沙发上。

"我悟了，你让我放弃富家公子，确实，他们都太不靠谱了。"

"你知道就好。"陈七安懒得理她，拿过扫把，放在沙发边，让她自己收拾。

结果几秒钟后，方凝望着天花板，如梦初醒："你的意思是，我应该去找白手起家的人。"

"醒醒！起来干活了！"陈七安不留情面地把人从沙发上拉了起来，"你把屋子糟蹋成这样，自己收拾，今晚收拾不好就别睡觉了！"

方凝噘嘴："人家今天刚失恋。"

"正好，化悲愤为力量，好好打扫吧。"

陈七安洗完澡出来时，方凝已经打扫好卫生，点的夜宵也到了。

"来吃。"方凝勾了勾手指，"今晚我请客。"

陈七安的头发还湿漉漉的，她一边擦拭一边坐到了餐桌边："你今天到底怎么回事啊？"

虽然刚刚闹了一会儿，方凝的情绪好了不少，但陈七安还是很担心她，每次都是这样，没一段感情是善终的。

"嘁，又遇到渣男了呗。"方凝今晚"大出血"，点了烧烤跟啤酒。

"还喝？"

"喝。失恋的人必须借酒消愁。"方凝很认真地问陈七安，"你说，这世界上还有好男人吗？"

陈七安看着她用刚做好的精致美甲抠开易拉罐的拉环，若有所思地说："应该……有的吧？"

方凝摇了摇头："我觉得没有了。"她说，"本来我以为这次自己真的遇见了真爱，偶像剧一样邂逅，一见钟情，迅速擦出火花。我为了他还斥巨资买了双那么贵的高跟鞋。"

陈七安笑她："原来这就是表达爱的方式。"

"那当然了，能让我花钱的男人可不多见。"方凝嘀咕，"虽然这钱是花在我自己身上的。"

她喝了口酒，叹气："你说，我为了他又是早起又是订花的，打扮得那么漂亮，带着那么多花去接机，结果我等来的是什么？"

陈七安吃着烤鱿鱼，含混地问："是什么？"

"是他搂着一个性感辣妹一起走了出来。"方凝翻了个白眼，"好家伙，天知道当时那场面有多刺激。"

陈七安脑补了一下那场景，觉得确实挺刺激的，传说中的"修罗场"也不过如此了。

"然后你就哭着走了？"

"那必然不能，"方凝说，"姐姐我是会吃那种哑巴亏的人吗？"

她突然站起来，打开自己的包，拿出一张卡气势汹汹地拍在了桌子上。

"这不是你自己的银行卡吗？怎么？你跟他要了一笔分手费？"

方凝冷哼了一声："我才不是那种人。"

陈七安看着她，等着她继续往下说。

"他让我丢了人，还伤了我的心，我当然不会轻易放过他。"方凝愤恨地咬了一口牛肉串，"我把他揪到墙角，捏爆了他的蛋！"

陈七安惊了："捏爆了？"

方凝心虚地看了她一眼："呃……我用了一下夸张的修辞手法，没捏爆，但他差点儿被吓破胆。"

陈七安笑出了声："我也差点儿被你吓破胆，还以为不久之后得给你联系律师了呢，把咱们俩卖了可能都凑不够律师费。"

"不至于，我还是有分寸的。"方凝说，"我收拾了他一顿，又让他把玫瑰花的钱给我报销了。"

"那双高跟鞋呢？为了他买的鞋，你没找他报销？"

"那才不是为了他买的，是为了我的真爱买的。"方凝说，"既然他不好好爱我，那就不是我的真爱了。所以用不着他报销，我以后一定会穿着这双鞋找到那个真正属于我的好男人。"

陈七安静静地看着方凝，带着笑意想：女人真是善变，刚才还说这世界上没有好男人了，这会儿又开始期待下一段恋情。

不过话说回来，她其实很羡慕也很佩服方凝。无论在感情里遭遇过什么事，方凝好像依旧能量满满地继续相信爱情也期待爱情。

爱情这个东西，对陈七安来说早就是被丢在脑后的东西，她的世界里只剩下赚钱这一项任务。至于爱情，她甚至不会抱有任何幻想。

可方凝跟她是完全不一样的人，用方凝的话说就是："永远年轻，永远相信爱情。"

"你可以的。"陈七安对方凝说，"你这么执着，老天爷一定不会亏待你。"

"那是！"方凝糟糕的心情终于缓解了。她想到了什么似的，问陈七安："对了，你今天上班没迟到吧？"

还行，这人还知道关心我一下。

陈七安在心里忍不住笑，嘴上回道："倒是没有迟到，不过遇到一个衣冠禽兽。"

方凝对"衣冠禽兽"这个词相当敏感，"八卦之魂"立刻熊熊燃烧起来："怎么了？给我说说！"

陈七安一眼就识破了她脑子里在想什么："说可以，但事先声明，不是你期待的偶像剧桥段。"

"知道，知道，你先说，说完我自有判断！"方凝来了精神，一旦发现有八卦消息可听，什么失恋的烦恼全都不存在了。

陈七安看她这样，只能牺牲自己娱乐闺密，用自己今天的悲惨遭遇来博美人一笑。

她把自己如何不小心拿走了那个男人的咖啡，又是如何被那人骗了十块钱，之后还如何被洒了一身水又白白浪费了时间跟口舌等一系列事情都讲给了方凝听。

方凝听得起劲，听到最后，嘴角止不住上扬。

"笑什么呢？"陈七安说，"把你那啤酒给我喝一口，烦死了。"

方凝把啤酒递到陈七安手边，托着下巴，笑意盈盈地看着她。

"你别这么看我，怪瘆人的。"

"安安。"

"有话就说。"

"问你个问题。"

陈七安觉得这肯定不是什么正经问题："如果可以，希望你不要问。"

"那人长得帅吗？"

陈七安无奈地翻了个白眼："我就知道你没正经问题。"

"快说！快说！帅不帅？"

在方凝的催促下，陈七安回忆了一番："应该……还可以吧。"

"那就是帅了！"能让陈七安这种人说出"还可以"的男人，那一定已经超过了普遍意义上的帅！

"帅不帅又能怎么样？再帅他也是衣冠禽兽。"想到自己今天在对方身上浪费了那么多精力，那家伙却连一个盲盒都没买，陈七安就气不打一处来。

"我给你推荐一本小说吧。"

"什么小说？"

方凝站起来，小跑着进了卧室，再出来的时候，手里拿着一本封面花里胡哨的书。她将书放到陈七安面前，上面印着几个大字：《霸宠嚣张俏佳人》。

"就这本。"方凝说，"你看看，看完你就明白了。"

陈七安略显抗拒地看着这本书，想了半天，还是说了一句："方凝，要不咱们以后少看点儿这种小说吧。"

看多了，她们怕是要把脑子看坏呀！

话虽这么说，但当天晚上睡觉前，陈七安还是翻开了这本书，看了十几页就惊恐地把书丢到了一边。

真不是她不爱惜方凝的书，实在是这书的内容过分惊人。

书中男主角是个风度翩翩且绅士温柔的帅总裁，女主角是个雷厉风行且不解风情的美人，不过这些都不是重点，重点是，他们的相遇跟陈七安今天的遭遇有百分之八十的相似度。

这太吓人了。

陈七安想：看多了真的要做噩梦的！

果然，当天晚上她就梦见了白天的那个男人。那家伙简直就是书里的总裁附身，把她抵在墙角，故作温柔实则变态地对她说："女人，你成功地引起了我的注意！"

鲁迅说过："真正的勇士敢于直面惨淡的人生。"

尼采说过："凡杀不死我的，必将使我强大。"

沈觉谨记这两句话。所以，当第二天太阳升起来时，他告诉自己：一切都已经翻篇了。

他洗漱之后下楼去吃饭，幸运的是，刚到餐厅没多久就接到了机场工作人员的电话。对方通知他行李已经到了 T3 航站楼，让他方便的时候带着证件过去领取。

方便，他怎么可能不方便呢？！他现在就很方便！

沈觉急着去取行李，生怕夜长梦多，再闹出什么幺蛾子来。

他草草地吃完早餐，直接打车去了机场。

这一趟行程比他想象的还要顺利——不仅取到了行李箱，甚至在机场遗落的钱包都被他顺道找了回来。突然之间仿佛一切都归位了，沈觉焦虑的心也总算踏实了下来。

下午的时候，余科来酒店接他去公司，这是沈觉成为"X星球"的合伙人之后第一次过来。

"紧张吗？激动吗？小心脏是不是开始'扑通扑通'地跳不停了？"余科停好车，解开安全带的时候，笑得特邪恶。

"你当我是你？"沈觉依旧是那张扑克脸，表情没有一丁点儿变化。他解开安全带，直接下了车："快点儿，别磨蹭了。"

余科撇撇嘴，吐槽沈觉没情趣。

"X星球"的总部在城郊的一个创意园区里，环境不错，沈觉还挺喜欢的。

"我特意给你安排了一个办公室。"刚进公司余科就开始邀功，"家具和电子设备都是我亲自挑选的，连咖啡都是我给你买的，你最喜欢的那个品牌。"

沈觉听了这话，甚是满意："算你厚道。"

"那是，我多贴心哪！"余科带着沈觉往里走，一副春风得意的样子。

"哦，对了，忘了跟你说，"沈觉跟着余科上楼，"我已经租好了房子。"

"什么？"余科怀疑自己听错了。

"这次回来我打算长住，总不能一直住在酒店里。"说话间，沈觉已经走到了余科前面，"我租下了新城水筑B30，生活和办公两用，足够了。"

余科迅速捕捉到了关键词："新城水筑？"

"嗯。"沈觉来到二楼，一眼就看见了立在大厅中央、自己设计的盲盒隐藏款。

原本只有巴掌大小的盲盒被放大成了一人高，像个吉祥物似的戳在那里。

"可以呀你！"余科跟上去，"没想到你还挺念旧。"

沈觉全家出国之前就住在新城水筑里。

余科挺意外的，本想着在公司附近给沈觉找个公寓，没料到这家伙已经自己安顿好了。

"行，你喜欢的话住那儿倒也没问题。公司这边，你不适应的话也不用经常过来。不过事先声明，你的房租公司不报销。"

沈觉瞥了他一眼："余总，您可真抠门。"

"必须的，精打细算是我们生意人的基本修养。"

不过话说回来，他们俩吐槽归吐槽，抠门归抠门，当沈觉再次入住新城水筑的时候，余科还是亲自扛着礼物来了——那款摆在公司二楼由沈觉设计的放大版盲盒。

"你把这东西带来干吗？"沈觉看着累得"呼哧"喘气的余科，觉得自己完全无法理解这个多年好友的脑回路。

他设计的盲盒，家里多的是。

沈觉租下新城水筑B30之后就联系美国那边的朋友把他提前打包好的东西都寄了过来，满满一箱子，都是"安安兔"。

当初做这款盲盒，从初版到如今市场火爆的大货，他们经历了很多次打样的过程。每一次的样品余科都会寄到美国去给沈觉过目，沈觉也全都细心珍藏着。

"你不懂，这东西开过光的。"余科在门口环顾四周，然后瞄准一处位置，把那超大盲盒扛了过去，"大师给开过光，可以保佑你有无限的灵感。"

放好之后，余科拍了拍"安安兔"的肩膀，又朝着沈觉抛了个媚眼："这东西放你这儿最适合，毕竟你要给我赚钱呢！"

沈觉嗤笑一声，说他明明是高知人士却偏偏如此迷信。

"我们生意人都很讲究这个。"余科特自来熟地给自己接了杯水，然后开始四处参观。

新城水筑的每一栋别墅整体风格统一，但又不完全相同。这栋B30一共有三层，沈觉挑选了一楼有落地窗的那间屋子来做工作室，二楼是书房和影音室，三楼则是休息区。

"原来这就是你小时候住的地方，挺不错的啊。"余科在楼上楼下转了一圈，"要不我也搬过来跟你一起住？没准我们还能碰撞出不一样的火花来！"

"打住！"沈觉警惕地看着他，"我不习惯跟别人住一起。"

"啧，哥哥好狠的心！"余科坐到沙发上，看着外面的院子感叹，"老沈哪，有句话不知当讲不当讲。"

"那就不要讲。"沈觉一如既往地冷酷无情。

余科才不管那么多，自顾自地说了起来："虽然你跟你爸妈总是闹别扭，但我必须得说，他们给你提供的物质生活还是很不错的。"

十七年前沈觉就能住在这样的地方，物质生活岂止是不错啊！

沈觉泡了杯咖啡，过去坐到余科身边。

"我小时候不住这里。"

"啊？"余科惊了，"我记错了？"

沈觉指了指隔壁："我住那栋。"

"滚蛋！"

沈觉难得大笑，跟着余科一起看着窗外的景致，安安静静地享受了一下午后的美妙时光。

他当初确实不住这栋别墅。那会儿他住B29，至于B30，那是她的家。

"不过对成长中的孩子来说，物质生活并不是最重要的。"沈觉说完，把空杯子推到余科面前，"去帮我把杯子洗了。"

"你有病没病？让客人干活？"

"你是客人吗？你不是特意过来帮我干活的？"

余科跟他在沙发上扭打了一会儿，很快就被沈觉制服了，最后不得不乖乖地去洗杯子。

"老沈，我说真的，你这人一看就缺爱。"余科洗杯子的时候嘴上还在叨叨，"不过这么一说吧，我也能理解你为什么非要找那个小仙女了。"

"等一下，你刚才说什么？"

余科不明就里："啊？我说什么了？"

"重复一下你刚才的话。"

一头雾水的余科回忆："我说你缺爱？你不乐意了？"

"不是这一句。"

"我说我能理解你为什么要找小仙女？我真能理解，真的！兄弟连心呢！"

"友情提醒，"沈觉说，"以后不许你叫她小仙女，只有我能叫。"

"不是吧？这醋你都吃？山西来的吧？！"

沈觉跟余科身体力行地证明了男人至死都幼稚。

不仅他俩在证明这件事，那个叫向弛的家伙也在跟他们俩呼应。

向弛明明是七月份的生日，但从三月份开始陈七安就隔三岔五地要听他念叨一遍："小七，我又要过生日了！"

陈七安想忘都忘不了。

而且他这人非常注重仪式感，每年都必须办生日宴，还一定要陈七安送礼物。

之前方凝吐槽："这人有没有良心哪？他明知道你缺钱，还非要你送生日礼物！"

陈七安说："没事，反正送他的生日礼物花不了多少钱。"

确实花不了多少钱，因为陈七安每一年给向弛的生日礼物都是亲手画的画。

陈七安小时候学过画画，认识向弛的第一年在对方过生日时就送了一幅自己画的画，后来这个习惯就保留了下来。

十七年，十七幅画，每一幅画后面都写着陈七安对向弛的祝福：

祝他笑口常开。

祝他万事如意。

祝他财运亨通。

祝他福如东海、寿比南山。

今年，陈七安给他的祝福是：祝你早日寻得佳人。

向弛生日当天，陈七安下了班就往新城水筑赶去，为了早点儿到，甚至难得地打了一辆出租车。

从新城 Mall 到新城水筑，打车过去很快就到了，她拿着画站在小区大门外，深呼吸了几下才打电话给向弛。

每年都是这样，每年她过来的时候都要做好久的心理建设。

对陈七安来说，这里是她曾经近在咫尺的家，却也是如今遥不可及的梦。她整日辛苦工作赚钱都是为了买回曾经住过的那栋房子，因为那里有她全部关于幸福的记忆。

但是，在买回它之前，她并不是很愿意面对它，因为它会时刻提醒她这些年来命运有多爱捉弄人。

陈七安不想怨天尤人，索性离得远远的。

平时她躲得过，向弛的生日实在没办法。

向弛的生日宴在家里办，他那些朋友都跟他一样，是有钱人家的少爷、公主。陈七安跟他们不是一个世界的人。她其实并不是很想参与这样的宴会，但架不住向弛央求。

"我到大门口了。"

"Surprise（惊喜）！"

陈七安刚打通电话说了一句，身后突然蹦出一个人来吓了她一跳。

她回头一看，竟然是向弛。

"你怎么在这儿？"

寿星不在家里，就这样跑出来？

"等你呢！"向弛算准了时间，知道陈七安这会儿差不多要到了，特意提前出来等她。他最喜欢等陈七安了。

他指了指陈七安手里拿着的画："我的生日礼物？"

陈七安笑笑，将画递给了他。

向弛迫不及待地打开画，正面画着的是一片星河，星河中一叶扁舟上躺着两个人。画的背面，向弛看到那一句祝福，嘴角忍不住上扬，笑得像个傻小子。

他很想说：其实我已经找到了，只不过她还不知道。

"喜欢吗？"陈七安问。

"当然！我拿回去要裱起来的！"

事实上，过去的那十七幅画全都被向弛裱起来挂在了单独的房间里，那是他的宝贝，连陈七安都不知道有这么一回事。

"走吧，就等你呢。"向弛带着她进了小区，"为了你，我蛋糕都没切。"

陈七安走在他身边，时隔一年再次来到这里，心情依旧复杂。

新城水筑的一草一木都能勾起她的回忆，尽管这些草木早就不是十七年前的那些了。

他们很快到B29，独栋别墅灯火通明，院子里热闹非凡。

不过让陈七安很惊讶的是，隔壁B30竟然亮着灯！

那是她从前的家。当初房子被拍卖，后来她听说转手了几任主人，前几年开始已经没人住了，不过有人会定期来打扫，房子维护得倒是很不错。

陈七安偶尔会想：它会不会也在等着自己回来呢？

如今看着它又有了新的主人，陈七安难掩失落情绪，明知道那不是属于自己的，却又忍不住觉得自己的东西被夺走了。

"小七！进来啊！"向弛已经站在院子门口，回头叫陈七安。

他顺着陈七安的视线看过去，明白了她站在那里发呆的原因。

"好像昨天搬过来的，不知道是什么人。"向弛有些担忧地看着她，"你没事吧？"

陈七安强颜欢笑："没事，走吧，我还得给你唱《生日歌》呢。"

两个人进了院子，向弛走在前面，陈七安的目光依旧被隔壁别墅吸引着。

B29里一群人声色犬马，B30安静地于星空下沉默。

陈七安觉得两个世界很割裂，就如同她跟此刻喧闹着的那些人一样。

向弛的朋友们见陈七安来了，倒也没表现出什么异样的态度。他们都习惯了，每年向弛的生日宴都会有这个女生。

别人都盛装出席，男生一个个型男打扮，女生要么性感要么优雅，除了陈七安之外，每个人的一身行头都价格不菲。

穿着衬衫、牛仔裤的陈七安站在这里显得有些格格不入。她自己也清楚，自己是这里的异类。

于是，在为向弛唱完《生日歌》，看着对方吹熄蜡烛、分完蛋糕后，她一个人躲清净去了。

寿星被大家围着喝酒嬉闹，陈七安绕过他们，去了没人的后院。

后面的院子宽敞安静，她坐在秋千上，吹着夏日夜晚的风，看着隔壁摇晃的树影。

B30对她的吸引力实在太大了，陈七安不知不觉就起身越靠越近。

新城水筑的院子前后各有一道门，她从B29的后门出去，来到了B30后院的门前。

陈七安可以对天发誓，她原本真的只是想看看当年自己跟爸爸一起种下的那棵树还在不在，但这个角度看不到。于是她扒在院子的大门上往里眺望，意外发现这家的后院门竟然没有锁。

虽然知道这样不对，可在那个瞬间，她像是被什么牵引着，不知不觉地就走到了院子里。

B30，她已经十七年没有回来过了。

站在这个曾经那么熟悉的地方，陈七安激动得手指都有些发麻，毫无预兆地就流下眼泪来。

此时，刚回复完邮件给自己泡了杯咖啡的沈觉走到窗边想休息一下，一低头竟然看见自家院子里站着一个人。

他心下疑惑，第一反应就是进贼了。

沈觉立刻放下咖啡，转身就往外走，一边打了报警电话一边操起门口的高尔夫球杆，来到了后院。

"什么人？"

沈觉一呵斥，将陈七安吓了一跳。

也正是因为这么一声，陈七安如梦初醒，突然意识到自己竟然私闯民宅了！

"对不起！我……"

"是你？"

当沈觉拿着高尔夫球杆来到"贼"面前，他们这才看清了彼此的样貌。

不只是沈觉一脸惊讶的表情，陈七安也像吃了苍蝇一样看着他。

这是何等的孽缘？！陈七安的心都在滴血，她想：我好好的家，竟然住进了这么一个人？

沈觉冷眼打量着她，质问她为什么会在这里。

"我朋友住在隔壁。"陈七安指了指热闹的 B29。

"别跟我说你一不小心走错了。"

"不是。"陈七安不可能对他说实话，只能硬着头皮解释说，"我是看你家这棵树长得还不错，想过来看看是什么品种。"

沈觉嗤笑一声："你糊弄鬼呢？当我 3 岁小孩，这么好骗哪？"

他挥了挥手里的电话："我已经报警了，你这个小偷，等着被抓吧！"

陈七安觉得，在别人家的院子里解释自己不是小偷就跟在精神病院说自己不是精神病患者一样，这种事太难了。

如果这房子的主人是别人，或许还好说，但巧就巧在他不是别人，是冤家。

　　第一次在机场遇见的时候陈七安就看出这个男人不是什么讲道理的人，典型的被宠坏的二世祖，整天游手好闲没事找事。现在这人明显跟自己杠上了，无论她怎么说，这家伙都不会轻易放过她。

　　但因为这种事情要闹到进派出所，陈七安也是真的没想到。

　　沈觉一开始并不是针对陈七安，报警时确实以为家里进了贼，只不过恰好发现这个贼在不久前跟他有过那么几次不愉快的"摩擦"。

　　"不好意思，打扰了，我先告辞了。"陈七安琢磨着，惹不起那就赶紧闪人吧！待会儿警察来了她不好解释啊！

　　更何况，现在隔壁歌舞升平，她不想让向弛担心，也不想让向弛那些朋友看笑话。

　　陈七安脚下生风，转身就想溜。

　　然而，沈觉反应比她还快，长腿一迈，长臂一伸，直接把人抓了回来。

　　"哎，别走啊！"沈觉拉住陈七安，闪身挡在了后门的入口处，"私闯民宅被当场捉拿，想走就走是不是太便宜你了？"

　　"不是，我都跟你解释过了，我是来看那棵树的！"

　　"我也跟你说过了，别把我当3岁小孩糊弄。你这人，一看就没安好心。"沈觉看了一眼手机，"等着吧，警察应该很快就到了。"

　　沈觉靠在后门上，突然就笑了："没想到啊，我回国干的第一件事竟然是替天行道。"

　　"你替什么天行什么道了？"陈七安懊恼不已，觉得自己今天就不应该来。

　　不来，她就不会阴错阳差地走进这个院子。

　　不来，她就不会发现自己曾经的家竟然住了这么个烦人精！

　　不来，她也就不会被逼到如今进退两难的地步。

　　她正烦躁，突然瞥见院子另一侧杂草丛生，心里更是难受，忍不住说："你既然住在这里，能不能好好打理它？"

　　"什么？"

"你看看！"陈七安心疼得眼泪都快飙出来了，"全都是杂草！石桌也坏了！"

当年她最喜欢跟爸爸在院子里玩，踢毽子、跳皮筋、丢沙包，有时候天气好，还会把画板拿到院子里来画画。

那时候的一切事物都充满了希望和生机，任谁看了都觉得这是幸福又温馨的家，而如今，房子几经易主，新的主人竟然如此不珍惜它。

沈觉看着她在那里指手画脚，直接气笑了："醒醒，这是我家。"

我住我的，爱怎么住就怎么住，关你什么事呢？

沈觉觉得这人简直不可理喻。

陈七安被这句话惊醒，眼睛泛红地愣在原地，突然间意识到：对啊，我这是在干什么？

她一时间没了话，只觉得嗓子发紧，心口发闷，没什么比这更让她难过了。

沈觉察觉到了她的异常反应，更加觉得疑惑，但并未来得及发出疑问，民警和小区保安就已经赶了过来。

陈七安见到来人，慌了起来。她平时再怎么巧舌如簧也抵不过人家住户的一句"她私闯民宅"。

"我真的没有，都是误会。"

是误会，也不只是误会，陈七安总不能说自己十七年前住在这里，今天恰好过来，就想进来看看吧？

陈七安跟民警解释："我朋友住隔壁，他今天过生日，我是来给他过生日的。"

"哟，你说你朋友住隔壁，那你怎么把这生日过到我家来了呢？"

陈七安百口莫辩，沈觉还在那边添油加醋。

无奈之下，陈七安只好跟着民警去了派出所。这是她人生中第一次坐警车，羞愤不已，又悔不当初。

沈觉跟着一起去了派出所，路上就坐在陈七安旁边，脸上难掩笑意。

"麻烦你不要一副小人得志的嘴脸。"

"我小人得志？"沈觉讯笑着说，"我明明是受害者好不好？你这是什么态度啊？"

受害者！受害者！她就没见过笑成这样的受害者！陈七安一肚子火气，转过去不再看他。

"建议你等会儿端正态度接受教育，认真检讨，好好跟我道歉。如果你能让我满意，我就答应跟你和解。"沈觉得意地看着她，"如果我不满意，那我们就听民警小哥的，该拘留拘留，该罚款罚款，一切按照规矩来。"

"你……"陈七安真没见过这样的人，他长得人模狗样的，看起来家境也不错，怎么就不做人事呢？

"我什么我？"沈觉说，"建议你现在好好打打腹稿，待会儿跟我道歉的时候千万别结巴，我不喜欢话都说不清楚的人。"

两个人不再说话了，坐在副驾驶座上的民警回头看了看他们，心想：该不会又是情侣闹别扭互相瞎折腾吧？这种事，我们可是见多了！

第三章

你叫陈七安？

陈七安跟在民警和沈觉后面走进派出所的时候，觉得自己一世英名都毁于一旦了。

做笔录时，她使出浑身解数解释，但旁边的沈觉大爷似的坐在那里，轻飘飘地来了一句："我不认识她，她就是未经允许进了我家，你们也可以调监控，看到底谁在说谎。"

陈七安跟民警小哥对视了一眼，用力地揉着自己的眉心。

她受不了了，转过来问沈觉："那你到底要怎么样？"

"我不要怎么样啊，就让民警依法办事嘛。"沈觉转头问民警："你好，请问私闯民宅得怎么处罚啊？"

民警小哥盯着沈觉看了看，明显感觉到这两个人关系不一般，绝对有故事，但没有立场直接劝二人和解，只能回答说："我国《刑法》规定非法入侵住宅情节严重的，处三年以下有期徒刑或拘役。不够刑事处罚的，依据《治安管理处罚法》第四十条，处十日以上十五日以下拘留，并处五百元以上一千元以下罚款，情节较轻的，处五日以上十日以下拘留，并处二百元以上五百元以下罚款。"

陈七安听完这话，心都裂开了，尴尬地笑了笑，说："您背得还真流利啊。"

"那行，那从重处罚吧。"沈觉跷起了二郎腿，"她的情节挺严重的。"

"我干什么了就情节严重了？"陈七安急了，火气已经蹿到了头顶。

民警也尴尬了："先生，是这样的，不能你说严重就严重，咱们法条里都有规定的。"

沈觉看看陈七安，又看看民警："那你说说，她现在这种情况得怎么办？"

"如果你愿意和解的话……"

"不和解。"沈觉想都没想就拒绝了。

陈七安如遭雷击。

"不和解啊……"小民警心说今晚可真热闹，"以你们这种情况来看，那就是罚款二百元，拘留五天。"

"五天？"陈七安以为自己听错了，"我什么都没做。"

"但是你未经允许进了我家，私闯民宅证据确凿。"沈觉挑了挑眉，似笑非笑地看着她，"行，那就这样吧，带钱了吗？有钱交罚款吗？要不要我先借你啊？一天利率30%。"

"喂，喂，喂！别当着我的面放高利贷啊！小心我把你也一起管理了！"民警敲了敲桌子，提醒沈觉不要太膨胀。

沈觉对他笑了笑："开玩笑的，我一分钱都不会借给她。"

陈七安气得用力咬紧了后槽牙。

这世界上怎么会有这种人？她现在觉得自家房子真的被玷污了，恨不得拖着这人回到新城水筑B30，干脆大家同归于尽吧！

沈觉心满意足，起身准备结束这场"战役"："好了，警察同志，还有什么需要我配合的地方吗？没有的话我要回去了。"

"等一下！"突然开口的不是民警，而是被折腾得一个头两个大的陈七安。

她决定了，以后再来新城水筑一定提前看皇历。

"我……"

"你？"沈觉站在那里，低头看着她。

"我……"

"你要是没事，我就走了，很忙的。"

说完，沈觉转身就要离开，下一秒被陈七安抓住了手腕。

沈觉垂眼看着她抓着自己的手，突然心跳漏了一拍，僵在了原地。

谁能想到，看起来风流倜傥的沈大设计师近几年仅有的两次跟异性的"亲密"接触都是跟眼前这个人发生的呢？

沈觉并不是很愿意，但还是觉得有些微妙的怪异感。

"你能不能不要碰我？"

陈七安赶紧松开了手。

她站起来，乖巧地跟民警说："不好意思，能等我一下吗？我跟他聊聊。"

民警摆摆手，让他们自己解决去。这两个人一看就不对劲，他不是很想管他们的家务事。

陈七安得到允许，想把沈觉拉到一边去商量和解的事，但又不敢碰对方，只能用手指捏了捏那人的衣角，好言好语地商量："恳求您，我们聊聊吧。"

原本沈觉想铁面无私地说一句："聊个屁，我跟你没什么好聊的。"

然而，冷酷的沈总一看对方示弱，也不忍心继续捉弄她了。

"给你半分钟。"沈觉高傲地走到了一边。

陈七安赶紧跟上。她向来能屈能伸，见人说人话见鬼说鬼话，好汉不吃眼前亏，不就是道歉吗？有什么大不了的？

"今天这件事是我的错，我非常诚恳地向您道歉。"

沈觉看了看她："完了？"

陈七安沉默两秒，继续补充："我为自己莽撞的行为感到抱歉，希望您大人不记小人过，跟我和解吧。"

"然后呢？"

陈七安心想：你怎么还没完了？

但想归想，毕竟现在自己有求于人，如果这人不答应和解，她是真的要倒大霉。

被罚款二百元、拘留五天，这么一闹，别说绩效工资了，她连工作能不能保住都成问题。

陈七安只好忍辱负重，殷勤地说："人生就像一场戏，因为有缘才相聚。这位先生，不管是不是孽缘，咱们都见过几次了，也算熟人了。这次是我错，希望您给我个机会。"

"给你个继续冒犯我的机会？"

"不是，给我个重新做人的机会。"陈七安说，"我看您相貌堂堂、气质不凡，肯定也是有修养、有学识的人。您这样的人，怎么会跟我一般计较呢，是不是？"

沈觉冷笑一声，故意逗她说："那你眼神是真的不好。我小学毕业，没什么修养，从来都是能动手就不讲道理。"

"啊？"陈七安觉得这天聊不下去了，怎么会有这种给了台阶还不下的人哪？！

沈觉看着眼前的人吃瘪，本来打算继续捉弄她一下，结果没绷住，一下笑出声来。

陈七安见他笑了，突然就明白这人在耍自己。要不是还没在谅解书上签字，她一定转身就走让他哪儿凉快哪儿歇着去。

"算了，看你态度不错，今天就勉强放过你。"沈觉上次在商场就见识过她变脸的功力，今天一见，更是刮目相看，觉得她不去演戏可惜了。

沈觉朝着民警的方向走去，回头对陈七安说："还在那儿戳着干吗呢？不签谅解书了啊？还是说你非要体验一下在拘留所过夜的感觉？"

"签！"陈七安赶紧跟过来，生怕沈觉再变卦。

大晚上，民警正悠闲地喝着茶水，见他们俩过来了，问了一句："聊好了？"

"没有……"沈觉说。

"聊好了，聊好了。"陈七安打断沈觉的废话，跟民警说，"不好意思麻烦您了，我们俩要和解。"

民警看看他们俩，一脸"我就知道会这样"的表情。

他给两个人拿了纸笔，让他们坐下写谅解书，写完之后挨个儿签名按手印。

两个人折腾了这么一晚上，这场闹剧终于要结束了。

陈七安写好谅解书，把自己这份交到了沈觉手里。

沈觉低头扫了一眼，突然就怔住了。

另一边的陈七安已经收好沈觉签的谅解书，仔细地叠起来，放在了口袋里。现在这家伙没法赖账了，陈七安心气儿也顺了。

"没什么事，那我是不是可以走了？"这话，陈七安是跟民警说的。

"嗯，签完谅解书就可以走了，回去注意安全。以后你们小情侣闹别扭就自己在家闹，别动不动就报警，我们忙着呢。"

"谁跟他是情侣啊？"突如其来的一桶脏水朝着陈七安的面门泼了过来，泼得她惊恐万分大惊失色。

民警摆了摆手，让他们没事赶紧走。

陈七安懒得解释了，反正以后也不会再见，当务之急是离开这个是非之地。

于是，拿到谅解书的陈七安理都不再理沈觉，转身就走。

"你等一下！"沈觉在后面叫她。

陈七安只当听不见：都谅解了，这件事翻篇了，还想叫我？门都没有！

见她往外跑，沈觉直接追了上来。

在派出所门口，陈七安被沈觉抓住了胳膊。

"你又要干吗？"

这人怎么还没完了呢？他是不是非得打一架才行啊？

沈觉皱着眉，一脸苦大仇深的表情，死盯着陈七安，问她："你叫什么？"

之前进派出所的时候，民警问过他们的名字，但当时沈觉接了个电话，没听见她说。

"那上面不是写了吗？"陈七安说，"你该不会真的小学毕业吧？不应该啊，小学生也认识不少字了。"

她如此吐槽，沈觉这次竟然没生气。

"你到底要干什么？"陈七安被他抓得很疼，用力挣扎，却没甩开他的手。

她突然有点儿怕他了。

沈觉盯着她看了好一会儿，然后又看手里的那份谅解书。

"我跟你说，这是在派出所门口，我可以立刻告你骚扰！"

"你叫陈七安？"面对慌乱斥责他的陈七安，沈觉没头没脑地问了这么一句话。

陈七安安静了下来，看着他说："对啊，不是我难不成是你啊？"

一瞬间，沈觉仿佛听见自己耳边响起了滚滚雷声，紧接着又传来那天余科说的那句话："你有没有想过，万一你心里那个可爱的小仙女长大之后变成了你面目可憎的克星，怎么办？"

怎么办？

沈觉现在的感觉就是，很想死。

"不可能。"

"什么可不可能的？"陈七安眉头紧锁，用力地挣扎，"你能不能放手啊？"

沈觉突然松手，陈七安往后跌去，差点儿一屁股坐在地上。

这人果真一点儿都不懂怜香惜玉啊！陈七安恼怒地看着眼前这个人，相信了他说的自己没什么文化也没什么修养的话。这人还挺诚实的。

"咱们的事已经结束了，我要走了。"陈七安转身就走，走出两步指着沈觉说，"不许跟着我，再也别见了！"

说完，她以百米冲刺的速度朝着远处跑去，像是身后那个人是头饥渴的饿狼，她跑慢了就会被吃掉。

一直到陈七安跑得不见了踪影，沈觉才缓缓回过神来。

他继续盯着手里的那张纸看，那上面的名字突然变成了跳舞的小人，一边乱舞一边讥笑他。

不可能，我苦恋这么多年的可爱小仙女不可能是这个人。

世界这么大，中国有十几亿人口，两个人重名的概率很高的！

沈觉用力把那张谅解书揉成了一个纸团，狠狠地往身后抛去，像是要把刚刚那个叫陈七安的人丢到外太空去，生怕她再回来找自己。

突然身后有人在叫他。

"喂！你干什么的？"一个出警回来的民警大哥怒斥他，"在派出所门口乱扔垃圾，是不是想让我给你个治安处罚啊？"

人要是倒霉，喝凉水都塞牙。

在民警的怒目监督下，沈觉灰溜溜地回来，乖巧地捡起丢在地上的纸团，一边道歉，一边同手同脚地走出了派出所的大院。

沈觉往家的方向走了几步又停了下来，掏出手机，打开浏览器，手指迅速地打了几个字：同名查询。

沈觉进入网站，输入"陈七安"，然而，手指停在点击查询的地方迟迟没有按下去。

他这次是真的怂了。

陈七安这个名字不像李明、张伟那么大众，但应该也不至于小众到全国没有重名的人吧？

沈觉毫无用处地自我安慰着。

夜深人静，他戳在路边。

夏日夜晚的风吹得他灵魂都在颤抖。

就在他努力做心理建设时，余科突然打了电话过来。

沈觉特暴躁："大晚上的你打什么电话？"

余科觉得他不对劲："深更半夜火气这么大，生物钟还没调好啊？"

他调不好了。

沈觉从美国回来之后这几天一直在努力调整生物钟，本来已经差不多了，结果现在被气得根本一点儿睡意都没有。

余科说对了，那家伙真是自己的克星。

沈觉心烦，问余科："忙吗？出来陪我聊会儿。"

余科听了这话，笑得特欠收拾："哟，哥哥大晚上约人家，真是居心叵测啊！"

"不来算了，反正我也不是很想看见你。"

"哎！别啊！我没说不去啊！"余科扫了一眼时间，感慨这个时候对他这个夜猫子来说还早得很，"我去你家接你？"

沈觉想起闹哄哄的隔壁别墅，现在一点儿都不想回去。

"直接酒吧见吧，你自己来，别带别人。"

"我哪儿有什么别人？"余科觉得奇怪。

沈觉故意闹他说："你妈我阿姨不是天天给你介绍女朋友吗？一个成的都没有？"

"劝你别提这事，我头都大了。"余科拿着车钥匙就往外走，边走边逗沈觉，"人家心里只有哥哥你！"

"挂了。"沈觉受不了他，相当果断地挂掉了电话。

余科到酒吧的时候，沈觉正黑着脸坐在靠窗的位置喝闷酒。

他们俩见面的酒吧是余科的老同学开的，一家位置偏僻的清吧，环境好，顾客少，安静又舒服。

"帅哥怎么一脸苦大仇深的样子？"余科坐下，震惊于沈觉竟然点了这么多酒，"谁招你了？你这是想不开了，打算用酒淹死自己？"

沈觉瞥了他一眼，火气已经到了嗓子眼："都怨你。"

"啊？我怎么了？"余科拿起杯酒，喝了一口酒，"味道还不错。"

他放下杯子，福至心灵："该不会是……？"

"没错。"

听见沈觉说"没错"，余科虎躯一震："我妈真把她七舅姥爷的外甥女的侄子的朋友的妹妹介绍给你了？"

沈觉直接听蒙："你说什么呢？"

"那你说什么呢？"

沈觉叹了一口气，把杯子里的酒一饮而尽："我又碰见那个克星了。"

余科更疑惑了：什么克星？哪个克星？

但余科不能问，问了就等于火上浇油。他可不想惹沈觉。

"又碰见了啊？"余科立刻摆出一副同情的样子来。

"又碰见了。"沈觉的心里苦啊，但是最苦的事情他还没说。

沈觉把空杯子推到一边，拿了一杯满的过来："余科，你说你的嘴巴是不是去庙里开过光？"

"啊？什么？"

沈觉正准备开口跟余科说今天的事情，突然听见角落那边一个姑娘扯着嗓门喊了一句："你别碰我！"

这家店本来顾客就不多，整个二楼一共也没几桌人。他们俩一起看向角落，发现那边一个男人正准备拉着喝得醉醺醺的姑娘离开。

姑娘明显不愿意，用力地推搡着男人。

余科跟沈觉对视了一眼，几乎同时站了起来。

他们俩走过去，余科拍了拍那男人的肩膀，说："兄弟，人家姑娘说让你别碰她。"

那男人看起来也就20多岁，一身名牌的服装，但显然是人还是畜生，跟身上穿了多少钱的衣服没多大关系。

那人扭头看了看余科："你是谁啊？我带我女朋友走，你少管闲事。"

"去你的女朋友！"喝多了的姑娘舌头都麻了，说话吐字不清，"去他的狗屁爱情！"

余科看看她，发现这姑娘满脸都是泪，妆都花了，披散着的长发被泪水粘在脸上，长得倒是漂亮，可现在这样着实狼狈。

"听见没有？"余科说，"人家说了，你就是狗屁。"

余科刚说完这话，对面那人立刻急了，挥手就朝余科的面门打了过来。

余科没反应过来，但沈觉也不是闲站着看热闹的，手疾眼快，一把扯过余科。那人没刹住车，直接趴在了地上。

这场面过分滑稽，姑娘看得都忘了哭。

余科靠着沈觉笑："哥哥，牛！"

沈觉扭头问那姑娘："你想跟他走吗？"

姑娘摇了摇头，大着舌头含混地问："他是谁？"

"你他妈……"

"哎，哎，哎！怎么跟姑娘说话呢？"余科挡在那人跟姑娘中间，"人家都说了不认识你，赶紧滚蛋吧！要不我兄弟可真对你不客气了啊！他是跆拳道黑带！"

沈觉看了余科一眼，心说：我什么时候会跆拳道了？

不过沈觉没这么说，目光重新落在扶着桌子站起来的那人形畜生身上："我刚刚已经报警了，要不你再等会儿，待会儿警察来了大家一起去派出所聊？"

对方一听报警了，也不多纠缠了，指着那依旧醉得头晕脑涨的姑娘嘟囔了一句脏话，转身走了。

"嘿！还骂人，给你脸了！"余科看着那人的背影，嫌弃得要死。

碍眼的家伙走了，余科问沈觉："你什么时候报的警？我怎么没注意？"

"没报，骗他呢。"

"真有你的。"余科笑了。

余科跟沈觉扭头看向缩在座位角落的姑娘，心里清楚，她跟刚刚那人绝对是认识的。之前这两个人坐在一块儿喝酒，大家都看得清清楚楚。

不过不管二人之间是什么关系，姑娘现在喝得这么醉，又不愿意被带走，那他们肯定得出手帮忙了。

"姑娘，这么晚了你喝这么多酒，要不让你家里的人来接你吧？"余科此人虽然是个坚决的不婚主义者，但还是很会怜香惜玉的。

姑娘刚被欺负了一场，这会儿警觉地盯着他们。

余科赶紧解释："别误会，我们俩都是正人君子，不会对你图谋不轨的。"

沈觉站在后面，双手插兜地冷眼看着他们，在余科说完话之后，补了一句："我是正人君子没错，但你是什么人我不知道。"

余科"啧"了一声。

事到如今，那个醉酒的姑娘觉得这些男人都面目可憎，说："你们别过来，我……我找朋友来接我。"

说完，她也补了一句："我朋友，跆拳道，黑带！"

跆拳道黑带这件事，她朋友也不知道。

她喝得太多，发微信的时候都看不清屏幕了。

"你确定没事了，是吧？"余科又关切地问她。

姑娘抱着手机坚定地点头。

见她这样，余科跟沈觉也就不再多管闲事，跟她说有事叫他们，然后回到了自己的位置上。

"怪有意思的。"余科坐下后，又回头看了她一眼。

沈觉看了他一眼："我看你也怪有意思的，明着是帮人家解围，实则也是狼子野心。"

"我可没有！"余科辩解，"我只是英雄救美罢了。本人向来一身正气，知道姑娘是要用来疼的，不像有些男人，小肚鸡肠，蛮横跋扈，就知道欺负女孩子。"

沈觉越听越觉得不对劲，想起不久前发生的事，没忍住对号入座了。

"对了，你之前要说什么来着？"

"没事。"他不想说了。

他要是说了，那岂不是坐实了自己小肚鸡肠，蛮横跋扈，就知道欺负女孩子？

他转移了话题，跟余科聊起"安安兔"第二弹设计的事情。

陈七安接到方凝的微信消息的时候正在回家的最后一班地铁上。

之前从派出所出来之后，她没有再回到新城水筑去，本来就不愿意硬着头皮混入那些人里，现在有个借口，就溜了。

她给向弛打了个电话，没说自己被带到派出所的事，只是说方凝那边临时出了点儿状况，让她赶紧回去。

向弛是有些失落的。

他虽然家境好，身边莺莺燕燕不少，但在感情方面也是白纸一张，纯粹得很。他喜欢陈七安，绞尽脑汁地讨好对方，却总是不知道到底该怎么把陈七安对他的友情转换成爱情。

前阵子他思来想去，觉得两个人之间的相处情形越来越像好兄弟，意识到不能继续拖下去了。

他特意上网查好了吉时，打算今天告白，准备吉时一到就带着陈七安去自己收藏她的画的房间去。

那里，他准备了一屋子的红玫瑰。

然而，人算不如天算，女主角提前退场了。

向弛失落归失落，只是像一只被抛弃了的大狗狗一样可怜巴巴地坐在后院的秋千上，低着头轻声对陈七安说："好，那你回去注意安全。"

陈七安也有些抱歉，承诺说："改天我给你补过。"

向弛笑了："一言为定。"

就这样，失落的大狗狗重新燃起了对生活的期待。

跟向弛联系完没多久，陈七安就收到了方凝的微信消息。

陈七安紧张地打了电话过去："你没事吧？"

"没……没事。"

听着方凝的声音，陈七安怎么都觉得不像是没事。

陈七安皱着眉，跟她重新确认了一下酒吧的位置，然后让她乖乖地在那里等着，不许乱跑。

平时，陈七安是个很精打细算的人，没特殊情况绝对不会打车，要知道，在这座城市打车，跟放她的血效果差不多。

但关键时刻，陈七安又大方得很。

她查了一下从这里到那家酒吧的路线，地铁一停，立刻冲了出去，打了出租车直奔酒吧去了。

快到的时候，陈七安又打电话给方凝，想确认对方是否安全，然而打了好几遍，方凝愣是没接电话。

不是方凝不想接电话，是那会儿没法接。

跟陈七安通完电话，确认对方会过来接她之后，方凝又趴在桌子上哭了一会儿。

她是真的委屈，被渣男骗，自己果断分手，对方却又纠缠上来。

方凝越想越难过，看见面前的桌子上还有没喝的酒，一口气全都给喝了。

本来她就醉着呢，这下更是耍起酒疯来。

酒吧二楼就剩下两桌客人，一桌是方凝，一桌是刚刚帮她解围的两个男人。

她抱着旁边的装饰柜就开始号啕大哭，嘴上骂骂咧咧的，也听不清楚在说什么。

余科跟沈觉看鬼一样看着她，先是听她骂了会儿人，之后又听她扯着嗓子唱起歌来，一水儿的伤心情歌，唱得撕心裂肺的。

余科感慨："看看吧，爱情多伤人。"

见他站起来，沈觉问他："你干吗去？"

"她都这样了，也不能不管吧？"

他走过去，还没到方凝旁边，眼看着上面一本装饰书掉下来直接砸到了方凝的脑袋上。

余科强忍着才没笑出声来。

方凝被砸得安静了几秒钟，像是被点了穴，愣在那里不动了。

余科过去，小心翼翼地询问："你没事吧？"

"狗男人！"方凝一见着人，也分不清是谁了，指着鼻子就骂，"什么玩意儿？！就你还想泡我？"

余科无奈地看着她笑，觉得今天晚上可真是太热闹了。

沈觉没动，就那么坐在原处喝着酒看着那边的两个人拉扯。

余科想安抚一下那姑娘，那姑娘却躁动得不行。

确实，爱情太伤人了。

沈觉内心感慨，然后想到自己，打了个寒战。

一开始沈觉还以为这寒战是因为那句感慨的话太酸了，但几分钟之后就明白了，这股寒意来得没那么简单。

当陈七安火急火燎地跑进酒吧，冲上二楼时，一眼就看见了醉醺醺的方凝在被一个男人拉扯。

她立马急了，跑过去铆足力气推开了那个男人——一个一米六几的瘦弱姑娘愣是把一个一米八几的大男人推得踉跄。

陈七安紧张地护住方凝，怒斥眼前的男人说："你要干吗？"

这时候，坐在一边喝酒看热闹的沈觉抬头望过去，然后整个人石化在了原地。

这真的是孽缘吧！

自己到底触犯了什么天条，要让他一天见到这人两次啊？

余科被推得差点儿摔倒，不过还没意识到来人把自己当成了坏人。

他笑着说："你就是她的朋友吧？她喝多了，在这儿闹呢。"

"她喝得再多也不是你可以对她动手动脚的理由！"

"我？动手动脚？"

余科蒙了，心里大喊冤枉：我可是正面角色啊！

余科说："不是，你误会了，她刚才被一个男的纠缠，我跟我朋友帮她来着。"

说着，余科指向了坐在不远处的沈觉。

这一刻，陈七安终于望了过去。两个人四目相对，天雷滚滚。

"又是他？"陈七安嘀咕了这么一句。

余科看了看她，问："你们认识啊？"他说着拍了一下手，"那敢情好啊！既然你们认识，这误会也就澄清了。"

"澄清什么了？"陈七安扶着趴在她身上的方凝说，"原本还可能是误会，但你竟然是他的朋友，那这肯定不是误会了。"

陈七安咬牙切齿地说："物以类聚人以群分，你这朋友就不是什么好人，同理，你也一样。"

沈觉坐在那里运气。等陈七安说完这话，他放下杯子走了过去。

"陈小姐说得对。"沈觉来到他们面前，十分绅士地说出了十分让人恼火的话，"物以类聚，你朋友在这里喝成这样，对我的朋友动手动脚。"

他指了指余科的脖子："你朋友抓破的。"他又指了指余科的衣服，"你朋友弄脏的。"

沈觉面带微笑地说："我朋友可是正经公司的老板，事业有成的青年才俊，明天还有一场重要的会议要参加，脖子上的抓痕会让他的形象大打折扣，保不齐会影响品牌合作，那损失可就大了。"

余科被他这套话术给惊着了。不过余科倒是没注意自己什么时候被抓破了脖子，经沈觉一提，还真感觉有点儿疼。

"这些事你们自己去协商赔偿，我只跟你说，他这件衣服一万三千元，不能水洗不能干洗，脏了只能扔掉了。"沈觉对着陈七安笑道，"陈小姐，这钱是你赔，还是她赔啊？"

陈七安觉得自己大开眼界了。

她见过无耻的人，但没见过这么无耻的。

"能不恶人先告状吗？"陈七安一边护着方凝，一边跟沈觉对峙，"是你们先骚扰我朋友的！"

楼上闹成这样，一直在楼下闷头玩手机游戏的酒吧老板终于愿意上来看看了。

他在楼梯口探头看过来，问："怎么了这是？"

他把酒吧开在这地方就是为了躲清净，怎么还是有人闹起来了呢？

沈觉回头看见他，说："正好，老板来了，调一下监控视频吧，看看到底谁理亏。"

陈七安正有此意，说："好啊，调监控视频，如果是我误会了，我向你们道歉，该赔的钱会一分不少地赔给你们，但如果真的是你们先骚扰我朋友，那今天晚上谁都别走了，我们叫警察过来。"

沈觉盯着她，几秒钟后突然笑了出来。

"你笑什么？"

"我笑你。"沈觉先一步走向楼梯，"等会儿你就会后悔自己说过这些话。"

沈觉跟老板简单说明了情况，要求查看店里的监控视频。

老板跟余科熟络得很，一听自己的朋友被误会是个猥琐男，那肯定坚决维护朋友。

他带着几个人去调监控视频，下楼的时候，热心暖男余科甚至要帮陈七安搀扶醉酒的方凝。

"你别碰她！"陈七安警惕得很。她可不能让方凝被人占了便宜。

余科哭笑不得："你可真是……"

他停顿了一下，走在前面的沈觉回头接上了话茬："不知好歹。"

陈七安警惕地瞪着他们，没多说话，到了一楼之后小心翼翼地把方凝搀到沙发上靠着，安顿好她之后跟着他们去看监控视频了。

今天晚上一共也没来多少人，尤其是二楼，顾客少得可怜，老板随便往前一翻就找到了事发时的画面。

"再往前，"沈觉说，"从头开始看。"

老板把监控视频调到了方凝进门的时间。当时她一个人来的，到了之后直接点了酒，去了二楼角落的位置，过了一会儿，又一个人推门进来了。陈七安看见那个男人的时候，惊得说不出话来。

那人是不久前才劈腿的渣男！

他们几个人耐着性子看完了监控记录下来的全过程：渣男是如何给方凝灌酒，两个人又是如何起了争执，那家伙又是如何想要强迫方凝跟他离开，而沈觉跟余科又是如何为方凝解围的……

陈七安看到最后，脸上挂不住了，尴尬到恨不得找个地缝钻进去。

上一次发生这种情况还是上学的时候，她早上起来晚了，穿着拖鞋就跑进了教室。

"怎么样，看完了？"沈觉面带微笑，双手环抱在胸前，趾高气扬地对陈七安说，"陈小姐刚刚说过什么来着？哦，对，道歉，赔钱。"

他用最温柔的语气，说着最扎心的话。

余科站在一边瞄他，人生中第一次见到这么咄咄逼人的沈觉。

余科突然想起自己前阵子听的那本恶俗言情小说《霸宠嚣张俏佳人》，那里面的男主角行为跟现在的沈觉简直如出一辙。

兄弟不去拍戏可惜了，完全本色出演哪！

陈七安的气焰完全熄灭了，她先是乖乖地跟酒吧老板说了一句"不好意思，麻烦你了"，之后偷偷瞄了一眼正得意地等她道歉的沈觉。

陈七安扭头看了一眼难受地靠在沙发上紧闭着眼睛的方凝，然后就听见沈觉在那里催促："要道歉就抓紧，我们的时间很宝贵的。"

陈七安转过头来看看他，目光突然又转向了余科。

余科原本就只是在看热闹，到现在也不知道这个所谓的"陈小姐"究竟是干吗的，又是怎么跟沈觉认识的，不过这些事都可以之后再打听，现在就只是觉得有趣，这两个人的关系可太妙了。

所以，当陈七安猛地看向余科的时候，余科被吓了一跳。

"干吗？"余科莫名其妙地警觉起来。

陈七安猝不及防地给了他一个笑脸，然后上前半步，鞠躬道歉："先生对不起，刚才误会你了。"

她认错态度相当好，毕竟确实是自己太莽撞，没搞清楚原委就往人家好人身上泼脏水。

"还要郑重感谢你，"陈七安直起身子后对余科说，"我朋友酒量不好，被人欺负的时候还好你帮忙，不然还不知道今晚会发生什么事。"

余科在面对姑娘的时候向来没脾气，笑得特憨厚："没事，没事，应该的，我相信遇到这种事情，任何一个有正义感的人都会站出来帮忙的。"

陈七安对他笑完，准备见好就收。

"总之就是很感谢你，时间不早了，我们也不多打扰了，改天有机会的话我让她亲自向你道谢。"说完，陈七安转身就想带着方凝开溜。

然而，沈觉是不会给她这个机会的。

"站住！"沈觉大爷似的站在那里叫住了陈七安，"这就想走啊？"

他继续说："再说，你怎么只向他道谢啊？那我呢？"

陈七安回头，没好气地说："跟你有什么关系？"

"我也帮她了啊！"沈觉指着方凝说，"她被纠缠的时候，我也过去了。"

"是吗？我没看见。"陈七安给他甩了个冷脸，目光扫过余科的时候，又立刻换上了笑眼："谢谢恩人，没事的话我们就先走了。"

她抓着方凝的胳膊，架着人就准备离开。

沈觉快步过去，直接挡住了陈七安的路。

"行，就算这事我不跟你计较了，那赔偿的钱总该留下吧？"沈觉还真没完没了了。

余科在一边看热闹看得起劲，恨不得让酒吧老板给自己开一包瓜子。

说起这个赔偿，陈七安头都大了。

"赔偿？什么赔偿？"方凝晕乎乎的，被酒精麻痹的舌头依旧吐字不清。但像她跟陈七安这样的人对钱相当敏感，一听见"赔偿"，酒醒了一半。

"一万三千元。"沈觉这话是冲着陈七安说的，"刷卡还是现金？"

陈七安被逼急了，眼睛都红了。

余科见形势不妙，赶紧过来打圆场："一万三千元什么啊一万三千元！"

他拍了一下沈觉，把人往旁边推了推，然后跟陈七安说："没事啊没事，别哭，我这就是一件破T恤，没那么贵！"

这时候，挂在陈七安身上醉意正浓的方凝看见余科，立刻来了精神："大哥！"

几个人被她这一嗓子嚷嚷得吓了一跳，紧接着就看见方凝一把握住了余科的手："谢谢你，我谢谢你！你真是个好人！"

陈七安看她站都站不稳的样子赶紧把人扶住。

余科笑得不行，跟陈七安说："你还是让她去沙发上坐着吧。"

陈七安也是拿方凝没办法。现在这样子，开溜肯定是没戏了，只好把闹腾的方凝安置到一边，她来处理这一摊子烂事。

陈七安扫了一眼余科脏了的衣服，又一个眼刀甩到沈觉身上："听见没？！人家说这衣服没那么贵！"

"对，对，对，真没那么贵。"余科说，"就五千多块。"

余科的手还被方凝抓着。

那醉酒的姑娘使劲摇着他的胳膊，不停地说着："大哥谢谢你！"

陈七安无语了。一件T恤五千多，他怎么不去抢啊？！

沈觉可太清楚这个陈七安是什么人了——钻钱眼里的钱串子，满嘴跑火车的导购员，她胡天侃地地骗别人口袋里的钱可以，但谁想从她的口袋里要点儿钱出来，估计跟要她的命的效果差不多。

沈觉没忍住，在一边笑了起来。

"啧，你笑什么呢？！"余科回头抱怨，把沈觉轰一边待着去了。

余科跟陈七安说："陈小姐是吧？"

陈七安点了点头。

"你跟沈觉是什么关系啊？"

"沈觉是谁？"

沈觉一听这话，又不高兴了。

"你的眼睛是用来出气儿的吗？"沈觉气急败坏地说，"谅解书我签的是古埃及文你看不懂？"

说到谅解书，陈七安淡定自若地说："我没仔细看，怕你反悔。"

"怕我反悔，不仔细看，那你就不怕我乱签字？"

"警察盯着呢，你不敢乱签。"

两个人就这样又吵起来了。

余科看看这个，又看看那个，给他们俩总结出了一个十分恰当的词：欢喜冤家。

一般来说，欢喜冤家的尽头是结婚。

他这个看热闹不怕事大的人已经开始幻想二人的婚礼了。

"不好意思，打扰一下。"就在这时，酒吧老板也凑了过来。

不过，人家来是有正事的。

"这位小姐，你朋友还没买单。"酒吧老板把账单递到了陈七安面前，"你看，你是刷卡呢，还是付现金啊？"

沈觉这下彻底解气了，坐在旁边的沙发上笑得毫无形象可言。

陈七安低头一看，差点儿背过气去。

这是黑店吧？方凝喝了多少酒啊，竟然要3000多块？

"买单，买单！"方凝醉归醉，该自己做的事倒是一样不落地往前冲。

见她扶着沙发要站起来，陈七安跟余科都赶快过去扶她。

"买单！"方凝大手一挥，把手机丢给了陈七安，"买单！"

陈七安看她这样，真是哭笑不得，解锁了手机，让酒吧老板扫码收款，结果这家伙的余额根本不够付账。

场面相当尴尬。

陈七安小声对方凝说："你到底喝了什么酒啊，这么贵？"

酒吧老板说："本利亚克加一瓶活福波本威士忌，这两瓶一共3000块，外加她之前自己点的几瓶果味啤酒，一共3500块。"

"等一下！什么叫她之前自己点的？那两瓶贵得要死的酒不是她点的吗？"

酒吧老板回答："是后来那位先生点的，不过，这位小姐确实都喝光了。"

陈七安觉得自己呼吸不畅了，也不知道这会儿应该骂那个男人不是人，还是应该骂方凝没脑子。

"这钱，你们到底怎么付啊？"

方凝余额不够，陈七安身上也没那么多钱。她每个月省吃俭用地攒钱，每次发完工资只给自己留几百块钱的生活费，其他的都存起来拿去买理财产品了，再怎么着急用钱也取不出来。

沈觉笑够了，又在一边说风凉话："现在的情况是，你打算把这笔账也赖掉？"

"我没有！"陈七安陷入窘境，重新把方凝丢回旁边的沙发上，接过老板手里的账单，开始想办法，"给我点儿时间。"

她躲到一边去，拿着手机开始找人借钱。

陈七安的朋友不多，或者说，她的朋友少到其实只有方凝一个。平日里那些看起来关系不错，也没少受她照顾的同事，在这种时候根本不回消息。

也对，大家生活得都不容易，谁都不愿意借钱给别人。

陈七安急得眼睛泛红，背对着那些人，不想让他们看见自己现在糟糕的表情。

沈觉盯着她，刚刚恶作剧一样捉弄她之后，现在再看她躲在角落的背影，突然有些于心不忍了。

他不是什么圣人，没空也没心思在人间传播爱与正能量，更何况自身对这个陈七安也没一丁点儿好印象。可是，就因为她叫陈七安，沈觉看着她的时候，忍不住想：我的陈七安现在在做什么呢？

如果，那个陈七安也正遭遇困境……

沈觉一时间脑子有些乱了，竟然做出了一个让自己都无法理解的举动。

他对着酒吧老板招了招手，说："我先帮她把账付了。"

此话一出，余科跟陈七安同时看向了他。

沈觉没理会那么多，直接刷卡，把两桌的账都给结了。

陈七安不可思议地看着他，紧锁着眉，不知道这人又要做什么。

沈觉付完账，向酒吧老板借了纸跟笔，在上面"唰唰"写了些什么，然后拿过去递给了陈七安："五千块的T恤赔偿，三千五百块的酒钱，欠条，签字。"

陈七安垂眼看看那张被递过来的纸，不知道怎么就被逼到了这步田地。

她站在那里，攥着手机，发了十几条微信出去，一条回复消息都没有。

陈七安的心都凉了。

她深呼吸，赌气似的接过纸笔，直接在上面签了名。

沈觉看着她清清楚楚地写下了"陈七安"三个字。

"我会尽快还钱。"陈七安把欠条还给了沈觉。

沈觉接过欠条，转过去站到陈七安身边，抬手就给两个人自拍了一张照片，那张欠条自然也出镜了。

　　"你干吗？"陈七安被吓了一跳。

　　"怕你赖账。"沈觉又伸手，"拿来。"

　　"什么？"

　　他指了指陈七安手里的手机。

　　陈七安莫名其妙地把手机递了过去，心想：这是要用手机做抵押？我这手机也不值几个钱哪！

　　沈觉接过手机按了一下，不耐烦地说："解锁！"

　　陈七安瞪了他一眼，手指按上去，解锁了手机："什么态度啊？！"

　　"你的债主该有的态度！"

　　沈觉见手机解锁了，二话不说直接拨号。

　　很快，他的手机响了起来，陈七安探头过来看，只见沈觉直接帮她存下了那个电话号码，联系人姓名写的是：债主。

　　"还债主……"陈七安不情不愿地小声嘀咕着。

　　沈觉把手机还给了她："欠条我收好了，手机号码我留下了，你上班的地方我也知道，你别想赖账。"

　　"放心吧！不会的！"陈七安拿回自己的手机，没好气地回应着沈觉。

　　陈七安态度不好，但沈觉心情很好。

　　他摆了摆手："行了，带着你朋友赶紧走吧。"

　　陈七安一个眼神都没有再给他，绕过去，拉着方凝就往外走。

　　都这时候了，方凝还抱着沙发不肯走："我还没买单呢！"

　　陈七安哄着她："好了，好了，买完了，咱们回家吧。"

　　方凝听她这么一说，才乖巧地任由陈七安拉着往外走。

　　出门前，陈七安压低声音，生无可恋地在方凝耳边说："你真是欠我太多了！"

　　陈七安费劲地带着她到了门口，余科十分绅士地帮忙开了门。

陈七安虽然生沈觉的气，但对余科倒是没什么偏见，更何况人家确实帮了方凝。

"谢谢，"陈七安说了句，"你是个好人。"

余科没绷住，笑得天崩地裂的。

陈七安带着方凝离开了酒吧，到路边打车。

余科跟沈觉站在酒吧里透过玻璃门看着她们。

余科说："老沈，你不对劲。"

沈觉心满意足地收好了欠条，看了一眼时间，说："不早了，我先回去了。"

余科骂他没良心，自己闹够了，开心了，拍拍屁股就走了："典型的渣男行为。"

但大晚上，这一带不好打车，沈觉走出门在路边等了好一会儿也没等到车，陈七安跟方凝自然也一样。

"今晚天气不错。"沈觉忍不住笑，没话找话说。

陈七安懒得理他，能躲多远就躲多远。

沈觉看她这样，觉得特逗，之前的糟糕心情都被夏夜的风吹散了。而且他现在几乎可以确定，这个陈七安绝对不是他要找的那个陈七安。

她们完完全全是不同的人，连头发丝都没有一根是相似的！沈觉想明白了，之前自己担心的所有事都是多余的。

想通了的沈觉已经没有了一丁点儿心理负担，双手插兜，美滋滋地站在那里吹着风等着车，还坏心眼地对陈七安阴阳怪气地说："你朋友酒品真不错。"

陈七安狠狠瞪了他一眼，拉着方凝离得远远的。

余科叫的代驾已经到了。车停在路边，他让沈觉上车。

等到沈觉坐好，余科又回头看了看后面，开了车窗探出半个身子去叫陈七安："陈小姐，要不要我们先送你回去啊？"

沈觉坐在车里对陈七安笑："不收你的钱。"

陈七安丝毫没有心动，甚至板着张脸说："不用了！谢谢你的好意！"

恶作剧得逞的沈觉坐在那里笑个不停。

余科说："你这样不行哪，出来混迟早要还的。"

"还什么？"

余科只敢在心里说：等以后真阴错阳差地对人家动了感情，到时候你今天的所作所为都是埋下的祸根！后悔去吧你！

"还什么？你倒是说啊！"沈觉又不耐烦了，一边问余科，一边通过后视镜看了一眼还站在路边苦等出租车的陈七安。

"没事。"余科顺着他的目光也看了陈七安一眼，然后故作高深地抚摸着沈觉的头发，语重心长地对他说，"等长大你就会明白了。"

沈觉嫌弃地往旁边躲："手拿开！"

陈七安搀扶着方凝目送余科的车离开，等到那两个人走得没影了，终于还是叹了一口气。

方凝稍微醒酒了，直起身子，靠着陈七安吹风："那时候我听不进去，总觉得找个有钱的男朋友，什么好日子过不上啊？现在我才终于明白了，像我这样的人，在他们眼里根本就只是拿来取乐的小丑。"

陈七安看向她，抬手给她擦眼泪。

原来，那个男人自己在外面拈花惹草，却为了防止方凝出轨在她的手机里装了定位软件。今天他特意来找她，并不是为了道歉，也不是为了和好，只是觉得他们在一起这么多天，还没跟方凝发生过关系，亏了。

陈七安听到这些事，气得头发都快竖起来了。

"我真的太傻了。"方凝用力擦眼睛，把妆都弄花了，"我总觉得，这座城市太大了，太繁华了，让人眼花缭乱，而我渺小到就像是一只小蚂蚁，谁都能踩一脚。我想着，我得找个有钱的男朋友，到时候有了依靠，谁也不敢欺负我了。"

说到这里，方凝彻底哭出了声。

陈七安转过来抱住她，轻声安慰着："方凝，我们是很渺小，但绝对不是谁都能踩一脚的蚂蚁。我们要始终记得自己是谁，记得自己要去的地方。所谓的安全感别人是给不了我们的，我们只能自己创造。"

方凝呜咽着，头晕晕的，盯着陈七安看，看到对方在对自己笑。

方凝看了她好久，然后泪流满面地笑了起来："安安，你的名字起得真好。"

七安，早安，午安，晚安，行也安然，坐也安然，穷也安然，富也安然。

人始终保持一颗纯粹的心，人生才不至于真的跌落谷底。

"哦，对了，"陈七安突然想起了什么，从包里拿出自己叠好的欠条说，"8500块钱，你得自己还。"

方凝定睛看了看那张欠条，又看了看陈七安："这东西哪儿来的？"

陈七安把方凝醉酒时发生的事情都给她讲了一遍。

方凝一边听，一边把该骂的人都骂了一遍。

"那什么狗东西，竟然背着我买那么贵的酒，还算到老娘的头上！"方凝气得不行，"而且我还喝醉了，根本没尝出那酒好喝在哪里！"

两个人对视，没忍住都笑出声来。

"不许赖账！"陈七安说。

"放心！我方凝赖你什么都不会赖你的账！"方凝挺直了腰板，豪气得仿佛行走江湖的女侠，"等我下个月发工资，第一时间还给你！"

该说的话都说完了，该想的事，她们还要回去继续想。

两个人站在路边，心平气和地等着迟迟不来的出租车。

"哎，安安。"

"嗯？"

"说起来，你觉不觉得那个人挺帅、挺有风度的？"

"谁啊？"

方凝靠着她抿嘴笑了笑："就是我的英雄啊！"

英雄救美的那个余科啊！

遇见一次是巧合，遇见两次是命运，这么接二连三地遇见，而且每次遇见都没好事，沈觉认为，他跟那个叫陈七安的人之间有孽缘。

不过好在那张 8500 块钱的欠条算是替他出了一口气。

第二天，沈觉神清气爽地来到了公司。

这是他回国之后第一次正式跟公司的其他人见面。

沈觉这次回来，并没有参与管理公司的意思，只是为了方便跟各部门沟通做出更好的产品，也是为了更方便地寻找他要找的人。

余科当然不介意这些事，只需要沈觉发挥自己的才华给他赚钱就行了。

上午十点，各部门负责人都在会议室里等候。

沈觉走在余科身后，意气风发，充满期待。

余科给足了沈觉面子，把他介绍给公司各部门负责人时，夸得那叫一个天花乱坠。

沈觉是有实力在身的，但谦逊惯了，突然被余科这么吹捧，自己反倒先不好意思起来了。

"我这次回来不会过多参与公司的运营，大家不要担心，我的主要任务就是推出'安安兔'系列的第二弹产品，之后还需要大家协作。"

"'安安兔'是公司近几年最重要的项目之一，各部门的人一定要全力以赴去支持。"余科说，"之后大家在产品上有什么想法也可以直接跟沈总沟通，在这方面他才最有发言权。"

沈觉跟余科对视一眼，觉得也没太多想说的。于是两个人坐到一边，开始听各部门负责人汇报情况。

沈觉那种轻松愉悦的心情并没有维持太久，当销售部经理熊大志打开幻灯片，讲到他们今年年初新颁布的员工营销激励政策时，沈觉的右眼皮开始狂跳不止。

右眼跳灾，沈觉有种不祥的预感。

很快，他知道了自己眼皮跳的原因。

"今年年初我们开始实行员工营销激励政策，"熊经理站在那里侃侃而谈，"每家线下店铺的每一个导购员都可以参与这个激励政策，每个季度评选一次销售冠军，当季销售冠军的绩效翻倍发放。"

熊经理说到这里的时候，很是骄傲："因为这个激励政策，我们最近半年的销售业绩已经相当于去年的三分之二。"

眼前的幻灯片翻页，当沈觉看清楚上面的照片时，惊得头发都竖起来了。

"这是新城 mall 的导购员，连续两个季度的销售冠军都是她。这家店整体业绩也非常好，仅他们一家店的销售额就占我们所有店铺的五分之一。"

陈七安的证件照出现在屏幕上，她笑得灿烂，沈觉却只觉得天雷滚滚。

旁边的余科也愣了一下，随即憋笑快憋出内伤来了。

这世界上真的有这么巧的事情吗？两个人不在一起很难收场啊！

余科用余光偷瞄沈觉，发现那人正目光如炬地看着人家的照片。

"沈总，"余科凑到沈觉耳边，小声说，"这个陈七安有两把刷子啊。"

这种人竟然能成为两个季度的销售冠军，公司真的没有销售人才了是不是？

沈觉心里闷得慌，坐在那里黑着脸焦虑地咬起了手指。

之后熊经理都说了些什么，沈觉压根没听进去，满脑子都是"销售冠军是陈七安"以及"陈七安就是销售冠军"，魔音绕耳。他觉得这幻灯片的恐怖程度堪比日本鬼片，幻灯片上的陈七安下一秒就要披头散发地爬出来索命了。

"喂，想什么呢？"突然，余科用手肘撞了他一下，"你还有什么想说的话没？没有就散会了啊。"

"好，散会吧。"沈觉心不在焉，思绪早就跑偏了。

其他人陆续离开，最后会议室里只剩下沈觉跟余科两个人。余科轻咳了一声："沈总，发表一下会议感想？"

沈觉知道他想说什么，自己偏不顺着他的意思往下接话。

"挺好的，"沈觉说，"大家都很专业。"

"那是，我们的导购员也都很专业。"

沈觉牙又痒痒了："别阴阳怪气的，真当我听不出来你想说什么？"

余科"嘿嘿"地笑着："没有，我就是挺意外的，没想到她会是销售冠军，小姑娘还挺厉害的。"

沈觉"呵呵"一笑，满脸都写着冷漠。

"你去过她在的那家店，当时感觉怎么样？"

"怎么样？"沈觉收好笔记本，准备离开，"四个字。"

"惊为天人？"

"不堪回首。"沈觉说，"我劝你以后招人的时候多花点儿心思，别什么人都往公司招。"

"到底咱们俩谁阴阳怪气啊？人家干得不是挺好的吗？！"

再说了，一个线下导购员，招聘的事人家自己店里的负责人就解决了，跟我余科有什么关系呢？

余科跟着沈觉回了办公室，看了一眼时间，已经到了中午。

"中午去哪儿吃？"余科说，"下午我要见个客户，见面的地方离你家挺近的，要不干脆去那附近，顺便送你回去？"

沈觉没多想，就这么答应了。

很多时候沈觉都会怀疑，余科是不是工作不饱和，不然为什么把心思都花在奇奇怪怪的事情上？

两个人说好中午一起吃饭，没想到这家伙开着车直接就来了新城mall。

第四章

销售冠军竟是她？

"不是说去吃饭？"

"这楼上就有不错的餐厅。"余科停好车，叫上沈觉往商场里面走去，"不过来都来了，我也去见识见识那个销售冠军的能耐。"

沈觉震惊到觉得脚下的地面都抖了抖："你这么闲吗？"

"这不是闲，"余科说，"我这么做是有原因的。"

余科催促着沈觉赶紧跟上："来都来了，别闹脾气了！赶紧走着吧！"

沈觉拿他没办法，只好随他去了："行，那我就让你见识见识她是怎么胡说八道的！"

工作日的正午时分，店里人很少，导购员轮休吃午饭。沈觉跟余科过来的时候，陈七安正等着自己的外卖。

"欢迎光临！"有人抢在陈七安前面迎了上去。

陈七安循声看过去，当看见沈觉那张带着微妙笑意的脸时，头皮都开始发麻。

她下意识的反应是：不会吧？这就上门来讨债了？

陈七安往后躲，准备先开溜。

然而，沈觉一进来就看见了陈七安。

"你不过来迎接，想往哪儿跑啊？"

陈七安翻了个白眼！

"先生您好，"之前先陈七安一步过去迎接客人的那个导购员依旧站在他们身边，"请问二位对我们的哪款产品感兴趣？我可以给你们介绍一下。"

沈觉还在盯着陈七安。

陈七安赶紧说："对，对，对，小萌，你给介绍介绍，我先去后面午休了。"

说着她就想走，结果沈觉叫住了她。

"站住。"沈觉戳在那里，命令似的说，"我就要你给我介绍。"

陈七安内心冷笑：什么玩意儿？这人真把自己当盘菜了！

余科在后面倒是狂喜：我兄弟是不是熬夜看小说了？台词背得很熟啊！

陈七安说："不好意思啊，我午休了。"

"这个，给你十五分钟时间，把你的营销话术对着我朋友讲一遍，我立刻买下来。"沈觉指的方向是店里最显眼的位置摆放的一个大型潮玩，半人多高的将军熊猫形象，是陈七安他们店里的"镇店之宝"。

这款产品之所以被称为"镇店之宝"，并不是因为火，只是因为太贵了根本卖不掉，在店里摆了好久。当初店长甚至发话说谁能卖掉它，就让谁当副店长。

"你买这玩意儿干吗？"余科凑过去小声问，"买回去抱着睡觉啊？"

沈觉只当自己没听见余科的吐槽，继续问陈七安："怎么样？卖掉这一个，你本月的提成就够吃顿好的了吧？"

何止是吃一顿好的，她直接成为销售冠军好不好！

好汉不吃眼前亏，陈七安纯属好了伤疤忘了疼。

她立刻给大家表演"变脸"绝活，满面笑容地走过来，毕恭毕敬地说:"二位先生真是好眼光,这款将军熊猫可是我们的镇店之宝啊!"

余科惊了,从没见过这么"能屈能伸"的人。

不愧是沈觉看上的女人,这人有点儿东西啊!

陈七安当初也为了卖这款将军熊猫下了不少功夫,在网上查不到它的设计故事,于是就自己编了好几个。

在讲故事这件事上,陈七安就没怕过谁。

"熊猫,我们的国宝;将军,有勇有谋之人。设计师将这两种形象集于一身设计出了这款潮玩,充满了象征意味!"

陈七安激情满怀地给沈觉跟余科介绍着这款潮玩,最后甚至上升到了家国大义上。

余科听得一愣一愣的,到最后目瞪口呆地看向了沈觉。

余科:她在说什么?这真的是我本人设计出来的东西吗?

沈觉在心里冷笑:领教到了吧?这就是你的销售冠军!满嘴跑火车,没一句实话!

这一次,陈七安其实已经做好了继续被沈觉戏弄的准备。她并不觉得这家伙真会履行诺言买下这款潮玩,但总归是要试一试的,万一呢?!

她绝对不会放过任何一个赚钱的机会。

"怎么样?先生还有什么想了解的吗?"陈七安口若悬河地讲了足足二十分钟,说得口干舌燥嗓子冒烟。

这回轮到沈觉看热闹不嫌事大了。他用肩膀撞了一下像是灵魂出窍的余科,笑着说:"这位先生,还有什么想要了解的地方?"

余科目光呆滞地看向沈觉:"我没想到。"

"没想到就对了。"沈觉一脸"料到了"的笑容。

现在余科能明白为什么那天沈觉来过这家店之后对陈七安念念不忘了!

这位陈七安,还真不是一般的选手,死的都能给说活了,瘸的都能给说健步如飞了!

陈七安不知道他俩在那儿不理解什么："二位还有哪里不理解？我可以讲给你们听。"

"不用了，不用了，已经非常精彩了。"

沈觉敏锐地捕捉到了余科这句话的关键词，纠正对方："我建议你把'精彩'换成'糟糕'，这样比较恰当。"

余科在听陈七安编故事的时候原本是一脸震惊的表情，到了这会儿突然兴奋起来。

"没想到啊，真是没想到！"余科一巴掌拍在沈觉的后背上，"我们差点儿就埋没了人才！"

沈觉吃惊地看着他："你发什么神经呢？"

陈七安见余科这种反应，也有些意外，不过这不重要，在顾客精神状态最不稳定的时候催促对方付钱，这才是最重要的一个环节。

"看起来二位很喜欢这款将军熊猫啊？那么，刷卡还是付现金呢？"陈七安小心翼翼又亲切温柔地询问着。

余科一把抓住沈觉："你买给我。"

"我？买给你？你要这玩意儿干什么？"

"快！付钱！"余科说，"刚才不是你说的，她要是给我介绍了，你就把这个买下来？你想赖账啊？是不是男人啊！"

沈觉开始怀疑人生了。

陈七安在一边拱火："先生，刷卡还是付现金？"

大仇得报！现在的陈七安觉得自己终于扬眉吐气了！

沈觉恨铁不成钢地看着余科。

余科倒是开心，满眼爱意地打量着自己的作品。

"刷卡！"沈觉咬牙切齿地回答陈七安。

"好嘞！您这边请！"陈七安春风得意，带着沈觉去结账了。

沈觉走在她后面，看着这家伙开心的样子就生气。

"怎么？先生您心情不好啊？"陈七安火上浇油，"买到喜欢的东西，您应该开心的呀！您看您朋友，嘴角都要咧到太阳穴了！"

"你少说两句行吗？"沈觉把卡递给陈七安，"再废话，我就算拖着，也要把他拖走，你一分钱提成也赚不到。"

陈七安立刻闭嘴，还在嘴边比画了一下拉上拉链的动作。

这种威胁对她来说实在太好用了，赚钱比什么事都重要。

"先生，请输入密码。"

沈觉看着陈七安满面笑容的样子心里就堵得慌，一边输入密码一边问她："欠我的钱你准备什么时候还？"

一提起这件事情，陈七安立马不笑了。

"我们又没约定还钱的时间。"陈七安说，"等我有钱了自然会还的。"

沈觉瞥了她一眼："我看你就是想赖账。"

"我才不是那种人。"

结账完毕，陈七安才是最开心的那个人。

另一边，店长已经带着人过去准备打包那个半人高的潮玩，余科却一口拒绝了："不用麻烦了，我们直接扛走。"

几万块的东西，都不包一下，大家互相看了看，觉得这个顾客可以长期维护一下，以后店里的业绩就靠他了！

当沈觉黑着脸帮着余科把那将军熊猫扛出店门的时候，整个人都追悔莫及。他万万没想到，余科竟然被陈七安给"收编"了！

"这东西你准备放哪儿？"沈觉问，"公司大门口？当吉祥物？"

"不啊，放你家。"余科说，"这么霸气又有故事的潮玩，不是刚好跟你的'安安兔'形成鲜明的反差吗？反差萌，你懂吗？从今天开始，我'萌'这对组合。"

"有病。"沈觉的火气已经蹿到了头顶，他看着余科就来气，"你自己设计的东西，家里、公司数不清有多少，跑到店里来买？花了几万块！"

"这不一样啊。"余科说，"这不是你送我的嘛！"

余科笑得不行，沈觉气得不行。

"不过说真的，那个陈七安确实口才不错，脑子转得也快。"余科说，"这样的人才，我得好好利用一下。"

两个人扛着将军熊猫往外走的时候，看见一个穿着一身名牌服装、拎着外卖的人急匆匆地走进了"X星球"。沈觉嘟囔了一句："这回好了，开了这么一单，她怕不是要点顿海鲜大餐庆祝了。"

　　沈觉看见的那份外卖恰好真的是陈七安点的。

　　不过她点的不是海鲜大餐，只是普通的盖浇饭。

　　陈七安欣喜若狂地送走了那两位"财神"，火速回到收银台边开始算自己这个月的提成。

　　她还没算完，门口突然又有人叫她："陈七安的外卖！"

　　她差点儿忘了！

　　陈七安应了一声，赶紧跑过去收外卖。

　　"怎么是你？"让陈七安没想到的是，来给她送外卖的人竟然是向弛。她惊讶地看着对方穿着外卖的马甲、戴着外卖的头盔，哭笑不得地问："这是富家少爷在体验生活？"

　　"正解！"向弛原本还在想怎么跟陈七安解释，没想到对方已经帮他找到了一个看起来相当合理的借口，"我爸让我多出来历练一下，我觉得送外卖这工作就挺好。"

　　而事情根本就不是这样的。

　　向弛最近到他爸的公司上班，其实没什么事可做，于是每天就琢磨着怎么追陈七安。

　　他中午提前从公司出来，原本想着亲自买好了饭送过来给陈七安，但又觉得这样太殷勤，怕陈七安觉得不舒服。

　　这脑回路异于常人的大少爷灵机一动，蹲守在新城mall门口，来一个外卖员就拦住对方问问是不是送到"X星球"给陈七安的。

　　他等了好一阵子，终于等到了，给了外卖员500块钱，让外卖员把马甲和头盔借自己用一会儿，这份外卖他来送。

　　见陈七安只点了一份店里最便宜的盖浇饭，向弛特意跑去又买了火腿跟饮料，一起放进了外卖袋子里。

　　"难怪，"陈七安接过外卖说，"你超时了十分钟呢。"

　　向弛"嘿嘿"地傻笑着说："新手，没经验。"

陈七安对他笑了笑，打开外卖袋子一看，说："这不是我点的外卖呀！"

"怎么不是？"向弛说，"这不是写的你的名字吗？"

"但是我没点火腿跟饮料。"

"啊……今天商家搞活动，送的。"向弛怕再多说会露馅，赶紧往外走，"那什么，我还忙着去送下一单外卖，走了啊！"

陈七安没来得及叫住他，他已经跑远了。

向弛怪怪的。

陈七安并不是迟钝的人，能察觉到向弛对自己好，但又怕是自作多情了，毕竟两个人从小就是好朋友，这么多年像家人一般。

然而，当陈七安打开外卖，看见外卖单子上写的配送员信息时，突然觉得自己可能明白了什么——外卖单子上派送员的信息不是向弛的。

陈七安不知道向弛葫芦里究竟卖的什么药，犹豫了一下，没直接拆穿他的说法，只是给他发了条微信："体验生活也不要太辛苦，改天请你吃大餐。"

另一边的沈觉帮着余科把将军熊猫扛到了地下停车场，塞进了车的后排座位上。

"这东西怎么这么重？"沈觉嫌弃地吐槽。

"说明没偷工减料！"余科心满意足地看着躺在车里的将军熊猫，"我是真没想到，当初只是去动物园看熊猫觉得可爱随便设计的一个形象，竟然能被编出那么一大套故事，还有头有尾的。"

"那是她能骗人！"沈觉没好气地说，"什么家国大义，什么热血豪迈，这根本就是诈骗行为！"

他瞪了余科一眼："我应该报警，把你们俩都抓起来！"

自从认识了那个叫陈七安的人，沈觉觉得自己的身心健康每况愈下。

"你气色不太好。"余科早上到了公司，看见沈觉第一句话就是这个。

他能好就怪了。

那天从新城 mall 离开之后，沈觉就跟被诅咒了似的，连续三个晚上梦见自己跟陈七安吵架。

"没事，撞鬼了而已。"

"撞鬼了？"余科兴奋了，"给我讲讲！"

"讲什么讲啊，你该给我讲讲什么时候把那将军熊猫搬走吧？"沈觉做噩梦就是从余科把那东西搬进自己家开始的。他算是看明白了，那就是个不祥之物，跟陈七安那个不祥之人异曲同工。

"你买的，当然是放你家。"余科说，"对了，今天下午我跟销售部的人也要再碰一下。过阵子就要开始进行第三季度业绩考核了，如果陈七安这次还能拿到销售冠军，我准备破格提拔她到总部来。"

沈觉正喝咖啡——余科这两句话，让他烫了舌头。

"什么？"

"你没听错。"余科在沙发上跷起二郎腿，笑着说，"感谢我吧，我为你们创造了搞办公室恋情的绝佳机会！"

"开什么玩笑？！"

余科学着小说里的男主角露出了一"个邪魅一笑"的表情，看得沈觉直往后退。

"我当然不是一拍脑子就做了这个决定，你得相信我的用人逻辑。"余科说，"这两天我分析过陈七安以及他们店的整体情况，发现他们的销售额高不是没有道理的。"

"有什么道理？"沈觉兴致缺缺地说，"他们不过就是靠着她那张会胡编乱造的嘴。"

"确实，陈七安的这个能力的确了不得，黑的她能说成白的，白的能说成五彩斑斓的。"余科说，"我都没想到随随便便一个潮玩形象，她竟然可以轻松编出一个完整的故事，这就是她的本事。"

"胡编乱造，算什么本事？"

"你对她的偏见很严重啊。"余科笑，"但在营销层面上，她的方式更能引发消费者产生共情心理，往往更容易爆火。而且，我发现她还有一个微博账号，她专门在上面画一些'安安兔'为主角的漫画小故事，很受欢迎。"

沈觉翻了个白眼："她擅自用我设计的形象画漫画，侵权了吧？"

余科抖着腿笑着看他："你发现没有？不管什么事，一旦涉及陈七安，我说的是那个导购员陈七安，你就会变得不冷静、不理智、不客观。"

沈觉没吭声。这点他当然发现了。

"你知道这意味着什么吗？"

"我不想知道。"沈觉说，"我只知道，下午你跟销售部的人碰面的时候，最好也叫上我。"

余科笑出声来："我以为你不会喜欢参加这种会议。不是你说的当甩手掌柜，对公司的运营和管理一概不管吗？"

"我没说要管，"沈觉喝完了咖啡，"就是……监督一下而已，怕你真闹出什么幺蛾子收不了场。"

余科靠在沙发上笑得不行，再一次告诉自己：看破不说破。

到了下午开会的时候，销售部一个专员按照余科的指示，把陈七安发在微博上的小漫画展示了出来。

"图片分辨率很低，看起来不那么精致，形象还原度也没那么高，不过剧情设定和表现形式倒是挺可爱的。"销售专员说，"'安安兔'有个超级话题，我看了一下，粉丝们发在里面的大多是开箱或者交换重复款式的互助微博，像她这样发衍生作品的人也有，但别人都只是单纯画形象，而她的每一幅画都有故事情节，挺特别的。"

余科斜眼看了看沈觉。

沈觉又是那副有人欠了他钱一样的表情，坐在那里双手环抱在胸前，板着脸看着投影幕布。

"她的想法真的挺不错。"余科说，"今天开这个会，我原本也是想跟你们讨论一下这个导购的事情。"

销售部的人一听他这么说，都坐直了身子。

"之前的会上你们说过，这个陈七安是连续两个季度的销售冠军，而且在激励政策实行之前她每个月的业绩也是最好的。"

大家纷纷点头，数据在那里摆着，谁都不能说不。

"我也去线下店铺了解了一下，她口才很好，有趣的想法也很多。"

听着余科的话，沈觉没忍住翻了个白眼。

"前阵子你们不是跟我说第二弹产品上线前需要补充人员吗？"余科往后靠了靠，拿出了老板的架势，"你们觉得这个陈七安怎么样？"

此话一出，坐在余科对面的销售部员工都有些惊讶，熊经理更是觉得不可思议，对余科说："余总，你是知道的，总部的销售跟线下导购完全不同，我们要出的是营销方案，应对的也是些很棘手的问题，不仅仅是卖货那么简单，员工要有一定的专业度。每一次的人事招聘，销售部对经验和学历背景是有很严格的要求的。"

"哦——"余科拉长了尾音，然后说，"你的意思是，陈七安经验不足，学历背景不过关？"

"她卖货经验肯定是够的，不过，"熊经理笑了出来，有些轻蔑地说，"我们需要的可不是这种经验。"

"这话说的……难道不是在一线实战过的人才最知道如何抓住消费者的心理吗？"这一次开口的并不是余科，而是沈觉。

余科闻言惊喜地转头看向沈觉。

沈觉面无表情地看向熊经理："你们需要的是什么经验？是写方案的经验，那合理且能拿出成果的方案又从哪里来？"

熊经理对这个空降来的沈总没有半分畏惧之心，很坚定自己的判断："从过去无数次的营销实践中来，营销跟单纯卖货是不一样的，它有自己的逻辑和套路在里面。"

"这么说的话，那我又要问了，"沈觉身子微微前倾，盯着熊经理说，"营销逻辑和套路又从哪里来呢？"

面对沈觉咄咄逼人的问题，熊经理一时间没反应过来。

"我来告诉你，"沈觉说，"不单单是从课本和营销书籍上来，因为那里面写的理论也都是从一次又一次的销售实战中摸索出来的。我不否认你们为'安安兔'的爆火付出了很多努力，但你们也不要瞧不起线下那些员工。如果今天让你们坐到一起讨论，我不认为他们一定比你们差。"

余科又在旁边暗爽。刚刚在办公室里沈觉还说什么陈七安不配，这会儿就抢着帮人说话了。

"这件事我们之后再讨论吧，"见气氛不对，余科赶紧出来打圆场，"反正还不急着做决定，现在处于年中阶段，上一场大促活动已经过去，下一场活动还有很多时间做准备。"

余科已经准备结束这个话题，但沈觉还是不依不饶的。

"现在距离'双十一'还有三个月，我很期待销售部能做出相当漂亮且惊人的方案来。"

面对他阴阳怪气的话，熊经理脸都僵了。

余科给沈觉使了个眼色，示意他先别跟人怄气。

这场尴尬至极的会议在诡异的气氛中结束后，沈觉坐在那里喝已经凉了的咖啡。等到其他人都走了，余科才关上会议室的门，忍着笑转过来对沈觉说："可以啊，这就护上了？"

"我护什么了？"

"陈七安哪！我不傻——你刚才帮她说话，我听出来了。"

"别，我可不是在帮她说话。"沈觉矢口否认自己刚刚的行为，"我只是觉得销售部的人太傲慢，轻易就抹杀了人家线下店的人努力的成果。确实，大家的工作表面上看起来重心是不同的，但究其根本做的就是一样的事，没有人家，他们怎么卖货？他们的方案怎么落实？他们……"

"哟，哟，哟，开始了！义愤填膺的，你还说没护着呢？"

沈觉不说了，狠狠地瞪了余科一眼："这件事都怪你。"

"是怪我，我承认。我应该早点儿发现陈七安这个销售人才的。"

沈觉无言以对，决定走人。

他端着咖啡杯在前面走，余科紧随其后。

"不过我说真的，她发的条漫，挺有意思的。"余科说，"品牌运营很重要，我们之前一直忽略了这个问题。"

沈觉回忆着陈七安的漫画，虽然不愿意承认，但故事确实可爱。

"或许我们可以先找她聊聊，考查她一下。"

"余总。"

"哎？"

"你这一头热地想拉人入伙，但是有没有想过，人家愿不愿意跟着你来总部啊？"沈觉说，"堂堂'X星球'的余总要是被一个导购员拒绝，可是很没有面子的。"

"肯定不会啊！"余科说，"我就打着爱才、惜才的旗号去找她，加上你给我做背书，她怎么可能拒绝呢？"

沈觉冷笑了一声："是这样吗？那你去试试啊。"

试试就试试！

余科第二天一早就去了"X星球"的新城mall店，说明了自己的来意。

陈七安震惊无比："你竟然是老板？"

余科笑得谄媚，递上了自己的名片。

"我只是老板之一，就那个沈觉，他是合伙人。"

陈七安直接被这一个炸雷轰到忘了呼吸："合……合伙人？"

"哎，对。"余科笑着指向摆在店里的一排"安安兔"，"这个就是他设计的。"

陈七安从来没想过所谓的晴天霹雳真的会劈到自己。

她笑道："别闹。"

"没闹啊！"余科说，"你不知道，你们俩遇见的那天是他时隔十七年第一次回国。"

他冲着陈七安挤眉弄眼，还打了个响指，说："你真的给他留下了不可磨灭的印象！"

突然之间，陈七安恍惚起来。余科的声音像是从远处的山谷传来，她不敢相信自己听见的事是真的。

"我不相信！"她死也不信！

陈七安对"安安兔"有着别样的感情，不仅仅是因为自己靠着它拿到了相对来说不菲的薪水，更重要的是，在极力向顾客推荐"安安兔"的时候，在那上面已经寄予了自己的感情。

她这么精打细算从来不乱花一分钱的人，竟然买了一整套"安安兔"摆在家里，隔三岔五就擦拭一下，当宝贝一样珍藏着。

现在眼前的人告诉她，这款她最喜欢的盲盒是她的"仇人"设计的，这不是造化弄人是什么？

"我要是你，我也不信。"余科故意说，"耳听为虚眼见为实，不如你下午过来公司总部，我带你看看？"

"不了，不了，还是不了。"陈七安可不想去"眼见为实"，万一他说的事是真的怎么办？

这对她来说，堪比信仰崩塌。以后还让她怎么满心爱意、满腔热情地去给顾客推荐这款盲盒？她不吐槽就不错了！

"别啊！我是诚心邀请你的。"余科说，"上次过来的时候，我彻底见识到了你的销售能力，怎么说呢？口若悬河、口吐芬芳。"

"余总，'口吐芬芳'好像不是这么用的。"

"这不重要，"余科非常诚恳地说，"我只是想表达对你的欣赏之意。"

他继续说："我们打算在'双十一'之前正式推出第二拨产品，很需要你的帮助。"

陈七安听了他这一席话，第一时间捕捉到了重点："第二拨产品要出了？"

看着她瞬间双眼发亮，余科知道，她明明就很喜欢、很期待嘛！

"没错！有几款产品已经定稿了，还有几款产品在调整细节。"余科见机行事，"就算你不愿意调去总部，我也希望你能过去看看，给我们一些意见，就当是我这个创始人给你这个销售冠军的特别奖励。"

话都说到了这个份儿上，陈七安很难不心动。

"但是我要上班，"陈七安说，"请假的话会被扣绩效，还会少一天的提成。"

"算你出外勤，"余科说，"另外给你外勤补助，这点儿事情我还是可以说了算的。"

这下陈七安更加动摇了。

"怎么样？"余科在一边蛊惑道，"第二拨的'安安兔'有更多的隐藏惊喜，作为最接近消费者的人，你肯定能给出有建设性的意见。"

陈七安犹豫了一下，低头看了看余科的名片，然后说："行！那就去看看吧！"

"太棒了！"余科没忍住，直接拍手叫好，"这就过去？我让沈觉带着设计部的人等你，把销售部那边的人也叫上。"

"等等！"陈七安赶紧叫住他，"现在不行。"

"为什么？"

"第一，我们线下店有非常严格的考勤制度。余总，刚才你说的外勤和补贴，需要给店长发邮件批准才行。"陈七安满脸笑容地说。在这方面她可是相当严谨的，不能给这些人任何钻空子的机会。

"第二吧，"陈七安的笑容变得有些勉强，她说，"我能不能不见那个沈觉啊？"

见到他真的很烦，而且搞不好她还要被催账。

"没问题啊！"这个时候的余科可是相当好说话，"我这就让总部那边的人给你们店长发邮件确认。"

"那沈觉呢？"陈七安问。

"不见！你说不见就不见！他那人整天板着张臭脸，我也不愿意看见他！"余科毫不犹豫地跟陈七安站在了统一战线上，主动吐槽起沈觉来。

不过，余科也是那种说话没谱的人，现在说不见，等到了公司，见不见可就由不得陈七安了。

这就是资本家的丑恶嘴脸！

而此时，那位讨人厌的沈大设计师正坐在自己家的窗边喝着咖啡晒太阳。

余科发来消息让他火速去公司。

沈觉："不去。"

余科："有惊喜。"

沈觉觉得这里面有诈。但余科说跟"安安兔"第二拨产品有关，这让沈觉根本没办法拒绝。

沈觉在去公司的路上，右眼皮一直跳。

虽不是迷信的人，但上次右眼皮这么跳的时候，几分钟后他就在屏幕上看见了陈七安的照片。

不过他觉得没必要担心，毕竟这是去公司，怎么可能会见到陈七安呢？！

沈觉到公司的时候，余科他们已经在会议室里等候多时。

销售部的熊经理坐在那里，面色不善地打量着陈七安。

陈七安不认识他，简单打了个招呼之后就觉得那人一直带着审视的目光看自己，看得她怪不自在的。

"七安是咱们'X星球'新城 mall 分店的导购员，连续两个季度都是销售冠军。她的销售能力非常了得，而且她对我们的产品也相当熟悉。"不管别人怎么看陈七安，余科都是相当看好她的，说，"我一直觉得，与消费者接触得越多的人就越了解市场。我们做的不是艺术品，而是商品，了解市场是非常重要的事。所以今天我把她请过来，我们好好聊一聊。"

熊经理不屑地笑了："余总，你让她来聊什么？聊怎么卖货还是聊怎么把消费者哄骗得晕头转向然后被人说虚假宣传？"

陈七安听完他的话，皱起了眉。

余科脸上的笑意也消失了。他平时很少在公司发脾气，觉得和气的工作氛围是非常重要的，但熊经理这两次在会议上表现得实在有些过分。这会儿沈觉要是在的话，一准拍桌子起来吵架了。

余科正要反驳熊经理的话，沈觉推门进来了。

沈觉突然出现让在场的人都愣住了。

显然，沈觉在门外听见了熊经理的话，黑着脸进来，一边拉开陈七安身边的椅子一边说："熊经理又在发表高见哪？那我倒是想听听，你对这个月线上销售额大幅下降的事，有什么看法呢？"

熊经理看见他，不悦地靠向椅背，不再说话了。

"据我了解，我们的盲盒这几个月线上销售额逐步走低，仓库货品积压，你们销售部的人绞尽脑汁提交上来的促销方案就是做线上的福袋活动。福袋定价不低，把那些被退换回来的瑕疵品以次充好地卖给消费者，这就是你们专业人士想出来的方案？还好当时余科看了方案直接给毙了。你们有没有想过，如果真的实行了这个方案，导致大量买家给差评、维权，甚至我们被骂上热搜，品牌形象大打折扣，这责任谁负？"沈觉把手里的资料往会议桌上丢去，"到底是谁在哄骗消费者？你们销售部的人凭着丰富的经验和专业的知识，拿出来的就是这样的方案？你们的脑子里装的是糨糊吗？"

出这件事的时候沈觉还没回国，但听余科抱怨过。沈觉最讨厌那些投机取巧的人，打从一开始就觉得想出这个方案的人蠢得不是一星半点儿。

陈七安第一次看见沈觉发火，被吓得不敢出声，用余光偷瞄对方，整个身子都往余科那边倾。

这个人太可怕了！而且余总怎么说话不算数啊？！他们不是说好了不会见到沈觉的吗？！

陈七安想：以后还是少招惹沈觉为妙。

"有什么想解释的吗？熊经理？"沈觉一严肃起来，给人的压迫感极强。他继续说："你不是声称销售部的人都专业且经验丰富吗？还是说你们的这个方案有什么高深的玄机在里面，我们这些销售外行看不懂？"

熊经理默不作声，眼睛盯着笔记本，没看沈觉。

余科心里也痛快了，觉得自己有必要跟这个销售部的经理好好聊聊了。

沈觉把熊经理说得哑口无言之后，扭头就换了态度，问余科："刚刚你们聊到哪里了？"

"还没进入主题，就是给大家介绍了一下七安。"

陈七安被这么亲昵的称呼弄得有些不自在，冲着沈觉挤出一个略显尴尬的笑容，没说话。

沈觉的目光落在她身上，他打量了她一下，然后说："哦……你就是那个销售冠军？"

陈七安觉得他这反应有点儿莫名其妙，扭头看向了余科。

"对，就是她。"余科多熟悉沈觉啊，接戏接得那叫一个快，"我之前跟你提过的。"

"是，我记得。"沈觉装模作样地说，"看不出来，还挺厉害的。"

神经病！陈七安在心里怒吼，但表面上还是挂着笑容说："还可以吧，努力工作是我应该做的事。"

沈觉皮笑肉不笑地看着她，看得陈七安心里发毛。

"挺好的。"沈觉半天才蹦出这么几个字来。

"这位是咱们'X星球'的沈总！"余科的戏比沈觉还足，他竟然立刻给陈七安介绍起来，"国外的知名青年设计师，不久前才拿了美国的 ID 设计金奖。"

陈七安老老实实地听着。她不懂什么设计金奖，不知道其中的含金量有多少，但出于偏见，默认了这是花钱买来的。

"而且现在卖得最火的'安安兔'系列产品就出自沈总之手。"余科还挺骄傲的，不知道的人还以为那个系列产品是他设计的。

沈觉高傲又得意地瞥了陈七安一眼，很好奇陈七安知道"安安兔"是自己设计的时会有什么反应。

事实是：陈七安毫无反应。

因为陈七安在今天早上已经知道了这件事，也已经重新做好了心理建设，于是虚情假意地对沈觉说："天哪！真的吗？沈总太了不起了！"

浮夸，她的演技过于浮夸。

沈觉看得很是嫌弃。

"还行，第二拨产品会让你更惊喜。"

陈七安笑了笑："那我可真是太期待了。"

两个人对视，气氛有些微妙，余科在一边心情好得不得了。

"好了，既然人都到齐了，那我们就正式开始今天的交流会。"余科先是让陈七安分享了一下自己的销售心得，并且特意叮嘱销售部的经理："熊经理，好好做笔记，一线销售人员的经验可是很有参考价值的。"

陈七安能感觉到那个人对自己的轻蔑之意，原本只打算随便糊弄一下，然后抓紧时间看看第二拨"安安兔"长什么样，没事的话就赶紧回店里工作了。但对方把"瞧不起"三个字都写在脸上了，她觉得自己必须拿出真本事了。

她这个人，最忍受不了的就是被别人蔑视。

陈七安说："我在'X星球'工作了三年，最开始就是导购员，进店的时候没有一丁点儿经验，以为导购员就是看货员，最多就是在顾客询问的时候给他们准确解答问题。"

余科在一边听得认真，还"噼里啪啦"地打字记录。

沈觉表面上看着不在意，实则也支棱着耳朵全神贯注地听她说着。

"但很快我就意识到一个问题，来店里的顾客是可以被分成几类的。"陈七安说，"有一类，他们目标明确，就是为了某一款产品专门过来的；还有一类，他们也是潮玩、盲盒的固定消费群体，不过只是在逛街的时候顺便进来看看，未必每一次进店都会消费。"

余科使劲点头，表示对她这套说法的肯定。

"这两类消费者是已经被开发、习惯了这部分消费的人，而另外还有一类人群，他们其实从来没有接触过甚至对我们的这类商品有着抵触情绪。"陈七安说，"前两类消费者，我们需要进行的是日常维护，当他们走进店里时，根据他们的喜好和需求，尽可能多地挖掘他们的新的兴趣点。而对最后这一类人，我们则要更加注重销售方式，话术和态度非常重要。"

陈七安说到这里时，坐在对面的熊经理又开口了："这些是我们都知道的事情，你就没必要啰唆了吧？"

陈七安被噎得一口气堵在胸口，很想顶回去，但在这样的场合下，开口回击实在有些不合适。

但陈七安也不是会吃哑巴亏的人，很快调整好情绪，笑着说："熊经理提醒得很对，这些事对你们专业做销售的人来说肯定早就熟记于心了，更多更深层的理论知识，我不懂的您肯定也懂。不过余总今天让我过来分享经验，我也不是只说给销售部的人听的。我猜想，余总真正的目的其实是想考核一下我们线下销售人员的用心程度。毕竟我们不像您，因为不专业，没在课堂上学过相关知识，只能从实践中摸索经验。而且，我得说说嘛，要是我实践中总结出来的经验跟您在课本上学来的理论不一样，您也好给我上上课。"

陈七安这段话说得阴阳怪气的，原本打算替她出头的沈觉都忍不住转过去轻笑了一声。

余科一本正经地对熊经理说："看看，知道什么叫格局了吗？大气点儿，耐心点儿，你懂我不懂啊。你不愿意听我愿意听哪，别打断人家说话，不礼貌。"

陈七安始终面带微笑地看着熊经理。等到余科说完了，示意她可以继续，她还特别"客气"地问熊经理："熊经理，实在不好意思，可能我后面说的这些话在您看来也没什么营养，但余总都下达命令了，我总不能不执行吧？"

熊经理快气疯了，把笔记本往前一推，人靠着椅背，受气包一样看向了别处。

"少废话了。"沈觉用手肘轻轻撞了一下陈七安，故意用严肃的语气说，"说正事！"

"好嘞！"陈七安语气轻快地回应沈觉，然后发现对方的嘴角明显地上扬着。

陈七安上午就跟着余科来了"X星球"，本以为很快就能回去，却没想到这一个看似简单的会议，竟然直接开到了下午。

她按照余科说的，分享了自己的销售心得。在整个过程中，熊经理都表现出了明显的不耐烦情绪，偶尔还会轻蔑地笑一笑。陈七安尽可能地忽略了他，不让他影响自己的心情。

等到这部分会议内容结束，余科便示意销售部的人可以先离开了。

熊经理一听自己可以走了，立刻站起来拿着笔记本就往门口走去。

他推门出去前，余科又突然叫住了他："对了，熊经理，你回去后把今天七安分享的这些内容做个总结，周五我们开会的时候，正好一起再讨论一下。"

熊经理吃惊地看着他："总结？"

"去忙吧，我们这边还有其他事要讨论。"余科说，"好好写，我觉得有些经验蛮实用的，很值得你们销售部借鉴。"

陈七安知道这个熊经理看不起自己，也知道在刚刚的分享会上对方压根没听她说什么，现在有种大仇得报的感觉，心里还挺爽的。

方凝说得对啊，余科是好人。

至于那个沈觉……陈七安偷看了他一眼。

"你看我干吗？"沈觉冷着脸说她。

"谁稀罕看你！"

两个人压低声音斗嘴。

陈七安心说：至于这个沈觉，他真的不怎么样！

熊经理离开会议室之前愤恨地看了陈七安一眼。

陈七安回以一笑，对他说："辛苦啦。"

熊经理出了门立刻"呸"了一声，嘀咕道："什么东西？她也配这么跟我说话？"

销售部的人离开后，会议室里就只剩下陈七安、沈觉、余科还有设计部的两个人。

余科不顾沈觉反对，决定给她看"安安兔"第二拨的设计稿。

"余科，你有病没病？"沈觉说，"那是设计稿！设计稿是什么意思你明白吧？这是机密！你给这么个外人看？"

沈觉这人说翻脸就翻脸，刚刚还帮着陈七安教训熊经理，现在陈七安就变成外人了。

"所以我准备了保密协议过来。"余科想得还是挺周到的，把保密协议交给陈七安："沈总说得没错，设计稿属于公司机密。你不是负责这个项目的人，照理说不应该给你看，但我们需要你的帮助，所以能不能麻烦你签一下保密协议？"

余科客气得很，沈觉则气得半死。至于陈七安，既然有机会看到"安安兔"的设计稿，当然是毫不犹豫地签了保密协议。

"现在这样可以放心了吧？"余科笑着看向沈觉，"放轻松，我做事严谨着呢！"

沈觉冷着脸不想搭理他们，嘀咕着："她能帮什么啊？不添乱就不错了。"

其实陈七安自己也不知道她能帮上什么忙。但既然余科给了她提前看第二拨产品形象的机会，她可不会拒绝。

陈七安签好了保密协议，设计稿被展示了出来。

"我们的第二拨'安安兔'依旧是十二个普通款外加一个隐藏款。"设计部的负责人给陈七安介绍，"我们这一次的主题是'节日'，每一款产品对应着一个大家熟悉的节日。"

陈七安认真地观察着每一款产品的设计图，十二个普通款形象，小兔子们穿上了呼应节日的服装。

"情人节的'安安兔'捧着鲜花跟巧克力，粉色和白色的搭配浪漫又甜蜜；愚人节的时候，'安安兔'则换上了小丑的造型，俏皮活泼；到了圣诞节，'安安兔'穿着圣诞老人的衣服，这款产品我们会附赠配件，配件是一只小麋鹿。"

陈七安听着讲解，翻到最后看见隐藏款产品是春节造型。

这次的隐藏款产品沈觉在设计的时候用了很多心思，是回忆着小时候春节时那个小女孩的样子创作的。

在他的记忆里，小女孩在除夕那天穿着红色裙子，用红色的丝带扎着可爱的丸子头，跟着爸爸妈妈来沈觉家里拜年。

她背着的小背包上印着"福"字，整个人看起来都是乖巧又喜庆的。

沈觉把这些记忆都画进了这款"安安兔"的形象中，希望有一天对方可以看见，认出它来。

"七安，这个系列的形象你感觉怎么样？"

"从形象的可爱度上来说，还是非常吸引我的。"陈七安说，"不过……"

沈觉从回忆里惊醒，警觉地看着她问："不过什么？"

劝你好好说话！胡说八道的话我现在就把你扫地出门！

陈七安看向余科，暗示余总为她撑腰。

"放心说，没关系。"余科说，"我们今天叫你来本意也是想听听你的想法。"

陈七安回头对沈觉"嘿嘿"笑了笑："沈总，那我可就不客气啦！"

她清了清嗓子，像煞有介事地说："我是很喜欢这些形象的，每一款产品的细节也都做得很好，但是这个主题实在不够新颖了。无论是盲盒市场还是其他商品，这个主题已经被玩烂了。"

"你是什么意思？"沈觉不高兴了，她说谁被玩烂了呢？

"哎，沈总，您别急着生气，我现在只是站在一个尚未被营销的消费者的角度来说的。"陈七安说，"在没有任何故事背景渲染的情况下，它们再怎么可爱精致，也很难迅速勾起消费者的购买欲。说直白点儿，这主题太老套了，大家见得太多了。"

沈觉坐在那里气得白眼都快翻到天上去了。

余科听到这里有些担忧。他其实知道这个主题并不新鲜，甚至就像陈七安说的那样，有些老套，但同时也明白，沈觉设计"安安兔"并不是为了利用它成名和赚钱，而是在它们身上寄托了不能向外人道的希望。

之前沈觉对余科说起这个新的系列产品时，告诉他："我跟她当了好几年的邻居，大部分时间里我是一个人在家，爸妈不在身边，就连春节爸妈也只是回来过个除夕就忙去了。但无论什么节日，她都会精心准备礼物给我，让我觉得自己没有被遗忘。"

沈觉说："那时候她对我说，希望以后每一个节日都能陪着我，让我不那么孤单。虽然知道小孩子的话当不得真，但这句话我还是记到了现在。"

后来沈觉家搬离那里，他跟那个小女孩再也没见过。他将儿时的戏言当作了承诺，知道很难实现，所以用这种方式来纪念这段经历。

"沈总设计它出来自然有自己的想法，"余科说，"而且，我们已经基本定稿，不太可能推翻重来。"

陈七安明白这个道理："我倒不是说这个系列的形象不好，只是在想，能不能在不进行过多改动的基础上，旧瓶装出新酒来呢？"

沈觉疑惑地看向她："你是什么意思？"

"营销啊。"陈七安说，"这种时候就看营销部门的功力了，他们不是说自己很专业且经验丰富吗？那就交给他们好了。"

余科一听这话，懂了，她这是跟熊经理结仇了。

虽然说这是销售部的事情，但陈七安最后还是说了几个自己的想法。

"据我观察，'安安兔'在网络上热度非常高，而且粉丝群体藏龙卧虎，只不过一直没有一个正确的引导方式，这么好的宣传资源就被浪费了。"陈七安说，"我觉得你们完全可以在推出第二拨产品之前做一个预热活动，号召粉丝围绕这次的主题参与创作，图片、文字、视频，任何形式都可以，而且给予一定的奖励。这样一来不仅增加了粉丝的参与感，更重要的是提前吊足了他们的胃口。他们的好奇心和期待感已经被勾起来，也提前倾注了感情，等到公司正式推出产品的时候，一定会迎来购买热潮。"

陈七安想了想，又说："如果宣传预算足够，甚至可以做一些短视频动画，新品发售前，第一拨的'安安兔'以动画祝福的形式进行倒计时，仪式感十足，也更容易被更多人看到。我研究过，过去'安安兔'还有公司其他的一些潮玩，销售重心只是放在售卖上，我们接到的所有活动通知都可以归类为促销活动，像是恨不得让我们每个导购员拿个喇叭去喊人进来买，短时间内看起来这种方式或许是有效的，但效果并不长远。"

陈七安停顿了一下，小声问余科："余总，我是不是应该说得再委婉点儿？"

她很怕自己这个所谓的"外行人"冒犯到大家。

"没关系，你尽管说。"沈觉抢先一步回答了她的问题。

陈七安才不听他的，等着余科发话。

余科笑了："他说得对，你大胆发言就是了。"

余总都这么说了，陈七安也就没有顾虑了。

"在品牌营销这方面我确实不专业，很多事情也不懂，但个人觉得，如果想把这个系列的产品一直做下去，不能仅仅依靠设计和品控，这只是其中一部分因素。"陈七安说，"我们要把目光放得更长远一点儿，充分利用好新媒体这个渠道，彻底把'安安兔'打造成一个超级IP〔成名文创（文学、影视、动漫、游戏等）作品的统称〕，甚至可以跟一些品牌出联名产品，把 IP 本身的知名度、认可度提高上来，销量不会差的。"

她慷慨陈词地说完这么一大段意见，发现会议室里的其他人都默不作声，突然有些心虚，生怕自己班门弄斧了："余总，我说完了。"

沈觉跟余科都没想到陈七安竟然能说出这么多内容来，更重要的是，新媒体营销这部分业务确实是之前他们一直做得不够好的。

"不错。"余科很惊喜，看向沈觉："你觉得怎么样？"

沈觉沉默了几秒钟，然后对陈七安说："我确实有那么一点点开始对你刮目相看了。"

"就一点点吗？"陈七安笑着问。

沈觉"啧"了一声："别蹬鼻子上脸，差不多就可以了。"

从会议室出来的时候，余科整个人都特别兴奋，还在夸陈七安："我真的没看错人，你确实有想法。"

陈七安可受不住这样的夸赞话语："没有，没有，我就是一个外行人。"

沈觉在一边冷哼了一声，没说话。

"既然都来了，我们带你在公司转转。"余科主动要带陈七安逛公司。

沈觉一听这话，立马说："你们逛吧，我不奉陪了。"

"别啊！"余科一把拉住沈觉，"我等会儿有事呢，你陪她。"

"我？你脑子坏了啊？"

陈七安可不想继续看沈觉的脸色，也赶紧拒绝："余总，不用了，这都下午了，我得回去了。"

"还回去干吗啊？"余科说，"都这时候了，中午饭你都没吃上，等会儿再让老沈带你去附近吃点儿东西。你难得来总部一趟，我们可不能亏待了你。"

"要接待你自己接待，"沈觉说，"我忙着呢。"

"你忙什么啊？"余科把沈觉往陈七安那边塞，"你一点儿都不忙！带人家逛逛，不然这事传出去好像我们对员工多刻薄，影响公司形象！"

沈觉还要说什么，结果余科脚底抹油，眨眼间就跑走了。

沈觉回头看了陈七安一眼，那人正四处乱瞄。

"看什么呢？"他语气不善地问。

"随便看看。"陈七安说，"你要请我吃饭吗？"

"我什么时候说过要请你吃饭了？"

"刚刚余总说的。"陈七安问，"这附近有什么吃的？"

"火锅、烤肉、麻辣烫。"

沈觉心说：别做梦了，有什么东西都不会请你吃。

"哪个贵一点儿？"陈七安问。

"你别得寸进尺啊，给你买个馒头就不错了。"

陈七安见他不说，掏出手机搜了一下："这家火锅，人均消费1000块钱。"

"劝你见好就收。"

"就这家了。"陈七安说，"不过你就不用陪我去吃了，我要折现。"

沈觉没听懂："什么玩意儿？"

"折现。"陈七安说，"之前我不是欠你8500块钱吗？现在1000块钱抵了，我还欠你7500块。"

她从包里拿出叠得规整的欠条："我们标注一下吧。"

"你真的有毛病吧？"这一次沈觉是真的惊了，这得脸皮多厚的人才能想出这种手段赖账啊？！

"没有，我只是比你聪明一点儿。"陈七安说着就要修改欠条，结果被沈觉一把抓住了手腕。

沈觉说："跟我走。"

"干吗？"

"走就是了。"沈觉抓着人往外走。

陈七安被迫跌跌撞撞地跟着他出了门。

几分钟之后，两个人来到了公司附近的火锅店。

"人均消费1000块钱的火锅店，吃不死你！"沈觉把她按在座位上，"给我吃，欠我的8500块钱一分都别想少还！"

陈七安坐在座位上看着他，有些哭笑不得："沈总，我觉得你这人真是很……"

沈觉甩了个眼刀过去："怎么？"

"很奇特。"陈七安说，"没见过你这样的人。"

难道这就是传说中的人傻钱多？

陈七安该还的钱还一分没还，现在却先混了顿免费的火锅吃。

沈总可真是个"睿智"的人才啊！

沈觉听出这不是什么好话，但又知道在斗嘴这件事上他应该不是陈七安的对手，索性凶巴巴地说她："少废话，闭嘴吃饭！"

距离上一次出来吃火锅已经过去了半年多，陈七安吃得心满意足，但有点儿憋得慌——因为沈觉不让她说话。

"可以呀，你那胃是黑洞吧？"

从火锅店出来的时候，沈觉实在没忍住，吐槽起来。

他因为生了一肚子气，其实没怎么吃东西，但陈七安不一样——既然债主请客，她肯定是要敞开肚子吃的，把火锅当自助，吃得撑得不行。

陈七安说："我这是懂得感恩。"

"呵，你怎么就懂得感恩了？你说给我听听？"

"沈总请客，我要是吃得少了，就好像嫌东西不好吃，也好像我在你面前太紧张害怕不敢吃。"陈七安说，"无论是前者还是后者，这都是对您的优质品位和高贵人格的侮辱。我怎么能做那种事呢？"

沈觉怔了一下，随即笑了起来。

这个陈七安，永远有一大堆歪理。

"行了，会开完了，饭也吃完了，你赶紧走吧，没事别让我看见你。"

"好嘞！我也是这么想的！"陈七安巴不得跟这个人再也不见，那么欠他的8500块钱也就可以当作无事发生了。

"当然，你欠我的钱该还的还是要还，"沈觉说，"你可以网上转账。"

"我没有你的账号。"

"我会以短信的形式发给你。"沈觉说，"别想赖。"

陈七安撇了一下嘴："知道了！"

她转身朝着地铁站的方向走去，走了几步突然转回来追上沈觉。

"沈总，有件事我想跟您打听一下。"

突然之间变得礼貌又谄媚，沈觉意识到，这人又有阴谋。

"什么？"

陈七安满脸堆笑："我听说销售部要把激励政策取消啊？这是真的吗？什么时候开始实行啊？"

沈觉完全没听说过这回事："你从哪儿听来的？"

"大家都这么传。"

"你有没有听说过这么一句话？不信谣，不传谣。"

"所以我来找您求证嘛！"陈七安说，"这到底是不是真的啊？"

沈觉哪儿知道呢？

"没听说过。"沈觉说，"你少琢磨这些事，好好把心思放在工作上！"

"哦。"陈七安算是看出来了，这个沈总在公司就是个摆设。

"'哦'是什么意思？"

"'哦'的意思就是，感谢您今天请我吃了火锅，我要回去工作了，您也继续回去当花瓶吧。"陈七安冲他摆了摆手，"花瓶再见！"

花瓶？

直到陈七安跑得没影了沈觉才反应过来这家伙在挤对自己，气个半死，回公司找余科吵架去了。

沈觉生了一肚子气回了办公室，坐下之后才突然反应过来：不对啊！我怎么白白请陈七安吃了顿饭呢？

后知后觉被套路了的沈觉哭笑不得，想着陈七安800年没吃过饭的样子，觉得特好笑。

余科忙完直奔沈觉的办公室："嚯！一身的火锅味！"他凑过来，"吃得挺好啊。"

"给我报销。"沈觉说，"一共2315块。"

"啊？"

"你让我带陈七安去吃饭，那家伙挑了个人均消费1000块钱的火锅店。"沈觉说，"不贵，你余总平时出去随便进一家餐厅都是人均消费2000块钱以上的，不在乎这点儿小钱。"

沈觉伸手："给我报销。"

余科装作听不见，打着哈哈就溜了。

陈七安去了一趟总部，就仿佛山村的孩子去了一趟首都"镀了金"，回来之后谁看她的眼神都带着点儿探究的意味。

店长以"关怀员工"的名义找她"谈心"，但谈着谈着就把话题绕到了她去总部开会这件事上。

陈七安心里清楚，店长平时对她再好，也怕她真的把自己挤下去。职场上，谁都是利己主义者。

硬着头皮应对完店长，陈七安回去继续工作。

她对去总部工作没有丝毫幻想。或者说，就算余科真的让她去，她也不愿意去。

总部的营销专员一个月才赚多少钱？她作为线下销售冠军，收入可比他们多多了！

陈七安才不去呢！

她是不想去，但有人真的在盘算着怎么把她调过来。

自从陈七安过来开了一次会，余科就天天拉着沈觉讨论她的营销方案。

沈觉对营销这件事压根一点儿不关心，但也不知道为什么，只要是聊与陈七安相关的事，他的臀部就能稳稳坐住板凳。

"我跟销售部的人开过会了，他们也觉得这几个营销方向不错。"

沈觉笑了："你跟他们说这是陈七安提出来的方案了吗？"

"当然没说！"余科机灵着呢，"我要是说了真话，就听不到他们的真话了。"

销售部的人在熊经理的带领下对这个叫陈七安的导购员有着相当程度的抵触情绪。余科为了避免他们发表偏见之言，只好让陈七安暂时当一下无名英雄。

结果显而易见，那些所谓的"专业人士"也对她的想法表示认可。

"我得再去找她谈谈。"余科看了一眼时间，"你和我一起去吧。"

"去哪儿？"沈觉明知故问。

"新城 mall，找陈七安。"余科说，"快中午了，刚好一起吃饭。"

沈觉跷着二郎腿坐在那里没有动。

"想什么呢？走啊！"

"你自己去吧，我不想见她。"沈觉大爷似的往后靠，"每次见到她都惹一身晦气。"

余科"扑哧"笑出了声："不去算了，我跟美女单独约会去。"

他说完，潇洒地下了楼，在地下停车场找到自己的车，刚坐上去还没发动车子，副驾驶座的门就被拉开了。

"你怎么来了？"余科戏谑地问沈觉，"不是说不去？"

"饿了。"沈觉目视前方，不动声色地回答，"你请我吃饭。"

余科一边系安全带一边笑："口是心非，想见人家就直说，你傲娇个什么劲啊？！"

沈觉转过头去瞪他，一字一顿地说："我！没！有！"

不管沈觉现在怎么说，余科已经认定这家伙对陈七安有意思，说："没关系，咱们公司不禁止办公室恋情，你真不用太紧张。"

第五章

希望你能到总部来

余科跟沈觉到新城 mall 的 "X 星球" 时恰好是午饭时间，像上次一样，所有导购员都轮流午休，这会儿陈七安刚拿到外卖。

"七安！"

余科在店门口就喊了这么一句，不仅店里的人看向了他，沈觉也不悦地说："你叫这么亲切干吗？"

余科得意地瞥了沈觉一眼，直奔里面找陈七安去了。

自从上次在店里表明身份之后，余科再踏进这里，那就不一样了。

他毕竟是老板，所有人纷纷凑过来打招呼。

唯独陈七安，拿着自己的外卖疑惑地看着朝她走来的两个人。

他们倒是挺帅、挺拉风，但不买东西最好不要来。

余科说："有时间吗？一起吃午饭。"

陈七安指了指自己手里提着的外卖："我已经买好了。"

"那就晚上吃。"沈觉说，"今天中午他请客，你可以选人均消费 2000 块钱的店。"

余科看着沈觉 "啧" 了一声，但转向陈七安的时候，依旧是满脸堆笑："没问题，吃什么都可以，你随便选。"

这两个人站在这里叫陈七安一起吃饭，整个对话内容都丝毫不避讳别人。陈七安尴尬到头皮发麻，心说：你们二位可真是一点儿都不懂什么叫职场危机啊！

"余总，我们午休时间很短，轮班的。"

"跟店长说一下，通融通融嘛。"

陈七安有些为难。一边是工作，一边是老板，她夹在中间感觉怎么做都不太合适。

"余总会跟你们店长解释的。"沈觉对余科说："是吧？"

余科无语，随后小声嘟囔："你还真是会支使人。"

嘟囔完，余科还真就乖乖地去找陈七安的店长了。

余科跟店长聊了一会儿，聊得店长紧张激动又眉飞色舞，把店长聊开心了，叫上陈七安就出门了。

沈觉发现，陈七安出来前特意把外卖放去了休息间，就随口问了一句："给别人了？"

"干吗给别人？"陈七安说，"不是你告诉我的吗？留着晚上吃。"

沈觉被堵得半天没说出话来，翻着白眼走在二人身后，仿佛跟那热络聊天的两个人不是一伙的。

三个人在新城 mall 的一家餐厅吃饭，陈七安没那么无耻地真的去人均消费 2000 块钱的店，而是选了个非常平价但安静的地方。

"余总找我不会只是单纯请我吃午饭吧？"点完单，陈七安开门见山地说。

余科拍着沈觉的大腿笑得特假："老沈你看，七安是真聪明！"

沈觉冷着脸移开他拍着自己的大腿的手："用不着多聪明，只要不傻的人都能看出你图谋不轨。"

图谋不轨？陈七安倒吸一口凉气，坐直了身子。

余科赶紧解释："七安你别听他胡说，他刚从国外回来，没什么文化，总乱用成语。"

沈觉坐在那里悠闲地喝茶，也不多说什么。

陈七安警觉地看着眼前的两个人，突然觉得这就是一场鸿门宴。

"余总，"陈七安说，"有什么事你还是直说吧。"

他这么拐弯抹角，她很难受啊！

余科喝了一口水，索性不装了："行，那我就直说了，其实我们今天过来找你是想跟你说我们沈总很看好你呀！"

沈觉正喝茶，直接呛着了。

陈七安尴尬地笑了笑："余总你可真会开玩笑。"

"是啊，真会开玩笑！"沈觉咳嗽得满脸通红，咬牙切齿地看向了余科，"但一点儿都不好笑。"

余科急忙给他拍背顺气，没料到这家伙反应这么大。

"闹着玩的，闹着玩的，其实是我很欣赏你。"

余科表现得十分殷勤谄媚，沈觉都觉得他恶心。

"不好意思，余总，我现在没有谈恋爱的打算。"陈七安显然想歪了，但不畏强权，非常果断冷酷地拒绝了余总的"示爱"。

"啊？"余科一脸茫然的表情。

沈觉在另一边笑得差点儿人仰马翻。

陈七安看着沈觉的反应，嫌弃地说："你真的很没有礼貌，也很没同情心。"她指了指余科，"你朋友还在这里坐着呢，你竟然笑他。"

"我笑的是你！"沈觉笑得眼泪都快出来了，毫无形象地搂着余科的肩膀说："恭喜你，告白失败了。"

陈七安更嫌弃沈觉了，对余科说："余总，建议你拉黑他。"

余科也很无奈，没想通话题怎么就扯到这个上面了？

"不是，你误会了，"余科说，"我也没有谈恋爱的打算。"

陈七安更惊讶了，像看色狼一样看着他："你该不会要潜规则我吧？"

此话一出，沈觉笑得越发猖狂了。

"我以前怎么没发现你这么搞笑呢？"沈觉说，"你脑子里整天都在想什么？"

她没想什么，就是这两天熬夜看了一下方凝给推荐的那本《霸宠嚣张俏佳人》。

"不开玩笑了，"余科怕继续这么下去，沈觉会笑得撒手人寰，便解释说，"我刚刚说欣赏你是认真的，不过不是那种欣赏。"

他很严肃认真地看着陈七安："我们非常真诚地希望你能加入'X星球'。"

"我本来就在啊。"

"不，不，不，我的意思是希望你能来总部工作。"余科说，"上次见面，短暂的一个会议你就给我们提供了很多相当不错的营销思路，我觉得你还有很多很不错的想法，希望我们能一起去实现它。"

陈七安往后靠，沈觉也不笑了，三个人都正经了起来。

她说："余总，你能不能说得简单直接一点儿？"

"他的意思是，"沈觉接过了话茬，"希望你能答应来总部的销售部工作，因为现在销售部的人约等于饭桶。"

"也不能这么说，"余科赶紧找补，"我们想吸纳一些新鲜血液，那天跟你沟通之后，发现你是不可多得的营销人才。"

陈七安笑了："我可不是什么营销人才，只不过是个什么都不懂的小导购员罢了。"

"千万别这么说，你得正视自己的能力，肯定自己的能力。"余科说，"我们也不是随随便便就招人到总部的，确实经过了深思熟虑和多番探讨，你非常适合这个岗位。"

陈七安双手交叉在一起，手指轻轻地蹭了蹭："销售专员？"

"是要从专员开始做起，不过我们有非常完整的考核体系和晋升空间，只要大家做出成绩，不会亏待每一位员工。"

陈七安轻笑了一下，心说：给员工"画大饼"果然是每位老板的必修课。

她问余科："余总，我能问一下销售专员的薪资吗？"没等余科回答，她就接着说，"虽然我现在只是线下店面的一个普通导购员，但我们每个月底薪加提成，再算上每个季度我能拿到的双倍激励，工作可能稍微累点儿，但拿到手的工资还是挺可观的。"

这点余科当然明白。

陈七安是个相当努力的人，做导购员做到这个份儿上，薪资确实不会低，总部的销售专员的收入跟她的的确没法比。

"所以，我如果拒绝的话，你可以理解的吧？"

"你不能只看眼前的利益。"半天没有出声的沈觉突然开口了，"导购员有什么前途？你要做一辈子导购员吗？你现在一个月赚的钱比销售专员多，但以后呢？你知道什么叫职业规划吗？知道什么叫机会可遇不可求吗？"

陈七安沉默了几秒钟，然后说："我当然明白，但你又明不明白，不是每个人都有暂时停下来更换跑道的资格？"

沈觉皱起了眉："什么意思？"

"我缺钱，就是这个意思。"陈七安说，"在你们考虑职业规划、发展前景的时候，我们这种人考虑的是下个季度的房租从哪里来。你们衣食无忧，可以去追求更高的人生价值，但我还在温饱线上挣扎，拼了命赚钱，想尽办法节省，每个月交完水电费和房租，还是两手空空。虽然很感谢余总对我的肯定，但是，我还要生活。"

陈七安的一句"我还要生活"像是一个巴掌打在了沈觉跟余科的脸上。

她笑得很坦然，但坐在对面的两个男人哑口无言地愣住了。

"这是干吗？因为我说不去总部，你们就后悔请我吃饭了？"

"不，不是。"沈觉赶紧解释，但一时间又不知道应该说些什么。

就像陈七安说的那样，他跟余科都生活优渥，在他们的世界里，需要考虑的从来都不是温饱问题。也正是因为这样，他们在不知不觉中忘了这世界上有很多人不只是为了理想而活。

这一刻的沈觉是有些羞愧的。

他第一次发现自己将无知甚至无耻暴露在了陈七安面前。

沈觉说："不好意思，是我们太想当然了。"

陈七安笑："你道什么歉哪？又没怎么样。"

陈七安越是表现得毫不在意，沈觉就越是觉得自己刚刚的表现简直是个没有同理心的浑蛋。

这时候，余科也意识到了问题所在，用力揉着眉心，想着应该怎么办。

"七安，"余科说，"确实很抱歉，刚才冒昧提出让你去总部，是我们考虑不周。"

"余总，别这么说。"陈七安心里清楚，对一些人来说，这其实真的是一个很好的机会，只不过对自己而言，这个机会不是她的手能把握的。

沈觉说："我可以在合理范围内给你争取最高的薪资标准。"

余科看了他一眼，点头说"是"。

服务员端上了他们点的饭菜，但在座的三个人都不是那么有胃口。

其实不用他们多说，陈七安自己也知道这是难能可贵的机会，想了想，突然说："余总，我知道去总部工作是一个很好的机会，也很想把握这个机会，但生活上也的确有压力。我想了一下，有个不太成熟的小建议，您愿意听一下吗？"

"你说。"

陈七安说："你还记得我在微博发过的漫画吧？最近我每天更新，粉丝数逐步上升。如果可以的话，我希望能给我一个专属的线上购买渠道。线下我到总部去工作，赚薪资；线上我用自己的方式引流带货，赚提成。"她十分坦诚地直视余科，"我承认这么做的目的就是多赚一份钱，因为一旦去了总部，没有了销售提成，薪资会大打折扣，生活会举步维艰。我希望通过这种方式来弥补我的缺口。"

沈觉看着她，听着她的话，突然意识到陈七安确实跟他之前想象的很不一样。

她爱钱，也爱赚钱。他刚认识她的时候觉得这个人庸俗又小气，但或许，她一开始也不是这样的。

她得理不饶人，又爱戏弄人，甚至有时候有些狡猾，但同时也相当聪明，知道自己每一步都在做什么。

"好。"沈觉抢在余科前面答应了下来。

陈七安看向他，怀疑地说："你一个花瓶，做得了主吗？"

"你说谁是花瓶呢？"沈觉不乐意了。

余科没忍住，笑出了声："他能。"

陈七安看了过去。

余科对她承诺："你的要求我们一定尽量满足，不过万一线上渠道销售业绩不好，这你可不能怪到我们头上来。"

陈七安对他微微一笑，指着沈觉说："放心吧，到时候要怪，我会去怪他。"

沈觉震惊："关我什么事？"

陈七安："产品卖得不好就是你设计得不好，你说关你什么事？"

说完，她美滋滋地拿起了筷子，刚刚还没有胃口，这会儿就口水直流了。

看着陈七安大快朵颐的样子，沈觉翻了个白眼，但几秒钟后还是轻笑了一声，嘀咕了一句："神经病！"

陈七安要被调去总部工作这件事很快就在店里传开了。

余总"三顾茅庐"亲自来请，百般游说，开出了令人咂舌的薪资和福利条件。就这样，陈七安还在跟对方讨价还价。双方把餐桌当成了谈判桌，最后终于达成一致，陈七安接受了余总的邀请。

"这都什么跟什么啊？"陈七安听到店长给她讲这几天来的风言风语，直接就被气笑了，"哪儿有这么夸张？！"

下个星期一陈七安就要去总部报到了，最后一天在这边上班，难得大方，请平时一直很照顾她的店长姐姐吃饭，算是答谢她。

"我也觉得不至于这么夸张。"店长说，"不过你真的挺厉害的，余总亲自来找你，还不止一次。"

陈七安不知道应该怎么跟她解释这件事，总不能说他们最开始来这里纯粹是因为沈觉那人瞎胡闹吧！

她轻描淡写地稍加澄清，说没有什么"三顾茅庐"，也没有那么丰厚的薪资和福利条件，自己只不过是觉得那份工作挺有意思的，所以就打算去试试。

　　她说她的，店长有自己的心思。

　　不过，店长也没再追问什么，只是最后分开前开玩笑似的跟陈七安说："以后你就是总部的人了，又在销售部，可得多给咱们店争取福利啊！"

　　陈七安可不敢轻易许下这种承诺，说："我也只是个小兵，还是新手，但一定不会忘记玲姐你对我的照顾。"

　　她们也不用把话说得太明白，这就够了。

　　两个人在地铁口分开，各怀心事地走向了不同的方向。

　　陈七安没有直接回家，而是去了方凝上班的酒店，等方凝一起走。

　　方凝今天原本是上夜班，但刚来没多久，同事找她想换班。正好今天方凝有点儿感冒发烧，想着既然这样就回去歇着，索性答应了。

　　同事要十点钟才过来，方凝自然要站好最后一班岗。

　　她跟另一个同事在前台值班，周末的晚上还挺忙。

　　"方凝！"

　　方凝刚给一个客人办好入住手续，旁边的同事突然压低声音，神神秘秘地凑了过来："就是他！"

　　"嗯？谁啊？"方凝茫然地抬头看过去，竟然看见余科从门口走了进来。

　　上次见，方凝对这个男人印象深刻，到现在还记得自己特别无助的时候，这个人是如何挺身而出英雄救美的。

　　他是何等伟岸高大、英俊潇洒，简直就是在世潘安。

　　虽然说好了不再恋爱脑，不再整天想着男人，但方凝觉得这个人不一样，他是个正人君子！

　　他怎么会突然出现在这里？

　　方凝突然心跳加速，脸上浮现略显娇羞的笑容：他该不会是来找我的吧？

　　她正想着呢，就听见同事说："他就是我上次跟你说过的，搂着一个男人的胳膊撒娇的那个！"

一声炸雷，"轰隆隆"地击碎了方凝的美梦。

"什么？"她没忍住，嚷嚷出声来。

"哟，这么巧！"此时余科已经来到了前台，有些意外地看着方凝，"还记得我吗？"

方凝还沉浸在刚刚同事的那句话带来的震撼感里没回过神来，面对余科的笑脸，整个人都僵了。

站在一边的同事也蒙了，问她："你们认识啊？"

余科疑惑地看着方凝："怎么了？不记得了？"他笑道，"不记得也对，你那天喝多了。"

"没有！我记得！"方凝赶紧回魂，难以置信地看了看余科，又看了看自己的同事。

余科觉得她的反应挺逗的，像是受了什么刺激，以为她不想让别人知道自己喝醉的事情，也就不再提了。

"原来你在这儿工作。"余科拿出身份证递给她，"我预订了房间，麻烦你了。"

方凝满面哀愁地看着他，心里想的是：苍天哪！老天爷为什么要这样对我？难不成我真的是下凡来度情劫的？

以前，她谈一个遇上一个渣男，谈一个遇上一个渣男，好不容易遇见一个看起来很不错的男人，结果……

方凝咬住嘴唇，欲哭无泪。

"怎么了？"余科看她这样，更蒙了，"那要不……我让别人给我办好了。"

他刚要把身份证递给方凝的同事，突然听见一声呵斥："别动！我来！"

余科跟方凝的同事都被吓了一跳，震惊地看向了精神状态明显不太稳定的方凝。

方凝生无可恋地拿过余科的身份证开始给他办理入住手续，全套动作一气呵成，非常利落专业。

"余先生，已经办好了，身份证和房卡您拿好。"方凝双手递还身份证，同时为他指引方向，"电梯在左侧。"

余科接过身份证和房卡，笑着跟她道了谢。

方凝已经灵魂出窍但依旧保持着微笑："不客气，这是我应该做的。"

余科又对她笑了笑，然后转身走了。

方凝目视前方，心如死灰：我还是别谈恋爱了，这辈子就孤寡到底吧！

余科走后没多久陈七安就到了。她一进来就朝着方凝挥手，但方凝像个假人一样站在那里无动于衷。

陈七安觉得她不对劲，以为她是生病了身体不舒服，见这会儿没有客人就跑了过去。

"怎么了？不舒服吗？"陈七安紧张地问。

方凝听见陈七安的声音，目光逐渐聚焦，几秒钟之后，终于灵魂归位，对陈七安说："我可能，克男人。"

"啊？"陈七安没懂她的意思。

方凝哀怨地看向酒店电梯的方向，然后叹了一口气，说："你去那边坐着等我吧，我马上就下班了。"

陈七安有些担心她，但也只好听话地过去坐着等她。

十分钟之后，方凝跟同事换了班，换掉工作服，有气无力地过来坐在了陈七安身边。

"我的英雄，你还记得吗？"

"美国队长还是绿巨人？"

面对陈七安的回应，方凝更气了："哎呀，不是！我是说上次在酒吧遇见的那个！"

酒吧那晚的事简直就是陈七安的噩梦，她不是很愿意想起。

"哦，大概记得吧。"

余科嘛，陈七安知道。那天晚上之后方凝就时常把余科这个人挂在嘴边，但每次陈七安问她是不是对余科有什么想法的时候，方凝又嘴硬地说没有。

"我没戏了。"

陈七安惊讶地看着她："你跟他有联系？"

"算是吧。"方凝想：就在刚刚。

虽然自身不是喜欢听八卦新闻的人，但方凝的八卦新闻陈七安可是一定要听的。更何况，这个故事的男主角还是她的老板，这么一想，她觉得更刺激了。

"怎么回事？你跟他告白被拒绝了？"

"才没有呢！"方凝甩了一下头发，"会有人拒绝我这种美女吗？"

陈七安笑："那你到底是怎么了？魂不守舍的，不知道的人还以为你又失恋了。"

方凝一听"失恋"两个字就哽住了，整个人泄了气似的瘫在沙发上："没失恋，因为我根本就没有那个机会！"方凝委屈地抓住陈七安的手，"他喜欢男的，这大概就是我方凝的命吧！"

她正说着，陈七安突然看见一个熟悉的人走进了酒店大堂，吓了一跳，莫名其妙地就往方凝后面躲。

方凝看了看她："你躲什么？"

就在这时，方凝的手机收到了一条微信消息，她的同事说："看门口！另一个男主角出现了！"

方凝看过去，倒吸了一口凉气。

"安安，"方凝说，"我的英雄的英雄，出现了。"

陈七安问："什么？"

"就是他。"方凝一把将陈七安拉出来，示意她看沈觉，"他们又来开房了。"

陈七安知道这个世界很荒谬，但没想过竟然这么荒谬。

"别闹。"

"真的。"方凝说，"我同事上次亲眼见证过。"

陈七安呼吸一窒："捉奸在床了？"

"哦，那倒没有，不过当时两个人一起办入住手续，余科搂着这个人的胳膊撒娇，"方凝说，"还管他叫'哥哥'，咦！哎，我怎么觉得看着这人这么眼熟呢？"

方凝说完，跟陈七安同时感到一阵恶寒。

此刻的沈觉显然没有注意到陈七安，也并不知道在她们的世界里，自己跟余科已经有了不清不楚的关系。

他站在大厅给余科打电话："滚下来。"

挂了电话之后，沈觉总觉得哪里不太对劲，等转过身去时突然就笑了出来。

"陈七安！"

正准备带着方凝开溜的陈七安突然被叫到名字，想装没听见，继续往外走，结果沈觉很快就跟了上来。

"看见债主招呼都不打，你礼貌吗？"沈觉挡在二人身前。陈七安无奈地揉着眉心，而方凝目光深沉地盯着沈觉看。

沈觉扫了方凝一眼，问陈七安："她怎么了？"

"失恋呢，你别惹她。"陈七安说，"沈总，晚上好，我们还有事，先走一步了。"

说完，她拉着方凝就要走。结果方凝像鞋子粘在地上了一样，就是不动，死死地盯着沈觉。

沈觉被她盯得脊背发凉，后退半步说："我没怎么她吧？"

陈七安心说：巧了，真就是你招惹她了！

但陈七安不能这么说。她明天就要去总部报到了，今天不想无事生非。

"没有，你快走吧。失恋的女人保不齐会做出什么疯狂的事，为了你的安全着想，沈总，劝你快走。"

沈觉笑道："我又没惹她，她会把我怎么样？"

陈七安叹气，觉得这人真是不知好歹。

"你那 8500 块钱……"

"真的挺帅的。"方凝突然没头没脑地看着沈觉说了这么一句话。

沈觉惊诧地看向她，那表情像是少女走夜路遇见了色狼，还十分警觉地往后退。

"难怪，"方凝唉声叹气，靠在陈七安身上失魂落魄地说，"难怪他会爱上你。"

"好了，好了，这出戏就到此为止！"陈七安带着方凝要走，结果好巧不巧，余科下楼来了。

"老沈！"

听见余科的声音，方凝立刻回头。

余科看见沈觉的同时也看见了陈七安，满脸笑容地快步走了过来："这么巧，你也在这儿？"

之后，他的目光落在了被陈七安挽着的方凝身上，想到这人刚刚那反常的表现，他没敢多说话，只是微笑着点头示意。

"余总。"陈七安乖乖地跟他打了招呼。

"余总？"方凝惊了，"你这两天跟我说的余总，就是我的英雄？"

陈七安点了点头。

方凝立刻深呼吸，手指按住了自己的人中。

余科迷惑不解："什么英雄？"

"没事，都是误会。"陈七安说，"我们还有事，就先走了。"

是非之地，不宜久留，陈七安很怕方凝又闹出什么幺蛾子来。

她带着方凝往外走。见方凝依依不舍地不停回头看余科，那一瞬间，陈七安觉得自己仿佛就是法海，方凝是白素贞，但可惜了，余科不是许仙。

酒店里的两个人也一直目送着她们离开。

余科站在沈觉身边笑："那姑娘挺有意思的。"

沈觉以为他说的是陈七安，嫌弃地吐槽："确实脑子不太正常。"

余科轻笑，突然戏瘾上身，一把挽住沈觉的胳膊，贴上去来了一出猛男撒娇的戏码："哥哥真好！哥哥真的来陪人家了！"

这一幕场景，不仅又被酒店的其他前台人员看见了，还被尚未走出太远的方凝跟陈七安看见了。

但她们没听到沈觉后面说的话。

他说："你幼不幼稚？这么大的人还玩离家出走这一套？出走就出走，开了房不敢自己睡，你还是男人吗？"

余科靠着他大笑，拉着人陪自己上楼了："我这不是刚看了恐怖片，有心理阴影吗？！"

余科因为看了恐怖片有心理阴影，陈七安因为看见自己的老板挽着另一个老板撒娇也有心理阴影了。

原本她对方凝的话半信半疑，但毕竟眼见为实，那两个人确实不太对劲。

她回想自己认识他们这些日子，余科跟沈觉仿佛连体婴一样，只要一个出现，另一个必在一米之内。

不对劲，陈七安越想越觉得不对劲。

回家的地铁上，陈七安跟方凝都一路沉默。

方凝沉默是因为自己新的恋情还没萌芽就死去了。

陈七安沉默是在想：撞破了他们俩的秘密，以后我在"X 星球"工作，会不会被针对啊？

俗话说得好，知道得越多的人死得越早。

陈七安觉得自己或许应该趁早找找下家了。

就因为这么点儿事，陈七安一晚上没睡好，第二天涂了好几层遮瑕膏才遮住了因为老板而出现的黑眼圈。

老板真的是这个世界上最折磨人的生物，她还没正式入职，就已经提前被精神虐待了。

陈七安忐忑不安地走进"X 星球"总部的大门，来到前台，没想到余科竟然在那里等候多时了。

"余总早。"

陈七安想：他是来杀我的吗？

陈七安对他挤出了一个相当难看的笑容。

余科昨晚也没怎么睡，拉着沈觉聊天聊到了后半夜，主要话题就是围绕着他妈催婚而他压根不想结婚展开的。

"早啊！"余科说，"等你半天了，我带你去人事部办手续。"

前台工作人员跟陈七安都惊了，从来没见过老板亲自带新人办入职手续的。

等到陈七安跟着余科走了，前台人员立刻把风声传到了公司的每一个角落：新来的销售专员是不是跟余总有什么关系呀？待遇很不一般哪！

流言很快传到了销售部的熊经理耳朵里。他跷着二郎腿坐在电脑前，喝着手下的人买来的咖啡，一肚子怨气。

陈七安很快就办好了入职手续，人事部的人准备打电话叫熊经理过来领人。

"我直接带她过去吧。"余科说，"销售部忙，别麻烦熊经理了。"

其实压根不是这么回事，余科知道熊经理对陈七安的入职很有意见，自己亲自带人过去，也算是给陈七安撑腰了。

陈七安一言不发地跟在余科身后，快到销售部的时候，恰好看见了沈觉。

沈觉端着刚煮好的咖啡假装路过："哟，还真来了？"

陈七安不想理他，不过目光扫过眼前这两个男人，想到昨晚的事，突然莫名其妙地心潮澎湃：不要招惹我，我可是知道你们的秘密的人！

"我带七安去销售部，一起吗？"余科问。

"我可不去，那地方风水不好。"沈觉嫌弃地走开，然而走出几步之后，又喝着咖啡转了回来，走在了陈七安跟余科身后。

陈七安回头看向他。

余科也问："你不是不来？"

"我又没说是为了她才过来的，"沈觉欲盖弥彰地说，"刚好想起有事要去一趟销售部罢了。"

陈七安没忍住笑了，长这么大就没见过这么口是心非的男人。

她跟余科都没拆穿沈觉。三个人一起来到销售部，余总自然是走在最前面。

"给大家介绍一个新同事。"余科说,"陈七安,你们有些人已经见过了。"

熊经理不情不愿地站起来,又不情不愿地表示了欢迎。

"七安的工位在哪里?熊经理你给安排一下。"

熊经理"哎呀"了一声:"我怎么把这事给忘了呢?!"

他做作地环顾四周,然后指了指角落里一张堆满了资料的旧桌子,说:"就那么一个空着的工位了,要不你先凑合着用?"

陈七安看过去,看见那张办公桌,已经明白了自己的处境。

"好。"陈七安能屈能伸,答应得痛快,回熊经理一个微笑,"以后请经理多关照。"

余科回头看向沈觉,见沈觉脸黑得跟关公似的,咖啡也不喝了,站在那里一直看着陈七安过去坐下。

熊经理说:"余总,待会儿我们要开部门会议,你要一起参加吗?"

"我还有事就不参加了。"余科问沈觉:"你有时间吗?过去听听?"

熊经理想说什么,但被沈觉打断了:"好,我会过去。几点?哪个会议室?我一定准时到。"

熊经理压根没想让沈觉参加他们的部门会议,但话都说到这儿了,只能硬着头皮点头。

余科跟沈觉一走,销售部办公区便陷入了诡异的安静中。

陈七安坐在角落的位置,发现不仅办公桌老旧,堆满了杂物,上面还满是灰尘。

她大致打量了一下,严重怀疑这桌上放的电脑都是坏的。

果不其然,等她终于收拾好自己的工位,足足用了五分钟电脑才启动。

在她忙活的这段时间里,销售部算上熊经理一共八个人,没一个人理会她,完全当她是空气。

别的都好说,但电脑这样,她怎么工作啊?

陈七安开口了："熊经理，能申请一台好用的电脑吗？"

熊经理正坐在那里优哉游哉地喝着咖啡，听见她的话，转头看了过来："这台电脑怎么了？"

"开机都费劲。"陈七安倒也不客气，"五分钟了，光标还转圈呢。"

熊经理过来，看了一眼她的电脑："这不是挺好的吗？"

陈七安怀疑自己的耳朵出了问题，或者熊经理的脑子出了问题。

她还没来得及反驳，熊经理又阴阳怪气地说："新人上班第一天就要求这个要求那个的，我知道你是余总亲自招进来的，跟别人不一样，但也别总想着搞特殊待遇。"

"我……"

"部门里的老人都将就着用的旧电脑，你还什么工作都没做呢，就想换新的？"熊经理讽刺她，"等你先做出个方案再来跟我提要求吧！"

见办公区的其他人都互相使眼色，陈七安知道自己现在的处境，只好暂时忍了。

等着吧！等我真做出了成绩，让你跪下叫奶奶！

此时的陈七安只敢在心里吐槽，视线重新落在电脑屏幕上，那光标还在转圈，转得她头晕。

她叹了一口气，心想：就这电脑，等我做出成绩，怕是真要到奶奶的年龄了。

"到点了，走吧，开会去。"熊经理喝了一口咖啡，拿着笔记本往外走去，"季强，你去叫沈总。"

陈七安抬头看向门口，见大家都拿着笔记本电脑跟着熊经理往外走，便从包里拿出一个本子、一支笔，起身跟了上去。

她走到门口，前面的熊经理突然回头，看见她的时候惊讶地问："你跟过来干什么？"

这问题让陈七安愣了愣："不是开会吗？"

熊经理嗤笑了一声："我们开会，讨论近期的工作，你什么都没参与，来干吗？凑数吗？"

陈七安觉得自己有点儿心梗的征兆，灰头土脸地被赶回了工位上。

沈觉走进会议室的时候，第一时间寻找陈七安的身影，然而看了两遍，愣是没见着人。

"陈七安呢？"沈觉问。

熊经理理直气壮地说："之前的项目她都没参与，什么都不懂，这次开会就没叫她。"

沈觉一听这话脸色就变了："这不是部门例会吗？又不是项目会议，为什么不让她来？"

熊经理抬头看看坐在对面的沈觉，不耐烦地说："沈总，这就是我们部门的做事风格，每个人都有自己负责的工作内容，她什么都不懂，叫她来干吗？鸭子听雷浪费时间吗？"

沈觉直接把笔记本电脑盖上，怒气直冲头顶："她刚来，什么都不了解，这个时候不正应该多听多看才能尽快对新工作上手吗？"

熊经理笑道："我们可没时间教她。"他往后靠到椅背上说，"当初我们说人手不够，要招的是来了就能直接参与工作的人，结果现在倒好，招了个什么都不懂的外行，本来就够忙的了，现在还多了个拖油瓶。沈总，我恳求您，给我们留条活路，我们肩上这担子已经够重了。"

"熊大志，别以为我不知道你在想什么。"沈觉狠狠盯着他，拿着笔记本电脑直接起身离开，"知道你为什么40岁了还只是个部门经理吗？"

他出门前丢给熊经理最后一句话："如果你想不明白，可以问问在座的其他人。"

沈觉走了，会议室的气氛变得格外微妙。熊经理脸上有些挂不住，低声骂了一句，然后冲着对面的人吼道："等什么呢？开始啊！"

陈七安被赶回工位之后实在有些郁闷，坐在那里跟运行缓慢的电脑较劲，然后看着不停转圈的光标发呆。

沈觉过来的时候，陈七安正在走神。她完全不知道自己今天应该做些什么事，这感觉太难受了。

"想什么呢？"沈觉在她身后站了好一会儿，发现这家伙竟然完全没注意到自己。

我这么个大活人，存在感就这么低？沈觉不高兴了。

陈七安被突然出现的沈觉吓了一跳，慌里慌张地回头的时候，不小心撞了一下桌子，结果键盘托直接带着键盘一起摔在了地上。

"唉！"陈七安皱着眉看向"惨案"现场，"都怪你！我好不容易修好的！"

沈觉扫了一眼地上的键盘托，又侧过头看了看那破桌子："挺好一个公司，哪儿弄来的这种破烂？"

"那你问余总啊，问我干什么？"

这事还真不是余总的错，这桌子是前几天熊经理亲自叫人搬来的，为的就是折磨陈七安。

沈觉看着她弯腰捡起键盘，又蹲着找键盘托的螺丝，问她："怎么没去开会？"

陈七安蹲在那里搜寻着不知道滚去了哪里的螺丝，心不在焉地回答："熊经理说我不用参加。"

"他说不用，你就不去？偷懒啊？"

陈七安回头狠狠地瞪向他："上班时间你来这儿说什么废话？偷懒吗？"

沈觉笑了，这家伙的嘴巴还真是从来不饶人。

"这儿呢。"沈觉往前几步，弯腰捡起了一枚螺丝。

陈七安起身想从他手里拿回螺丝，但沈觉躲开了。

"扔了吧，换张新桌子。"

"我倒是想，你给我换吗？还是余总给换？"陈七安还是从他手里夺回了螺丝，小心翼翼地重新组装那破破烂烂的键盘托，"我看也没这个必要了，照这种情况继续下去，我可能下周就走人了。"

"你要去哪儿？"

"我能去哪儿？回家喝西北风呗。"陈七安费力地拧着螺丝，"人家工作不带我，我在这儿坐着什么正事都没有，咸鱼一条，迟早要被吃掉的。"

沈觉看着她装键盘托，若有所思地沉默着。

"不会。"沈觉过去，帮她把另外一侧的螺丝拧好，然后说，"咸鱼不新鲜，我不喜欢吃。"

"神经病！"

沈觉帮着陈七安把键盘托装好就走了，办公室里又只剩下了陈七安自己。

她仔细打量了一下这个办公区，每个人的工位上都贴了很多便利贴，旁边的白板上面还写着"征战'双十一'"的字样。

陈七安看看外面，不知道大家什么时候能开完会，没忍住，站起来去看大家的便利贴上的字。

周五前提交线上促销方案。

"修改'安安兔'营销文案。"

线下店本月销售情况总结……

她看了一圈，发现一件非常离谱的事情，每个员工的便利贴最后一条都是：周×给熊哥买咖啡。

原来销售专员每个人每天轮流给熊经理买咖啡，这已经成了他们的工作任务之一。

陈七安撇撇嘴，嫌弃地看了一眼熊经理的工位。

熊经理他们开会回来的时候，陈七安已经回到自己的工位上浏览着网页。

她以前是线下导购员，对线上销售情况了解很少，但清楚现在网络购物对实体店冲击相当大。照理说"X星球"的产品线上销售额应该远高于线下，这两个月却逐渐走低，她很好奇究竟出了什么问题。

熊经理进来后压根没看陈七安，完全当她不存在，催了一下其他人的工作进度，之后继续坐在那里看他的幻灯片。

"熊经理，"陈七安主动过来找他，"我今天需要做些什么事？"

熊经理抬头看向她："你问我？"他戏谑地笑道，"又不是我招你进来的，我哪儿知道你做什么啊？再说了，我不给你安排工作，你就不知道自己找事情做吗？"

他踢了踢自己脚边的垃圾桶："这都满了，不知道倒一下？"

陈七安垂眼看了看垃圾桶，也笑了："我是销售专员，不是来做保洁的。"

熊经理耸了耸肩："那你还能做什么？会写幻灯片吗？会做营销方案吗？"

"我可以学着做起来。"

"学？"熊经理笑得很大声，"你想得倒是挺美的！带薪学习，什么便宜都让你占了。再说，谁有空教你？你没看到大家都忙着吗？"

熊经理在这边"教训"陈七安，手边的内线电话突然响了起来。

"余总。"

余科打了电话过来。

"陈七安现在忙吗？"余科问。

熊经理不悦地瞥了陈七安一眼："您有事找她？"

"她要是现在有空，就让她来一下我的办公室。"

挂了电话，熊经理又嘲讽道："看见没有？我可没胆子给你安排工作。余总找你，我这边就算有事也得给人家让路。"

陈七安从来没遇见过这样的人，心眼比绣花针上的针鼻儿还小，还不如沈觉呢。

"余总找我？"这要是搁在以前，陈七安肯定不会就这么吃哑巴亏，但想到日后还要在对方手底下做事，姑且忍了。

"让你去他的办公室。"熊经理说，"我得嘱咐一句，虽然你是余总安排进来的，但毕竟是我销售部的人。"

陈七安对他笑了笑："明白，熊经理。"

她把"经理"两个字咬得很重，说完拿着自己的本子和笔就走了。

陈七安刚走出去没多远，身后突然有人跟了上来，是销售部的一个年轻姑娘。

"熊经理这人就这样，"姑娘拿着水杯，走在陈七安身边，压低了声音跟她说，"每次来新人都挤对人家。"

她掏出手机："你加我的微信吧，以后有什么想问的事来问我。"

陈七安有些意外。她还以为整个销售部的人都跟熊经理一个鼻孔出气，现在看来，还是有正常人的。

"谢谢你。"陈七安加了她的微信，跟她道了谢。

"没事，不过别让其他人知道我帮你的事，现在销售部的气氛挺微妙的。"到了茶水间门口，姑娘说，"我假装出来接水的，不跟你往前走了。"

陈七安点点头，看着她进了茶水间。

好友申请通过之后没一会儿，那个姑娘就给陈七安发了条微信，很简短的几个字："我叫周曦。"

陈七安回复的时候，又说了一遍"谢谢"。她突然觉得自己好像也没那么孤立无援，脑子里浮现出熊经理那小人得志的模样，有了跟他对抗的底气。

陈七安到余科的办公室的时候，沈觉已经在那里喝了两杯咖啡。

余科说："你是不是把咖啡当酒喝呢？我真怕你把自己喝醉。"

"那熊大志改名熊小人得了。"沈觉气得肺都快炸了，"你怎么想的？让这么个人管理销售部，你瞎了啊？"

"啧，你怎么又怪到我头上来了？他虽然别别扭扭的，但工作能力还是有的，而且毕竟是元老。"

"工作能力我没看出来，欺负人的能力倒是不一般。"

余科笑他："你这是在为陈七安打抱不平？心疼了？"

"不关陈七安的事！今天就算换成别人，他这么做也不对！"

两个人正说着，陈七安敲响了门。

沈觉回头看向她："怎么样？熊小人又折腾你没有？"

熊小人是谁？

陈七安看了他一眼，觉得这人此刻十分躁动，还是离他远点儿比较好，于是转过去问余科："余总，您找我？"

"我坐在这儿呢！你没看见我吗？"被陈七安忽略，沈觉更气了。

余科笑得不行，让陈七安坐下聊。

"刚才沈总跟我说销售部开例会没叫你？"

"嗯，我是想去的，但熊经理说没必要。"陈七安特意解释说，"不是我故意消极怠工。"

沈觉听完她的话，把余科面前的那杯咖啡也给喝光了。

"你差不多就行了，待会儿真喝醉了。"

陈七安看向沈觉："沈总怎么了？大白天酗酒？"

"他生气呢，别管他。叫你过来是想听你说说目前对销售部的感受。"余科说，"不过好像太早了，你应该还没感受到什么。"

"不啊，还是有点儿切身体会的。"陈七安倒是一点儿都不避讳问题，"我不确定究竟是因为我本人非专业出身所以让大家不太信任，还是因为我似乎是'走后门'进来的，到目前为止熊经理完全没有给我安排工作的想法。"

余科叹了一口气，拿起杯子却发现里面已经空了。

"不过我个人是觉得可以理解的，换位思考，这样的新人确实不值得信任。"陈七安说，"所以我很迫切地想要熟悉销售部的工作，也很迫切地想要做出些成绩来。"

"在这样的氛围下，你没有打退堂鼓的想法吗？"沈觉问。

"沈总，你这么说的话也太瞧不起人了。"陈七安笑了，"我这人最喜欢挑战不可能完成的任务了。"

听到她这么说，沈觉跟余科都笑了。

"口气还不小。"沈觉说。

"不光口气不小，野心也不小。"陈七安说，"有朝一日，我要让熊经理因为今天的行为向我道歉。"

沈觉看着她，几秒钟之后，轻咳一声，转过去看别处，嘟囔了一句："行，等着你。"

他的行为在陈七安看来就是质疑她的能力。

她心说：等着吧，到时候让你跟熊经理一起管我叫奶奶！

"七安有这个想法是好事，"余科说，"那你的第一步路想好怎么走了吗?"

余总不愧是余总,一下就问到了点子上。

陈七安尴尬地挤出一个笑容来:"那个……还没有。"

坐在旁边的沈觉毫不留情地发出了嘲笑的笑声。

余科毕竟要拿出创始人的气势,忍住了没笑,说:"那就回去继续努力吧,有什么不懂的地方多问问老员工。"

陈七安突然就悟了,虽然自己是余总亲自招进来的,但他真的不会给自己任何特殊优待。

陈七安从余科的办公室出来后,沈觉轻轻拍了一下她的肩膀。

"跟我过来。"

陈七安疑惑地看向他,又回头看了看坐在办公室里的余科。

"愣着干吗呢?"沈觉催促她,"快点儿。"

不管在公司之外两个人怎么针锋相对,到了公司,沈觉就是她的上司。

陈七安跟过去,来到了沈觉的办公室里。

这是她第一次进沈觉的办公室,明亮干净的落地窗,旁边的柜子里摆满了"安安兔"。

"你或许需要这个。"沈觉把厚厚一摞资料交给了陈七安。

"这是什么?"

"销售部近两年的所有营销方案和总结。"

陈七安惊讶地看着他。

"不用太感谢我。我只是希望你抓紧时间赚钱,趁早还债,"沈觉特意强调说,"还欠我的债。"

虽然话依旧难听,但陈七安还是笑了。

"其实你这人心肠也没那么歹毒。"

"你说什么呢?"

"夸你呢。"陈七安说,"不过,你为什么不给我发电子版?这好重。"

"电子版?"沈觉嘲讽地笑着说,"就你那电脑,我发电子版你光是接收、下载就得一个星期！"

陈七安没想到自己那破电脑运行缓慢的事都被沈觉发现了，小声吐槽说："那领导倒是给我换台新的电脑啊！"

"你说什么？"

"没有，什么都没说。"陈七安赶紧开溜，"谢谢沈总，我去工作了！"

陈七安抱着厚重的资料离开了。

沈觉站在门口，带着笑意看着她消失在楼梯的拐角处。

余科靠在隔壁的门边怪声怪气地调笑道："嘤嘤嘤，沈总好贴心，人家好感动！"

沈觉一听见他的声音立刻收敛了笑容，凶巴巴地对他说："闭上你的嘴！"

突如其来地转变人生赛道，陈七安深知自己要面对很多困难。

她抱着那厚厚一摞资料回到销售部，依旧坐在她破旧的工位上，认真地研读起过去两年里销售部做出的营销方案。

熊经理好奇，不知道她拿了什么东西回来，喝着咖啡装作闲逛，走到陈七安身边偷瞄。

"是以前的营销方案。"陈七安丝毫不掩饰，"您说的嘛，我得努力学习。"

熊经理一听这话，不高兴了："我们的营销方案都是保密的，你从哪儿弄来的？"

说话间，他扫视办公区内的其他人，显然是怀疑有人"叛变"了。

"余总给我的。"陈七安把锅甩给了余科，"他让我快点儿熟悉新工作，尽快赶上你们的脚步。"

余总。

熊经理的满腔怒气只能憋回去，在这间办公室里，他可以抱怨任何人，但不能当众抱怨余总，毕竟人家是他的老板。

他厌烦地摆了摆手："你能看明白什么啊？"

再次被质疑的陈七安没有接他的话，因为知道说什么都没有意义，必须巴掌打在他的脸上的时候，才能让他意识到自己的偏见有多离谱。

她当前要做的事并不是跟熊经理吵架，而是追赶上来，再超越他。

陈七安笑："还真看不明白。"

熊经理不屑地笑了笑，一边往自己的工位走，一边拿腔拿调地说："有的人就是不知道天高地厚，长点儿教训也挺好。"

陈七安始终面带微笑地看着他。她最擅长演戏了："对，对，您说得可太对了！"

到总部上班的第一天，陈七安并没有真的觉得难熬。尽管气氛诡异、经理烦人，但她很清楚自己要做什么，闷头看资料，一天倒是很快就过去了。

到了晚上下班的时间，熊经理不走，其他人动都不敢动。

陈七安不管那么多，整理好手里的资料，拿着今晚回家要看的那一部分，起身就往外走。

其他人心情复杂地看向她，仿佛看着走在刀尖上的战士，又是佩服她的无畏行为又是感叹新人鲁莽。

陈七安路过熊经理身边的时候还特意问了一句："熊经理，现在可以走了，是吧？"

熊经理不悦地看着她："工作没见你多努力，下班倒是挺积极。"

陈七安看了一眼时间："可是已经到下班时间了。"

"别人都没走，怎么就你这么着急？"

"我不着急啊，但是又没什么事了，为什么不能下班？"陈七安说，"还是说咱们部门有什么特殊规定？每天固定加班一小时？有加班费吗？"

"陈七安！你一个新来的人别一点儿规矩都没有！"

打从走进这间办公室开始陈七安就知道，自己不可能跟熊经理友好相处。但凡她表现得软弱，那肯定要被欺负得很惨。

"可公司的规定就是六点半下班，"陈七安说，"我手里没有工作了，为什么不能走？"

"走，走，走！赶紧走！"熊经理被她气得不轻，"我可管不了你。"

陈七安对他温柔地笑了笑："好的！经理明天见！"

她转身就走出了办公室，前脚刚走就听见屋里的熊经理大声嚷嚷："人家靠关系进来的就是不一样，来咱们部门养老的！"

陈七安"嗽"了一声，抱着资料回家了。

陈七安从"X星球"总部回家，路上的时间比以前还要多花半个小时。

地铁拥挤，她站在人堆里手机响了都没法伸手去拿。

一直到换乘站，陈七安终于挤出人群松了一口气，掏出手机一看，是周曦发了他们的近期项目汇总过来。

陈七安心里是很感激的。周曦是销售部唯一的女生，也是唯一一个向她伸出援手的人。是周曦打破了她孤军奋战的处境，给了她更多对抗熊经理的勇气。

陈七安回到家之后，煮了一包方便面，草草吃完，便躲回卧室继续看资料去了。

方凝回来的时候已经很晚，平时这个时候陈七安都已经睡了，今天屋里却还亮着灯。

她敲敲陈七安的房门，没人应答，便小心翼翼地推开门探头看进去，发现陈七安趴在桌子上睡着了。

"怎么趴在这儿睡上了？"方凝轻手轻脚地走进去，小声叫陈七安，"别感冒了。"

陈七安迷迷糊糊地睁开眼，发现竟然已经半夜一点多。

"果然，就算到了30岁，学渣也还是学渣。"陈七安睡眼惺忪地自我调侃，"刚看了没一会儿就开始犯困了。"

方凝好奇地看她桌上的资料："这是什么啊？"

"销售部这两年做过的营销方案。"陈七安坐起来，打着哈欠揉了揉酸疼的脖子，"我拿回来看看。"

"可以啊你，也太刻苦了！"

"不刻苦不行哪，我们经理简直把我当成肉中刺，时刻惦记着怎么把我挖出去丢掉呢。"陈七安靠着方凝怨念地说，"早知道日子这么难过，我就继续在线下店当导购员了。以前我就只是身累，现在简直就是身心俱疲。"

方凝搂着她给她打气："没事的，你可是陈七安！迟早有一天你会一脚把那个讨人厌的经理踩下去，走上人生巅峰的！"

陈七安笑："借你吉言，但愿我别出师未捷身先死。"

她看着桌上做满了标记的资料，又想起熊经理那丑恶的嘴脸，深呼吸，决定再看一会儿再睡觉。

可能真的是太久没这么用功学习了，陈七安熬夜看资料到快凌晨三点，入睡之后做梦都是在考试。

梦里面，她奋笔疾书，抓紧每分每秒在答卷，好巧不巧，监考老师就是熊经理，对方笑得邪恶，拿着秒表倒数着。

陈七安从噩梦中直接惊醒，当发现自己并没有在考试的时候，竟然有种劫后余生的感觉。

她看了一眼时间，发现已经六点三十多，立刻起床，收拾了一下就出门了。

上班的路上陈七安打开了微博。昨晚她闷头研究营销方案，没更新漫画，但粉丝数依旧在上涨，其中一条发布漫画的微博被"X星球"的官方微博转发了。

陈七安有些意外，意外的不是自己的微博被转发，而是这个官方微博实在没什么存在感。

在这个新媒体当道的时代，"X星球"的线上营销工作做得可以说相当之差。官方微博除了新品发售的时候会更新产品链接，其他时间都只是在转发微博。现在，好好一个官方微博，粉丝数竟然还没有她多。

这事就很离谱。

陈七安抓着地铁的吊环拉手，脑子里突然冒出了一个想法。

陈七安一走进办公室就发现大家在窃窃私语。她倒是适应了，对她这个外人来说，大家聊八卦消息都要防着她的。

但当她走向自己的工位时，突然发现那张办公桌不见了。

突然之间，陈七安像是在寒冬腊月里被人当头泼了一桶冰水，整个人僵在原地动弹不得。

她不明白，自己究竟犯了什么错要被这样对待？熊经理给她破旧的办公桌她忍了，给她运行不起来的电脑她也忍了，开会不带她，她认，不给她安排任何工作她也认。

她都已经这样了，还不行吗？

陈七安盯着那空荡荡的角落，前所未有地感到委屈。

她红了眼睛，酸了鼻子，喉咙发紧，下一秒就要哭出来。

但陈七安明白，她不能哭，就算真的要哭，也不能是在这里。

"我……"她刚开口，门口突然响起嘈杂声音。

陈七安循声看过去，竟然看到沈觉指挥着两个师傅搬着一张新的办公桌进来了。

"放那边。"沈觉一扭头就看见了站在那里的陈七安。

陈七安愣住了，还没搞清楚发生了什么事。

"让开，让开。"沈觉说她，"这儿搬桌子呢，别挡路！"

"哦……"陈七安茫然地往后靠，给师傅让出路来。

两个师傅把桌子安置好，沈觉过来审视了一番，终于满意地点了头："你觉得这个怎么样？"

陈七安还处于丢魂的状态，半天才反应过来："你在跟我说话吗？"

"那不然呢？跟熊经理吗？"

陈七安回头看向熊经理，发现那人铁青着一张脸看着她。

"挺好的。"陈七安终于回过神来，有些羞赧地看向沈觉，"谢谢沈总。"

"先别急着谢我，"沈觉看了一眼时间，"等会儿电脑到了你再一起谢。"

"还有电脑？"

"给你那么一张破桌子和那么一台破电脑，不知道的人还以为咱们公司的企业文化就是欺负新人，我可丢不起那个人。"沈觉说，"更何况，工欲善其事必先利其器，我跟余总还等着你做事呢，连基本的办公用品都解决不了，你还怎么工作？给你这个借口让我们白养活你？你做梦吧。"

陈七安听着沈觉一本正经地说这些话，不停地点头称"是"。

熊经理在后面冷笑了一声，说："这个月咱们部门的费用又要增加了，等开总结会的时候，挨批的人还是我。"

"熊经理，我希望你明白一个道理。你之所以被点名批评，并不是因为部门花销超出标准——到底是因为什么，你自己心里清楚。"沈觉说，"另外，办公桌和其他用品都是公司正常提供，不算在你们的部门费用里，至于陈七安的电脑，是我以个人名义给她的，你挨批还真怪不到别人身上。"

陈七安看着唇枪舌剑的两个人，突然觉得自己简直就是偶像剧女主角。

那本书叫什么来着？

《霸宠嚣张俏佳人》。

不过……她看向沈觉，心里对自己说：打住！名草已经有主了！

陈七安的电脑很快就被送来了，沈总亲自指挥陈七安，让她自己安装。

陈七安嘟囔："我以为你会好人做到底。"

"你别得寸进尺，"沈觉站在一边看着她忙活，"借给你用的，随时可能收回。"

陈七安猛地抬头，一不小心头撞在了桌子上。

沈觉没忍住，笑出了声："活该！"

两个人之间的氛围实在有些微妙。办公室的其他人看着，又开始偷偷交换眼神，只有熊经理愤怒地磨着后槽牙。

一切安排妥当，沈觉潇洒离开，留下陈七安接受大家的"注目礼"。

熊经理例行公事一样阴阳怪气地说："真不得了，咱们部门来了个祖宗。"

陈七安对他的嘲讽话语充耳不闻，打开电脑，同时发现了不知道什么时候被放在她的办公桌抽屉里的 U 盘。

她没多想，原本只是打算把周曦发给她的资料拷贝到 U 盘里方便她回家之后继续看，却没料到，一打开 U 盘，里面有个文件夹，昨天沈觉给她的那些纸质资料的电子版全都在里面。

不用想也知道这是谁干的，她拿着手机给沈觉发了条消息，很简单的两个字："谢谢。"

办公环境得到改善，也终于有了运行流畅的电脑，陈七安一整天坐在那里几乎没挪地方，闷头写她的方案。她要把今早在地铁上突然冒出来的那个想法落实到方案中。

在此之前，她从来没写过营销方案，别说内容了，连标准格式都不清楚。

但昨天她看了很多资料，有样学样，在下班前完成了基础框架。

眼看着到了下班时间，熊经理突然叫陈七安过去。

"你不是到处说我不给你安排工作吗？"

陈七安心想：我没到处说。

"既然你这么热爱工作，那我就给你找点儿事。"熊经理递给她一个文件夹，"快到月底了，我们要统计每家线下店铺的销售情况。明天开始你就不用过来了，直接去线下店做统计，记得当场拍店铺库存照，别偷懒。"

"经理，今天才 17 号，"陈七安说，"而且，我以前就是线下店的，以往不都是每个月最后一天由线下店主动报数据的吗？"

熊经理呵斥她："你是经理还是我是经理？我这么安排工作自然有我的打算，不需要你来纠正我！"

陈七安被他吼得耳朵"嗡嗡"响，又听见他说："你就说去还是不去？"

"去！"她不能不去啊，不去还不得被挤对死？

陈七安接过文件夹，翻开看了看。

文件夹里的表格跟之前线下店每个月上交的电子版表格是一模一样的，明眼人都知道，这就是熊经理在故意折腾陈七安。

"今天是周二，"熊经理说，"周五早上你带着数据回来报告。"

"只有两天时间？"

要知道，全市一共有十五家线下店，遍布各个区，就算她跑断腿，两天也完成不了任务。

"两天时间还不够吗？"熊经理说，"你们一个个一出外勤就偷懒，两天不行，难不成我得给你两周的时间？"

陈七安说："我不是这个意思，不过十五家线下店，位置又很分散，时间真的有些紧。"

熊经理讪笑了一声："也对，是我不识抬举。要不这样，我给你两个月的时间，您老人家慢慢来，可以吧？"

陈七安被说得心口发闷，咬了咬牙，应了下来："两天就两天。"

她拿着文件夹回到了自己的工位上。

熊经理又调笑："真是得当祖宗一样供着啊！"

陈七安气得不行，又没法跟他争辩。她把自己今天写好的方案拷贝在 U 盘里，时间一到一分钟都不多等，拿起包就下班走人了。

她气势汹汹地走出了公司。

路过的余科看见她，甚至没来得及打招呼这人就目不斜视地走过去了。

余科小跑着去找沈觉："你又惹她了？"

"谁？"

说来也是奇怪，之前大部分时间在家办公，只有开会才在公司出现的沈觉，这两天竟然也跟着大家一起来公司朝九晚六地打卡上班了。

"陈七安哪。"余科说，"刚才我进公司，刚好看见她出去。好家伙，那架势，她像是赶着去杀人。"

沈觉抬头看向他，两个人沉默着对视了几秒。

余科说："行，明白了，老熊。"

沈觉想起这个人，白眼直接翻到了天上去。

陈七安下班之后也没闲着，一直在想怎么在两天之内完成这件事。

一家一家店去查肯定是不行的，她来自线下店，最清楚大家的做事风格。线下店的统计销售额都放在月底来做，现在只是中旬，她临时去查麻烦又耗时，而且，不出意外自己的突然到访还会让人家手忙脚乱，吃力不讨好。

陈七安到家后查了每家线下店的位置，给自己画了张路线图。

然后，她联系了新城 mall 店的店长，简单说了一下自己需要统计这个月截止到目前的店铺销售额以及库存情况，希望店长能帮个忙。

"我这边是没问题。明天一早我就让瑶瑶统计出来，那其他的店你怎么办？"

陈七安说："玲姐，你这边有其他店的店长的联系方式吗？工作邮箱就可以，我提前发邮件跟他们联络。"

以前陈七安在的时候，没少帮店里赚钱，就算现在被调去了总部，店长依旧记得她的好，这点儿事情还是能帮上忙的。

店长很快就把其他店长的工作邮箱发给了陈七安。陈七安快速写了邮件，群发了过去。

线下店铺下班时间晚，她八点多发邮件过去，店长们恰好在他们下班前收到。

陈七安以总部销售专员的身份希望他们能配合工作，表明每家店有一天的时间整理数据，她会在星期四过去填写表格。

熊经理给了陈七安两天的时间。如果每一家店都是到了现场再统计数据肯定来不及，但各家店提前准备好，她到了直接登记，虽然时间依旧紧迫，但相对来说这是最可能在期限内完成任务的方式。

陈七安在邮件里留下了自己的联系方式，各家店长很快就回了电话跟她确认。

陈七安说："如果您这边提前统计好了数据可以及时通知我，我随时过去。"

从天而降的临时工作虽然引得各家店的人不满，但毕竟是总部要求，他们也只好配合。

第二天，陈七安一早就去了新城 mall，这边的数据早早统计好了，算是给她的这份工作开了个好头。

接下来的时间她不停奔波，地铁、公交车来回换乘，甚至吃饭的时间都搭进去了，终于在星期四的晚上拿到了十五家店的全部数据。

累个半死的陈七安回到家倒头就睡，而另一边，已经两天没看见陈七安的沈觉坐在自家院子里，眺望着邻居家二楼房间里摆着的一排"安安兔"，满腹疑虑地想着：陈七安那家伙该不会临阵脱逃了吧？

陈七安在星期五一早用实际行动向沈觉证明了自己并不是逃兵。

早上九点上班，她八点三十分就到了公司。销售部的人都还没到，可她一进去就被吓了一跳。

"你怎么在这儿？"

陈七安风风火火地走进来时，看见沈觉打坐似的在自己的工位上发呆。

照理说，她应该第一时间把人赶走，但念在办公桌是沈觉给换的、电脑是沈觉借给她用的分儿上，拿人手短，只好忍了。

沈觉听到她说话，抬眼看了看她："什么态度？"

陈七安挤出一个笑容来："沈总早。"

陈七安来得早，沈觉来得更早。

他昨晚一宿辗转反侧，后半夜还给余科发了条微信："陈七安跟你提辞职了？"

余科睡得正香，自然没回他。他越想越觉得这件事奇怪，又放不下身段去问熊经理。

今天一早，五点多，太阳才刚上班，沈觉就到公司了。

他买了份早餐，坐在陈七安的工位上吃完了，一看时间才七点。

于是他就这么焦虑地坐着，盯着黑色的电脑屏幕，看着上面映出的自己，思考着为什么陈七安"跑路"会让他这么坐立难安。

他还没思考出答案，陈七安就出现了。

沈觉一见到她，瞬间拨云见日，这两天烦躁的心情立刻散了，又换上了平日里那副"丑恶的资本家嘴脸"。

"你这两天干吗去了？"沈觉问，"旷工是要扣钱的！"

"谁旷工了？"陈七安往自己的工位走，"熊经理派我出外勤了。"

沈觉一听这话，觉得自己简直蠢出了天际。

这两天，他总是有意无意地从销售部路过，每次路过还都要装作不经意地往里面扫一眼，像极了学生时代趁着课间休息时间偷看隔壁班女生的傻小子。

陈七安问他："找我有事？"

她是真心发问的。如果沈觉不是找她有急事，怎么会一大早就在这里等着她？难不成他是来催账的？

"沈总，你做人要厚道啊！"陈七安说，"你跟余总劝我来总部，严重影响了我的经济状况。要是你在这时候催我还钱，就真的是趁火打劫、落井下石了！"

沈觉烦得不行："谁催你还钱了？"

"那你一大早在这儿干吗？"陈七安突然兴奋起来，"有工作安排给我吗？"

"没有！"沈觉被问得尴尬，自己都不知道为什么要大清早地来这儿坐着！

他起身准备离开，免得继续面对陈七安的提问，站起来的时候随口问了一句："你出外勤干什么了？"

"收集数据。"陈七安说，"熊经理让我去线下店统计了他们这个月的销售情况。"

"哦。"沈觉对公司的经营情况以及销售计划完全不了解，也没听出这其中有什么问题，随口应了一声就离开了。

他走的时候，周曦刚好进来，贴着门边紧张地跟他打了声招呼。

沈觉点头示意，没多说什么就离开了。

周曦目送着沈觉离开，又扭头看了看陈七安。

她进来后跟陈七安也打了招呼，然后一边放下包打开电脑，一边自然地搭话："你跟沈总很熟悉？"

"不熟。"陈七安不是很愿意回答这样的问题。

周曦是这间办公室里唯一让她觉得慰藉的存在，而沈觉、余科跟她的往来在这里是最需要避讳的。

这么多年走过来，陈七安看多了人情世故，即便是初入这样的职场，对一些掩藏在表象之下的暗潮也做到了心里有数。

她想保持自己跟周曦之间相对纯粹的情谊，至少要从自身单方面地努力这样维持下去。

她不是不愿意信任周曦，只是彼此的身份都敏感。

陈七安转移了话题，问她："咱们部门每周的例会是周一还是周五开啊？我早上路过会议室，看到门口的预约表上写下午开例会，但是周一不是已经开过了？"

"一般是周五，"周曦感觉到她不想聊沈觉的事情，也就没再追问，"除非有特殊情况，会换到周一。"

陈七安明白了，周一的那场例会就是熊经理故意开给她看的。

两个人没再多说话，陈七安整理好等一下要交给熊经理的资料，一低头发现脚边竟然放着沈觉吃完的早餐外卖袋子。

她翻了个白眼，将画面拍下来，准备痛骂沈觉，却发现自己没有对方的微信。

不过没关系，她没有微信但有手机号码。

陈七安发短信过去："麻烦沈总等一下过来把自己制造的垃圾拿走！"

可惜的是，沈觉有着当代青年的通病：不看短信。

对陈七安的抱怨，他压根没看到。

熊经理来到办公室的时候看到陈七安坐在那里表现得十分惊讶，惊讶到表情有些浮夸。

他说："哟！来了啊！"

他刚坐下，今日份的咖啡已经被送到了他的工位上。

陈七安看了一眼时间，还差一分钟到九点。她没立刻回应熊经理，愣是拖延到九点整才拿着文件夹过去。

"这是十五家线下店铺这个月的销售数据。"陈七安说，"现场库存照我也拍好并标注清楚，发到了你的邮箱里。"

这下熊经理是真的惊讶了。他没想到两天时间陈七安竟然真的做完了这事。

他喝了一口咖啡，怀疑地看了陈七安一眼，然后打开文件夹，一页页翻看，脸上写着四个大字：努力找碴。

陈七安是有点儿紧张的。她确定自己很认真地做了这份数据报告，但熊经理这人，没人能预判他究竟可以从哪些刁钻的层面提出别人想都想不到的小问题。

果然，熊经理说："怎么没有数据分析和总结呢？"

陈七安一听这话，整个人都惊了："什么？"

"分析和总结！"熊经理把文件夹摔到桌上，"你真是能不动脑就不动脑啊！我让你去调研数据为的是什么？如果我就只是要这点儿数据的话，为什么不让线下店铺的人直接报上来？"

陈七安听着他慷慨激昂的训话内容，整个人哭笑不得。

"你能不能动动脑子？你说我不给你安排工作，我给你安排了，你看你干明白了吗？"

"经理，你先息怒，"陈七安说，"我这就把数据分析和总结发到你的邮箱里。"

这回轮到熊经理吃惊了。

陈七安对他笑了笑，跑回自己的工位打开邮箱。

熊经理这边很快就收到了新邮件提醒。

这件事还得感谢周曦，昨天陈七安去店里拿数据的时候，周曦发信息给她，告诉她熊经理可能会故意难为她，年初的时候有个新来的同事就是被这套"组合拳"给打得试用期还没过就主动离职了。

周曦并没有告诉她熊经理会如何刁难她，但陈七安尽自己所能，把想得到的事都做了。

以前在线下店工作的时候，陈七安每个月都会自己做一份销售数据分析和总结，也不是为了上交给店长，只是为了梳理自己的工作情况，以便下个月再接再厉。

所以，尽管这份数据分析和销售总结写得不是那么专业，但该有的核心内容都是有的。

陈七安回去补个觉之后硬着头皮爬起来写完了，没有第一时间发给熊经理，是还抱着一丝幻想，觉得或许用不上。

她万万没想到，熊经理真是从来不让人失望。

当下，堪比打脸爽文的反转结果让销售部除了熊经理之外的每个人都在心里大呼"痛快"，但他们想笑不敢笑，只能努力憋着。

陈七安说："经理，我以前没写过，可能写得不太专业，希望你能给指导指导。"

在折磨新人这件事上，熊经理第一次遇见了硬钉子。

他气个半死，一不小心手边的咖啡洒了一身。

陈七安是新人，这谁都知道，能把工作做到这个份儿上也算过得去了。熊经理心里也清楚，要是继续鸡蛋里挑骨头就真的容易引发众怒了。于是他只好假装去洗手间，这件事就算翻篇了。

熊经理一出门，坐在前面工位的几个同事就都回头看陈七安，其中有两个男生实在忍不住，对她比起了大拇指。

陈七安松了一口气，看向周曦，对方冲她笑了笑，没过多表示。

这一关算是过去了，陈七安看着熊经理愤懑地走进办公室那样子，突然理解了为什么说"与人斗，其乐无穷"。

吃了闷亏的熊经理越看陈七安越觉得不爽，下午的部门例会依旧拒绝让她参加。

陈七安说："我旁听也不行吗？"

"这里面涉及机密方案，万一你一不小心泄露了怎么办？"

陈七安不解："我能泄露给谁？"

"那谁知道呢？你可是从线下店来的，我们对每家店的定位和销售策略都不一样，谁知道你会不会夹杂个人情感在里面？"熊经理说，"你早上给我的数据分析和销售总结我看完了，写得一塌糊涂。我费心给你做了批注，你就在办公室里好好修改，什么时候把这个做好了再想别的事吧！"

就这样，陈七安又被丢下了。

有时候陈七安真的怀疑沈觉是不是在这间办公室里偷装了一个摄像头，销售部的人一走，他就晃晃悠悠地进来了。

陈七安懊恼：那袋垃圾我应该给他留着的！

"你又来干吗？现在没钱还你。"陈七安心里都是怨气，坐在那儿打开了被熊经理画满红线的文档。

沈觉问她："怎么又是你一个人在？"

"他们都去开会了。"

"又不带你？"

"我身价太高，他们请不动。"

陈七安还是伶牙俐齿的，沈觉看着她忍不住发笑。

"有什么可笑的？"陈七安不悦地抬头看了他一眼，"工作呢，别打扰我。"

沈觉绕到她身后，扫了一眼电脑屏幕上的文档，立刻觉得眼晕："这是什么东西？"

"我尊贵的经理给我修改的数据分析和销售总结。"陈七安说，"带薪学习，我可真是占了大便宜。"

沈觉双手环抱在胸前，站在她身后看了好一会儿。

熊经理是真的行，不去报社做校对可惜了，把陈七安写的句子标记出来，换了一种叙述方式，再批注了几句狠话，看得沈觉都火大。

"到余科的办公室来。"

"现在？"陈七安问。

"不然是下个月吗？"沈觉转身就走，"五分钟之内不到，明天你就别来上班了。"

陈七安看着他潇洒离去的背影，非常坦然地说了一句："明天是星期六，本来就不上班。"

陈七安敲响余科的办公室门的时候，那两个人已经等候多时。

"五分钟过了。"沈觉说。

余科疑惑："什么五分钟？"

"才没有！"陈七安进来，"我看着时间呢，你别想糊弄我。"

沈觉轻笑："还行，没那么蠢。"

余科示意陈七安坐，让她简单汇报了一下自己这个星期的工作内容和心得。

陈七安一点儿没有给熊经理说好话的意思，把自己的"悲惨遭遇"一五一十地说了出来。

"我没有夹杂任何个人情感在里面，"陈七安说，"非常客观地描述了事实。"

余科捏了捏眉心，让她把写好的那份数据分析和销售总结发给他看看。

"余总，这个不看也可以，我有另外一个东西想给你看。"陈七安拿出 U 盘递了过去。

余科接过那个 U 盘的时候还愣了一下，因为注意到在这个 U 盘很不起眼的地方刻着"shen"，显然，这是沈觉的 U 盘。

他瞄了两个人一眼，心里又躁动了。

"入职之前我就跟你提过，希望能给我一个专属的线上销售链接。"

余科赶紧解释："这事我已经在和熊经理讨论了，很快就能落实了。"

"好，明白，不过我今天之所以提起这事，不只是要催你。"陈七安说，"我发现公司的线上运营工作做得……"

她停顿了一下，然后非常委婉地说："还有很大的进步空间。"

沈觉在一边接话："你直接说做得很差就完事了。"

余科点头承认："确实，新媒体这部分工作公司一直没招到合适的人来做，官方微博直接让销售部的人随手运营着呢。"

陈七安都没好意思吐槽，那也能叫"运营"吗？

"余总，新媒体是现在最重要的宣传渠道，无论是平时销售还是新品宣传，都很需要它。"陈七安说，"我这几天写了一个线上营销方案，第一次写，不专业，可能也很粗糙，不过还是很想和大家讨论一下。"

余科打开文档，认真地浏览了一遍营销方案。

陈七安的文档篇幅不长，甚至专业的人一看就知道是外行人写的，不过她在这个方案中提出的很多想法非常不错。

比如"X星球"官方微博的运营；比如调动粉丝积极性；比如，增强"安安兔"的实感，强化消费者对这一系列形象的认知，增强用户的情感投入……

陈七安说："事实上，我们的产品给大家提供的是一种情绪价值，把这种情绪价值发挥到极致，这对我们来说非常重要。我仔细看了销售部过往的营销方案，很多时候我们只是在大力搞促销活动，但效果并不明显。我想，造成这一结果的原因很简单。归根结底它相对来说还是比较小众的，知道它的人只有那么一小拨，为它消费的人也只有那么一小拨，很多人压根不懂这是什么东西，我们的活动力度再大也没有意义。"她越说越兴奋，"我举个例子，就好像我出去卖自家培育出来的新品种西瓜，大声吆喝我的西瓜价格有多低，可是走过路过的人被吸引的很少，因为他们会想——这东西奇形怪状的，还这么便宜，别是有毒吧！"

说到这里，她转过去对沈觉说："我没有说'安安兔'奇形怪状的意思，这只是一种比喻。"

沈觉摆了摆手："说你的！"

"我只是告诉他们我的西瓜便宜没有用，应该告诉他们它好在哪里、有多特别，又为什么是这个价格。"陈七安说，"你给消费者越多的信息，他们就越会对这个产品感兴趣。就算一些人在最开始的时候对它不感兴趣，但当有一天发现周围的人都在讨论这个怪西瓜时，也就想试试了。"

陈七安说得痛快了，往后靠到椅背上，略显得意地笑着说了一句：

"我觉得，这才是营销，熊经理他们之前做的那些事，就只是硬着头皮卖货罢了。"

沈觉直接笑出声来："这么快就膨胀了？"

"我说得不对吗？"陈七安转向余科："余总，你觉得呢？"

余科刚刚就听得很认真。其实陈七安说的这些事他不是不懂，只是一直没找到合适的人派去这么做。

以前销售部也有人提出过这种营销方式，但熊大志似乎对新媒体营销深恶痛绝，他的重心始终放在电商和实体店铺的促销上。

"你说得挺不错的。"余科说，"但要是我们真的准备着手去做，你的这个方案还需要更加细化。"

"我明白。"陈七安说，"关于新媒体营销，如果真的打算做的话，余总你心里有合适的人选来负责这项工作吗？"

余科当然明白陈七安的意思："你直说好了。"

陈七安："那我就不客气了。如果余总信任我的话，我想负责这个项目。"

"你自己？"余科问。

"当然不是，我一个人肯定完成不了。"陈七安说，"我希望至少让销售部的一个人来跟我配合完成这项工作。"

"你这么说，看来心中有人选了？"

"是，销售部的周曦。不过我不确定她会不会愿意，还是要看她的意愿。"

余科点了点头："我没意见，到时候你自己去跟她沟通。"

"没问题！"陈七安笑了，"另外，我还有个不情之请。"

"说。"

"我还想借沈总一用。"

在旁边听了半天热闹的沈觉突然被点名，莫名其妙地问她："你打我的主意？"

"说说理由。"余科忍着笑，看向了沈觉。

陈七安说："我的计划是先把'安安兔'系列产品运营起来，沈总是这一系列产品的设计师，是最了解'安安兔'的人，所以，这个项目组很需要他加入。"

沈觉板着脸说："我不答应。"

余科却说："哎呀，七安的话听起来很有道理，我完全没有理由拒绝。"

"但是我拒绝。"沈觉说。

余科只当没听见沈觉的话："行，那沈总就暂时借给你。"

余科冲着陈七安挤眉弄眼地说："你可要精心呵护我们沈总。现在我把他交到你手里，你随意差遣，随便利用，但是下手也要轻点儿，不要让他伤心哟。"

陈七安觉得余科的语气有点儿微妙，看看余科，又看看沈觉，之后重新转向了余科。

陈七安坚定地说："余总，你放心吧，我一定会完璧归赵的！"

沈觉："你们两个有病吧？！"

陈七安从余科的办公室出来的时候，没忍住感叹了这么一句："万万没想到，初入职场，我已经是个小领导了。"

走在她身后的沈觉翻了个白眼："少往自己脸上贴金，你算什么小领导？！"

陈七安回头笑着看他："可我现在开始就要领导你了啊！"

完全无力反驳的沈觉生着闷气回了自己的办公室。

陈七安看着他笑，觉得这人生气的样子实在有点儿可爱。

"沈总！"陈七安跟到沈觉的办公室门口，一副得了便宜还卖乖的样子笑着说，"我加了您的微信，有空您记得通过一下好友申请，方便我们日后沟通！"

沈觉瞥了她一眼，不耐烦地说："知道了！赶紧走！别影响我办公室的风水！"

陈七安心情大好，不跟他计较，一路春光满面地回了销售部。

她回去的时候，销售部的其他人也都已经开完会回来了，熊经理冷着脸质问她："不好好在办公室里待着，趁着我们不在跑出去干吗了？"

陈七安微笑："不好意思熊经理，是余总叫我过去找他的。"

这家伙又搬出余总来，熊经理被压得一声也没吭。

过了一会儿，余科将电话打到了熊经理这边："熊经理，来我的办公室一下。"

熊经理很喜欢被余总召唤。在他看来，对方召唤他说明重视他。

他站起来，还做作地咳嗽了一声，大声宣布："余总找我，你们有事等我回来再说！"

但事实上，整个销售部没人需要他。

熊经理昂首挺胸地走了，一路上趾高气扬的，等到了余科的办公室门口，立刻换了一副嘴脸，卑躬屈膝地谄笑着敲门。

"进来坐吧。"余科停下手里的工作，让他进来。

"余总，有事安排给我？"熊经理对余科接下来的工作安排充满了期待。

然而，几秒钟之后他听到了一个很不愿意听见的名字。又过了几秒钟，当他被告知陈七安将单独带领一个小组来做新媒体运营工作的时候，震惊不已如遭雷击。

"余总，我没听错吧？"他一脸难以置信的表情，"你是说，陈七安自己带领一个小组？"

"没错，我看了她给我的方案，挺不错的，她很有想法。"

熊经理心下烦闷，躁郁之气直冲天灵盖。他猛地站起来拍着桌子说："余总，你不能这样啊！她一个人搞特例看起来好像没什么，但以后我的工作怎么做啊？"

余科看着他，语重心长地说："熊经理，你火气不要这么大嘛！我让她做这工作也是为了给我们未来的销售工作打个好的基础。更何况，你们不是缺人手吗？把官方微博运营这事从你的人手里挪出来，你们工作起来不是就更轻松了？！"

熊经理气得头晕，觉得没有心脏病都被气出心脏病了。

他其实一点儿都不想接这工作。之前公司把那个官方微博交给他们部门运营，他也从没重视过。但是现在，余科说要将其当成一个重点项目做起来，甚至让陈七安单独负责这项工作，这算什么？这无异于让陈七安分走了他的权力。

熊大志不生气就奇怪了。

所有反对意见都被驳回了的熊经理从余科的办公室离开后去外面抽了三根烟又打了一通电话，缓了很久才回到销售部办公室里。

他原本就看陈七安不顺眼，现在更甚，直接冷嘲热讽起来："有靠山的人是不一样，才来几天，都能独立负责项目了。我看过不了几天人家就能混个部门经理当了，就是苦了我们这些踏踏实实工作的人，付出再多也比不过人家。"

陈七安自然听得出来他在说自己，也不恼，当听不见地继续做自己的事。她觉得，面对熊经理这种人，只要她不生气，气的就是对方。

没想到，她来"X 星球"总部不仅修身，还养性了。

午休的时候，陈七安特意约了周曦一起出去吃饭，准备跟对方聊一下新媒体运营的事情。她知道对方不想让其他人看见她们两个在一起，于是彼此约好偷偷见面。两个人像特务接头一样，一个先走，另一个过了好一会儿才出门。

她们见面的地方是离公司不远但七拐八拐很少有人来的一家小饭馆，周曦费了不少劲才找到，进来的时候笑着说："天哪，我还以为你要把我骗到山里去！"

陈七安见她来了，松了一口气，回她一个笑容，招呼她到小包间里去。

小饭馆经济实惠，餐食味道也不错，是方凝推荐给陈七安的。对此，陈七安表示十分惊讶，没想到方凝的"美食地图"已经拓展到这边了。

当时她问方凝："你怎么对我们公司附近的情况那么熟悉的？"

方凝神色怪异，打着哈哈说："我多厉害啊！有什么事是我不知道的啊？！"

陈七安当时忙着做别的事，也没继续追问，不过方凝给她推荐的这地方还真是挺不错的。

"我确实要骗你跟我干一件大事，不过不是去山里。"陈七安开玩笑似的跟周曦说。

周曦疑惑地看向她。

陈七安能读懂对方眼里的警觉之色，也能理解周曦为什么会有这样的反应。

"别紧张，"陈七安笑，"刚才是开个玩笑，不能说骗，我是郑重且真诚地邀请你。"

周曦拿起水杯喝了一口水，谨慎地问："是什么事？"

如果是两个人联手推翻熊经理的"独裁统治"，那周曦肯定会毫不犹豫地拒绝她。这种事只可以想想，真做，周曦可没这个胆子。她暂时还不想丢掉这份工作。

陈七安不喜欢吊人胃口，也不喜欢拐弯抹角，把今天在余科的办公室里谈的事情大致跟周曦说了一下，然后直截了当地表态："这件事我一个人完成比较有难度，所以很希望你能够加入。"

"我？"周曦有些意外，不明白为什么是她。

"对，是你。"陈七安说，"我之所以希望你和我一起来做这件事，一方面确实是因为在销售部除了我之外只有你一个女孩，而且我也只跟你稍微熟悉一点儿。"

周曦微微低头笑了笑。

"但最重要的原因其实不是这个，我是真心觉得你很适合做这项工作。"陈七安对她说，"我看过你的朋友圈，无论是照片还是文案，甚至公司出新品时的宣传内容你都发得很吸引人。我不知道你有没有发现，你看待事情的角度非常独特有趣，文字感染力也很强。这很宝贵，是一种才能，这是可以在工作上被你充分利用起来的优势。"

周曦听到她这么说的时候非常意外，因为在过去从来没有意识到自己还有这样的优点，或者说，原来这也算是优势。一直以来周曦只是很喜欢跟大家分享生活里琐碎的片段，喜欢把一件事情变着花样说得有趣。

从来没人告诉过她，她的这种"爱好"是可以运用到工作之中的。

"周曦，我不是在恭维你。在这方面，我真的很需要你的帮助。"陈七安停顿了一下，继续说，"这话不能这么说，如果你愿意加入的话，那这不是对我的帮助，而是我们相互配合、相互协作，一起去做好这件事。"

她很真诚地问周曦："虽然这件事有一定的风险，我也不敢保证一定能成功，但如果我们做成了，这是很有成就感的事。"

周曦双手捧着杯子，若有所思地沉默着。

这回轮到陈七安紧张了。

她其实并不够了解周曦。她们认识的时间不长，两个人也从没深入接触，但她刚刚说的都是发自真心的话。不过她也能够理解周曦为什么犹豫，毕竟人家原本在销售部做得还算不错，没必要去冒险。所以如果周曦拒绝了她，她也完全可以接受，只不过会觉得有些可惜。

"只有我们两个人做这件事？"周曦问。

"还有沈总。"陈七安说，"他是'安安兔'的设计师，没人比他更了解这款产品。他会全力配合我们。"

听到还有沈总加入，周曦显然有些动心了。

服务员把菜端了上来。

陈七安说："没关系，这是一场不知道结果的冒险，谨慎一些是对的。你可以再考虑考虑，我们先吃饭。"

周曦抬头看看她，接过她递来的筷子，轻声说："让我再考虑一下吧，我尽快给你答复。"

沈觉在办公室里等了一下午，一直瞄手机，然而很可恶的是，陈七安竟然一次都没找过他！

暴躁的沈大设计师把手机丢到桌上，开始严重怀疑陈七安上班摸鱼，否则为什么还不来找他聊工作的事？！

沈觉坐在办公室里生闷气，隔壁的余科已经准备早退了。

"你鬼鬼祟祟的要干吗去？"沈觉在办公室里像热锅上的蚂蚁，坐不住了，到门口来透透气，结果一出来就看见余科拿着手机和车钥匙准备离开。

余科看见他，笑得有些心虚："我约了人。"

沈觉挑眉："约了人？谈工作？"

"嗯，对啊。"余科一边往外走，一边说，"我可太忙了，大明星的档期都没有我这么满。"

沈觉嗤笑了一声，回了自己的办公室："少往自己脸上贴金了。"

余科溜走了，一上车就掏出手机打了个电话："是我。我现在就过去接你，别急啊。"

沈觉站在窗边，看着余科开车走了，又看了一眼时间，继续苦等陈七安，这一等就到了快下班的时间。

沈觉整个人仿佛古代的深宫怨妇，眼看着就要开始扎小人了。

突然，有人敲门，他心下一喜，抬头的时候却发现来人并不是陈七安。

"沈总你好，我是销售部的周曦。"

虽然对这个人没什么印象，但沈觉上午听陈七安提起过这个名字。

周曦站在门口，有些局促地说："沈总，可以关门聊吗？我不想让别人知道我来找你了。"

沈觉觉得这样挺奇怪的，男上司和女下属，关着门谈事情，怎么想都有些不合适。

"我们去会议室吧。"沈觉起身，"隔壁小会议室，方便些。"

周曦点了点头，一言不发地跟着沈觉去了会议室。

会议室里只有他们两个人，关着门，但在这里沈觉没那么别扭了。

"找我有事？"

周曦明显有些紧张，很白净的姑娘，此刻脸通红。

"没关系，有什么事你直说就好。"沈觉不停地点着手机，因为陈七安还是没有联系他。

"沈总，可能你不认识我，我叫周曦，是销售部的专员。"

"嗯，我知道。"

周曦面露喜色："你知道我？"

沈觉抬头看了看她："上午开会的时候陈七安提起过。"

周曦听到陈七安的名字，略显尴尬地"哦"了一声。

"这么说，你是知道她要做新媒体运营的事情？"

"当然。"沈觉大概明白了周曦来找自己的原因，"我会跟她一起做这个项目。"

周曦听他这么说才稍微放心了些："这样啊，那我明白了。既然有沈总，那我愿意加入，一定竭尽所能地完成您给我安排的工作。"

"我？我不给你安排工作。"沈觉笑了，"这个项目余总是交给陈七安负责的，就连我也要听她差遣。"

周曦很是意外。

"没开玩笑，虽然挂着总监的头衔，但在这个项目里，我只是配合她工作听她调遣的设计师。"沈觉说，"我不确定她是怎么跟你说的，但真实情况就是这样。"

沈觉又特意强调："另外，你加入这个项目的话她应该会很开心，不过自身也不要太有压力，如果不愿意就算了，我们另想办法。"

"什么？"

"我的意思是，虽然确定要做这件事了，但谁也不知道后续能做到什么程度，而且最终能给公司创造多少利润也不好说，公司这边不会给你们任何承诺。另外，我虽然会给你们做些辅助工作，但并不意味着会帮你们承担这份风险。"沈觉告诉她，"如果到最后，耗时耗力还没做起来的话，你们俩可能工作都不保，这一点你要想好。"

沈觉问："还有什么事想了解的吗？"

周曦从来没听沈总说过这么多话，完全被他突如其来的一大段说辞给惊着了。

"没……没有了。"

沈觉对她的回答非常满意，微笑着起身："好，那我就先回去了。"

周曦还呆呆的，坐在那里没有动。

沈觉走到会议室门口，突然想起什么，回头问周曦："陈七安下午干吗了？"

"啊？"周曦转过头来看向他。

"算了，估计她没干正事。"沈觉吐槽了这么一句，开门离开了。

周曦一个人在小会议室里又坐了好久，一直在想中午时陈七安对她说过的话以及沈觉刚刚说的那些话。

到了下班时间，周曦终于站起来准备回去，下楼前路过沈觉的办公室，透过巨大的玻璃窗看见对方正拿着手机在里面来来回回地踱步，好像在等什么人的消息。

她下楼回到销售部，依旧是以前的老样子——熊经理不走，其他人就算没有工作了也不敢下班。

周曦看向坐在角落里皱着眉正认真写什么东西的陈七安，突然就想清楚自己应该怎么做了。

她回到工位上，给陈七安发了条微信："我愿意和你一起去冒险。"

陈七安的手机振动了一下，她拿起来看到周曦的回复，直接在工位上欢呼出声来。

熊经理厌烦地回头看向她："怎么着？中彩票了？"

陈七安眉开眼笑地说："对啊！捡到宝贝了！"

周曦也看着她笑了。

一整个周末，陈七安都在家闷头写方案。

从外面回来的方凝吐槽她："不知道的人还以为你是年薪百万元的女高管。"

对她的吐槽，陈七安只是回以一笑说："年薪百万元没有，女高管也算不上，不过我现在确实带领着我们公司的部分高端人才在准备一个新的项目。"

"部分，高端，人才？"方凝从冰箱里拿出一瓶矿泉水，贴在了陈七安的额头上，"是人家带领你吧？！"

"No（不），no，no！真是我带领他们！"陈七安拿过水，喝了一口，冰冰凉凉的，提神醒脑。

方凝显然不信她的话，当玩笑听，问她："行啊领导，那你带领了多少个人哪？"

"我们团队，算上我，一共三个人！"

方凝笑倒在了沙发上。

"别笑啊！我们组员重质不重量！"陈七安说，"那个沈觉，你还记得吗？"

"谁呀？"方凝从陈七安手里拿过矿泉水，自己喝了起来。

"我们余总的男朋友！"

下一秒，方凝一口水喷在了陈七安的衣服上。

"干吗呢你？！"这下陈七安更提神醒脑了。

陈七安抽出纸巾，先递给方凝，之后自己才擦衣服。

方凝说："你说余科啊……"

"不是余科！是余科的男朋友！"陈七安纠正她，"在酒店遇见的那个，你忘了？余科的好哥哥！"

"没有，没有，哪儿忘得了呢？！呵呵呵……"方凝神情诡异，拧好了矿泉水瓶盖，从沙发上起来准备回自己的房间去，"我累了，回去睡一觉。你饿了叫我，我给你煮面吃。"

"没事，你睡吧，不用管我了。"陈七安继续工作。

方凝意味深长地看看她，然后回屋了。

方凝回到自己的房间，掏出手机给一个被她备注为"My Hero（我的英雄）"的人发微信："出大事情了！安安现在对你跟沈觉的恋情深信不疑了！"

第六章

你的债主 0519

"女高管"陈七安用一整个周末的时间来写她的新媒体运营策划案，除了吃饭和上厕所，几乎没从房间里出来。

另一边，沈觉偷偷注册了一个微博账号，把陈七安设置成了特别关注。

余科好奇地问他："你干吗呢？"

沈觉赶紧收起手机："没事。"

余科来沈觉家里，本意是丰富一下自己的好兄弟的业余生活，没想到一来就被拉到工作室里看修改后的设计图。

"对了，一直有件事想问你来着，"余科指着设计图的一处，"脚底的这一串数字，是什么意思啊？"

那应该是一串日期，但余科怎么想都想不到 5 月 19 日对沈觉来讲有什么特殊意义。

沈觉扫了一眼电脑屏幕，沉默了几秒，回答说："懂的人自然懂。"

"哥，你这不是废话吗？！"余科凑过去，"让我也当一回懂的人呗！"

沈觉嫌弃地把人从自己身边推开，转移了话题："修改之后你觉得怎么样？"

"修改前我也觉得挺好的。"余科问，"给陈七安看过没？"

"给她看什么啊？"一提起陈七安，沈觉立马像是爆炸的手榴弹。

"她又惹你了？"

沈觉没说，总不能告诉余科自己在因为特意注册微博，关注了陈七安好久对方却一直不回关他这事生闷气吧？

这显得他幼稚又小气。

虽然这似乎是事实。

"你别问了。"沈觉隔一会儿就看看手机，主要想看看有没有陈七安回关的通知。

微博不能用自己的本名，太刻意了，但他又想让陈七安认出自己，于是绞尽脑汁地给自己起了"你的债主"的名字。

但点击确认之后发现此用户名已经被注册，沈觉无奈之下在后面又加了一串数字——0519。

已经过去快二十个小时了，陈七安甚至已经更新了一条漫画微博，却依旧没有关注他。

有她这么对待债主的吗？她高傲个屁啊！

沈觉打算再给她四个小时。四个小时过去后陈七安再不关注他，他就要去催债了。

余科见沈觉反应怪异，估摸着他跟陈七安又闹什么别扭了，为了不踩雷，只好先保持安静。

余科看完修改后的设计图，心情大好，耳边仿佛已经听到了金钱入袋的声音。

他扭头看向沈觉："周一我们开会定一下稿，没问题的话就准备打样吧。"

沈觉此刻正站在窗边，似乎看着什么东西出神。

余科过去，顺着他的视线往外看，突然惊讶地问："我没看错吧？"余科说，"你什么时候把隔壁买下来当仓库了？"

"别闹。"

对面，也就是新城水筑 B29 栋别墅，二楼的一个房间，两个人透过窗户可以清楚地看到屋子里摆满了"安安兔"。

"那不是你弄的？"余科知道沈觉小时候就住那栋别墅，而恰好他童年时的卧室就是如今摆放"安安兔"那间。

沈觉摇了摇头，一手端着咖啡，一手揣在家居裤的口袋里："应该是我的崇拜者吧。"

余科无语。

沈觉喝了口咖啡："我注意他家好一阵子了。"

"你偷窥人家！"

"我光明正大地看。"沈觉说，"隔壁这户人家，品位相当差，有时候我看着他家门口摆放的石狮子都觉得眼睛疼。不过，既然他是我的铁杆粉丝，那就原谅他了。"

余科"呵呵"一笑："你还真是很宽宏大量。"

"还好，"沈觉说，"不过我真的挺好奇隔壁现在住的是什么人。"

他盯着那个房间看："说不定那就是我一直想要找的人。"

沈觉苦等已久，坚信自己要找的那个人只要看见"安安兔"一定会认出它。更何况，他还在产品上留下了暗号。

或许她真的已经知道了，所以故意搬来跟自己做邻居？

沈觉是真的想了很多。

余科说："搬过来这么长时间了，隔壁住着什么人你不知道？"

沈觉还真不知道。

住在隔壁的人每天从地下车库开车离开，几乎很少会出现在院子里。沈觉唯一一次看见院子里有人就是上次陈七安私闯民宅那天，当时前院群魔乱舞，谁知道哪个是屋主？

沈觉说："希望那是我的命定之人。"

他话音刚落，住在他隔壁的向弛打了个惊天大喷嚏。

余科听着沈觉在这儿说些不着边际的鬼话，也只能微笑着说："那就祝福你吧。"

"哦，对了，"沈觉突然话锋一转，问余科，"你打算什么时候找那个熊大志聊聊？"

"他又怎么了？"

"你说他怎么了？心思完全没在工作上，他整天搞办公室政治。"沈觉说，"我真的不理解你为什么一直对他那么容忍。"

说起这事，余科露出为难的表情来。

他给自己也煮了一杯咖啡，然后对沈觉说："熊经理为人处世确实有些问题，不过，最开始我成立公司的时候他就加入了。当时整个销售部只有他一个人，工资不高，推广困难。可以说前期他没有功劳也有苦劳。"

沈觉坐下，若有所思地喝着咖啡。

"现在公司发展得好了，我总不能卸磨杀驴吧。"

听余科这么说，沈觉突然就明白为什么熊大志在公司里能那么嚣张跋扈甚至对他这个总监都不客气了。

熊大志确实算元老级员工，有恃无恐了。

"不只是他，还有开发部的赵亮，都是一路跟着我过来的。你也知道，前期就我一个人带着他们干，盲人摸象似的，什么都不懂，也忙不过来，不可能事无巨细地去处理，所以把很多权力直接交到了他们手上。"余科叹了一口气，说，"以前这样确实没什么问题，不过公司今时不同往日，在管理方面我的确应该多用点儿心了。"

沈觉也明白余科的难处，捏了捏他的肩膀，说："当老板真不是那么容易的。"

"是啊。"余科说，"我最近也在想应该怎么办，万一处理得不好，不仅影响销售部，还会寒了那些老员工的心。"

沈觉点头，表示理解。

余科的手机振动起来，他掏出手机看了之后笑了笑。

"没什么别的事我就先走了。"余科起身，把咖啡喝光，"周一公司见吧。"

沈觉审视地看向他，问："你最近是不是谈恋爱了？"

"啊？没有啊！"

"没有？"

"真没有！"余科笑，"我是什么人你还不知道？走了，你自己在家宅着吧！"

余科嘴上说着没有，但出了沈觉家，开车一路就朝着新城国际酒店去了。

星期一一早，陈七安挂着黑眼圈满脸兴奋地来到了公司。

周曦来得比她还早，见到她立刻递给她一杯咖啡。

陈七安有些意外，但还是接过了咖啡："谢谢！明天我请客！"

周曦笑："不客气，顺路就买了。"

办公室里只有她们两个，陈七安说："今天你有时间吗？周末我把方案细化了一下，想咱们俩先聊聊，然后叫上余总他们开会。"

"好啊。"周曦点头说道，"我随时可以。"

确认周曦今天有时间，陈七安又联系了余科跟沈觉。

沈觉来得早，但余科前一晚喝多了，快中午才磨磨蹭蹭地到了公司。

四个人约在楼上的小会议室里见面，周曦跟在陈七安身边进去的时候，还有些紧张不安。

陈七安人生中第一次在开会的时候为其他人讲解她的策划案，跟销售部的其他人相比，依旧没那么专业，但对他们来说，这并不是最重要的。

陈七安说："上周余总看过我之前的方案，说还需要细化，我回去之后把能想到的内容都补充进来了。"

她打开幻灯片介绍说："我想，可以先从预热'安安兔'第二拨产品开始。"

陈七安说："我记得余总之前说过，第二拨产品预计在'双十一'前期上线，现在距离'双十一'还有不到四个月的时间，其实时间已经很紧迫了。"

接下来，陈七安非常详细地阐述了自己的想法。

"如果我们要做好线上营销，首先应该激活我们的官方微博。"陈七安说，"我仔细研究过，目前只有'X星球'这个官方账号，而且原创内容非常少，完全没有起到官方微博应该有的宣传作用。

"我建议，专人负责微博、公众号甚至是短视频平台的运营工作。我们现在的营销重心是'安安兔'，那么与其把所有精力放在'X星球'这个账号上不如重新注册一个'安安兔'的微博，着重把这个账号做起来，运营的时候，将它拟人化，以一个真实形象来跟粉丝互动。"

陈七安在幻灯片中展示了几个类似的账号来举例说明。

"想法是不错，但谁能做这件事是个问题。"

"我可以。"陈七安说，"而且我有信心能做好。"

沈觉在一边托着下巴看着她："你这算是盲目自信吗？"

"当然不是！"陈七安说，"我有信心做好内容，不过确实需要公司这边的支持就是了。"

余科跟沈觉对视了一眼，问："需要什么支持？"

陈七安微笑："微博推广的费用。"

沈觉"扑哧"一声笑了出来，阴阳怪气地说："我还以为你有多大的能耐。"

陈七安瞪了他一眼："你少说风凉话！"

"好了，好了，你们俩待会儿再吵。"余科说，"营销费用肯定是有的，不过每笔费用花在哪里、需要多少钱、效果如何，你需要做完整的数据统计。"

"这事我可以做。"周曦突然开口，"销售部的很多数据是我来统计的，这事交给我没问题。"

陈七安开心了，对余科说："余总你看，我没找错人！"

周曦作为销售部一个工作时间不算太久的专员，之前从来没有跟余总他们一起开会的机会，如今坐在这里，还被夸，突然就有些不好意思了。

164

她微微低头，然后又偷瞄沈觉，发现对方似乎一直在看陈七安，眼里还带着笑意。

整个会议期间，周曦总是不自觉地观察这两个人，越来越觉得他们可能真的关系匪浅。

会议一直开到午休时间，余科说请大家吃饭，结果恰好就这会儿，熊经理打电话给陈七安，说是有工作要交代给她。

明明是午休，明明知道陈七安有其他工作安排，但熊经理说："你自己捅出来的娄子，还想让别人帮你收拾烂摊子？"

陈七安不想跟他有过多无意义的争执言语，只好答应下来。

"我临时有点儿工作。"在会议室门口，陈七安对其他三个人说，"你们去吧，我得先回办公室。"

沈觉一听这话，立刻问："大中午的，有什么事不能下午做？"

"之前给熊经理的线下店销售数据出了点儿问题，我得回去看看。"陈七安说，"他着急统计，要求午休结束就要给他。"

沈觉皱紧眉头，在心里咒骂着熊大志没事找事。

周曦小声问："要我帮忙吗？"

"不用，"陈七安笑，"你们快去吃饭吧，我先过去了。"

说完，她快步朝着楼梯走去，虽然肚子饿得"咕咕"叫，但也只能忍着了。

余科说："万万没想到，她比我还忙。"

周曦看看他，又看向了沈觉，等着这两个人发话。

沈觉一直看着陈七安的方向。余科叫他出发去吃饭的时候，他说："你们去吧，我有别的安排了。"

余科跟周曦都有些意外，刚刚没听他说有事呀！

沈觉完全不给他们发问的机会，直接下楼离开了。

只剩下余科跟周曦了。

周曦说："余总，我们还去吗？"

"去啊！"余科说，"走吧，请你吃饭，现在开始你也有的忙了。"

陈七安回到办公室的时候熊经理还在——那人特意等着她呢。

"好几处错误！"熊经理把文件夹摔到桌上，"本职工作都做得一塌糊涂，还有精力搞别的事？我要是你，我都没脸继续在这儿待着！"

陈七安对他的训斥没过多反应，拿起文件夹开始查看数据。

"你看看你怎么做的？好几家店，统计的数据一模一样，这怎么可能？"熊经理嘲讽她，"我还以为你办事多利落，两天时间真统计好数据了，结果你也是个偷懒瞎糊弄的人。别以为有余总给你撑腰我就不敢说你，销售部容不下浑水摸鱼的人！"

"这不是我之前交上来的表格。"陈七安说，"我记得很清楚，这几家的数据根本不同。"

"你的意思是我在诬陷你？"熊经理说，"你去看看你发给我的电子文档，那上面的数据还在呢！"

陈七安看了他一眼，回到自己的工位打开电脑，却怎么都找不到之前那份电子表格了。

熊经理说："行了，别装模作样了，总之今天午休结束之前你把所有数据都给我修改好，做不明白就趁早走人。"

他说完，气势汹汹地走出了办公室。

陈七安坐在电脑前，眉头紧锁地继续追根溯源。

沈觉提着外卖袋子进来的时候看见陈七安正愁眉苦脸地坐在那里揉太阳穴，于是问她："怎么？让熊大志彻底给制裁了？"

陈七安抬起头看他，怨念地说："你什么时候能学会不要在别人焦虑的时候说风凉话呢？"

沈觉笑了笑，走过来，把外卖袋子放到了她的桌子上。

"出什么事了？跟我说说？"

"跟你说有什么用？你又解决不了。"陈七安觉得这件事很蹊跷。她记得很清楚，十五家店的数据都不同，而且自己反复核对过好几次，可以确定表格被人动过手脚了。

但现在，她原始的电子数据不见了，甚至当初她发给熊经理的邮件都找不到了。

沈觉听她把这件事简单说了一下，直接就笑出声来。

"这不明摆着嘛。"沈觉说，"熊大志整你。"

"我当然知道。"陈七安坐在那里叹气，"可我现在就是没办法嘛！"

沈觉双手环抱在胸前，低头看着她。

几秒钟后，他对她说："你应该庆幸。"

"什么？"

"你有我这么好的领导。"

陈七安"呵呵"一笑："我真是好庆幸。"

沈觉说："做个交易吧。"

陈七安疑惑地看向他。

"你满足我的一个要求，我帮你找出熊大志故意整你的证据。"

"什么要求？"陈七安问。

"你先答应我。"

陈七安谨慎地问："不会是跟我要钱吧？"

"当然不是！你以为我是你吗？"

听见他说不是要钱，陈七安一口答应下来："没问题，只要你不跟我要钱，其他的事一切都好说。"

就这样，交易达成，沈觉把陈七安赶到一边吃饭去，自己一通操作，不仅在公司的碎纸机里发现了被碎成一条一条的表格，甚至把被删除的电子版表格找了回来。

陈七安整个人都震惊了："可以啊！你的真实身份其实是特工吧？"

沈觉得意地笑了笑："小意思，不用太惊讶。"他摊开手，"现在你也应该兑现你的承诺了。"

陈七安看看他的掌心，问："你要什么？"

"你的手机。"

"沈总，我的手机可能不值什么钱，你卖了都不够你的一顿饭钱。"

"谁要卖那破玩意儿！"沈觉说，"快点儿！拿来！"

陈七安不情不愿地交出了手机。

167

"解锁啊！"

陈七安给他解锁的时候突然觉得这场面怎么有点儿熟悉呢？

等到手机被交到沈觉的手里，他又是一通操作，很快就将其还给了陈七安。

陈七安问："你干什么了？"

"不告诉你。"沈觉此刻只觉得神清气爽，踱着步子离开了。

陈七安站在办公室里，仔细查看自己的手机，过了一会儿，笑了出来。

沈总是真的很幼稚啊！

她看见自己的微博多了一个关注对象，那个人的 ID 是：你的债主0519。

熊经理故意找陈七安的碴，这事明眼人都看得出来。

午休结束后，熊经理回到办公室，第一句话就是质问陈七安那些出错的数据整理得怎么样了。

陈七安也不含糊，已经打印好新的表格，昂首挺胸地过去交给了他。

陈七安说："熊经理，我刚刚重新确认了一遍，我的原始数据是没问题的，之前发给你的邮件里面提供的数据也正确。另外，我在碎纸机里发现了被损毁的表格。虽然拼起来有难度，但奈何我是拼图高手，基本上复原了它，看得出来就是我前几天交给你的那份。可能有人趁我不在，故意替换了里面的表格，还删掉了我的文档和邮件。"

她丝毫没打算给熊经理留面子，不过也没说得太直白。

熊经理如坐针毡，没想到自己把她的电脑里的文件删得那么干净，却还是被恢复了。

"那个人应该是咱们销售部的。"陈七安这话一出，办公室里的其他人都看向了她。

她继续说："我不想怀疑同事，但出现这种事情说到底还是不利于部门团结和进步。"

她微笑着说："要不这样，我们申请调一下监控视频吧。"

一听她说要调监控视频，熊经理赶忙说："算了，也不是什么大事，解决了就翻篇吧。"

陈七安当然知道他在怕什么，忍着笑意对他说："你可以翻篇，但我翻不了呀。大家都午休，我为了这事情加班加点，饭都没吃上。我可委屈了。"

"那你还想怎么样？"熊经理说，"得理不饶人了是吧？"

两个人正说着，余科跟周曦吃完饭回来了。

余科原本没打算来销售部，路过的时候刚好听见陈七安跟熊经理疑似在吵架的声音，于是进来看看。

"出什么事了？"余科在门口问。

陈七安回头看过去，听见熊经理说："没事，七安这边数据出了点儿问题，我让她中午修改了一下，她在这儿生气呢。"

陈七安轻笑一声，也没辩解，心说：谁还不知道是怎么回事呢？

余科摆了摆手："行了，别嚷嚷了，待会儿都来看你们的热闹了。"

他迟疑了一下，叫了熊经理来自己的办公室。

他确实应该和熊经理聊聊了，倒不是要降熊经理的职或者将其调任，只是觉得眼看着就要进入今年最重要的时期了，熊经理和销售部的其他人却完全不在状态，这样下去可不行。

等余科带着熊经理走了，周曦小声问陈七安："没事吧？"

"没事。"陈七安对她笑了笑，回去继续工作了。

陈七安的这个新媒体项目小组成立之后，她整个人忙得不行。

之前她注册的"安安兔的每一天"已经有不少粉丝了。她索性重新做了规划，继续用这个账号。陈七安还整理好了所有资料，申请了一个"黄V"认证。

她做了一套完整的账号运营方案：每天发布什么内容、计划多久涨粉多少、预计在什么时候开始流量变现……

陈七安在这方面也从来不是专业选手，但对这个领域非常感兴趣，也充满了热情。

每天她都会配合一款"安安兔"的形象编写一个温暖的睡前小故事发在微博上，第一拨的十二款形象连续发布了十二天，粉丝数稳步上涨。

说来也奇怪，刚认识的时候，沈觉对陈七安拿着他设计的形象编故事这件事嗤之以鼻，可最近这几天，竟每晚都要等陈七安发完睡前小故事才能安心睡下。

都说人养成一个习惯需要二十一天，可陈七安只用十二天就让沈觉对她的睡前故事欲罢不能了。

这也不能全怪沈觉，因为每晚的这个"睡前活动"突然之间让他想起了儿时的那个小女孩。

那个时候，他很害怕夜晚到来，空荡荡的家又大又安静，在那些孤单的岁月里，是邻居家那个叫陈七安的小姑娘通过电话给他讲故事，陪伴他走过的。

沈觉永远忘不掉那些夜晚，还有她曾经给他讲的故事。

在"安安兔"的睡前故事进行到第十二个时，沈觉突然很害怕陈七安不再继续做下去。

他穿着睡衣，坐在柔软的大床上，拿着手机一遍一遍地阅读。

短短千字，他到最后甚至能背下来了。

月光洒在被子上，忽然之间他感觉仿佛回到了过去。

沈觉放下手机，扭头看向窗外的月亮，突然想起很久以前听过的一首歌，是王菲唱的，叫《当时的月亮》。

他猛然觉得这首歌还挺适合他现在的心境的。

　　　　当时如果留在这里，你头发已经有多长……

　　　　当时如果没有告别，这大门会不会变成一道墙……

沈觉想到了那一句"要有多坚强，才敢念念不忘"。

这个夜晚，他突然忧伤了，怅然了，陷入回忆了。

他不知道是不是只有他一个人在念念不忘，这种感觉很孤独。

他脑子里盘旋着这首歌，但不知道怎么的，莫名其妙地就想起了那个整天跟他斗嘴，每次都能把他气个半死的陈七安。

不应该是这个陈七安的，他很奇怪，然后身体先大脑一步，做了一件让他自己都无比震惊的事。

他打开手机找到那首歌的链接，分享给了陈七安。

这个时候的陈七安正趴在床上绞尽脑汁地想明天晚上的睡前故事，由于十二款基础形象的故事都已经发完，明天只剩下一个隐藏款。

既然是隐藏款形象，一定要有些不同。

陈七安想把隐藏款形象的睡前故事画成条漫，但画出来的，跟沈觉设计的原型多多少少还是有些区别的。

她想：如果我让沈觉来画，他会不会一口回绝然后再挤对我两句？

陈七安甚至能想象出沈觉那副骄傲又欠揍的嘴脸。

微信消息进来的时候，陈七安有些意外，不知道这个时间了还有谁会找她。

结果她一打开微信，竟然是沈觉。

两个人加上微信之后也没怎么聊过天，都是进行非常简短的工作沟通，能发一个字解决就不会说两个字那种。

沈觉今晚突然发了一首歌的链接过来，这让陈七安相当疑惑。

她很少听歌，上一次听到王菲的歌还是在某一年的春节联欢晚会上。

沈觉深更半夜发这个，必然是发错了。

陈七安觉得沈觉一定是在跟哪个暧昧对象发消息，或者在跟余科聊天，一个不小心，把链接发到了她这里。

她犹豫了一下，没回复消息，但还是点开链接听了起来。

陈七安翻了个身，躺在床上，仰面看着窗外的夜空。

手机里传来王菲清婉的歌声。

看，当时的月亮，曾经代表谁的心，结果都一样。

看，当时的月亮，一夜之间化作今天的阳光……

陈七安第一次听这首歌，听得有些出了神，看着窗外的月亮，思绪飘了很远很远。

等到这首歌结束，陈七安退出播放软件，看见沈觉两分钟前竟然又发来了消息。

沈觉说："干吗呢？听了吗？"

陈七安给他回复了一个问号。

沈觉："你发什么问号？"

陈七安："我以为你发错了。"

这回轮到沈觉发问号给她了。

陈七安坐在床上，拿着手机跟沈觉发消息，当意识到对方并没有发错，这首歌就是分享给她的时，不知为何笑了起来。

她问沈觉："这么晚了，沈总有何吩咐？"

沈觉翻了个白眼，回复她："没事就不能给你发微信？"

倒也不是不能，但她总觉得怪怪的。

陈七安："每次你不是因为工作的事情找我，我都担心你要催账。"

催账催账催账！

沈觉又气个半死，暗骂陈七安就是个财迷！

他酝酿出来的浪漫情绪都被陈七安打破了，这个人也太会破坏气氛了！

沈觉把手机丢在一边，怨念地准备睡觉。

半分钟之后，陈七安又发来了微信。

陈七安说："沈总，睡了吗？"

沈觉心想：可以啊陈七安，既然这次你主动找我，我就再给你个机会跟我聊几句。

他回："睡了。"

陈七安笑得不行，说他："睡了还能回消息？"

沈觉翻了个白眼，又忍不住开始笑。

他问陈七安要干吗，还非常做作地提醒对方大晚上给领导发微信，这事要是传出去可是会毁了两个人的清白。

陈七安："放心吧，我是来找你谈工作的。明天晚上要发'安安

172

兔'隐藏款形象的睡前故事了，我想做个特别版，把故事画成条漫。但我画出来的东西还原度差了很多，能不能麻烦你给画一下？"

沈觉本来开开心心地跟她聊微信，盯着"对方正在输入"等了好半天，想着这家伙打字这么久，也不知道要说些什么，期待地等候多时后，却只等到陈七安发来的工作请求。

沈觉差点儿一口气没上来晕死过去，这家伙是真的完全不解风情哪！

他愤怒地回了两个字："做梦！"

陈七安看着他的回复，心想：果然，沈觉从不让我失望。

幻想破灭的陈七安伸了个懒腰，继续工作。既然沈总不配合，那只能她硬着头皮继续画。

陈七安单曲循环着刚刚沈觉发给她的那首歌，趴在床上，就着月色努力着。

沈觉果断拒绝陈七安之后，再次准备睡觉，可翻来覆去就是睡不着，心里有事似的，不踏实。

最后他终于放弃挣扎，睁开眼，摸过手机给陈七安发了一句话："画什么？"

沈觉也是刀子嘴豆腐心。

第二天一早陈七安来到沈觉的办公室门口发现对方已经在等她时，忍不住说了这么一句话。

"你想多了。"沈觉板着脸，"我是刀子嘴，斧头心！"

陈七安笑着看他，虽然不反驳，但显然没把他的这句话放在心上。

她走过，非常主动地拉过椅子坐下："沈总，昨天晚上我发给你的条漫脚本你看完了吗？"

沈觉黑着脸喝咖啡："什么脚本？不知道，我后来睡着了。"

陈七安保持着微笑，毕竟此刻自己有求于人。

"没关系，你现在看也来得及。"

"我忙着呢，没时间看你那东西。"

陈七安知道，这家伙就是故意的。

"这样啊……"陈七安若有所思地说，"那既然沈总这么不配合，我只好把昨晚的事告诉余总了。"

"昨晚的什么事？"

"就是你背着他，给我分享歌曲链接的事。"陈七安叹了一口气，"也不知道他会怎么想？"

沈觉一头雾水："关他什么事？"

陈七安神秘一笑："你说呢？"

如果不是有求于人，陈七安现在肯定要好好教育一下沈觉这个不守男德的臭男人！

沈觉完全不知道自己在陈七安心里已经跟余科凑一对了，但也没多问，毕竟陈七安脑回路清奇也不是一天两天的事了。

陈七安把打印好的脚本文档放到了沈觉的桌子上："现在看看吧！为了减少你的工作量，这个故事我写得很简单，你也不用画得太细致，晚上发给我就行。"

沈觉喝着咖啡扫了一眼文档，轻咳一声，说："你回去吧，我有空的时候会画的。"

"沈总，"陈七安站起来，非常认真且语气略带威胁地说，"纠正一下，应该是不管你有没有空，都要画。"

沈觉往后躲，皱着眉看她："凭什么？"

"你答应我了，"陈七安说，"而且我有你的把柄。"

她说完，美滋滋地走了，出门前还非常"友善"地提醒他："沈总，记得啊，晚上一定要准时交作业！"

沈觉"嘁"了一声，继续优哉游哉地喝他的咖啡。

陈七安回到办公室的时候，其他人才陆续进来。她跟周曦打了招呼，回到工位上，看见竟然有两杯咖啡。

咖啡应该是周曦买的。她每天上班都会路过这家咖啡店，每一次买的咖啡都是这家店的。

但为什么会有两杯呢？

陈七安给周曦发微信："怎么有两杯咖啡？都说了这周我请。"

周曦低头回复她："还有一杯是给沈总的，你不是今天要找他聊晚上条漫的事情？"

陈七安抬头看向周曦的方向，虽然对有些事情是稍微迟钝了点儿，但还是嗅到了微妙的气息。

她问周曦："为什么不自己给沈总？"

周曦说："特意送过去有点儿怪，你过去找他的时候顺便拿去就好了。"

周曦很快又发来一句叮嘱："别跟他说是我买的，谢谢啦。"

这太诡异了！

陈七安看着面前的两杯咖啡，突然怜爱起周曦，很想告诉周曦："美女，及时止损吧，那个男人不喜欢你啊！"

但这件事过于刺激，她怕周曦一时间承受不住。

她决定先这样，等她想好怎么委婉地说明这件事时再告诉周曦。

陈七安拿着咖啡又上楼了。

沈觉正坐在那里反复地看陈七安给他的脚本文档："你怎么又来了？"

陈七安走进去，把咖啡放到他的桌上。

沈觉突然有些惊喜，问她："你给我买的？"

"啊……"虽然不是很喜欢做借花献佛的事，但人家周曦都说了不要告诉沈觉，陈七安只好含混地说，"你喝就是了，没下毒。"

说完陈七安转身就走，不再多回答一个字。

沈觉笑了，坐在那里暗爽。

这陈七安可以呀，学会讨好领导了！

沈觉托着下巴盯着那咖啡看了好一会儿，仿佛那杯子上写着一篇千字感言。他看够了，拿过咖啡喝了一口，然后立刻嫌弃地把自己煮的咖啡推到了一边：不得不说，还是店里卖的咖啡好喝啊！

他一口一口细细地品，就像从来没喝过咖啡的人第一次尝到正宗的咖啡，舍不得快点儿喝完，恨不得喝一口就写一篇品鉴报告。

余科进来的时候，沈觉正在打电话。余科看见桌上的咖啡，问沈觉："你一大早去买的？据说这家咖啡的味道相当了得，早上排队都要排好久！"

余科是想不到沈觉会自己去排队买咖啡的，毕竟这人在这方面向来没什么耐心。

他没想太多，拿起来打算喝一口。这两个人这么多年的好友，以前不是没共用过一个杯子，一直以来双方都不是很在意。

但让余科没想到的是，这一次他刚拿起那杯咖啡，沈觉立刻呵斥他："别动！"

余科被吓了一跳："怎么了？"

沈觉草草地挂了电话，赶紧过来把咖啡从余科手里夺回去，宝贝似的说："这是我的！你要喝那边有。"他顺手把自己早上煮的咖啡递到了余科的手里，"喝这个。"

"我知道是你的，喝一口怎么了？"余科还没反应过来，一脸莫名其妙的表情。

但余总是谁啊？那可是天赋异禀的聪明人，几秒钟后他恍然大悟："哦！有情况啊！坦白从宽，谁给你买的？"

沈觉得意地笑了笑，不予回应。

余科说："你不说我也知道。"他拿起桌上的条漫文档，"陈七安来过了？"

"关你什么事？"

"我是她的老板，你说关我什么事？"余科说，"我准备立刻修订公司的《员工手册》，在里面加这么一条内容。"

沈觉看向他。

余科邪恶地笑了笑："如果公司内部员工谈办公室恋情，需要以书面形式向创始人也就是我余科进行申请，本人同意之后才能恋爱。"

"神经病发作吧你！"沈觉说，"滚蛋，回你的办公室忙你的去！我今天有好多事要做，你少来打扰我。"

"你？说说，你都有什么安排啊？"

"保密。"沈觉说。

"行，不告诉我就算了。"余科溜达着往外走，"我找陈七安去，让她也请我喝咖啡。"

"喝什么咖啡喝咖啡！她忙着呢，你少去烦她。"沈觉快步跟出去，直接把人塞回了隔壁办公室，"看你的小说去吧！昨晚《霸宠器张俏佳人》有声书更新了，够你听一上午了！"

沈觉这边像是护食的小动物，一口咖啡都没给余科喝。

另一边，陈七安回到自己的工位上，打开电脑登录邮箱，立刻就收到了来自沈总的新邮件。

她看了一眼，发现这封邮件竟然是今天凌晨送达的。陈七安觉得有些疑惑，心说：是不是沈觉邮箱被盗了，不然怎么凌晨四五点钟不睡觉发邮件给她？

她满腹狐疑地打开邮件，然后就惊讶到捂住嘴半天没反应过来。

沈觉，那个嘴巴坏得跟沾了毒的刀子一样的人，竟然一早就画好了今晚要发的隐藏款"安安兔"条漫，并且发给了她。

陈七安意外到以为自己看错了，反复确认邮件，还使劲掐了自己一把。

她确定不是做梦，沈觉真的已经画完了条漫。

她想起早上两个人在办公室里碰面时，沈觉并没有透露已经画完这件事，不仅没透露，还故意捉弄她，假装自己根本不想画。

陈七安轻声笑了出来，那家伙真是……幼稚鬼！

在有些事情上，沈觉确实幼稚。如果不是因为这份"幼稚"，他也不会在答应了陈七安之后几乎一宿没睡，赶在天亮之前画完了条漫。

他自己也说不清楚到底为什么，魔怔了一样去完成它，就只是想给陈七安一个惊喜。

那一整晚，他听着《当时的月亮》，画着他心爱的"安安兔"。恍惚之间，时间好像重叠了，过去的那十七年场景重现，他仿佛又回到了小时候。

陈七安看完条漫，感慨沈觉到底是原作者，画得就是好。

她给沈觉发微信表达了感激之情："沈总，我收到邮件了，谢谢你。"

沈觉坐在办公室里细细品尝着那杯咖啡，看到陈七安的消息，终于心满意足地笑了，苦涩的咖啡都像混入了糖浆。

然而，紧接着陈七安又发了一条消息过来："沈总，今天有空吗？想跟你聊聊后续运营的事情，我还需要你帮忙。"

发完这句话，她还发了个"卖萌"的表情包。

就这么一句话，沈觉又爆炸了。

他在办公室里嚷嚷："得寸进尺啊！她还真把我当廉价劳动力了？"

余科突然探头进来，在门口对他说："谁啊？谁敢把我们尊贵的沈大设计师当廉价劳动力？"

"还能有谁？陈七安！"沈觉一肚子火，觉得那家伙还是很烦人。

"你又来干什么？"沈觉护着自己的咖啡，对余科说，"没有咖啡给你喝。"

"嘁！谁稀罕！"余科说，"'安安兔'第二拨产品的打样品到了，一起去看看？"

这种事，沈觉当然得到场。

他拿着咖啡，满怀期待地跟着余科往外走去。

"就这么一杯咖啡，你还打算喝一天？"余科忍不住吐槽他，"陈七安知不知道你这么没出息啊？"

"说什么呢？关她什么事？！"

余科笑而不语，看破不说破。

两个人往楼下走去，去会议室的时候刚好路过销售部的办公室，沈觉说："要不要叫上她？"

"谁啊？"

沈觉"啧"了一声，看出余科在故意装不懂。

余科笑："行，行，行，你说叫就叫呗。"

"顺便把她那个同事也叫上，别搞得好像给她什么特殊优待似的。"

欲盖弥彰，余科到现在才明白这个成语究竟是什么意思。

沈觉站在外面喝咖啡，余科到销售部办公室门口去叫陈七安跟周曦。

两个人出来后，余科对她们说："第二拨'安安兔'产品的打样品到了，沈总说叫你们一起过去看看，看到实物之后对你们的运营工作可能会有帮助。"

后半句话完全就是余科在乱说。他之所以叫她们，不过就是为了满足没出息的沈总的私欲。

余科越来越觉得自己这潮玩公司已经朝着婚介公司的经营方向发展了。

身为老板，他很忧心。

对可以提前看到"安安兔"打样这件事，陈七安相当兴奋。她之前只是看过设计图，还不留情面地评价人家沈大设计师思路老套，但真的到了新系列产品打样的时候，还是很期待的。

不管怎么说，她跟"安安兔"的感情是真的培养得很深厚。在过去那段时间里，她靠着"安安兔"每个月赚得口袋鼓鼓的，同时"安安兔"也给她的心灵带来了一些慰藉感。

跟陈七安同样表现出惊喜样子的还有周曦。她作为销售部并不十分起眼的一个小专员，以前可从来没有这种待遇。

"真的可以吗？"周曦激动地小声问。

"当然了。"余科说，"沈总特意让我来叫你们的。"

他说话的时候，还顺手指了指站在楼梯旁的沈觉——那人正倚着楼梯小口小口地抿着咖啡。

周曦看到他正拿着自己买的咖啡，脸有些发烫，微微低下头安静地笑了。

陈七安没太在意他，满心都是"安安兔"。

"那快走吧。"陈七安着急了，"别让人家等急了。"

余科以为她说的"人家"是沈觉，还笑道："你还挺知道心疼人。"

"那是！"陈七安迫不及待地想看见新的"安安兔"了。

四个人一起往会议室走去，余科故意说："七安，你说沈总多抠门，就这杯咖啡，拿在手里一早上了，我碰一下都不给。"

陈七安跟周曦几乎同时扭头看向了沈觉。

余科继续说："也不知道谁给他买的，他当宝贝似的护着。"

沈觉瞪了他一眼，让他快闭嘴。

周曦表情有些微妙，一方面窃喜，一方面又有些失落。

"不知道的人还以为你谈恋爱了呢！"余科说，"哎，你不会真的谈了吧？地下恋情，不让我知道？"

周曦一听这话，立刻紧张地看向了沈觉。

"滚蛋！你成天折腾我，我哪儿有时间谈恋爱？！"沈觉讲这话的本意是吐槽余科。

这家伙最近又跟家里闹别扭跑去酒店睡，隔三岔五地拉着沈觉住酒店。

沈觉都快怀疑余科在那家酒店入股了。

事实上，余科住在那里确实事出有因，不过并不是因为入股了酒店，而是因为在那里工作的人。

这件事说起来也挺奇妙的，在酒吧英雄救美，在酒店再次偶遇，方凝当余科是她的英雄，但在知道他跟沈觉"交情深厚"之后也就打消了念头，可没想到这缘分硬是来敲门了。

那阵子余科他妈也不知道受了什么刺激，铆足了力气搜罗适龄单身女青年，恨不得天天给余科介绍女朋友。

余科实在受不了了，干脆从家里跑了出来。

他可以住沈觉家的，沈觉就算再怎么难搞也不至于赶他出去。可余科琢磨了一下，还是住酒店自由，半夜出去喝酒也没人管。

就这样，他在新城国际酒店长住了下来。

方凝是这家酒店的前台人员，两个人时不时就能碰面。在那次事件发生之前他们两个也没过多交集，不过总归是有意外的。

有一天晚上方凝值夜班，三个喝得醉醺醺的男人来办入住手续。

这种客人方凝见得多了，少说话，干脆利落地办好手续就行了。

但是那天，方凝倒霉——其中一个男人犯浑，竟然当众调戏起了方凝。

方凝不是软柿子，遇到这种情况才不会吃瘪，但夜已经深了，保安又不知道去了哪儿，整个大堂除了他们再没别人。

方凝是有些害怕的，一直往后躲。结果那个男人竟然试图进到前台工作区来，还伸手去拉方凝。

方凝想打电话报警，奈何手机跟座机都在操作台上，离她太远。

就在她不知所措时，余姓英雄又来救美了。

后来一直过了很久方凝都清楚地记得余科跟那几个人的对话内容。

喝醉了的王八蛋问余科："你算老几啊？我请美女喝酒，关你屁事？"

余科直接扭着对方的胳膊说："当然关我的事了，她是我的人。"

帅啊！余科太帅了。

方凝当时就看愣了。

那天余科帮方凝赶走了流氓，不放心她，一直在大堂里坐着陪她到下班。

之后方凝请余科吃饭，两个人聊起来才发现，原来之前都是误会。

这误会在方凝这里是解开了，可陈七安还不知道呢！

不是方凝故意不说，是余科不让。余科耍坏心眼，想看热闹呢。

这会儿，陈七安还被蒙在鼓里。

沈觉余光扫到陈七安，看见她一副要笑不笑的样子："你想什么呢？"

"没……没什么！"陈七安有点儿抑制不住地想笑，"觉得你跟余总……关系很不错。"

沈觉嫌弃地看了看余科："凑合吧，一条绳上的蚂蚱，没办法。"

陈七安抿嘴低头，强忍笑意，恨不得立刻给方凝发微信，拉着好姐妹一起聊八卦消息。

四个人各怀心事地来到会议室，产品开发部的人已经等在那里了。

第二拨的"安安兔"依旧是十二个普通款外加一个隐藏款形象，陈七安之前看过设计图，可是当真正看到打样出来的产品时，还是无法抑制内心的喜悦之情。

四人坐在会议桌旁的椅子上，产品开发部的赵经理把那十三个可爱的小家伙拿过来给他们看。

沈觉沉默地打量着，一个一个仔细地看。

他每放下一个"安安兔"，陈七安就拿起来一个。

虽然她很喜欢"安安兔"，觉得无论做成什么形象自己都会保持对它的爱，但也不能否认，这次的打样品连她都看得出来很糟糕。

陈七安明显感觉到旁边的沈觉周身的气压逐渐变低，握着咖啡的手也用了力。她很怕这家伙一个不小心捏爆纸杯，到时候溅她一身就糟了，毕竟这种事也不是没发生过。

赵经理说："这只是第一次打样，时间有点儿紧，确实不太完美，不过都是些小问题，等出大货的时候肯定可以避免的。"

"怎么避免？"沈觉突然抬头，目光和语气都变得锐利起来。

刚刚来的路上，沈觉还谈笑风生的，丝毫没有总监的气势和架子。但这会儿，他看着自己设计出来的产品被做成这样，强压着怒气，严厉地质问起来。

陈七安对这样的沈觉暂时还没能很好地适应。尽管这件事没有一丁点儿她的责任，但她还是不自觉地屏住了呼吸。

产品开发部的人也明显感觉到他的不悦情绪。

赵经理解释说："之前合作的厂家因为一些问题，今年的新品我们不再继续合作了，新厂家需要磨合。"

"磨合的结果就是这样？"沈觉说，"色差严重，涂色不均，一个产品上面至少有五处气泡。"

他抬头看过去："你们就这么糊弄我？"

赵经理的脸色变得有些难看，他尴尬地说："不是，沈总，这只是我们第一次的打样品。"

"这种打样品，为什么还要拿给我们看？故意气我吗？"

"沈总，是这样的，"负责人继续解释，"我们拿到打样品之后已经讨论过，觉得除了一些小瑕疵之外，其实整体还是很不错的。"

"不错？"沈觉说，"拿尺子来。"

他话音刚落，余科已经递上了标尺。

陈七安感叹这两个人果然默契，也猜到了沈觉想要做什么。

这次打样的产品，其实根本不用测量就知道，尺寸肯定不对，非常严重地"缩水"了。

"圣诞款，我设计的尺寸是高 8.5 cm，你看看你的打样数据是多少？"沈觉测量手里的"安安兔"，竟然只有 6.5 cm。沈觉看向产品开发负责人，问他："你觉得这叫不错？"

"沈总，这只是……"

"只是打样，我知道。"沈觉放下手里的打样品跟标尺，"但打样是为了什么？这样的打样结果最开始就不应该拿到公司来讨论，因为它没有任何可以被讨论的价值。几十万元的开模费用，做出来的就是这种东西？市面上的盗版都比你们做得好！"

沈觉说："一无是处。这样的产品拿到市场上去，整个'X 星球'都趁早关门算了。"

余科双手环抱在胸前，听着沈觉的话，火气也已经顶到了嗓子眼。

"之前合作的厂商出什么问题了？"余科问，"怎么没人跟我说新品换了厂商？"

赵经理说："我是觉得这不是什么大事，我们直接就能处理，就没麻烦你。"

"意思就是你们压根没打算跟我说？"余科脸色也变得难看起来。

这个赵亮跟熊大志一样，都是在创业初期就跟着余科的。二人向来做事稳妥，也正因为这样，余科在很多事情上放权给他们。这两年公司发展迅速，也没出过什么问题，余科相当信任他们，却没想到，在这么重要的节骨眼上竟然发生了这种事。

余科对更换厂家的事情并不是真的有多介意，但问题在于，他们现在时间紧任务重，在这个时期做这样的事非常不合时宜。

"重新打样。"沈觉说,"尽快拿到第二次打样的产品,或者换回之前那家,不要让我等太久!"

他说完,起身直接离开了会议室。

沈觉出去后,余科也站了起来:"下次打样时间缩短一半,如果再拿这种东西来,你们整个部门都给我走人。"

余科出去后,会议室气氛降到了冰点。

陈七安跟周曦对视了一眼,也准备起身离开。

她们正要出去,沈觉突然折返了回来。

会议室里的人都屏息凝神,做好了他大发雷霆的准备。然而,沈觉只是进来拿走了桌上的咖啡,一言不发,头也不回地再次离开了。

陈七安是在公司楼顶的小花园里找到沈觉的。这地方余科找人打理得很好,有花有草,有桌椅和秋千,但几乎没人上来。

沈觉坐在椅子上,面前还摆着那杯咖啡。

陈七安说:"沈总,你的咖啡早就凉了。"

说完,她递上了一杯新的,还温热着的咖啡。

沈觉瞥了她一眼:"你怎么来了?"

当然是余总让我来的!

刚刚沈觉气鼓鼓地离开会议室,直接就来了楼顶。余科原本要跟上来和他聊聊,但临时有事,就嘱咐了陈七安一句,让她来看看。

余科说:"别让他跳楼,到时候影响咱们公司的风水。"

陈七安知道,余科肯定不是担心风水问题,就是关心沈觉。

她领了命,想了想,去煮了杯咖啡端上来。

"怕你想不开。"陈七安说,"万一你从口袋里掏出个手榴弹炸了公司,我就更没地方赚钱了。"

沈觉笑了:"神经病!"

陈七安见他还能吐槽自己,知道这人还没被气疯。

她走过去,坐到秋千上。两个人相距几米,互相看了一眼。

陈七安说:"我能理解你为什么那么生气。这种事放在我身上,我

184

也气。"

沈觉喝了口咖啡，没接她的话。

"不过及时发现问题及时改正就好了，还有下次打样呢，乐观点儿。"

沈觉看着她说："我能问你件事吗？"

"本来不行，但今天你心情不好，照顾照顾你，问吧。"

沈觉看着她坐在秋千上轻轻地荡，头发被微风吹得有些凌乱，问："你为什么总是那么从容？"

陈七安看向了他。

"遇到什么事好像都打击不到你。"

陈七安笑了："你真觉得我是这样的人？"

"不是吗？"

陈七安沉默了一会儿，然后才说："是，但也不是。"

"那到底是不是？"

陈七安笑了，对他说："可能是吧，但我也有过差点儿站不起来的时候，那时候被生活捶打得几乎陷进沼泽里了，空气越来越稀薄，差一点儿就死了。"

沈觉安静地听着，无法想象陈七安曾经经历过什么事。

在他看来，陈七安就是个乐观的人，乐观且充满了能量。

"在我对生活彻底灰心失意的时候，突然想起了我妈妈曾经对我说过的话。"陈七安荡着秋千，回忆着，"当她和我说那些话的时候，我还不能理解那里面的意思。可我很庆幸她说过，也庆幸自己还记得。"

沈觉小心翼翼地问："我可以知道她说了什么话吗？"

陈七安笑盈盈地看着他，闭上眼睛深呼吸，轻声说："沈觉，你还记得我叫什么吧？"

"废话。"他说，"陈七安。"

"陈七安……"她重复了一遍自己的名字，然后说出了那番让沈觉再也无法平静下来的话。

她说："小时候，我妈妈告诉我，她给我起名叫'七安'是取自那句'早安，午安，晚安，行也安然，淡也安然，穷也安然，富也安然'。她希望我永远保持一颗向上的平常心，热爱生活，泰然处之。"

她睁开眼，看向坐在那里的沈觉："不过，真的生气了，我们也是可以发泄出来的。就像你今天，不开心就是不开心，觉得委屈也不用掩饰，但发泄完情绪了，还是要对往后充满期待。我相信'安安兔'第二拨产品一定会顺利上市，会被大家喜欢的。"

她带着笑意看着沈觉，而被她注视着的沈觉已经因为突如其来的震撼感大脑一片空白。

七安。

陈七安。

早安，午安，晚安。

行也安然，淡也安然，穷也安然，富也安然。

沈觉脑子里回荡着这些话，记忆追溯到久远的时光，那个小女孩拿着一个兔子玩偶对他说："我妈妈说了，我的名字的意思是……"

"陈七安。"

"嗯？怎么了？"

陈七安疑惑地看着他，觉得他的反应很奇怪。

沈觉说不出话来，整个人都被定住了一样。

他嗓子发紧，鼻子发酸，觉得这一切真实又虚幻。

怎么可能呢？

沈觉没办法相信。

如果真的存在所谓的"命运管理局"，那么在那里工作的人一定是不小心弄错了他们的"命运档案"。

她们怎么可能是同一个人？这不可能的。

沈觉的人生一直顺风顺水，然而就在这一刻，他仿佛突然之间被人从豪华游轮上丢到了一叶孤舟上，还没站稳，一阵海啸就袭来了。

遭受剧烈冲击的他，摇摇欲坠，疯狂怀疑人生。

陈七安完全不知道这个人的世界里正在经历着怎样波涛汹涌的场景，让秋千慢慢停下来，诧异地看着脸上仿佛写着"我被雷劈了"这几个字的男人说："沈总，你还活着吧？"

他差点儿就死了。

沈觉缓慢地回魂，眼睛终于重新聚焦，死盯着陈七安看。

有的时候人就是这么奇妙，没往这边想的时候不觉得，现在发现这个陈七安很可能就是自己要找的那个小女孩时，沈觉越看越觉得两个人相像。

已经过去十七年，他们分别的这十七年是一个人变化最大的时期。

人从小孩子长大成人，十七年里经历的任何事情都可以将一个人彻底改变。

沈觉此刻盯着陈七安，说不出来心里究竟是什么滋味。

"不对。"

"什么不对？"陈七安问。

沈觉猛地站起来，一不小心打翻了桌子上的咖啡。

他的裤子被弄脏了，但他对此没有任何反应，唯一想做的事就是赶快逃离这里。他需要一个完全属于自己的空间和一段彻底属于他的时间来消化这件事。

"我有事，先走了。"沈觉几乎是落荒而逃，下楼时还差点儿崴了脚。

陈七安觉得他奇怪，但又觉得沈觉这人奇怪也不是一天两天了，大概脑子真的不太好。

沈觉走后，陈七安为他收拾了烂摊子。打翻的咖啡、湿了的地面，她耐心地清理了。

受到了极大刺激的沈觉躲在办公室里闭门不出。余科来找他，他也根本不见。

"怎么了这是？"余科敲了敲门，"失恋了？"

这件事可比失恋严重。

沈觉趴在办公桌上，整个人郁郁寡欢。

也不是说他有多讨厌陈七安——好吧，两个人刚认识的时候，他确实很讨厌她。

那会儿陈七安简直就是他的克星，不过话说回来，现在好像也是。

但这些日子相处下来，沈觉对陈七安已经有了改观。虽然这人依旧满脑子都是钱，脸皮还很厚，但除此之外，还是挺好的。

比如……

沈觉想到这里才突然发现他仓皇从楼顶下来的时候，忘了把他的咖啡拿回来！

也是在这一刻，沈觉猛然意识到原来自己这么在意陈七安送他的东西。

沈觉更慌了。

他起身开了门。

余科看着面色诡异的他，有些担忧："吃错药了？"

"进来，聊聊。"沈觉让余科进门，还嘱咐对方把门关上。

余科察觉他的反常样子，关门时还特意探出头去检查周围有没有别人。

"你干什么呢？"

"检查敌情。"余科说，"我总觉得你神神秘秘的，可能要跟我分享什么机密。我得看看，不能让别人有偷听的机会。"

"差不多得了，别闹了。"

余科"嘿嘿"笑着关了门，过来坐到了沈觉对面的椅子上。

"说说吧，出什么事了？"余科说，"是不是因为对打样品不满意，受刺激了？唉，我知道你对自己的作品要求严格，不过这不是还没到最后一步吗？大不了前期费用咱们就当试错了，重新开模，重新打样！没事，兄弟有钱！"

沈觉抬眼看着他："谢谢你啊，有钱人可真了不起。"

余科得意地笑："花钱买你开心，值了。"

"得了吧，就说得好听，我要是不能给你赚钱，看你还会不会这么说。"

余科用大笑来掩饰自己的心虚情绪。

等他笑完，办公室陷入了诡异的沉默气氛中。

"你到底怎么了？"余科说，"该不会是跟陈七安告白被拒了吧？"

"你神经病啊！"沈觉瞬间炸毛，"我跟她告什么白？！"

吼完之后，沈觉立刻又垂头丧气地说："余科，我完了。"

余科虎躯一震："你得绝症了？确诊了吗？要不我陪你到三甲医院再好好查一查？"

"谢了，身体很健康。"沈觉说，"我的意思是，我可能找到她了。"

听到沈觉的这句话，余科不再闹了："你是说小仙女？"

沈觉脑海里瞬间出现陈七安的样子。

虽然客观来讲她的长相很漂亮，但这个人浑身上下散发着"财迷"和"厚脸皮"的气息，跟"小仙女"三个字实在不怎么匹配。

但沈觉还是点了点头。

记忆里的那个小女孩喜欢穿漂亮的小裙子，粉色的、白色的、天蓝色的，还总是扎着两个小辫子，戴着可爱的发饰。

现在的陈七安好像没怎么穿过裙子，永远都是轻便舒适的打扮，要么就是在店里那会儿穿着工作服。

人的变化怎么能这么大？

余科显然也有些惊讶，好奇地问："她跟你联系了？"

沈觉以前就跟他说过在盲盒中藏了暗号，如果她看到，一定会认出来。

见沈觉没回应，余科坐不住了，站起身，一巴掌拍在沈觉的背上，兴奋地说："行啊你！福气这就来了啊！"

福气吗？

沈觉忧愁地看向余科，对他说："你知道她是谁吗？"

"啊？"余科愣了一下，"我也认识啊？"

沈觉停顿片刻，然后一字一顿地对他说："陈，七，安。"

陈七安回到自己的工位上之后就一直在打喷嚏，怀疑自己感冒了。

处理完手头的工作，陈七安起身去茶水间想接点儿热水喝，刚出来，周曦就跟了上来。

"七安，接水去？"

陈七安对她笑了笑："嗯，刚才一直打喷嚏，怕是要感冒。"

"那是应该多喝点儿热水。"

陈七安笑得有些尴尬，觉得这对话过于牵强，周曦肯定有话要说。

不过陈七安才不打算多问，周曦不说就算了。

两个人一起进了茶水间，接水的时候周曦问："对了，早上给沈总的那杯咖啡，你跟他说是我买的了吗？"

原来周曦是要问这事。

陈七安看了看她："没啊，不是你说别告诉他的吗？"

有那么一瞬间，周曦的眼神有些落寞，但很快她又问："你跟他说是你买的？"

"我……"陈七安刚要回答，手机突然响了，"不好意思，我先接个电话。"

打电话来的是微博客服，这两天陈七安正在准备给"安安兔的每一天"开个粉丝群，方便以后做活动宣传。

一个电话打断了陈七安跟周曦的对话。陈七安接完水就跑回了办公室，接收微博客服发来的文档。

见陈七安在忙，周曦也不再追问，在茶水间接了水喝完才回来。

陈七安这两天忙得不可开交，虽然"安安兔"第二拨产品打样出了问题，但她的运营工作做得风生水起。

余科已经帮她跟熊经理商量好，只要这个微博粉丝数达到一万，就可以给她开个专属的线上购买链接，提成制，也算是实现了当初让她来总部工作的承诺。

如今就差临门一脚了。

陈七安不仅忙着准备建立微博粉丝群，也开始策划围绕"安安兔"形象展开的一系列活动。

她写好了策划案，申请到了公司最大程度的奖励，已经让周曦开始做海报了。

陈七安一忙起来完全把沈觉忘到了脑后。

她忘了沈觉，沈觉可忘不了她。

自从意识到陈七安很有可能就是自己苦苦寻找的人之后，沈觉的世界彻底崩塌了，他像个幽魂一样躲了三天。

每天余科定时上门来查看这人是不是还活着。

"我说你呀，能不能有点儿出息？"余科说，"就算她真是陈七安又能怎么样？你找她，又不是为了娶她，不喜欢你们就当交个朋友，她人还挺好的。"

缩在沙发里要忧郁的沈觉瞥了他一眼："你懂个屁。"

"我可懂了。"余科说，"最近我听的那本小说也出现了类似的剧情。"

沈觉一听这话，问道："不对啊，你那不是《霸宠嚣张俏佳人》吗？两个人见面第一天就滚到床上了，怎么可能有这种剧情？"

"那本小说已经完结了！最近我朋友给我推荐了一本新的小说，叫《霸总的失忆情人》，带感，要不你也看看？取取经？"

"我取个鬼的经！"沈觉抓起身边的抱枕就朝着余科丢了过去。

余科笑嘻嘻地接住抱枕，过去坐到了他旁边。

"你到底怎么想的？说说？"余科问他，"而且，你确定她真的就是那个人吗？"

"百分之八十吧。"沈觉说，"其实我以前就怀疑过，毕竟哪儿有那么巧的事？她在新城水筑出现，又叫陈七安。"

"然后呢？你一直没找到证据？"

"不是，我根本没想找证据。"沈觉抱着抱枕，有点儿青春疼痛文学里男主人公的意思了，"客观上，我想过她们或许就是同一个人，但主观上又不愿意相信。"

沈觉停顿了很久，然后说："如果她真的是我要找的陈七安，那么就说明在我离开的这十七年里，她的生活遭遇了巨大变化。"

他说到这里，余科觉得自己或许终于明白沈觉不愿意相信这件事的根本原因了。

"小时候，她是漂亮可爱又无忧无虑的小公主，家境优渥，所有人都疼她、爱她。她唱歌、跳舞，在院子里画画，每天晚上打电话给我讲故事，讲的所有故事都很温馨可爱，我到现在都还记得。"沈觉说，"我以为，她长大之后也应该是这样的，没有忧愁，和我一样顺风顺水地长大成人。她应该依旧骄傲优秀，身边花团锦簇。"

余科听着他的话，也收敛了之前轻浮的态度，认真起来。

"可如果她们是同一个人，也就意味着她在我看不到的世界里经历了不知道多少残酷捶打……她一定吃了很多苦。"沈觉说着说着鼻子就酸了。

他长大后从来没为谁流过眼泪，在过去那么多年里，只有小时候自己孤独地缩在被窝里想爸妈的时候才会哭。

如今，想到他心心念念的那个小女孩可能是在一路坎坷生活中成长的，他觉得心疼。

如果她真的是他要找的人，沈觉无法想象她到底经历过什么事，但也开始理解，她为什么变成现在这样。

现在的陈七安没什么不好。尽管沈觉喜欢吐槽她财迷又厚脸皮，但她身上有着每一个为了生活奔命的人身上会有的光。

沈觉是欣赏她的，在某种程度上对她也钦佩，可还是不希望她是那个人。

他感觉很矛盾，甚至有些痛苦。

余科用力捏了捏沈觉的肩膀："你打算怎么做？直接和她聊聊吗？"

沈觉摇头："不行，我直接问她的话，就算真的是她，她可能也不会承认。"

沈觉看得出来，陈七安的心理防线相当高。尽管之前在店里做导购员时她修炼出了"一秒变脸"的本事，但有自己的底线，也有着很强的自尊心。

他不能贸然去问对方，这很容易弄巧成拙。

"再说吧，我想想。"

"那你打算在想出办法之前就这么躲着？"余科说，"这几天你没去公司，她还打听你来着。"

"打听我？"一听说陈七安在关心他，沈觉立刻来了精神，"她打听我什么？"

她是不是想我了？是不是想见我？是不是以为我生病了所以恨不得来家里照顾我？

"她问我你什么时候去公司，要跟你商量一下'安安兔'条漫的事情。"

"我就知道！"沈觉气急败坏地说，"告诉她，自己的事自己做，别总想着消费我！"

余科看着这人，忍不住笑了："你知道你现在像什么吗？"

"什么？"

"为情所困的傻子。"余科说，"你其实喜欢她，我没说错吧？"

"我喜欢个鬼！余科你是瞎了吗？这种话你也说得出来，还是不是人哪？"

余科靠在沙发上笑吟吟地看他发神经，然后肯定地说："没错了，你就是喜欢她。"

喜欢一个人到底是什么感觉？

沈觉在搜索页面上打下了这么一行字。

今天把余科赶走之后，他一直在想对方说的话。

自从遇见陈七安之后，沈觉过往的人设崩塌得一塌糊涂。

成熟稳重、绅士有礼，这些词在他的世界里瞬间被抹去，只要涉及陈七安的事，他就变成了一个小心眼、暴脾气、看起来愚蠢至极的家伙。

余科说这是典型的"单恋综合征"。

沈觉一点儿都不认为自己对陈七安有那方面的好感。他又不是受虐狂，为什么要喜欢自己的克星呢？

可他从白天到夜晚，一直在想余科的话，然后又想陈七安。

陈七安这个人不停地在他的脑子里打转，吃了兴奋剂似的，跑了一天也不知道累。

他点击搜索，出来很多答案，随手点开一个，第一条就是：一直想着他。

沈觉吓得赶紧关掉了网页，跑去喝了两杯冰水才缓过来。

他来到窗边，又看见隔壁那栋房子的二楼亮着灯。

当年他就住在那里，那时候还经常跟陈七安站在各自家里的窗边挥手打招呼。

一晃十七年过去，如今换他站在这边，而那边的人不知道究竟是谁。

沈觉突然想起了什么，拿起手机给陈七安发了条微信。

陈七安收到沈觉的微信的时候还在公司。大家都已经走了，只剩她一个人在加班。

沈觉问："你的生日是哪一天？"

对方突然问这么莫名其妙的问题，陈七安有些迷惑。

但加班的人哪儿有心思管那么多？她甚至只是扫了一眼消息就忘了回复，继续闷头修改活动文案。

周曦已经把海报做好，虽然不是专业设计，但在陈七安看来，做得相当有水准。

海报已经就位，文案由她来写。

活动时间已经确定，她写完文案准备今晚八点就发布消息。

这是陈七安第一次策划活动。她很担心参与的人少，达不到预期效果，为了多宣传，甚至跑去申请了几个转发抽奖的礼品，其中有一整盒"安安兔"盲盒，还有几款"X星球"的手办。

沈觉在家里苦等消息，等来的却是"安安兔的每一天"发布了新微博。

他点进微博看，这才想起之前在开会时陈七安说过今晚会发布活动消息。

沈觉仔细看完了活动宣传的全部内容，一抬头看见自己搬进来时余科扛来的一人高的"安安兔"，随手拍了张照片，转发活动微博时配图说："加码，转发原博，活动结束那天抽一人送它。"

还在办公室里不停刷新转发和评论的陈七安很快就看到了沈觉的微博，很惊讶，没想到沈觉会这么"大方"。

她用"安安兔的每一天"的账号点赞了沈觉的微博，让他的评论能在最上面被大家看见。

沈觉见她活跃在微博上却迟迟不回自己的微信消息，又开始生气。

他直接打电话过去："干吗呢？"

"在加班。"陈七安说，"怎么了？有事吗？"

"你一个人在公司？"

"嗯，今晚发了活动宣传，我盯一会儿。"

沈觉问她："还要加多久？"

"还得一阵子吧。"陈七安说，"我多盯一会儿，回复粉丝的问题。"

沈觉想了想，转身就出了家门。

当沈觉提着打包的外卖来到公司门口时，刚好看见陈七安锁门出来。

两个人在"X星球"大门口遇见，陈七安惊讶地问他："你怎么来了？"她看见沈觉手里提着的袋子，开玩笑地说，"沈总来加班？"

沈觉有些尴尬，来的时候有些冲动，这冲动在买完夜宵的时候已经散得差不多了，可是想到陈七安一个人在公司加班，还是没忍住，过来了。

他原本是计划把夜宵放在公司门口就走人，让余科打电话给她，告诉她出来取外卖。

结果，这可能真的是造化弄人，他竟然直接被抓包。

"对，加班。"沈觉嘴硬地说，"我很忙。"

陈七安看着他笑，问他："我刚锁了门，那要不要再帮你打开？"

"算了，工作明天再做也可以。"沈觉故作轻松地看看周围，又轻咳了一声，问她，"那个……你吃晚饭了吗？"

陈七安自然是吃过了，加班有工作餐，可以报销的。

"你希望我吃过了还是没吃过？"

沈觉"啧"了一声："你自己吃没吃过还要问我？"

陈七安忍着笑意说："吃过了。"

沈觉不高兴地转身就要走。

"但我又饿了。"陈七安说，"加班真的很消耗体力，我现在饥肠辘辘，很需要一顿夜宵来拯救。"

沈觉终于开心了，冲着陈七安勾了勾手指，说："算你运气好，我买了两份，过来，吃饭吧。"

陈七安跟在沈觉后面安静地走着，两个人在距离公司不远处的喷泉边坐了下来。

"在这儿吃？"陈七安问。

沈觉理直气壮地说："怎么？你还嫌弃啊？"

陈七安笑他："你这人，就不会好好说话。"

她吐槽沈觉的时候，完全没注意到对方因为紧张已经红了耳朵。

这件事就变得很奇怪。

原本沈觉可以跟陈七安当着面互相斗嘴，一点儿都不带怯场的，但是自从"意识觉醒"，发现这个人可能真的就是他惦念了十几年的人后，突然摇身一变成了跟对方对视一眼就会心跳加速的愣头青。

沈觉无法面对陈七安，也无法面对这样没出息的自己。

他把夜宵放在石阶上。

陈七安看着他打开袋子，然后说："你确定要坐在这里吃吗？"

沈觉抬头看向她："不吃就算了，挑三拣四的！"

陈七安意味深长地笑了笑，看了一眼时间："五、四、三、二、一！"

她话音一落，沈觉刚把一盒菜拿出来，身后的喷泉突然亮起橘色的灯——几乎是同时，水喷了沈觉一身。

陈七安大笑着躲到了远处，看着被淋了水愣在原地的沈觉实在没忍住，掏出手机拍了张照。

等到沈觉反应过来的时候，立刻气急败坏地朝着陈七安怒吼："你故意的！"

"我提醒过你了！"陈七安跑过去帮着他把夜宵拿到安全地带，又笑声不止地从包里拿出纸巾递给他,"擦擦吧。"

沈觉身上被淋湿了,头发也湿了,好在不算严重,看起来虽然略显可笑但不至于像个落汤鸡。

"我今天晚上就不应该来。"沈觉擦拭头发的时候说,"好心好意请你吃饭,你就这么报答我?"

陈七安歪着头看他:"你是为了请我吃饭才来的?"

"当然不是!"沈觉差点儿说漏了嘴,"就是恰巧你也在。"

陈七安看看那双人份的夜宵,又看了看沈觉,什么都明白了:"那还真是很巧啊。"

沈觉气鼓鼓地看了她一眼,不想说话。

陈七安带着他在喷泉对面的长椅上坐下,两个人一人坐一头,中间放着沈觉买来的夜宵。

"好香。"陈七安其实一点儿都不饿,但得给足沈总面子。

"我买的,能不香吗?"沈觉特意绕了远路去买的这家的海鲜拌饭。他其实没吃过,但余科之前跟他说味道非常好。

沈觉没想太多,只是觉得,既然好吃,那就要买给陈七安。

就像小时候,陈七安有什么好东西都要拿来跟他分享一样。甚至她爸爸出差回来买给她的礼物,她都要带来跟沈觉一起玩。

沈觉看着陈七安吃饭,对她说:"你还没回答我呢。"

"嗯?什么?"陈七安疑惑地看向他。

"我给你发的微信消息!你是完全没看吗?"沈觉又生气了。

陈七安恍然大悟:"看到了,可是你为什么突然问我的生日?"

沈觉信口胡诌:"公司要统计每个员工的信息,不然你以为我是要给你过生日吗?"

"那倒不至于,你不会对我那么好。"陈七安说,"5 月 19 号,很会赚钱的金牛座。"

"明明是很抠门的金牛座!"沈觉吐槽完,彻底沉默了。

这个世界上就是不存在那么多巧合,当两个人生日相同、名字相同,甚至名字的来源意义都相同时,她们就是同一个人。

沈觉不再说话。

陈七安觉得气氛有些诡异，用余光偷瞄对方，发现那人微微低着头，看着手里的饭盒一动也不动。

"对了，我发现一件事。"

沈觉看向她："什么事？"

"你的微博 ID 后面的数字刚好是我的生日。"陈七安看着他说，"好巧啊。"

沈觉怔了一下，有些慌，收回视线不再看陈七安："嗯，是挺巧。"

巧个鬼啊！那是哥哥故意的！

陈七安盯着他看了一会儿，突然问："沈总，你该不会是故意的吧？"

"我疯了吗？"沈觉每次心虚的时候都要大声嚷嚷，想不露出破绽都难。

陈七安带着笑意看着他，无奈地说："行，行，行，是我想多了！是我往自己的脸上贴金呢！"

沈觉终于气顺了，嘟囔着："你知道就好。"

陈七安觉得他这个人实在太有意思了，探究地看了看他。

"你看什么？"

"没事，"陈七安说，"就觉得沈总今晚特别帅。"

"神经！"沈觉扒拉了两口这传说中很好吃的海鲜拌饭，味道确实不错。

两个人各怀心思地安静吃饭，过了一会儿，沈觉忍不住又开了口："再问你一个问题。"

"嗯，你说。"

今天晚上这人怎么这么多问题？陈七安在心里嘀咕，不过看在这家伙请自己吃饭的分儿上，不计较了。

沈觉问："你是本地人吗？"

"对啊。"陈七安喝了一口水，说，"说起来你可能不信，我小时候……"

说到这里，陈七安突然停了下来。

"小时候怎么了？"似乎有什么答案呼之欲出，沈觉紧张地看向了她。

陈七安停顿了几秒钟，然后摇摇头说："小时候就住在这里。"

沈觉没听到自己想要的答案，但看得出来，陈七安欲言又止肯定是有什么难言之隐。

他不用问了，也不用试探了。

沈觉仰头，看着夜空："今晚的月亮蛮亮的。"

陈七安也仰起头看向夜空："还蛮远的。"

两个人坐在长椅上沉默地看着遥远的月亮，沈觉突然又想起那首《当时的月亮》。

就在他想起那首歌的时候，陈七安竟然轻轻地哼唱了起来。

"看当时的月亮，曾经代表谁的心，结果都一样……"

沈觉缓缓转头看向了她。

陈七安唱了两句，也转过头来看他，笑着说："耳熟吗？你分享给我的那首歌。"

突然之间，沈觉的情绪有些不受控制，他猛然起身，转过去背对着陈七安。

陈七安问他："怎么了？我唱得那么难听吗？"

"不是。"沈觉红了眼睛。

陈七安望着他的背影，莫名其妙地觉得这个人很孤独。

第七章
来当我的助理吧

沈觉跟陈七安见面之后的一整晚都完全没睡意。

他觉得自己被羞辱了。

当时两个人吃完夜宵，沈觉出于对陈七安的关心，对她说："很晚了，我送你回家。"

结果，陈七安笑他说："沈总，我坐地铁就可以，安全又便捷。"

其实，陈七安没有任何讽刺他的意思。

但他这个人就喜欢过度解读，愣是把这句话理解为对方嫌弃他没有车。

气了一晚上，第二天一早沈觉就拉着余科买车去了。

"你不是说暂时不买吗？"

沈觉刚回国的时候余科特意问过他要不要先买辆车，毕竟出门能方便些。

但当时沈觉回答的是："出门打车更方便，还不用找停车位。"

没想到，这人变卦竟然变得这么快，是受了什么刺激吗？

"是不是陈七安又说你什么了？"

沈觉一个眼刀丢过去："干吗又提她？"

余科笑："行吧，是我想多了。"

结果过了一会儿，沈觉竟然转过来问余科："你为什么觉得我买车是因为她？"

本来并不觉得，但他现在这么问，余科敢百分之百肯定这件事跟陈七安有关了。

余科笑而不语。

沈觉试车的时候，余科坐在副驾驶座上："就这辆吧。"余科说，"副驾驶座坐着很舒服。"

沈觉满头问号："我开车，副驾驶座舒不舒服重要吗？"

余科微笑："小沈啊，你还是太年轻。"

他这么一笑，沈觉突然就明白了他的意思，翻了个白眼就下车了。

"怎么样？想好买哪辆了？"余科问。

沈觉昂首往前走着："反正不会买那辆！"

余科拍手："好样的！有原则！"

然而最后，沈觉还是买了那款余科说副驾驶座坐着很舒服的车。

当两个人走出店门时，余科说："陈七安这人，你看她平时省吃俭用精打细算的，没想到运气还挺好呢。"

沈觉走出两步，想到那人的样子，轻声说了一句："她运气……一点儿都不好。"

如果她真的运气好，怎么可能像现在这么辛苦呢？

沈觉跟余科回到公司的时候，竟然又看到陈七安在跟熊经理吵架。

"熊经理，我是完全按照你说的方式去整理的。"陈七安站在办公室门口。

熊经理站在她旁边，一脸不耐烦的样子。

"怎么了？"余科跟沈觉一起走了过去。

熊经理见余科来了，立刻过去向他告状："我让她把现在线上每一款产品在不同平台的价格和活动都整理一份文档给我，她是做了，结果做得一塌糊涂。"

余科看了一眼熊经理手中拿着的文档。

"她作为销售部的人，本职工作都没做好，还去做什么运营。"熊经理对余科说，"余总，真不是我不待见新人，她连最基本的事情都没学会怎么做，当然，也不一定不会，可能就是不想做。"

"我没有！"陈七安皱着眉解释，"当时熊经理跟我说只需要截图备份就好，我不仅截图备份了，还整理出了一份文字文档。"

余科觉得头疼，扭头看向了沈觉。

沈觉说："你别干了。"

熊经理"啧"了一声，对沈觉说："沈总有意思，我这么多年的老员工了，论资历，我还是你的前辈呢。现在一句话就让我别干了，你……"

"我是说陈七安别干了。"

这回轮到陈七安冲他瞪眼睛了："沈总！"

沈觉看向陈七安："反正销售部在熊经理的带领下一直运行得不错，多你一个不多，少你一个不少，你没必要在这儿这么耗着。"

"不是啊沈总……"陈七安想说些什么，但被沈觉打断了。

沈觉说："余总，我觉得陈七安工作能力不错，执行力强，脑子灵活，又能言善辩，想申请把她调来当我的助理，没问题吧？"

他这句话让在场的几个人都愣住了。

"啊？"余科惊讶地看向他。

余科心说：可以啊沈觉，我这个创始人还没有助理呢，你先给自己安排上了！

"说话啊！"沈觉追问。

"倒是没问题。"余科哪儿敢说"不"啊，要是真说了，沈觉指不定闹出什么事来，"不过你是不是也得征求一下熊经理跟陈七安的意见哪？"

沈觉转过去看陈七安："你没问题吧？"

"我……"

"好，知道了，你没问题。"沈觉对她说，"你来我的办公室，今天就把调岗手续办了。"

他说完，抬脚就走，走出几步之后发现其他人都没动。

沈觉回来，一把抓住陈七安的手腕："磨蹭什么呢？升职加薪的事你还犹豫这么半天！"

陈七安莫名其妙地看着他，被拉走时又回头看余科，用眼神向余科求助：余总！救命！沈觉他疯了！

余科对她笑了笑，跟她说："七安哪，恭喜你升职了。"

这突如其来的变故让熊经理也吃了一惊。他无法接受陈七安突然成了总监助理，因为这么一来，这家伙等同于跟他平级了。

"余总，这是闹的哪一出啊？"熊经理说，"我的部门的人，沈总说带走就带走？这沈总是不是太不按规矩办事了？"

"随他去吧。"余科说，"毕竟是沈总，跟你要个人而已，等会儿我让他们把手续都补全。你这边人手不够，我会让人事部继续招人。"

余科说完就要走开，却被熊大志拦了下来："余总，这沈总是不是有点儿欺负人哪？"

原本余科不打算跟熊大志计较，毕竟这会儿大家都看着呢，但这人似乎过于膨胀了，已经忘了自己究竟有几斤几两。

"熊经理，到底是谁在欺负人，你心里应该有数吧？"余科态度不善，"碍于你跟着我这么久，我给你留了面子，你别让我把话说得太直接，大家都不好看。"

余科丢下这句话，潇洒地走人了。

陈七安被沈觉一路拉着进了办公室，整个人都是迷惑的。

"坐。"到了办公室，沈觉直接拿起电话打给了人事部："准备一下陈七安的合同，她要从销售部调到总监室来，做我的助理。"

陈七安震惊地看着他："你认真的啊？"

沈觉还在生熊经理的气，挂了电话板着脸说："你当我跟你开玩笑呢？"他突然扶着桌子凑近陈七安，"我说，你在我面前不是挺厉害的吗？怎么一到了熊经理那儿就成软柿子了？他欺负你，你不会以牙还牙啊？"

陈七安一听他这话，也来气了："你可真是站着说话不腰疼！他是我的直属领导！你可以随便说他，因为你是沈总！我是谁呀？我就是一个小专员，还是他手底下的人！我今天顶撞他一句，明天他就能难为我十次！"

陈七安说完，停顿了一下，又说："再说了，我又不是没试过，有一点儿效果吗？"

她有些委屈，小声嘀咕着看向了别处。

听完她的这些话，沈觉突然意识到自己刚刚说的那些话有多不妥帖。

他尴尬地轻咳了一声，心虚地坐下说："那你倒是跟我说啊……"

"跟你说？"陈七安嘀咕，"那我更没法在销售部混下去了。"

原本陈七安就是通过"特殊渠道"进公司的，来了之后余科跟沈觉对她照顾有加，已经够惹人注目了。公司里的一些风言风语，陈七安尽可能地当作听不见，专注地去做她的事。

但并不是她装作听不见，那些声音就真的不在。

陈七安说："不知道的人还以为你跟余总是我的靠山，殊不知，我每天过得水深火热的。"

沈觉看着她，自己心里也不是滋味。

"我就是你的靠山，怎么了？"沈觉说，"谁说什么了？我去找他们解释。"

"疯了。"陈七安问他，"沈总，你今天是不是受什么刺激了？"

她压根不会把沈觉的话当真，只当作这家伙今天在外面受了刺激，在这儿闹脾气呢。

"我能受什么刺激？"说完，沈觉想起熊经理，又说了一句，"我确实受刺激了。"

看着陈七安这么被人欺负，他不受刺激就怪了。

两个人在办公室里聊了一会儿，人事部的人还真的带着合同来敲门了。

陈七安问沈觉："你真的要我做你的助理？"

沈觉不耐烦地说："快签。"

陈七安扫了一眼总监助理的薪资待遇，仿佛听见了钱进口袋的声音。

照理说应该毫不犹豫地签名，但她做人还是很有原则的："沈总，我不能签得不明不白的。"

"又不是卖身契，你怎么这么啰唆？"

"劳务合同其实跟卖身契差不多的，"陈七安说，"有几个问题我得提前问清楚。"

正在这时，余科也进来了。

沈觉总觉得这人会问出些什么了不得的问题，于是让人事部的人先回去，表示等他们签好字了，陈七安会自己将合同送过去。

人事部的人走了，余科问沈觉："我需要回避不？"

陈七安说："余总！别走，你得给我们当见证人。"

这话说的！

余科笑："不知道的人还以为你俩要宣誓结婚呢！"

沈觉在心里说：好兄弟！会说话！

但陈七安对这话完全没往心里去。

陈七安说："我还得录音。"

她打开手机的录音功能，可以说是非常谨慎了，问："沈总，我想知道当你的助理都需要做什么，不用 24 小时贴身照顾你吧？"

沈觉无语。

"你想什么呢？"沈觉说，"就算你想对我贴身照顾，也得问我愿不愿意啊！"

这人怎么回事？！沈觉虽然嘴硬说不用，但还是没忍住脑补了一下陈七安对他进行 24 小时贴身照顾的画面。

还好他及时刹车，否则搞不好会当众流鼻血。

"那就好。"陈七安放心了，果然现实生活跟小说里写的不一样。

陈七安又问："所以我究竟需要做些什么事呢？"

"就做你现在正在做的事。"沈觉说，"虽然名义上你是我的助理，但我不需要你为我做什么事。你继续做你的 IP 运营工作，我跟余总依旧会支持你的工作。"

陈七安很是意外，不敢相信沈觉把她调过来只是为了救她于水火之中。

这个人不可能这么好心，一定有什么阴谋！

"沈总，"陈七安说，"这合同我不能签。"

"又怎么了？"沈觉快被她气死了。

余科凑过去，笑嘻嘻地开玩笑说："是不是因为不能 24 小时贴身照顾他，所以你才不签？合同我们可以改呀！没关系！"

"余总，你别闹了。"陈七安说，"我之所以不签是觉得我跟这个职位不匹配。既然是助理，那就应该尽职尽责，我占着这个位置却做别的工作，不合适。"

"你脑子有病吧？"沈觉急了，"没见过你这么不知好歹的人。"

并不是不知好歹，陈七安只是觉得自己为了占这个便宜签了合同，以后说不定会有什么隐患。

她可谨慎了，从小她妈就教育她不能捡来路不明的钱。

"行了，行了，你愿意做什么就做什么。"沈觉觉得每次自己跟陈七安对话都能被气得老 10 岁，"IP 运营工作你继续做，不许放下。至于我的助理……"

沈觉看看她，对她说："你每天接送我上下班，给我端茶倒水，记录、安排我的工作行程，帮我打理工作上的一切琐事。"沈觉问，"这回你满意了吧？"

陈七安点点头，然后说："可以的，没问题，不过虽然涨了工资，但之前答应我的线上专属链接的提成我还是要拿的。"

"知道了！"沈觉把笔拍在她面前，"啰唆死了！你这个财迷！"

陈七安觉得从她进公司总部到现在稀里糊涂地成了沈觉的助理，这整件事情都有些蹊跷。她认为有必要好好梳理一下这件事情的经过，这其中必有什么不可告人的阴谋！

但现在，陈七安没有太多时间去做"调查"，当务之急是做出决策。

她盯着沈觉签好了合同的补充协议，又反复检查了两遍，最后心满意足地签了名。

有合同在，不管是沈觉还是余科，不管是不是真的有阴谋，他们日后都没法抵赖。如果对方不按照合同形式来，她会立刻申请劳动仲裁。

"好了，"陈七安笑盈盈地说，"那我就先回去工作了。"

"你……"

沈觉正要说什么，陈七安突然打断了他的话，非常认真地问："既然我已经是总监助理了，那是不是意味着往后我就不归熊经理管了啊？"

"当然。"余科主动为她答疑解惑，"自新合同生效起，你跟熊经理就是平级了。"

陈七安用合同挡住了脸。

沈觉坐在那里看她："想笑就笑吧，别憋出内伤了。"

陈七安不装了，把合同抱在怀里，转过去背对着他们俩笑了好半天。

余科看向沈觉，但沈觉始终眼含笑意地看着她。

等到陈七安笑够了，真的准备回去继续工作了，沈觉说："你要不要从销售部搬出来？"沈觉指了指隔壁的方向，"那边有个办公室还空着。"

陈七安站在门口看着他，想了想，说："不要，在那儿挺好的。"

只要熊经理不赶她，她就要在对方面前晃悠到天荒地老！

沈觉一听这话，懊恼不已，早知道就不应该问她，直接让她搬过来就是了。

余科看热闹不嫌事大："也行，至少年底前先在那边办公吧，你跟周曦沟通工作也方便。"

沈觉可太清楚余科在想什么了，这家伙可不是为了陈七安工作方便才这么说的。

等到陈七安美滋滋地离开了，余科转过来坏笑着说："我把最近在听的那本小说发给你听听吧。"

"什么小说？"

"《霸总的失忆情人》。"余科说，"讲的是一个总裁跟他的初恋情人失散多年，因缘际会，初恋情人成了他的私人助理，两个人刚一见面……"

"打住，打住！"沈觉嫌弃地看着他，"你是没什么事做了吗？没事的话，去开发部看看，跟进一下打样进度吧。"

沈觉三言两语就把余科赶出了自己的办公室，若有所思地坐了一会儿，然后拿过手机，开始搜索关键字——霸总的失忆情人。

陈七安回到销售部的时候，所有人都在看她。

熊经理死死地盯着她，眼里满是怒气和愤恨之色，不知道的人还以为陈七安放火烧了他家。

不过这对熊经理来说伤害程度差不太多，甚至有过之而无不及。

熊经理咬牙切齿地说："哟，这不是陈助理吗？都升职了，你还来我们销售部干吗啊？"

陈七安现在心情好得很，满面春光地对他说："熊经理，沈总可能还没来得及跟你沟通，我的办公地点暂时还要安排在咱们销售部。"

"凭什么？"熊经理暴怒。

"哎呀！你怎么这么大的火气？！"陈七安装腔作势地说，"你在这个年龄每天都生气，很容易高血压的呀！"

她微笑着说："我知道有款茶叶降压有奇效，要不我帮您买点儿？"

周曦在后面听着她跟熊经理的对话，低着头忍着笑，心想：不愧是陈七安，说的是"我帮您买点儿"，而不是"我给您买点儿"。

陈七安气完熊经理，往自己的工位走去，路过周曦身边的时候，扭头与其对视，见周曦冲她笑了笑。

虽然名义上升职成了沈总的助理，但陈七安每天依旧忙活着品牌运营的事，同时也开始着手铺垫"双十一"的线上活动以及第二拨产品上市的事。

"安安兔的每一天"账号开展的线上主题活动意外爆火，参与人数上万。

这是他们谁都没想到的。

这次的活动在最初策划时大家都担心没人参与，所以设置活动时没有太高的门槛，分为两个赛道，一个是绘画组，一个是文字组。

每组都有十分丰厚的奖励，第一名日后还可以参与"安安兔"的新品研讨会。

最开始的时候熊经理对陈七安他们办的这个活动嗤之以鼻，不相信真的会有人来参加，还说他们当初也为线上营销活动做了不少努力，然而带不动就是带不动，不是一个简单的小活动就能激活用户的。

但现实情况狠狠地打了熊经理的脸。

这些日子陈七安每天在他面前昂首挺胸地晃悠着，骄傲得很。

活动如火如荼地进行，沈觉那边"安安兔"的第二次打样品已经有了结果。

沈觉在办公室里坐着，等着开发部的人打电话来通知他们去看打样品。

"沈总，"陈七安敲门进来，"我那边在联系配音演员给'安安兔'的视频配音，打样这事，你们去就好了啊！"

"不行。"沈觉非常严厉，"你可以等会儿继续联系，身为我的助理，现在必须等着跟我一起去开会。"

陈七安无奈地跟坐在沙发上喝咖啡的余科对视了一眼，只好一边等着开会，一边在沈觉的办公室里继续拿着手机跟配音演员联络。

沈觉的情绪有些焦虑，因为上次打样失败对他造成了相当严重的心理阴影。这次，他更紧张了。

他坐在那里，手指轻轻地敲击着桌子。

"你干吗呢？"沈觉问陈七安。

"不是跟你说了，在联系配音演员。"陈七安说，"外包公司已经把动画做好了，他们给介绍了几个配音的老师，但我总觉得效果不太好。"

沈觉挑了挑眉："所以你打算自己联系配音演员？"

"嗯，我的好朋友平时很喜欢听有声书，给我推荐了一些配音老师。我大致听了几遍，筛选了几个觉得适合的，正在联系。"陈七安还在不停地打字，头也不抬地回应着沈觉。

沈觉若有所思地点了点头，随口问了一句："你朋友都听什么啊？"

"都是些小说，什么俏佳人之类的。"陈七安现在正忙，给沈觉的回答也没太过脑子。

倒是沈觉，一听见什么俏佳人，第一反应就是："你说的朋友该不会是余科吧？"

"啊？"陈七安抬头看向他。

余科赶紧解释："肯定不是我！我没给她推过。"

沈觉探究似的看着这两个人。

余科嗅了嗅，问陈七安："七安，你有没有觉得这屋子里有酸味？"

"没有啊。"陈七安的注意力已经重新回到了手机上，她对余科的问话也没太在意，"怎么了？"

余科不怀好意地看着沈觉笑："没事，我就是觉得可能有人吃醋了。"

吃醋？

陈七安心里突然警铃大作：糟糕！沈总误会了！

其实，误会最深的是她。

沈觉因为什么吃醋，她完全想歪了。

余科的手机突然响了，是开发部的负责人打电话过来叫他们去开会。

沈觉猛地站起来，深呼吸，不知道的人还以为这人要去战场赴死了。

陈七安说："沈总，你很紧张啊？"

"没有，"沈觉强装镇定地说，"我很从容。"

"从容"的沈总走在最后面，越靠近会议室，就越焦虑。

所有人都知道，沈觉非常重视"安安兔"，之前就是因为不停修改细节，所以才导致现在时间这么紧迫。

别的产品他不管，但"安安兔"必须做到完美。

更何况，现在那个人就在他身边。

沈觉将目光落到了陈七安身上。走在他前面的陈七安像是感觉到了什么，突然回过头来。

两个人四目相对，沈觉有些慌神了。

陈七安问他："怎么了？"

"没事，"沈觉越过她往前走，"嫌你走得太慢了。"

陈七安翻了个白眼，跟了上去。

几个人来到会议室，沈觉刚坐下就喝光了半杯水。

"人到齐了，开始吧。"余科示意开发部的赵经理把第二次打样的"安安兔"拿过来。

"这次我们对颜色进行了调整。"赵经理拿来打样品，放到了余科面前，"之前说过打样缩水的情况，也做了改善。"

余科扫了一眼面前的打样品，觉得有些头疼，扭头看向坐在旁边的沈觉，那人明显已经黑脸了。

果然，沈觉甚至没拿起打样品仔细看，直接起身一言不发地离开了。

陈七安看着他离开的背影，也皱起了眉。

第二次打样品跟上一次比确实做了改进，然而色差依旧很大，涂色甚至更不均匀。

余科说："很难不怀疑你们是故意的。"

陈七安拿过一个"安安兔"仔细打量，觉得这做得有些过分可笑了。

"为什么不能用之前的厂家了呢？"陈七安说，"现在这个厂家很明显达不到我们的要求。"

赵经理瞥了陈七安一眼，听到她的质问话语，眼神里流露出鄙夷和厌恶之意。

陈七安看得出对方的敌意，不再说话，把打样品放了回去。

余科说："给个解释吧。"

赵经理说："余总，之前的厂家可能是看我们做大了，新品竟然要涨价，我们沟通过几次，都没谈下来。"

"这件事我怎么不知道？"

"小事嘛，我就想着没必要让你心烦。"

"哦，小事。"余科是真的觉得自己的太阳穴在"突突"地跳，"那现在呢？你还觉得这是小事吗？如果因为打样不过关，耽误了我们的产品上市，你觉得这事得谁来负责呢？"

"余总你放心！我已经跟新的厂家沟通过了，他们也开始修改了，已经向我们保证第三次打样品很快就能拿过来。"

余科被气笑了："哦，所以你也知道这东西不行是吗？"他站起来，叹了一口气，"厂家在哪儿？下午你跟我一起去一趟，我亲自和他们聊。"

赵经理的脸色变得有些难看，他说："余总，没这个必要吧？"

"有没有必要是我说了算的。"余科说，"我说有，那就有。"

事已至此，赵经理没法再说什么，只好硬着头皮把新厂家的联系方式交给了余科。

陈七安跟着余科回到沈觉的办公室的时候，发现那人竟然不在。

"不知道跑到哪儿忧郁去了。"余科说，"七安，要不你先把手头的事情放一放，找找他去？"

直属上司玩失踪，她这个名义上的助理确实不好推托不去找人。

"好，我这就去找他。"

"找到他，安慰他。"余科语重心长地说，"其实沈总很脆弱的。"

脆弱……

陈七安心说：我看他损我的时候，一点儿都不脆弱。

吐槽归吐槽，陈七安其实也还是有些担心沈觉的。

都说搞艺术的人比普通人更敏感，虽然没办法对沈觉完全感同身受，但这件事对他的伤害，她也是可以想象的。

她先是去了公司的楼顶，没见到人，然后又满公司转悠，依旧没找到他。

陈七安到处都找了，到后来自己也有些着急了。

他不会想不开吧？

应该不会，不至于到这地步。

在陈七安看来，沈觉是绝对不可能想不开的，但不排除他发神经去手刃了开发部的赵经理。

陈七安被自己脑补的剧情给吓着了，一刻不敢耽误，继续找人。

就在她恨不得在全公司发"寻人启事"的时候，突然又想起了一个地方。

她想都没想就推开公司的门跑了出去，很快就看见了那个不久前在深夜让沈觉湿了身的喷泉。

陈七安抱着赌一把的心态往那边走去，没想到真的看见了坐在喷泉对面的沈觉。

工作日的上午时分，这里人很少。

沈觉坐在他们之前吃夜宵的长椅上，面对着正在喷水的喷泉。

陈七安松了一口气，还好。

她朝着沈觉的方向走去，走了几步之后突然发现，他身边竟然还坐着一个人。因为角度问题，她看不到那个人是谁，但可以确定的是，那是个长发飘飘的女孩子。

陈七安缓缓停下脚步，不知道为什么，突然之间有些失落。

原来，自己不是第一个找到他的人。

陈七安很清楚，自己根本不应该在意这些事。

谁找到他又能怎么样？谁先坐在他旁边又能怎么样？

可人不只有理性思维，当她看着他们的时候，还是忍不住有些沮丧。就好像她笨拙地捧着一个馒头想要去献给某个人，结果却发现对方面前已经摆了一桌她没见过的山珍海味。

她在那里站了一会儿，调整了一下心情，之后对自己说：既然沈觉有人陪，那我就先回去吧。

毕竟，还有很多工作等着她。

然而走了两步之后，陈七安还是没忍住停住了脚步。

她回头看向他们，很好奇坐在沈觉身边的人是谁。

虽然知道不应该，但陈七安还是绕到了喷泉后面。

被喷泉的水掩护着，她躲在后面，偷偷地看了过去。

让陈七安没想到的是，坐在沈觉身边的人竟然是周曦。

两个人并没有紧挨着，保持着差不多半个人的距离。

他们似乎也并没有聊天，只是各自安静地坐着。

或许是因为风和日丽天朗气清，正在喷洒着水的喷泉又让这气氛看起来有些浪漫，陈七安一时间竟然觉得沈觉很帅，周曦很漂亮。俊男美女的画面相当和谐，就像她曾经看过的画面动人的偶像剧。

然而，这样的和谐画面莫名其妙让她心里发酸。

陈七安察觉到自己的异常情绪，赶紧回魂，告诉自己不管这两个人有没有关系、是什么关系，都跟她无关。

她收回视线，却又忍不住再次探身看了过去。

就在这时，喷泉竟然猝不及防地停了下来。意识到所有的水柱都收起了，陈七安赶紧转回来，躲在了旁边的石柱后面。

她惊魂未定，深呼吸，稍微缓和了些紧张情绪后叹了一口气，准备离开。

"你在这儿干吗呢？"

突然，有人走了过来。陈七安抬头一看，直接心跳骤停了。

沈觉板着张脸站在她面前，像看傻子一样看着她。

如此戏剧化的一幕场景让陈七安差点儿晕过去。

她想：这是天要亡我啊！

"我……"陈七安回头看了一眼长椅的方向，见周曦正站在那里看着她。陈七安紧张地吞咽了一下口水，尴尬地站起来对沈觉说："余总让我来找你。"

"找我？"

"嗯，他怕你心情不好，担心你。"陈七安停顿了一下，嘟囔着，"不过现在看来，好像也不需要我找，你的心情应该还可以？"

陈七安发誓，她没有故意阴阳怪气地说话。但这话听在沈觉的耳朵里，他觉得她就是吃醋了。

沈觉也看了看周曦的方向，竟然莫名其妙地有些开心。

他仰头看了看天，又低头看了看陈七安被水打湿的鞋尖，说："她跟着我出来的。"

"唉，她也是担心你。"

"我什么都没跟她说。"

"啊？哦。"陈七安心想：这不重要啊。

"本来心情确实挺糟的，但现在好多了。"

陈七安点头："那就好。"

"但你下次能不能早点儿来？"

"啊？"

"还有啊，"沈觉说，"你来了能不能不要躲起来？"

突然，喷泉又开始喷水，两个人站的地方刚好会被溅到。

水洒在陈七安跟沈觉的身上，两个人都没躲，只是看着对方。

沈觉抬手，在陈七安的眼前用手遮了个"小帐篷"，看着她挂了水珠的睫毛，问她："看够了吗？"

"我没看你啊！"说完，陈七安转身就走，走出几步，莫名其妙地笑了起来。

沈觉跟陈七安回到公司，直接上楼去跟余科碰面。

余科见人回来了，松了一口气，说："你怎么跟小孩似的，不开心了还离家出走？"

沈觉拉开椅子坐下，没理会他的抱怨，而是说："你下午要去那个新厂家？"

"是有这么个计划。"余科说，"我刚刚跟以前合作的那家老板通过电话了，他们的成本确实上涨了，不过涨得不算夸张，在合理范围内。"

沈觉看着他没说话。

"还有，老厂家涨价之后的报价并不比新厂家高多少，赵经理说是为了控制成本才换新厂家，我不太相信。"余科说，"而且，连续两次打样品效果都这么差，很明显这个新厂达不到我们的合作要求，赵经理却一直很维护这个新厂，我总觉得这里面有猫腻。"

沈觉想了想，扭头问陈七安："下午有事吗？"

"有啊。"陈七安不假思索地回答。

"那你也跟我走一趟吧。"

陈七安撇了撇嘴，小声吐槽："你都做决定了，还问我干吗？"

余科惊讶地问他："你打算下午过去？"

"对。"沈觉深呼吸，"你忙你的去，这件事交给我吧。我亲自去会会这家工厂。"

说完，他起身回了办公室，走之前对陈七安说："下午等我的电话，你跟我一起去。"

见周身充满低气压的沈总离开了办公室，陈七安紧张地问余科："余总，我需不需要带点儿什么防身的东西？沈总不会跟人打起来吧？"

余科笑她："不用，他不是那么冲动的人。"

"那就好。"陈七安听他这么说就放心了，准备回去抓紧时间处理手头的工作，毕竟下午还要跟着沈总出外勤。

她刚拉开办公室的门要离开，余科又突然叫住了她。

"七安哪！"

陈七安回头。

余科突然露出尴尬的笑容，对她说："要不你还是带着点儿吧，到时候万一真起了冲突，你们也不至于太惨。"

"好的余总，我明白了。"

陈七安非常听话，回到办公室就把抽屉里的防狼喷雾放进了包里。

沈觉中午叫陈七安一起去吃饭，打算两个人吃完直接去新工厂。

但陈七安想都没想就给拒绝了。

"我中午不吃了，"陈七安说，"工作做不完。"

她要在今天整理好每一个配音演员的试音和报价。

沈觉凑过去看了一眼，陈七安忙得甚至没抬头看他。

"行，那你先忙。"沈觉拿起她的水杯，去茶水间给她接了杯水放在手边，然后就离开了。

陈七安忙了一中午，终于在午休结束前将资料全都整理好了。

周曦吃完饭回来看到她，有些意外："你没休息？一直在弄这个？"

"对，下午要出去，怕耽误进度，"陈七安说，"我得准备走了。要整理的资料都做好了，报价我发给你了，你再检查一遍看看，没问题的话就申请费用吧。"

"好。"

周曦看着陈七安着急忙慌地背着包往外走，打开抽屉拿了个能量棒，追出去塞给了她。

"路上吃两口，"周曦嘱咐，"别太累。"

之前偷看周曦跟沈觉却被当场抓包，这导致陈七安今天每次跟周曦说话都觉得特别尴尬。她想解释点儿什么，但又不知道应该怎么开始这个话题，更何况今天忙，两个人也没有独处的时间。

但周曦似乎并不是很在意，对陈七安依旧温柔体贴。陈七安让她帮忙做的事，她也都做得尽善尽美。

"好。"陈七安对她笑了笑，"谢谢。"

陈七安接过周曦给她的能量棒，然后快步朝着外面走去。

沈觉已经在外面等候多时。

沈觉的车还没提回来，余科特意把车给他开，说是工厂在城郊，他们往返不方便。

陈七安出了公司就看见沈觉倚着车门等在那里。

看到她之后，他朝着她的方向打了个响指，示意她上车。

陈七安下意识地去拉后排座位的车门，沈觉不悦地说："什么意思啊？你当我是司机？坐前面来！"

经他这么一说，陈七安也意识到有些不妥，关上后面的门，坐到了副驾驶座的位置上。

她一上车就看见一个有些眼熟的东西，直接恍惚了一下。

陈七安知道这是余科的车，但余科的车上怎么会有口红呢？

Dior 的口红其实很常见，但不常见的是它的口红皮套。

不久前方凝熬夜看直播购物，买 Dior 新款口红就赠送一个可以刻字的皮套。

陈七安凑近，还没来得及看清楚，一份打包的肯德基外卖就被递到了她的面前。

"没吃饭？"沈觉说，"给你买的，不用谢。"

陈七安惊讶地看着他："你给我买的？"

"很感动吧？"沈觉把一大袋子肯德基外卖塞到陈七安怀里，又示意她快点儿系好安全带，"一共一百五，记得转账给我。"

"一百五？"陈七安瞬间头晕，赶紧说，"那我不吃了。"

沈觉笑出了声："逗你的！看你那抠门的样子！放心吃吧，不跟你要钱，我请客。"

说着话，沈觉发动了车子，掉头缓缓驶出了创意园区。

陈七安对这个人几乎可以说是完全没有信任感，掏出手机，打开录音功能："你重新说一遍。"

沈觉瞥了一眼她的手机，无奈地笑道："你这人怎么这样？"

"我这叫谨慎，现在诈骗事件太多，让人防不胜防。"

沈觉"喊"了一声，对着她的手机说："我，沈觉，自愿请陈七安吃肯德基，一共一百五十块零六毛，不收陈七安一分钱。"

"日期。"

"你差不多行了啊！别得寸进尺！"

陈七安笑着保存了这段音频，然后才安心地吃了起来。

"X星球"公司在西四环，这个新工厂在城市最南边的郊外，路程很远，但好在一路畅通。

两个人来之前已经跟这家工厂的负责人联系过了。负责人给了他们一个电话号码，让他们到了之后和这个人联系。

见陈七安这一路上吃饱之后就拿着手机处理工作上的事情，沈觉说她："你怎么看起来比我还忙？"

"我就是比你忙，"陈七安说，"所以你不要打扰我。"

"喊。"沈觉翻了个白眼，但之后确实不敢再吵陈七安了。

他们抵达目标地点之后，开着车转了好几圈才找到那个所谓的工厂。

说是工厂，其实那就是个小作坊。

沈觉停好车之后站在路边看着这连牌子都没有的作坊，有一种很不祥的预感。

陈七安站在他旁边，没忍住说了一句："看起来应该真的挺节省成本的。"

沈觉怨念地看了她一眼，让她打电话给那个接待人。

陈七安领命，立刻打电话，对面的人接得倒是快，来得也很快。

"沈总是吗？"来人是一个看起来二十出头的男人，态度倒是非常好，点头哈腰的。

"你好。"沈觉在外人面前倒是挺有成功男人该有的风范，"怎么称呼？"

"沈总你好，叫我小赵就行。"

"小赵啊……"沈觉点了点头，对他说，"今天就麻烦你了。"

"应该的，应该的。"这个小赵相当谄媚，甚至想要帮陈七安提包。

陈七安被吓得赶紧往后躲："我自己来就行，谢谢啊。"

小赵带着他们往工厂里面走去，工厂就是一间平房，简陋得很。

小赵说："沈总，我们老板今天有事不在，负责人临时出去办点儿事，可能要很晚才能回来。"

"没问题，我们等就是了。"

陈七安看看沈觉，突然觉得自己今天可能又要加班到很晚了。

听了沈觉的话，那个小赵看起来很紧张。

他说："沈总，我先带你们去办公室喝点儿茶。"

"不用了，你带我们进去转转吧。如果方便的话，我想去看看生产线。"

小赵明显惊慌，使劲搓了搓手，说："那个……去看生产线的话，我得向领导申请。"

沈觉周身的气压又低了下来，连身边的陈七安都感觉到了来自他的那种压迫感。

沈觉说："好，你去申请，我们等你。"

小赵"唉唉"地应着，然后去一边打电话。

沈觉跟陈七安对视了一眼，两个人沿着厂房外围慢慢地往前走。

"明知道我们下午要过来，老板不在就算了，其他的负责人也都不在，就留这么一个什么都做不了主的人接待我们。"陈七安说，"这还真是挺微妙的。"

"故意的，"沈觉说，"他们就是故意躲着我们。"

陈七安看向他。

"这里面绝对有问题。"

他们在一扇窗户前停下，从这里看进去，能看到里面的人在忙活，但机器很少，工人也很少。

沈觉的火气已经上来了。

这时候，那个小赵已经打完电话过来了，这才发现沈觉正盯着窗户里面看。

小赵赶紧上前："沈总，实在不好意思，我们领导那边没接电话，我也不敢擅自做主带你进去。"

"不用进去了，"沈觉说，"没必要了。"

他看向小赵："走吧，去你们的办公室。"

小赵似乎松了一口气，带着沈觉跟陈七安快步往办公室的方向走，像是生怕再被看见什么不该看的东西。

陈七安觉得气氛诡异，也开始相信沈觉说的，这家工厂有问题。

两个人跟着小赵进了办公室。

虽然厂房简陋，但领导的办公室倒是装修得很不错，真皮沙发，上好的茶叶。

沈觉看着有些哭笑不得。

"既然你们负责人不在，有些事也没法聊。"沈觉坐在那里，对小赵说，"我过来原本就是想提前看看我们产品第三次打样工作进行得怎么样了。"

"正在做！"小赵赶忙抢话，"前两次是有些失误，但我们已经更换了机器，技术也升级了。"

沈觉可不是来听这些话的。

他对小赵说："我知道你现在也拿不了主意，这些问你也没用。但我来都来了，也不能就这么回去。"

小赵紧张得直咽口水："对，对，那是。"

"我想看一下之前开发部那边送过来的设计图，还有双方签过的一些协议。"沈觉特意说，"我就随便看看，然后我们俩就准备走了。"

一听沈觉说要走，小赵立刻打开柜子去找设计图。

沈觉要看的当然不是设计图，醉翁之意不在酒。

小赵找出一个大文件袋，手忙脚乱地拆着。沈觉实在看不下去了，站起来直接从他手里将文件袋接了过来。

"我自己来吧。"

沈觉回头看了一眼陈七安。

陈七安立刻起身过来，掏出了手机。

沈觉拿出里面的资料，一份一份地打开看。

"哦，对了，"沈觉突然抬头问小赵，"洗手间在哪儿？方便带我去一下吗？"

"好，好！"小赵现在就盼着这两个人赶紧走。他刚来厂里不久，突然被安排接待他们，领导给的指示是：不许带他们胡乱参观，尽可能糊弄，尽可能让他们快点儿走。

但是领导没说，不许带人去厕所。

小赵带着沈觉去了洗手间，留下陈七安一个人在办公室里。

她一边翻文件袋里的资料，一边把每一页都拍了下来。

等到沈觉跟小赵回来的时候，陈七安已经将资料全都拍完了。

沈觉回来之后只是意思意思地随手翻了翻资料，然后跟陈七安交换了一个眼神，对小赵说："那今天就这样吧，负责人不在我们就不多打扰了。"

小赵明显开心了，恨不得敲锣打鼓地送走这两个人。

陈七安跟着沈觉上了车，笑着冲小赵挥手道别。

"真是个天真的小伙子呀。"陈七安忍不住感慨。

沈觉瞥了一眼车窗外的小赵，酸溜溜地说了一句："我也是天真的小伙子。"

陈七安蒙了："啊？"

"没事！"沈觉开车载着陈七安离开，问她，"怎么样？有什么问题吗？"

"有大问题。"

沈觉一听她这么说，转了弯之后就把车靠在路边停了下来。

陈七安拿出手机，调出合同的照片，将最后签名的地方放大。

"熊大伟？"沈觉皱着眉看着这个签名。

这个工厂的老板叫熊大伟。

熊大伟、熊大志。

"沈总，你觉得是我们多想了吗？"

沈觉的火气快要压不住了，如果他猜想得没错，那么就意味着，开发部的人跟熊大志在背后搞小动作，利用公司的重要项目敛财。

也难怪开发部的负责人这么维护这家工厂了。

"回公司。"沈觉一脚踩下油门，吓了陈七安一跳。

陈七安说："沈总！你冷静！我们现在还没有确凿的证据！"

"还要什么证据？等会儿回去我就把这照片拍到熊大志的脸上去！"

"那他要是不承认呢？"陈七安说，"如果他说并不知道这件事，我们怎么办？"

沈觉咬牙切齿，但说不出话来。

"所以，我们得智取。"

沈觉看了她一眼："你又有什么主意了？"

"暂时还没有。"

"那就快想！"沈觉说，"你这个助理也该努努力了吧！"

"知道了，知道了！"陈七安说，"这件事交给我，我保证给你一个满意的结果。"

陈七安说完，低下头仔细地翻看那些资料的照片，嘴里还念念有词："沈总，你说熊大志会不会觉得我这是在公报私仇啊？"

沈觉嗤笑了一声，说："什么叫公报私仇？别说得好像冤枉了他一样，他就是活该。"

陈七安扭头看向沈觉："你怎么好像比我还讨厌他？他也挤对你了？"

之前熊大志确实好几次当众不给沈觉面子，不过沈觉也没给他好脸色就是了。

但是，他之所以这么厌恶熊大志，除了这些，以及熊大志在工作上搞小动作之外，还有很重要的一部分原因是，熊大志一直欺负陈七安。

陈七安是谁？

她是他沈觉苦等已久的人，自己都舍不得欺负，那家伙却真的把陈七安当成不起眼的蝼蚁。

沈觉突然想到，这是自己如今看得到的事，在过去那些年里，不知道陈七安经历过多少这样的事。

陈七安突然发现这家伙不说话了，以为自己又说了什么惹他不高兴的话。

"没关系，"陈七安说，"等着我帮你出气。"

沈觉苦笑："你帮我出什么气？"

"他不是也挤对过你吗？你自己不好意思跟他较劲，觉得有失身份，但我不怕，反正我本来也没什么身份可言。"陈七安说，"这事交给我，我帮你收拾他！"

沈觉笑了："护花使者啊？"

"你是花吗？"陈七安说，"你顶多是温室里长大的猪笼草。"

"你骂我是猪？"

"我说的是猪笼草！不是猪！你有没有文化啊？"

"你才没文化！"沈觉说，"你就不能找个名字好听的东西来比喻？"

"行，那你说，你想叫什么？"陈七安故意逗他，"狗尾巴草？猴头菇？还是猕猴桃和火龙果啊？"

"闭嘴吧你！"沈觉烦了。

他发誓，如果真的有时光机，他一定要回到小时候，去告诉那个礼貌可爱的小仙女，在未来成长的过程中一定要小心一点儿，千万不要放任自己野蛮生长！

又把沈觉惹生气了，陈七安忍不住想笑。

别人气沈觉的时候，陈七安会觉得很有压迫感，甚至会担心他。她自己气沈觉，却觉得特别有意思。这家伙被她气得哑口无言地生闷气的样子实在过于可爱了。

她看着沈觉，突然说："沈总，其实相处久了我发现，你也没那么讨厌。"

"讨厌？"前面红灯，沈觉猛地踩了刹车。

他这一嗓子吼出来，陈七安差点儿耳鸣。

"你小点儿声。"

"你刚才说什么？"沈觉说，"你说我讨厌？"

"我说你没那么讨厌。"

"你的意思是，我之前很讨厌？"

陈七安不说话了，揉了揉耳朵，决定不再惹这个人。

"陈七安，你给我把话说清楚，"沈觉不依不饶，"谁讨厌？"

"我讨厌。"陈七安服了他了，"我是天底下最讨厌的人，可以了吗？"

"不行！"

"这也不行？"

沈觉提了一口气，对她说："警告你，不许再这么说！我不讨厌，你也不讨厌。"

"那谁讨厌？"

两个人对峙着，沈觉的手机突然响了，他看了手机一眼，来电人是余科。

于是，沈觉说："他讨厌！"

陈七安没绷住，笑了出来。

在沈觉气鼓鼓地接电话时，陈七安一直带着笑意看着窗外，透过车窗看到映出的沈觉的侧脸，轻声说了一句："幼稚！"

陈七安跟沈觉往公司走的时候，熊经理已经焦头烂额。

开发部的人跟沈觉他们开完会后，赵经理直接来销售部把熊经理叫到了外面。

两个人避开人群，鬼鬼祟祟地来到了公司后面的空地上。

确认周围没人之后，赵经理说："熊哥，这跟咱们刚开始说好的情况不一样啊！"

赵经理觉得自从"安安兔"第二拨产品开始打样，他这头发是一把一把地掉，早知道就不跟熊大志一起搞这种事了。

"熊哥，"赵经理点了支烟，一脸苦大仇深的表情，"当初你跟我保证过的，说是肯定不会出问题。"

赵经理跟余科他们倒是没完全说谎，以前合作的那家工厂涨价是真的，不过倒是不至于合作不下去。但那会儿刚好熊大志知道了这件事，来找赵经理，说自己认识一个工厂的老板，可以介绍一下。

他所谓的介绍一下，当然不只是"介绍"那么简单。

熊大志直接跟他说只要谈成合作，给他百分之几的提成。

熊大志这么一说，赵经理一下就明白了这工厂肯定跟熊大志有关。一开始不太敢做这事，但架不住熊大志整天洗脑式劝他，他很快就动摇了。

"熊哥，你知道我肯定是信得过你的，但你不能坑我啊！"赵经理说，"第一次打样我糊弄过去了，争取到了重来的机会。那会儿我就提醒过你了，你也保证了，说是第二次肯定做好，结果拿回来这东西……"

赵经理用力抽了一口烟，又揉了揉太阳穴："我一开会就挨骂，项目进行不下去，咱谁都拿不着钱！"

熊大志当然明白，继续这么下去，别说赚钱了，光是开模费就能掏空他的家底。

"你放心，我肯定给你解决这事。"

赵经理无奈地看着他，抽完一根烟之后，对他说："熊哥，我这头不能再拖了，继续这么下去我可能就直接走人了。最后一次，这次要是再不行，我只能找别人了。"

熊大志也心烦，没想到这个沈觉这么难对付。

"知道，知道，"熊大志烦躁不已，"你就放心吧。"

赵经理踩灭了烟头，走的时候嘟囔着："还放心呢……我能放心就怪了。"

赵经理走后，熊大志一个人在外面转悠了一会儿，远远地看见余科的车从园区大门口驶进来，这才回了办公室。

沈觉跟陈七安回到公司后把拍到的资料拿给余科看，余科眉头紧锁，然后坐在那里沉默了好久。

"据我所知，熊经理确实有个哥哥。"余科回忆，"前两年，他哥哥做生意被人坑了不少钱，熊经理来找我，预支了半年的工资去给他哥还债。"

沈觉跷着二郎腿坐着，听见余科的话，笑了："这么看，他对他哥倒是挺有情有义的。"

"有情有义啊？"余科说，"可能叫利益共同体更准确，因为后来我发现，当时他哥被骗的那笔生意是他们两兄弟一起做的，他哥在台前他在幕后。"

余科看向沈觉："我这么说，你想到什么没有？"

沈觉微微皱眉，转过去看向了陈七安。

陈七安说："余总，你的意思是，这家工厂真正的老板可能是熊经理？"

"我不确定，现在去问，他也肯定不会承认。"

"我来想办法套套他的话。"陈七安说，"我的工位就在销售部，我跟他可以说是朝夕相处了，他总会露出马脚的。"

沈觉"啧"了一声："你措辞能不能注意点儿？"

"我怎么了？"

"什么叫'朝夕相处'啊？"沈觉说，"不知道的人还以为你俩关系多密切。"

陈七安像看神经病一样看他："你怎么连这种字眼也要抠？"

余科在一边憋着笑，让他们俩别吵了，该干什么干什么去。

陈七安先一步离开了余科的办公室，觉得自己的脑细胞快被熊经理给折腾没了。

她一走，余科就问沈觉："如果我们现在更换新的厂家，你觉得还能赶在'双十一'之前让产品上市吗？"

"只要我们想，就一定做得到。"沈觉说，"现在这家工厂肯定不能再用了。"

他看着余科开玩笑似的说："可能这次你要少赚点儿钱了。"

余科笑出了声："好啊，那你自己补给我。"

"我补给你个头！"沈觉说着站起身，也准备离开。

余科问："你干什么去啊？"

"我去销售部看看，别再让熊大志欺负了她。"

陈七安回到办公室的时候周曦已经处理好了她交代的工作，配音老师的报价已经发给财务，外包公司修改后的动画视频也已经发了过来。

"辛苦了。"陈七安站在周曦身边，这个位置距离熊经理的工位只有几步之遥。

熊经理正坐在工位上喝咖啡。他自然是焦虑的，但故意表现出一副优哉游哉的样子，想着怎么从陈七安嘴里套点儿话出来。

陈七安知道这家伙心里有鬼，故意大声跟周曦说："刚才我跟沈总去了'安安兔'第二拨产品合作的新厂家，不去不知道，一去吓一跳。"

她说得很夸张，周曦听着都一头雾水。刚到销售部办公室门口的沈觉也听见了这句话，没急着推门进去，而是站在门口"偷听"起来。

周曦问她："怎么了？"

陈七安用余光瞄了一下熊经理，发现那人在她说出那句话之后，下意识地坐直了身子，还整了整衣服。

陈七安说："算了，待会儿我单独跟你说。这么多人在，我说人家的是非不合适。"

门外的沈觉嗤笑一声，心说：你还挺能卖关子！

周曦知道她这些话是说给熊经理听的，没多说话，只是看了看陈七安。倒是熊经理，阴阳怪气地开了口："知道说人是非不好，你还在这儿说。"

"我这不是没说嘛。"陈七安转过去看熊经理，"不过，我怎么觉得熊经理对这个新工厂有点儿好奇啊？你是不是也想听八卦？"

熊经理冲着她不耐烦地翻了个白眼："你当我们都跟你似的，有人撑腰每天不工作，到处传播谣言？"

"我可没传播谣言，今天的事都是眼见为实的。"陈七安拍了拍周曦的肩膀，神神秘秘地说："等会儿单独跟你说！"

她回到了自己的工位上，又假装打电话，忙得头都不抬。

站在外面的沈觉听完了这一场"相声"，突然意识到，自己担心陈七安可真是太多余了，那家伙的小把戏比他都多。

沈觉回了自己的办公室，越琢磨越觉得她有趣。

陈七安一直忙到下班。其间熊经理好几次暗示她，想套她的话，她都当听不懂，什么都不透露。

晚上下班，沈觉发消息来问陈七安什么时候走，说是有事找她。

陈七安回复："有要事在身，等一下联系你。"

沈觉在办公室里气个半死，跟余科吐槽："她竟然敢拒绝我？"

"有什么不敢的？她可是陈七安。"

余科说完，潇洒离开，留下沈觉自己在办公室里生气。

他气他的，陈七安是真的有"要事"。

整个销售部，熊经理不走就没人敢先走，这是他们历来的传统。

但陈七安不管那么多——毕竟她现在已经不归熊经理管了。

到了下班时间，陈七安收拾好东西就站了起来，往外走的时候还故意演戏给熊经理看，假装打电话给朋友，话里话外提到了那个新工厂。

她往外走的时候，步子放得很慢，出了办公室，注意力都放在身后。

熊经理很快就跟了上来，故意走得很慢地跟在陈七安后面，想偷听她打电话。

陈七安早就料到他根本不是沉得住气的人，猛地回头，十分刻意地捂住了手机，像是生怕被他听到什么一样。

两个人对峙着，熊经理指着她警告说："别怪我没提醒你，咱们公司的事你少往外面说，万一出了什么事，你就倒大霉了。"

陈七安笑："熊经理，你想多了，我没跟外人说。今天我和沈总去了新工厂，那边的负责人跟我们说了点儿秘密，我们真是……怎么都想不到……"

"想不到什么？"熊经理明显紧张了起来。

"唉，不能说，刚刚你才提醒过我，公司的事情可不能跟外人说。"

"我算什么外人哪？咱们俩比，我在这儿的时间可比你长多了。"

"啊，也对。"陈七安笑得特纯真，"其实就是新工厂的事，我跟沈总去了一趟，发现些比较棘手的问题。"

"棘手的问题？"熊经理追问，"什么问题？"

陈七安故意对他意味深长地笑了："对啊，你说是什么问题呢？"

说完，她转身就走了。

熊经理站在原地，已经被吓出了一身冷汗。

他见陈七安消失在转角处，掏出手机拨了电话号码。那边的人才接起来，他就低声怒吼起来："我不是说了躲起来，怎么还是让他们见着人了？还有你们怎么回事？两次打样都不成，你们想亏死我吗？"

陈七安就停在拐角处没走，开着手机的录音功能，听见熊经理发完火之后跟人约在某个咖啡店见面。

陈七安见他打完电话，赶紧跑走，一出公司就看见了黑着脸站在门口的沈觉。

"慌里慌张的干吗呢？"沈觉说她，"后面有鬼追你啊？"

陈七安怕熊经理看到他们，二话不说就拉着沈觉躲到了树后面。

沈觉多纯情一个人哪，突然被她拉了手，整个人都紧张起来了。

他故作淡定地问："你拉我的手干吗？"

陈七安可没拉他的手，拉的是他的衣袖。

"嘘！小点儿声！"陈七安带着他在树后面躲着，很快就看见熊经理大步流星地出了创意园区。

陈七安说："他可能要去见工厂负责人。"

"你怎么知道？"

"先别问，你就说咱们跟不跟？"

沈觉有些激动，没想到自己上班也能演一出"谍战戏"。

看着陈七安那认真的样子，他有点儿想笑，点了点头，坚定地说："那肯定要跟。"

两个人对视一眼，彼此的目光都相当坚毅。

熊经理的车就停在园区外面的路边，陈七安和沈觉鬼鬼祟祟地跟出来后直接拦了一辆出租车，很快就跟了上去。

司机大哥也是有意思，见他们俩神神秘秘地跟着前面的车，问："你们这是要去捉奸哪？"

沈觉刚想解释不是，但陈七安突然笑着说："差不太多吧！大哥你可得给我们跟住啊！"

"放心吧你！"司机大哥倒是很有自信，"这种事我最擅长了。"

沈觉都惊了，心说：还有人擅长这事呢？

他们一路跟着熊经理的车，在路上陈七安大致给沈觉讲了一下她回办公室后发生的事情。

"他很明显是心虚。"陈七安说，"我故意诈他，说我们见到了负责人。"

"可以呀你，说谎都不带脸红的。"

"还行吧，谢谢沈总夸奖。"

沈觉忍不住想笑，也不知道怎么了，自从知道陈七安就是他要找的人之后，越看越觉得她可爱。

很久以前他听说过一句话，大致意思就是：当你觉得一个人可爱的时候你就完蛋了。

所谓的"完蛋"，自然就是沦陷了。

沈觉不自觉地盯着陈七安看。当陈七安转过头来看他的时候，这奔三的大男人竟然瞬间脸红了。

"你怎么了？"陈七安诧异地看着他。

"没事，"沈觉将目光转向窗外，把车窗开了条缝隙，"车里有点儿闷。"

沈总纯情，现在一跟陈七安对视心里就小鹿乱撞。

熊经理跟人约的咖啡店离公司很远，一路跟过去，陈七安都有些焦虑了。

好不容易到了地方，他们下车的时候，司机大哥对他们说："加油！弄死那对狗男女！"

陈七安尴尬地笑了笑，对大哥说："好，我们加油，谢谢您。"

旁边，沈觉已经忍不住转过去大笑起来。

两个人偷偷摸摸地跟着熊经理进了那家咖啡店，进去后很顺利地在熊经理后面找到了空位置。

咖啡店高高的沙发靠背刚好能挡住两个人。两个人跟熊经理隔着沙发靠椅背对背坐着，支棱着耳朵听他们说话。

那两个人一见面就吵了起来。

熊经理说："到底怎么回事？我跟你说了这事被发现我们就完了！"

"被发现？"对方这会儿似乎也正在气头上，"现在我们已经快完了！"

那人说："不是你说的吗？最普通的机器随便做做就行了，现在倒好，反复开模反复打样，每次拿回来的东西都说不行！我们损失了多少钱？你知不知道我外面欠着多少钱呢？"

沈觉跟陈七安互相看看。陈七安拿着手机，示意他自己一直在录音。

沈觉对她竖了个大拇指，很想感慨一句：你不去做特工，可惜了。

那两个人吵得凶，都埋怨对方。

听他们的对话大致已经可以确定这个新工厂的合伙人之一就是熊大志，但陈七安总觉得还差了点儿关键的证据。

就在这时，坐在熊经理对面的那个人突然气急败坏地说："熊大志你别逼我！你看看现在，当初答应的条件你做到哪个了？你说接下这个项目绝对能大赚，还大赚呢，我的家底都快赔进去了！"

熊大志紧张地说："你小声点儿！"

他满腹怨气地想了想，最后说："这样，你听我的，他们这次不是重新打样了吗？好好做，成本高些也没事，你们做不了，出去找别人做，总之这一次拿出去的打样品必须过关。"

"那得多少钱哪？！"

"这不是钱不钱的问题！你能不能把眼光放长远些？如果这次打样品再不过关，这项目就黄了！咱们前期投入的钱就都白费了！"熊大志咬牙切齿地说，"打样给他做好，糊弄过去，签了确认书，交了定金，等出大货的时候给他换成便宜的材料，多少钱都赚回来了。"

陈七安听到他这么说，看了一眼沈觉恨不得立刻提刀杀人的表情，默默为熊大志捏了把汗。

熊大志想了想，又说："不对，不能只收定金。"他跟那人说，"到时候你就说大货成本太高，我们小工厂负担不了，让他们先付一部分货款。"

"这也可以？"

"他们开发部的赵亮跟咱们一伙的，这事他会想办法。"熊大志说，"你就照我说的办，不准再出岔子了。"

赵亮。

沈觉深呼吸，气得头晕，心说：果然，这里面果然还有赵经理在掺和。

不过偷听到现在，陈七安跟沈觉倒是终于满意了。托熊经理的福，他们需要的所有证据都齐全了。

人不作死就不会死。人要是作死……陈七安觉得，自己有必要帮熊经理一把，让他早日"上路"吧。

陈七安保存好音频，紧绷的神经终于稍微放松了下来。

"喝点儿什么？"沈觉问。

"啊？"

沈觉说："来都来了，不喝点儿什么东西庆祝一下吗？"

陈七安拿起酒水单看了看："一杯柠檬茶要四十块钱？他怎么不去抢啊？！算了，算了，咱们撤吧。"

"别啊！"好不容易单独出来一次，沈觉可不会这么轻易就结束"约会"。

沈觉说："我真没见过你这么抠门的人。今天我请客，就当是你今天出演'谍战片'的片酬了。"

陈七安笑了："真的假的？不会到时候你又要再跟我 AA 吧？"

"你当我是你？快点儿，过时不候。"

有他这句话，陈七安放心大胆地点了起来。

两个人点了一杯咖啡和一杯蜂蜜柚子茶，因为都还没吃晚饭，索性在店里点了意大利面和牛排。

他们点的东西被端上来时，坐在他们后面的两个人也已经吵完了。

熊经理气得快眼冒金星，站起来说要去一下洗手间，其实就是要去抽根烟。

陈七安听到这话，突然紧张起来，一把抓住了沈觉的手。

沈觉也被吓了一跳，不过不是因为熊经理，而是因为陈七安——她拉我的手了！

沉浸在牵手惊喜中的沈总根本就忘了接下来要干吗。还好陈七安反应快，在熊经理经过他们俩身边的时候，突然用力，将沈觉拉到了自己面前。

两个人靠得很近，陈七安甚至觉得自己能感受到来自沈觉的温度。

他们的鼻尖几乎贴在了一起，两个人突然大脑空白。

熊经理这会儿头脑混乱、心绪烦躁，走过他们身边的时候也没太理会腻在一起的"小情侣"。

等到他走过去后，沈觉突然小声对陈七安说："你的心跳怎么这么快？"

陈七安觉得自己整个人都烧了起来，不用想都知道肯定脸红了。

她从来没跟一个男人这么近距离地接触过，靠得太近了，甚至没办法正常呼吸。

陈七安说："明明是你的心跳快。"

"是吗？"沈觉抬手摸了摸自己的心口，"好像是。"

"就是。"陈七安用手指推开他，"他过去了。"

沈觉慢慢归位。两个人并排坐着，心绪都有些混乱。

他们明明是来当"特工"的，气氛却突然变得有些暧昧。

沈觉想：我们真是太不专业了。

陈七安低头摆弄着手里的纸巾，好一会儿了气息也没有平稳下来。

两个人都坐在那里胡思乱想，等到发现熊经理从洗手间出来时，那人距离他们已经很近了。

沈觉想都没想，再一次转过身，凑到了陈七安面前。

今天一整天沈觉跟熊经理没有打照面，对方不知道他穿什么衣服，没那么快认出他，但陈七安跟熊经理不仅见过还吵过架，两个人每天碰面也过于熟悉。

沈觉为了彻底挡住陈七安，直接把人圈在了怀里。

陈七安一动也不敢动，就这么被沈觉紧紧地抱着。

突然之间，沈觉为她在这个嘈杂的世界圈出了一小块安宁踏实的地方。她仿佛什么都听不见了，只能听到沈觉的心跳声。

因为抱得太紧，靠得太近，沈觉嘴唇就贴在陈七安的额头上。

他们闻到了彼此身上的气味，清清淡淡的香气，都让人有些心猿意马了。

熊经理瞥了他们一眼，路过他们身边的时候厌恶地吐槽了一句："现在的年轻人真是有伤风化。"

陈七安听见他的话，偷偷笑了。

熊经理回去之后喝完桌上的咖啡就走了。

沈觉看着他出门，然后听见陈七安说："其实刚刚不躲着他也行吧？"

"什么意思？"

"反正要录音的证据已经拿到了，"陈七安说，"被他发现我们在跟踪他，好像也没什么问题吧？"

经她这么一说，沈觉也觉得似乎确实是这么回事。

他们已经录完了熊经理跟工厂负责人的对话，很确定这家工厂幕后真正的老板就是熊大志本人，熊大志就是在以公谋私赚"X星球"的钱。

既然这些证据已经有了，他们刚刚其实没必要演什么亲密的情侣。

回想刚刚的亲密举动，两个人莫名其妙地都有些心虚，尤其是陈七安，实在不想承认自己在那一瞬间觉得前所未有的安心。

陈七安有些局促地说："我坐到对面去。"

她起身，坐到了对面的沙发上。

沈觉也不好意思再多看她，更不好意思继续聊刚才的事，生硬地转移话题，让她快点儿吃："牛排都凉了。"

还说熊经理沉不住气呢，他们俩比那个人没强到哪里去。

吃饭的时候，二人之间的气氛也有些微妙。

自始至终他们红了的耳朵就没降下温去。

出了门的熊经理去马路对面找自己的车，刚上车系好安全带，扭头却突然看见咖啡店里似乎坐着两个让他很眼熟的人。

他开了车窗，掏出手机打开拍照功能，不停地放大，果然看见了坐在那里一起吃饭的沈觉跟陈七安。

一瞬间，熊大志的脊背发凉，因为他发现这两个人坐的位置就是刚刚他那位置的后面。

更重要的是，他去洗手间时看到抱在一起的那对情侣，明摆着就是他们俩！

熊大志愣住了，出了一身冷汗。

他拍下了沈觉跟陈七安一起吃饭的照片，大脑十分混乱。

就在这时，陈七安转头看向了他。

陈七安说："沈总，这回我们可能真的被发现了。"

沈觉顺着她的视线看过去，对上了熊经理正在拍照的手机摄像头。

熊大志在发现沈觉跟陈七安的时候，恨得差点儿咬碎了牙齿。

让他更气的是，对面的沈觉竟然还冲他挥了挥手。

熊大志恼羞成怒，把手机丢在了副驾驶座上。

秦三见 著

限定惊喜

下 册

青岛出版集团 | 青岛出版社

第八章
舆论风波

最近这两年熊大志其实没少做利用公司的资源赚回扣的事。余科对他相当信任，从来没查过。他每次都做得神不知鬼不觉的，也就越来越大胆，胃口自然也越来越大。看着"安安兔"系列产品现在如此火爆，光是回扣已经满足不了他的胃口了，所以他才想着利用第二拨产品让自己大捞一笔。

原本熊大志是志在必得的——余科忙得根本无暇过度关注这些事，他想要糊弄余科还是很容易的。但熊大志怎么都没想到，在"安安兔"第二批设计稿刚出来的时候，公司突然空降了一个沈觉，没多久又来了个陈七安。

这两个人不好对付，他已经当他们是眼中钉、肉中刺，总想着把他们从自己的世界里踢出去，却没想到，如今自己竟然栽到了他们的手里。

"想整我？"熊大志愤恨地说，"那就同归于尽吧。"

他最后恶狠狠地又看了沈觉一眼，然后开着车扬长而去。

陈七安看着那辆车远去，对沈觉说："沈总，我现在很担心熊经理。"

"你担心他什么？"

"人在极其愤怒的时候，脑子不清醒的程度跟喝多时差不多。我怕他开车出什么意外，给交警和路人添麻烦。"

沈觉笑出了声："差不多行了，你不如担心担心你自己。"

"担心我自己做什么？"

"明天去办公室，熊大志怕不是要暗杀你。"

"就算要暗杀，那他第一个暗杀的人也是你。毕竟刚才你冲他挥手气他，我可没有。"陈七安一边吃牛排，一边嘀咕着，"我可不能死，还有远大理想没实现呢。"

"远大理想？"沈觉想起小时候她跟自己说长大了要当画家的事。

难不成，她虽然生活辛苦，历经波折，但依旧不忘初心？

沈觉问："方便说说是什么理想吗？"

陈七安倒是坦率："有什么不方便的？不过说出来我怕吓着你。"

"既然你这么说，那我更想知道了。"

陈七安喝了口她的蜂蜜柚子茶，笑得有些意味深长。

"你这个笑容让人有点儿瘆得慌。"

陈七安收敛了点儿，端正了态度说："沈总，实不相瞒，我的远大理想就是……买下你现在住的那栋房子。"

沈觉愣住了，看着陈七安，反复地消化着这句话。

她是什么意思？

她想买我住的房子？

还是她在暗示我，她想搬进来当那房子的女主人？

沈觉内心狂喜，竟然还露出了难得一见的娇羞表情。

然而，他的美妙幻想很快就被陈七安的直白话语打破了，因为陈七安说："不过你也不用太紧张。我一时半会儿攒不到那么多钱，你暂时还是可以安心住在那里的。"

"什么意思？你要赶我出去啊？"

陈七安笑道："哎呀，也不能这么说，不过如果有一天我真的将那栋房子买下来了，那只能委屈沈总另寻住处了。"

　　她越说越难以抑制心底的那种喜悦情绪，就好像她已经一夜暴富明天就能去买那栋房子了一样。

　　沈觉无奈地揉了揉眉心，心说：果然不能对她抱有任何期待，这家伙一丁点儿都不开窍！

　　"沈总，你头疼啊？"

　　"一点点。"

　　"那你……多喝热水。"

　　沈觉真的要被她气死了。

　　陈七安第二天一早到公司的时候，但凡见着个人对方就用奇怪的眼神看她。

　　她打完卡一路往办公室走去，总觉得所有人都在偷偷议论什么。

　　她到销售部办公室门口的时候，刚好遇见出来要去茶水间的周曦。周曦看到她也愣了愣，然后拉着她去了转角的楼梯间。

　　"怎么了？"

　　"你跟沈总的事大家都知道了。"

　　陈七安满头问号："我跟沈总？我们俩有什么事？"她愣了一下，紧接着恍然大悟，"哦，我欠他的钱的事？你不提我自己都忘了。"

　　"七安，在我面前你就不用这样了。"周曦微微皱着眉头说，"我是站在你这边的。"

　　陈七安完全不懂她在说什么："到底发生什么事了？"

　　"今天早上一到公司，我刚打开内部系统就收到了邮件。"周曦说，"一个新的账号，给所有人发了你跟沈总私下约会的照片。原本你进公司就不是走的正常流程，现在大家都知道你是靠着沈总的关系才进来的，难保不会说闲话，你要有心理准备。"

　　陈七安惊了，想起昨天熊大志拍的照片，这件事究竟是谁干的显而易见。

　　不过她确实没想到熊大志竟然使出这样的手段来整他们，低级又幼稚，看来他是真的气急败坏到脑子都不转了。

"没事，"陈七安对周曦说，"我跟沈总什么事都没有，私下见面也是因为工作的事，身正不怕影子斜。不过，有的人故意拍这种照片编故事，还发给大家，我还真是挺好奇他究竟想干什么。"

周曦有些不安，虽然自己对沈觉一直有好感，也试图接近过他，但并不会因为陈七安跟沈觉走得近就希望陈七安倒大霉。更何况，她觉得陈七安真的挺好的。

周曦说："七安，虽然咱们公司不算太大，总部一共就这么些人，但是人际关系其实也没那么单纯。"

她犹豫了一下，还是对陈七安说："有些话其实不应该我来说，但作为朋友，我还是想劝你，如果可以的话，最近不要锋芒太盛。原本你进公司就是特例，这么短的时间内又从销售专员升到了总监助理，很多人盯着你呢。不管是谁发出的这照片，大家都会认定你跟沈总关系匪浅，这对你、对沈总都不太好。"

陈七安很感谢她能跟自己说这些话，也明白周曦在担心什么。

"放心吧，'安安兔'第二拨产品快上市了，我不会因为这些事影响到公司的。"

周曦对她笑了笑，然后先一步走出了楼梯间。

陈七安一个人在那里冷静了一会儿。她还没看到那封编派她跟沈觉的邮件，但相信自己跟沈觉在一起的时候绝对没有做什么出格的举动。

只不过现在的人，更愿意相信自己想要相信的一切说法。至于事实真相，他们或许并不关心。

陈七安的手机突然响了，余科打电话给她，让她到公司后直接去他的办公室。

想必余科也看到那封邮件了。

陈七安乖乖上楼，到余科的办公室的时候见沈觉已经哈欠连天地坐在里面了。

"余总早。"陈七安看了看沈觉："沈总也早。"

余科让她坐："昨晚老沈已经把你们跟着熊大志听到的那些事告诉我了。"

陈七安拿出手机说："我这里有完整的录音，而且已经备份过了。"

"今天早上的照片你看过没？"余科问陈七安。

说到底，陈七安刚来公司没多久，对公司的制度没那么了解，也并不完全清楚如果真的闹出什么风波来，会不会影响到"安安兔"第二拨产品上市。

陈七安被余科这么一问，突然紧张起来，正襟危坐："还没看到，我刚到公司就上来了。"

余科表现出焦虑的样子，满面愁云地坐在那里。

陈七安被他这样子给吓着了，赶紧说："余总，我跟沈总之间真的什么事都没有。我知道公司不允许办公室恋情，绝对不会犯这种低级的错误。"

沈觉一听这话，不乐意了："哎，你这是什么意思啊？你是说跟我谈恋爱是低级错误？"

"你这会儿别添乱！"陈七安可是一点儿都不怕沈觉。

余科见他俩又开始斗嘴，转向别处偷笑。

"行了，行了，你们俩差不多得了，我够头疼的了。"

陈七安有些丧气，低下头跟余科说："余总，对不起，我昨天行事有些鲁莽，给你添麻烦了。"

余科看看她，又看向沈觉："沈总，你就没什么想说的吗？"

沈觉昨晚没睡好，也可以说几乎一宿没睡。

因为跟陈七安短暂地"亲密接触"了一下，导致沈觉这个血气方刚的成年男人心跳加速一整晚。他只要闭上眼睛就会想到陈七安，连冷水澡都洗了两回。

天快亮的时候沈觉才勉强睡着，结果没睡多大一会儿就被闹钟叫醒了。

大设计师沈觉什么时候朝九晚六地上过班哪？但自从陈七安来了公司总部以后，他每天来得比谁都早，走得比谁都晚。

这会儿他困得不行，打个哈欠眼泪都出来了。

陈七安也转过头去看他，发现这个人竟然眼含泪光，于是不解地问："不会吧沈总！跟我传个绯闻你都委屈到哭了？"

余科直接转过身去爆笑。

沈觉无奈地看着陈七安："我这是困的！"

陈七安尴尬地笑了笑："那就好，我还在想呢，要委屈也是我委屈啊……"

"怎么说话呢？"沈觉又不高兴了，"什么叫要委屈也是你委屈？我哪儿配不上你吗？"

"不是，不是，是我配不上您！"陈七安可不敢再招惹他，现在已经够麻烦了。

沈觉怨念地瞥了她一眼，然后叫余科："你，差不多就行了，再笑小心被口水呛着！"

余科咳嗽两声，把笑意压了下去。

陈七安继续乖乖坐着，等着来自余总的严厉控诉。

"你们俩，吵完了？"

"我们没吵架。"沈觉说，"我懒得跟她吵。"

陈七安用余光瞄了一眼沈觉，不再跟他废话，而是问余科："余总，那我们怎么办？怎么做才能把这件事的影响降到最低啊？"

说回正事，陈七安是有些难受的。她很怕因为自己，影响到她最期待的"安安兔"上市。而且她也清楚，"安安兔"也是沈觉的心血，他比谁都期待新品发售那天。

余科若有所思地看着她："我说……"

陈七安紧张地看向了余科。

"我说，我就搞不明白啊，这能有什么影响？"

"啊？"陈七安不明所以地看向了他。

余科说："你们俩又不是什么偶像明星，爆出谈恋爱就人设崩塌粉丝脱粉事业毁于一旦，不过就是普通的帅哥美女，怕什么呢？"

"啊？"陈七安顿觉惊讶感更甚了。

沈觉翻了个白眼，站起来，优哉游哉地给自己接了杯水喝。

陈七安扭头看他，又转过来看余科："余总，你的意思是，这不重要？"

"这是什么重要的事吗？"

"那你一大早叫我过来……"

"我叫你来是因为熊大志的录音在你这里，你难道不应该上班之后第一时间拿给老板听？"

陈七安听完余科的话，突然之间有种拨云见日的畅快感，赶紧把拷贝出来的音频交给了余科。

三个人聊了一下昨天的事情，完全可以断定那家工厂就是熊大志的，而且这件事情开发部的赵经理也参与其中。

余科说："好，我知道了。熊大志平时仗着自己是公司元老，在内部耀武扬威也就算了，竟然开始算计公司，赵经理竟然也为虎作伥。"

"这事你也有责任。"沈觉接了两杯水，将一杯给了余科，一杯放到了陈七安面前，"平时你太纵容他们，现在小鬼当家了，惹一堆麻烦事。"

余科叹气："沈总教育得是。我会立刻叫停跟新工厂的合作，直接让人事部的人跟熊大志解除劳务关系。至于开发部的赵经理，我找他谈谈，处罚肯定不会少。"

余科确实觉得很头疼，原本"安安兔"第二拨产品上市的时间就很紧迫，结果项目重要部门还接二连三地发生这种事，还真有点儿命运多舛的感觉。

"现在留给我们的时间不多了，其他人我有些信不过。"余科说，"接下来'安安兔'第二拨产品的所有事务我亲自接手，尽可能不延期上市。"

"不能延期。"沈觉严肃地看着余科说，"无论如何，不能延期。"

陈七安转过头去看看他，然后又看向了余科，对余科说："余总，如果有什么事我能帮忙的尽管安排，我一定全力以赴。"

余科知道沈觉为什么这么坚定，看着对方点了点头，说："好，那就辛苦你们了。"

陈七安点点头，拿着自己的东西准备出去。

她走到门口时，余科突然叫住了她。

"对了，"余科突然轻咳了一声，然后说，"七安哪，刚才你有一句话我得纠正你一下。"

"什么？"陈七安回头看向他。

余科笑："咱们公司呢……从来不禁止办公室恋情。"

他冲陈七安挤眉弄眼，然后看向了站在一边喝水的沈觉。

陈七安也看了看沈觉，然后中气十足地对余科说："余总，我知道了。不过您放心，我跟沈觉真的是清白的！"

说完，陈七安潇洒地离开，留下沈觉在余科的办公室里满腹狐疑。

"她是什么意思？"沈觉问，"她是不是在嫌弃我？"

余科"嘿嘿"一笑："你想听真话还是假话啊？"

"当然是真话！"

"那可能……她确实是嫌弃。"

陈七安从余科的办公室回到销售部办公室的时候，熊大志并不在。

她一进办公室就被销售部一个特别热衷八卦消息的男同事给拉住了。

"七安，七安！你干吗去了？"

"我？"陈七安觉得他有点儿奇怪，平时自己跟他也就是点头之交，都没怎么说过话，这会儿他怎么这么热情？

陈七安说："余总叫我，我去了一趟他的办公室。"

"啊……余总啊，不是沈总吗？"

陈七安听明白了，这是来闲聊的！

"沈总也在。"陈七安说，"你找他有事？他现在可能还在余总的办公室里。"

她说完就往自己的工位上走去，那个同事竟然又跟了过来。

"七安，你什么时候跟沈总好上的啊？是你来公司之前还是来了之后啊？"

那男同事问这些话的时候，眼睛都在放光——工作时陈七安可从来没见他这样过。

"我早就说，沈总对你不一般，又是给你换桌椅又是给你换电脑的。"

"他给我换桌椅是因为我刚来的时候部门安排给我的那一套桌椅都坏了，键盘托都一直往下掉，不换我没法用。"陈七安坐在位子上，倒是淡定，"换电脑是因为部门安排给我的那一台电脑光是开机就要半个小时，打开文档都能卡死，不换我没法工作。"

她对那个同事说："他给我的从来都不是特殊待遇，而是把我拉到你们的平均水平上来。"

听她这么一说，那男同事尴尬地笑了笑："也是。"

"还有啊，别听风就是雨的，我跟沈总没那种关系。"

她的这句话引得办公室的其他人都看向了她。

因为她不确定熊大志还会在背后做出什么事来，陈七安原本还担心这些谣言会影响到公司，或者"安安兔"的运营。

但既然余总都说没关系，那她也没必要再那么谨小慎微了，该澄清的澄清，该不给好脸色的她也绝对不会给好脸色。

"再说了！人家沈总什么身份哪？！他怎么可能看上我嘛！"

陈七安前面的解释话语，谁也没听进去，但这话一出，同事们竟然纷纷表示：你说得对！

对什么对？！陈七安强忍着才没翻白眼，心说：这都什么人哪，他们真见不得人好是吧！

坐在前面的周曦突然也开了口："七安是沈总的助理，两个人单独相处很正常。我还跟余总一起吃过午饭呢，还能说我们俩有什么关系吗？"

陈七安对周曦笑了笑，又对靠在她的办公桌边的男同事说："还有事吗？没有的话我要工作了。作为沈总的助理，我真的挺忙的。毕竟我不是沈总的女朋友，如果工作出了差错，他对我可丝毫不会网开一面的。"

男同事信了她的话，拍了拍她的肩膀，说了句"加油"，然后回到了自己的工位上。

陈七安回销售部之后，沈觉关上办公室的门，对余科说："肯定是熊大志发的。他昨天拍到我跟陈七安的照片了。"

"这张照片其实说明不了什么，最多就是公司的人茶余饭后多了个八卦话题。"余科说，"只要你们俩别有什么心理负担就行。"

沈觉笑了："我倒是没有。"

"是，你巴不得这绯闻是真的呢。"

沈觉耸了耸肩，看着熊大志拍的这张照片说："构图还不错，就是有点儿模糊，可惜了。"

"你也别太得意了。"余科说，"熊大志这人我还是有些了解的，大智慧没有，但不干净的小手段多得很。这次你们明目张胆地搞他，他肯定会找机会报复你们，这照片就只是提个醒而已。"

"明白。"沈觉盯着那照片看，发现陈七安确实挺漂亮的。

只不过她平时一门心思地扑在工作赚钱上，经常不修边幅。

"昨天你们去新工厂的时候，我已经跟以前的厂商联系过了。他们原本排期都满了，但看在咱们合作这么久的分儿上，愿意帮咱们赶赶进度。"

"辛苦了，"沈觉拍了拍余科的肩膀，"最近这些事没少让你操心。"

余科笑了："这不是应该的吗？毕竟我可是创始人。"他问沈觉，"倒是你，之前说的计划安排得怎么样了？"

"设计稿都已经画好了，只要厂家那边不出问题，基本上可以按计划行事。"

余科搓了搓手，有些兴奋地说："不知道为什么，我比你还期待。"

"我现在其实有点儿担心。"

"担心什么？"余科问，"担心她不喜欢你送的礼物，还是担心她不喜欢你？"

沈觉其实也不知道自己究竟在担心什么，就是总有一种很奇怪的感觉，忐忑不安。

"算了，不传播焦虑感了，"沈觉说，"希望一切顺利吧。"

"希望一切顺利。"余科拍了拍他，"祝我们沈总俘获'白月光'的心！"

熊大志被公司开除的事情很快就传遍了整个"X星球"。

他这个人，平时在公司就作威作福的，仗着自己是元老，到处压榨新人，对谁都不客气，好多人早就等着他翻车了。不过余科也算是给他留足了面子，没跟别人说他被开除的原因。大家私底下猜测，当然也有人说是因为他总欺负陈七安，而陈七安是沈总的人……

陈七安听到这种谣言除了按着人中告诉自己别气晕过去之外，也没法多说什么，毕竟要证明自己没做过的事比登天还难。

熊大志来办离职手续的时候，还特意回了一趟销售部的办公室。

没有了熊大志的销售部，气氛一下就变得轻松起来。大家不用再每天轮流早起去排队给他买咖啡，也不用每天下班后没事了也不敢走，愣是熬到很晚才离开。

办公时间，大家该认真工作还是认真工作，偶尔互相开两句玩笑话还能缓解疲劳。

熊大志迈着步子进门的时候，陈七安正拉着把椅子坐在周曦旁边跟她一起整理线上主题活动入围前十名的作品名单，接下来二人还要再将这十个作品集中发布出来，让网友进行第二轮投票。

整个销售部可以说难得"其乐融融"，结果他一进来，大家瞬间又鸦雀无声。

陈七安抬头看见铁青着脸站在办公室门口的熊大志，突然想起上学那会儿班主任走进教室的场景，真是一模一样。

陈七安没理他，继续跟周曦讨论工作。

熊大志直接走到自己的工位边收拾东西，他的位置离周曦的工位很近，周曦都不自觉地放轻了呼吸。

谁都知道熊大志小心眼，向来睚眦必报。虽然不确定他究竟因为什么被开除，但刚刚他一进门就恶狠狠地瞪着陈七安，任谁都看得出来，这件事跟陈七安有关。

陈七安当他不存在，但这压抑的气氛实在让人有点儿难受。

熊大志收拾东西的时候憋着一口气，将东西摔得震天响，甚至将有些不带走的东西直接狠狠地丢在了地上。

所有人都大气不敢出，祈祷着这个瘟神赶紧发完脾气走人。

熊大志收拾了一会儿，实在气不过，把纸箱往地上狠狠一砸，吓得办公室里的其他人都怔住了。

他转过来看向陈七安。

但陈七安压根不理会他，对周曦说："怎么了？继续啊。"

周曦眼看着熊大志朝这边走过来，一把拉住了陈七安的手。

陈七安看了她一眼，然后听见身后的熊大志说："陈七安，你给我等着。"

陈七安回头看他，见他对自己一副恨之入骨的样子。

陈七安说："熊经理，若想人不知除非己莫为，你当初选择那么做的时候就应该预料到有一天会栽跟头。"

"我不用你来教训我。"熊大志咬牙说道，"跟老子说话前先掂量掂量自己有几斤几两，你配吗？不过有个沈觉给你撑腰，你们两个都等着倒大霉吧！"

"有空在这儿放狠话，你不如先想想接下来去哪儿混饭吃。"门口突然传来沈觉的声音，他踱着步子进来，直接挡在了陈七安跟熊大志中间，"你自己亲手打翻了自己的饭碗，还到这儿来吓唬一个姑娘。熊大志，你真是好有本领。"

熊大志突然上前，一把抓住了沈觉的衣领。

陈七安紧张地站起来想要阻止熊大志，但被沈觉制止了。

熊大志愤恨地看着沈觉，对他说："你又算个什么东西？"

他说完，一拳就打在了沈觉的脸上。

在场的人都被吓了一跳，立刻过来拉住了熊大志。

熊大志丝毫不顾及形象，被拉开了依旧不依不饶地往前扑。

陈七安连忙把沈觉拉到了一边，看到对方的嘴角出了血。

周曦赶紧打电话叫来了保安。

谁也没料到熊大志最后一次到"X 星球"来，竟然是以这种方式被带出去的。

等到熊大志被保安拉走，赶出了公司，陈七安已经拿着纸巾在小心地帮沈觉擦拭嘴角的血。

"你怎么那么冲动呢？"

沈觉一听这话不高兴了："这话你是不是应该跟熊大志说啊？"

陈七安低头笑了笑，然后说："行吧，他冲动。但你明知道他正在气头上，干吗还要刺激他？"

沈觉盯着陈七安看，含混地说了一句："我这不是为了帮你出气嘛。"

"什么？"

"没事。"沈觉从她手里拿过纸巾，"熊大志走了，没人闹腾了，你们收拾一下残局，继续工作吧。"

闹剧终于落幕，大家也该回归正常状态了。

沈觉走出几步，又转过头来问陈七安："你没事吧？"

陈七安已经开始帮着大家收拾被熊大志扫落一地的杂物，抬头看向他说："我没事啊。"

沈觉点点头，擦着他嘴角的伤口离开了。

爱八卦的男同事又凑到了陈七安旁边："沈总对你真好……"

周曦抬头看了看陈七安，然后打断了那个男同事的话："薛哥，这个键盘好像被摔坏了。"

"啊？我看看。"满心扑在陈七安身上想要套取八卦消息的同事被周曦叫了过去。

陈七安松了一口气，赶快收拾好地上的东西，回到了自己的工位上。

她盯着电脑看了一会儿，但脑子里都是沈觉为她出头时的场景，摸过手机，还是给那人发了条微信："谢谢。"

沈觉跷着二郎腿坐在余科的办公室里，看着陈七安的微信，笑得那叫一个得意。

"挨一拳，博美人一笑，挺值吧！"余科在那边阴阳怪气地说道。

沈觉"哼"了一声："你懂个屁。"

熊大志来公司闹了这么一出，很快就被人把消息发在了网上。

一开始是有人爆出视频，说"X星球"员工内讧，在办公时间打架。

但很快，有"知情人"出来爆料说视频里的人是"X星球"的销售经理跟新来的总监，销售经理在公司成立初期就兢兢业业地跟着创始人一路打拼过来，但空降的新总监看他不顺眼，硬是把人挤走了。

一时间网上的人都开始讨伐"X星球"，甚至有人开始挖沈觉的相关信息。

"这个熊大志！"余科气得在办公室里来回踱步，"这明摆着就是他干的！"

余科已经火冒三丈，当事人之一的沈觉却无比淡定。

"你先冷静。"沈觉收起了手机，对余科说，"公关部那边的人已经在准备发公告了，等说明情况，接下来冷处理就好了。"

他优哉游哉地喝了口余科桌子上的茶："我们现在需要费心的不是这事，第二拨产品的打样品做好了？"

余科瞥他："你还真乐观哪！冷处理？他们都开始挖你的私人信息了！"

"让他们挖，我倒要看看能挖出什么来。"沈觉是一点儿都不担心。

一来视频模糊，熊大志几乎挡住了沈觉的所有镜头，沈觉的脸基本没有出镜；二来，他回国时间很短，就算之前在美国，以"沈觉"这个名字留在网络上的信息也非常少。

他是不怕的。

当然，前提是他爸妈看不见。

"我看你是真不知道现在的网友有多厉害。"余科说，"不行，我得想办法尽早结束这件事。"

沈觉心说：你愿意折腾就折腾吧，只要别耽误"安安兔"上市就行。

"这茶不错，"沈觉说，"就是凉了。"

余科正拿着电话找人准备把这次的事情压下去，听见沈觉这么一说，回头看了一眼："哦，那肯定凉了，我昨天泡的。"

沈觉无语了，起身把茶倒了，把杯子给他洗干净了："懒死你算了。"

熊大志闹出来的这场风波让"X星球"在风口浪尖晃悠了两天，后面因为公关发力，扭转了局面，舆论讨伐的角度从"空降的新总监挤走公司元老"转变成了"销售经理吃里爬外，新总监一心维护公司利益"，不仅没让公司和沈觉受到影响，还给品牌赚了流量。

当然，钱没少花就是了。

陈七安说："失策了，早知道我应该去公关部门。"

"你怎么不去公安部门呢？"沈觉看着那些交上来的参赛稿，头也不抬地说，"直接依法制裁熊大志。"

陈七安哼哼："我要制裁，也第一个制裁你！"

沈觉震惊："我又招你惹你了？"

陈七安指了指时间："都这个时候了，你还扣着我让我跟你一起加班，你说你怎么招惹我了？"

主题比赛进入了最后阶段，"安安兔"第二拨产品的预热动画视频也已经基本制作完成。

陈七安今天的工作都已经结束了，结果沈觉非说要亲自过目动画和参赛作品。这人还看得慢吞吞的，这会儿整个公司就只剩下他们两个人了。

"我不是都说了，请你吃饭，还有加班费？"

"要不是因为这个，你以为我会留下？"陈七安托着下巴等着他，"看完了吗？沈总说两句？"

沈觉其实挺惊喜的，没想到参赛作品的质量这么高。

"我以为这些粉丝都是业余选手，随便画着玩、写着玩的，没想到竟然这么专业。"

"是啊。"陈七安说，"所以我就说，早就应该把粉丝调动起来。平时看着不声不响的粉丝其实深藏不露，很厉害的。"

沈觉笑着看她："你是说你自己？"

"没有啊！"陈七安忍不住瞪他，"我可没这么厚脸皮。更何况，我跟他们一比，确实差得远呢。"

她拿起一张画仔细地打量："像这个参赛者，她真的很厉害。我偷偷看过她的微博，她是已经出过单行本的漫画家。"

沈觉看得出她眼里的羡慕之意，对她说："你画得也很好。"

陈七安笑了："谢谢沈总夸奖，能被'安安兔'的设计师夸，说明我可能真的还行？"

沈觉也笑了，但笑容里带着些心疼之意。

他是真的心疼陈七安。

他一直记得她曾经说过长大了想当一个画家。

"你……"沈觉问，"你说你小时候学过画画，那后来为什么放弃了？"

"哪儿有那么多为什么啊？就是不想学了呗。"陈七安不是很想聊这事，转移话题说，"沈总，我们什么时候下班啊？我很饿了。"

"现在就走吧。"已经很晚了，沈觉确实也不好再拖延时间。

其实他只是想多跟陈七安独处一会儿，于是就借着这个理由强行把人扣了下来。

余科说他："你真行，以权谋私，这要是发到网上，网友能骂你三天三夜。"

沈觉当听不见，毕竟也没别的办法了，陈七安这人简直就像斩断了情丝，完全不给他任何搞暧昧的机会。

她不是适龄女青年吗？怎么她就一点儿谈恋爱的想法都没有呢？

沈觉搞不懂她，这人该不会……？

他看着陈七安，倒吸了一口凉气。

陈七安收拾好东西站起来，疑惑地看着他："又怎么了？"

"没事。"

沈觉心说：应该不能，应该不至于。

她应该不会……不喜欢男人吧？

陈七安当然不是不喜欢男人。她曾经也差点儿对着身材诱人的男明星流口水。

但对当下的她来说，更重要的事是赚钱，温饱了才能思淫欲。

沈觉一时沉浸在陈七安不喜欢他的悲伤情绪中。

但他这个人，情绪来得快去得也快。既然陈七安现在不喜欢他，那他就想办法让她喜欢上！

没有什么事是他沈觉做不到的！

这么想着，他站起来，昂首挺胸，觉得自己就是小说里的绝对男主角。

但陈七安看着这人，觉得他好像有毛病。

陈七安跟沈觉从公司出来的时候已经晚上九点多了。

沈觉说："想吃什么？随便选。"

"人均消费一千元的夜宵也可以吗？"

"可以。"沈觉说，"我今天心情好，你想吃什么都行。"

陈七安笑了笑，对他说："行，那我可就不客气了。"

她拿出手机，开启导航，输入了目的地给沈觉看。

陈七安选的地方距离沈觉家不算太远，是一条美食街。

沈觉看到这条美食街的时候，愣了一下："去这里？"

"对！"陈七安说，"很久没去了，那里有很多好吃的东西。"

她说完，又看向似乎犹豫不决的沈觉："沈总是瞧不起这些路边摊？"

"不是，不是，都说了任你选，想去咱们就去。"沈觉说，"过来吧。"

陈七安还疑惑：过哪儿去？

两分钟后，沈觉带着陈七安来到了自己的新车前。

沈觉的新车刚提回来，副驾驶座连余科都没坐过。

他特意买了柔软舒服的坐垫，还在车里摆了"安安兔"的盲盒。

陈七安感慨："有钱真好。"

两个人上了车，陈七安一边系安全带一边说："沈总，你开车技术行不行啊？有中国驾照吗？"

"这些事就不用你操心了，"沈觉载着她前往美食街，"你多想想等会儿吃什么吧。"

他们从公司一路开车过去，沈觉走的小路，绕开了堵车的地方。

一路上听陈七安一直在跟他说工作的事情，到了后来，沈觉忍不住问她："除了工作，你就没有别的话想跟我说了？"

陈七安愣了愣："说什么？"

沈觉是有点儿伤心的，自己开始上演苦情内心戏。

陈七安觉得他有些怪怪的，想着为了缓解尴尬的气氛，应该说点儿什么。

于是她说："沈总！你应该在这个地方，就后视镜这里，挂个小相框！余总看见一定特开心。"

沈觉满脸问号："相框？我挂那个干吗？"

陈七安给他出谋划策："当然是放你跟余总的合照啊！"

"你疯了？"

"啊！对，不太方便，毕竟你们的关系也不好太高调。"

如果不是还有绅士自觉，沈觉真的很想摸摸陈七安的额头，看看这家伙是不是发烧把脑子烧坏了。

"你把话说清楚，"沈觉说，"为什么放我跟余科的合照？我俩又有什么关系？"

"嘻，沈总，咱们都这么熟了，我这个人对不同取向的人群没有偏见的。"

"等等，你是不是对我有什么误会啊？"

"没有啦，我是坚定维护你们的！"

沈觉觉得不对劲："陈七安，你正面回答我的问题，我跟余科是什么关系？"

陈七安以为他还在装傻，笑了笑，说："朋友嘛，我都知道了，沈总，在我面前……"

她还没说完，沈觉一个急刹车，陈七安的脑袋差点儿撞到风挡玻璃上。

"沈觉！你疯了？"

沈觉说："你才疯了吧？什么朋友？谁的朋友？谁有朋友啊？"

陈七安看他这样，心说：演戏不用演得这么过吧？

"不……不是你跟余总吗？"陈七安突然有点儿底气不足了，平时那么伶牙俐齿的一个人，竟然结巴起来。

沈觉气个半死，不知道怎么就有了这种误会。

"陈七安，你刚才是认真的？"

这家伙是不是在开玩笑呢？

"不……不是吗？"陈七安说，"我一直以为……"

"你从哪儿听来的谣言？"

"不是谣言啊，我亲眼见过的。"陈七安把之前她去酒店找方凝时发生的事情说了。

"有毛病啊！"沈觉彻底暴怒，咆哮起来。

陈七安看他这样，意识到自己可能真的是误会了。

她赶紧轻轻拍了拍沈觉的肩膀，给他顺气说："沈总息怒，是我误会了，是我对不起你。"

沈觉本来气得头昏脑涨，但说来也怪，陈七安一哄他，火气立刻就烟消云散了。

他用余光瞄了瞄陈七安拍他的肩膀的手，心里濒死的小鹿竟然重新支棱起来了。

他重新坐好，把车窗微微开了条缝隙。

新鲜的空气进来，沈觉头脑清醒了些。

"不信谣，不传谣。"沈觉语重心长地对她说，"以后不要再听风就是雨，你得相信，就算余科对我有意思，我也早就心有所属了。"

陈七安连连点头："是，是，是，不信谣，不传谣。"

说完，她突然怔了一下，然后转过头去问："沈总，你有喜欢的人了？"

沈觉还没做好跟陈七安讨论感情问题的准备，突然被对方这么认真地问起，一时间不知道应该怎么回复了。

沈觉心说：是啊，就是你！你个傻子！

但心里想归心里想，他肯定不能现在就告白。

天不时，地不利，人也不和，沈觉要是现在突然跟陈七安说自己喜欢的人就是她，可能下一秒就会被这人指控职场性骚扰。

"我不告诉你！"沈觉冷酷地回应了这么一句。

陈七安不悦地瞥了他一眼，嘟囔着说："小气。"

"这跟小气有什么关系？"

"你有那么大一个八卦消息都不给我透露一下，可不就是小气吗？！"

沈觉不高兴了，又冲着陈七安嚷嚷："你把我的隐私当八卦消息？"

"算了，算了，你冷静，快点儿开车，我饿了。"陈七安发现了，这人情绪极度不稳定，堪比传说中的更年期。等她发财了，一定送他一盒"太太静心口服液"，让这人好好调理调理。

沈觉继续开车载着陈七安往那条美食街去，后半段路程陈七安几乎再没说话。

陈七安有些难以想象沈觉会喜欢什么样的人。她对沈觉的了解不算多，这些日子相处下来，觉得他是个很龟毛的人。不过，在陈七安看来，沈觉的"龟毛"并不令人讨厌，相反，有时候还挺有意思的。她并不是一个愿意把时间和精力过多地放在他人身上的人，可是自从遇见沈觉之后，似乎总有意无意地关注着他。

陈七安偷瞄了一眼沈觉。那人开车时的侧脸让她觉得还挺帅的，看起来成熟稳重又绅士，跟他的实际性格严重不符。

想到这里，陈七安突然笑了出来。

"你又憋什么坏呢？"沈觉狐疑地看了她一眼。

"你这人怎么总把人往坏处想呢？！"陈七安说，"万一我在想好事呢？"

"不会，你刚才那种笑我一看就知道不怀好意。"

陈七安撇了撇嘴，然后说了一句："我就是在想，不知道你会喜欢什么样的人。"

"什么？"

"你啊，"陈七安说，"感觉不管是男是女，想被你喜欢是一件堪比登天的难事。"

沈觉怎么都没想到自己在陈七安眼里竟然是这么挑剔的人，不过她这么说似乎也没错，因为除了陈七安，这么多年过去了，自己真的没喜欢过别人。

"你还挺有眼光。"沈觉说，"我这人相当挑剔，所以被我喜欢的人，那肯定是……"

陈七安看向了他，静静地等着他接下来的话。

"那肯定是千万里挑一的精品了。"

陈七安又笑了。

"笑什么？"

"没事。"陈七安扭头看向车窗，从玻璃窗上看到了映在上面的自己的身影，轻声说，"我就是好奇，你到哪儿才能找到千万里挑一的人间精品？"

不知道为什么，陈七安看着自己的影子竟然有些失落。

所谓人间精品，众里难寻，必然不是她这等俗人模仿得来的。

等等！

陈七安猛然清醒：他喜欢人间精品，跟我有什么关系？我模仿个鬼啊！

突然自我开导成功的陈七安从刚刚那种莫名其妙的失落情绪中抽身出来，很快就犯起困来。

最近工作忙，她每天回家之后还要工作很久，睡得晚起得早，有点儿空闲时间就想睡大觉。

她昏昏欲睡，没出声。

沈觉还以为因为自己刚刚吼了她，惹她不高兴了。

沈觉不会哄人，想了半天也不知道怎么能缓解一下这尴尬的气氛。

眼看着快到美食街了，沈觉想着，不能让陈七安生着气吃饭，容易胃胀气，于是硬生生地挤出这么一句话："那人你认识。"

"嗯？什么？"陈七安半睡半醒，反应迟钝，没听清沈觉刚刚说了什么。

沈觉又含混地重复了一句："我说，那人你认识。"

"哪个人？"在陈七安这儿，刚才那件事早就翻篇了。她完全没反应过来沈觉究竟在说什么。

"就……"沈觉想了想，觉得算了，她反应慢活该听不到八卦消息，"不说了，想不起来你就别想了。"

犯困的陈七安意识逐渐归位，琢磨了半天，猛然醒悟："你是说你喜欢的人？"

沈觉一下就脸红了。

他目不斜视地看着车，但已经莫名其妙地坐得笔直了。

陈七安又来精神了，攥着安全带，好奇地问："我也认识的人，也就是说，是公司的？"

沈觉没说话，当听不见，但心跳加速了，耳朵也开始发烫。

陈七安一时间还真想不出公司里有谁看起来跟沈觉合拍的，平日里和他走得近的人除了余科不就是自己吗？

陈七安打了个哈欠，然后故意逗他说："欸，沈总，你说的这个人该不会是我吧？"

她当然没真的以为沈觉喜欢她，只不过是开个小玩笑，但没想到沈觉突然就像炸了毛的猫一样，还语无伦次地说了一大堆否认的话。

陈七安坐在那里笑得不行："不是就不是，你慌什么慌？"

"警告你以后说话注意点儿！"沈觉是真的慌，突然有种自己已经被看穿的感觉，心虚，还有点儿害怕，怕这一切在他还没准备好的时候开始不可控地展开。

沈觉说："我可是你的上司，不是什么玩笑都能开的。"

"知道了，知道了，"陈七安说，"官大一级压死人，怕了你了。"

沈觉用余光偷瞄了她一下，偷偷深呼吸，让自己有些紊乱的心跳赶紧回归正常频率。

两个人去美食街的路上经过了新城水筑。陈七安一直看着窗外，眺望着那个她回不去的地方。

沈觉看到她这样，心里也有些不是滋味。

总有一天你会拥有你想要的一切东西。沈觉想，老天不会亏待努力生活的人。

沈觉跟陈七安到美食街附近的时候，突然想起自己曾经来过这个地方。

那已经是很多很多年以前的事了，当时他跟陈七安还是邻居。两个小孩拿着零花钱偷偷跑来这里大快朵颐，结果那天吃太多，沈觉回去之后就吐了个昏天暗地，那之后他们就再也没来过。

"没想到它竟然还在。"停好车，沈觉看着美食街入口处的招牌，自言自语地说了这么一句。

陈七安回头问他："谁在？"

"没事。"沈觉看着她笑了笑，问，"我难得请你吃饭，怎么来这个地方？"

"喜欢。"陈七安说，"主要是想带你见见世面。"

她的一句话让沈觉仿佛回到了小时候。他记得很清楚，那次他们来这里，陈七安也是这么对他说的。

沈觉忍不住看着她笑，眼里好不容易藏起来的喜欢之情就这么又溢了出来。

陈七安催促他："沈总快走，我都快饿死了！"

她走在前面，沈觉跟在她身后。

沈觉停车的地方距离美食街不远。陈七安看着美食街入口处来往的人，沈觉看着她。

就在他们来到入口处时，陈七安突然看见了一个熟人。

"向弛！"

沈觉正沉浸在可以肆无忌惮地看陈七安的美妙时刻中，却突然听见陈七安兴致高昂地叫别人的名字。

向弛？

谁啊？

沈觉还没反应过来的时候，就看见前面的陈七安竟然已经小跑着到了一辆跑车旁边。

这是什么情况？

沈觉想到了那些专门跟豪车合照的虚荣的家伙。

沈觉快走几步，跟了上去，在心里嘀咕：早说你喜欢跑车啊！你不说我怎么知道该买什么呢？！

陈七安当然不是过去跟跑车合照的，因为这辆车的主人是向弛。

她没想到这个时间会在这里遇见向弛。两个人有一阵子没见面了，主要原因还是陈七安太忙。

这会儿，向弛刚提着打包的两份臭豆腐和两份凉皮从美食街的人群里挤出来，还没走到自己的车边上就听见了陈七安的声音。

在这里遇见对方，他也挺惊喜的，第一反应就是：难道这就是传说中的心有灵犀吗？

毕竟向弛大晚上来这里打包小吃也是为了陈七安。

好长时间没见了，他挺想陈七安的，本来想今晚叫对方一起吃饭，结果陈七安说自己在加班，不吃了，可能要九点多十点左右才回家。

向弛想起前些日子陈七安说过想吃这条美食街的臭豆腐了，于是特意开着车跑来给她买，准备送到她家里去。

向弛在陈七安的事情上向来周到。他想到陈七安跟方凝合租，只买一份陈七安回去后还要分给方凝吃，索性一样买了两份，这样陈七安就能多吃点儿了。

然而，向弛的话还没说出口，陈七安就先开了口："你这是还在兼职送外卖？"

　　其实自从上次向弛给她送过一次外卖之后她就猜到这人肯定在说谎——当初她点单的单据上印的外卖员信息根本就不是向弛的。不过，陈七安后来也没追问。

　　"啊？"

　　"开着跑车送外卖，这种体验生活的方式还挺上瘾的？"陈七安开玩笑似的说。

　　向弛这才想起之前自己为了给陈七安送午饭胡诌自己在体验生活，不好意思地笑了笑。想解释今天这是特意买给她的，结果还是没能说出口，因为他再一抬头，看见一个男人站在了陈七安身后。

　　向弛虽然不是什么太聪明的人，可一旦涉及陈七安的事，就变得格外敏感。那个站在陈七安身后的男人虽然没有紧跟着她，但看起来两个人关系匪浅。

　　陈七安见向弛看着自己身后，扭头看了一眼，这才想起自己刚才见到向弛过于激动，把沈觉给扔下了。

　　她的第一反应是：完了，这小心眼的男人又要生气了。

　　"这是我的上司。"陈七安赶紧介绍，"我们今晚加班，为了犒劳我，他请我吃饭。"

　　向弛看着这个所谓的上司，总觉得有些眼熟。

　　沈觉双手插兜，故意表现得有些傲慢。

　　这男的是谁啊？陈七安为什么见了他那么兴奋？

　　这家伙见我怎么就没这个反应呢？

　　沈总吃醋了。

　　"哦，上司啊。"向弛察觉到沈觉的不友善态度，自己心里也对这个上司有些排斥。

　　大晚上的这人带着女员工单独出来吃饭，一看就没安好心！

　　沈觉确实没安好心，但也确实不敢做什么越矩的事。

　　向弛说："没吃饭怎么不给我打电话呢？"

"因为一直在忙。"没等陈七安说话，沈觉抢先开了口，"而且，我们公司对员工还是很不错的，加班餐就不用麻烦外人了。"

向弛听出他语气中夹杂着的敌意，很快就意识到，这是自己的情敌。

向弛不理沈觉，而是对陈七安说："你到底是个女孩子，这么晚了出来还是要小心些。"

"这就不劳你费心了。"沈觉听不下去了，"有我在，我可以确保她安全。"

向弛看着他"呵呵"一笑，心说：就是因为有你在，我才更担心她好不好？！

向弛耸了耸肩，对沈觉倒也不客气了："这位上司，我只是站在小七最好的朋友的立场上关心她。作为外人，你似乎没什么发言权呢。"

小七？

最好的朋友？

这个叫向弛的人，讲的每一个词都精准地踩在了沈觉的雷点上。

这人凭什么叫得这么亲昵？以后我也要叫小七！

这人凭什么说自己是陈七安最好的朋友？我跟陈七安在吃饭要戴口水兜的时候就认识了！

更重要的是，什么叫我没有发言权？沈觉被这句话直接气得半死。

但是，沈觉对自己说：在情敌面前，不能输。

沈觉往前半步，站在了陈七安身边，说："首先，感谢你对安安的关心；其次，她答应和我出来吃饭就说明她对我是放心的；最后，今晚跟她约会的人是我，没有发言权的人是你。"

向弛说不过沈觉，只能暗暗咬牙生闷气。

陈七安觉得气氛有些怪异，这两个人是怎么开始针锋相对的？而且，沈觉你胡说八道什么呢？什么叫约会啊？！

她赶紧把沈觉往后拉，这个下意识的动作在那两个男人看来亲密得很。

沈觉很是得意，站在了陈七安身后。

向弛脸色难看地看着他们。

陈七安觉得这两个人斗嘴斗得有些莫名其妙，只想赶快让他们该干吗干吗去："向弛，你不是还要送外卖？等会儿东西都凉了，你赶紧给人送去啊！"

"就是。"沈觉站在陈七安身后，一副特欠揍的样子说，"小心顾客给你差评。"

都到这个份儿上了，向弛更没法说自己买的东西是给陈七安的了。这会显得他很多此一举，更像个笑话了。

他只能硬着头皮假装自己真的要去送外卖，拉开了车门。

向弛对陈七安说："你早点儿回家，注意安全，有什么事立刻给我打电话。"

"好，你放心吧。"陈七安笑盈盈地跟他说，"你开车小心点儿，别太急。"

向弛有些舍不得，还有些不甘心，看见那个男人在陈七安身后，无赖似的用手指戳了戳陈七安的肩膀，催她快走。

陈七安回头说："你等会儿！"

向弛实在看不下去了，又气又委屈，但还是不想让陈七安因为他为难，只好上了车，依依不舍地离开了。

沈觉站在路边，看着向弛的车尾灯，对陈七安说："他喜欢你吧？"

"别乱说。"陈七安说，"我们俩就是好朋友。"

沈觉冷笑一声："没见过这样的好朋友。"

他几乎可以肯定，那个叫向弛的男人手里提着的小吃，收货人根本就是陈七安，只不过陈七安太迟钝，没反应过来罢了。

"真的，"陈七安带着沈觉往美食街里面走去，边走边说，"我跟向弛从小一起长大的，可以说是异父异母的亲姐弟了，亲弟弟会喜欢亲姐姐吗？不可能的。"

沈觉又冷笑一声，吐槽陈七安："我真不知道该说你单纯还是蠢。你但凡脑子转得快点儿，也不至于单身到现在。"

"沈总，你说话过于阴阳怪气了。"

"陈七安，你听我一句劝，如果不喜欢他，趁早把话说清楚。"

最好现在她就去告诉那小子她不喜欢他！

"你想太多了。"陈七安若有所思地回头看了看向弛离开的方向，然后说，"不过说真的，向弛确实挺会照顾人的，他以后的女朋友应该会很幸福。"

沈觉一听这话就不高兴了，不就是买个臭豆腐吗？这就叫"会照顾人"？

"你是不是太没见过世面了？这就叫'会照顾人'？"沈觉胜负欲瞬间就上来了，"我这就让你见识见识什么叫体贴！"

他问陈七安："卖臭豆腐的摊位在哪儿？"

"里面，还没到呢。"

"快走，"沈觉说，"我已经迫不及待了。"

陈七安不知道这人又要作什么妖。但毕竟他是上司，她也不好明目张胆地质疑对方的脑子有问题，只好带着对方在人群里挤来挤去，寻找那个神秘的臭豆腐摊。

两个人来到摊位前，沈觉二话不说直接冲到档口前对老板说："老板，要十份臭豆腐！"

老板抬头看了他一眼。

不用老板发话，旁边的人已经开了口："你这人怎么插队啊？"

沈觉还没反应过来，陈七安赶紧跑过来一边道歉一边拉走了他。

"祖宗！您这一双闪闪发光的大眼睛是摆设吗？这儿这么多人排队等着，你是看不见？"

面对陈七安的吐槽，沈觉哑口无言。

对，他因为太急切，没注意到这个小破摊位旁竟然排了这么多人！

"人这么多？"

"当然了。"陈七安说，"这可是老字号，很火的，不仅要排队，还限购呢，每人最多只能买两份。"

沈觉心说：不就是个臭豆腐吗？至于这么夸张吗？

他往后看了一眼，愣是没找到队伍的尾巴："这得排到什么时候去？"

陈七安其实挺想吃臭豆腐的，但想到沈觉肯定受不了排这么久的队，于是说："保守估计一个小时。"

"排一个小时的队买一份臭豆腐？"刚才还说要带陈七安见世面的沈觉，现在发现是自己轻敌了。

今晚来这里长见识的人应该是他才对。

他小时候这里没这么火啊！

"算了，算了，我们去别处吧。"

"等等！"陈七安转身要走，却被沈觉抓住了衣袖，"刚才那个叫向弛的，买的就是这家的臭豆腐吧？"

美食街的臭豆腐摊很多，但只有这家最受欢迎。

沈觉刚刚看到了向弛提着的打包袋，上面印着这家店的名字。

"应该是。"

"走，排队。"沈觉说，"就算排到天亮，我今天也必须把这臭豆腐给你买到。"

陈七安一脸莫名其妙的表情：这位哥是在跟谁放狠话？

她满头问号地跟着沈觉往后走，一路走到了队尾。

"沈总，"陈七安说，"你确定要排队买这个？"

"非常确定。"

那个叫向弛的家伙，激起了沈觉的斗志。

陈七安仰头看着沈觉，恍惚间仿佛在这人的眼睛里看到了熊熊燃烧着的火焰。

她突然领悟了，难怪人家能成为青年才俊，不到30岁就已经事业有成、名利双收——因为人家激流勇进、热爱挑战哪！

"行。"陈七安说，"我开始欣赏你了。"

沈觉很得意，骄傲地笑了起来。

"那你先排着，我去一边坐着等你啊。"

她刚要溜走，被沈觉一把抓了回来。

"你不是我的助理吗？"

"是啊。"

"身为我的助理，在我辛苦排队的时候，你难道不应该始终陪在我身边？"

"沈总，没这个必要吧？"

"我是上司，我说有就有。"原本陈七安站在沈觉后面，这回沈觉把人塞到了自己跟前面的人的中间。

"你老老实实地给我在这儿站着。"沈觉说，"我监督你，你哪儿都不能去。"

对沈觉来说，排这么久的队买东西简直就是在浪费生命，可是如果跟他一起排队的人是陈七安，那么浪费生命就成了另一种浪漫行为。

他给余科发微信："你猜我在干吗？"

余科刚看完电影出来，给他回："不辞辛苦地加班呢？"

沈觉："庸俗！我在跟陈七安约会。"

余科震惊："你们俩进展得这么快？你告白了？"

沈觉："那倒没有，我单方面觉得这是约会。"

他把自己跟陈七安来美食街并且一起在排队的事情以文字形式发给了余科，本以为能得到对方的夸奖，却没想到，余科说："我现在算是知道你这么多年都单身的原因了。"

沈觉："因为我心里有人了，而她刚刚回到我身边。"

余科："No，no，no！人家还饿着肚子，你竟然拉着人家跟你排队！陈七安没揍你已经是人美心善了！"

看到余科的话，沈觉倒吸一口凉气。

他抬头看向陈七安的后脑勺，这才意识到自己所谓的"浪漫"有多么愚蠢。

"陈七安。"

"又干吗？"陈七安生无可恋地回头看向他。

"你站着别动，等我一会儿。"沈觉说完，转身就跑了。

陈七安皱着眉，懒得管他了。

过了一会儿，沈觉回来了，一只手提着一袋子小吃，一只手还拿着个折叠小凳子。

"你坐这儿，看着我。"沈觉在旁边找了个不影响别人走路还能看见这个队伍的位置，放好了折叠凳，然后把手里的小吃塞给了陈七安，"你一边吃一边等我，不许乱跑，只能看着我！"

陈七安一直觉得沈觉是那种很自大，完全不把别人放在眼里的家伙，从小养尊处优，习惯了当天之骄子，从来不会想着为别人考虑，更别说想着照顾其他人。

但是，自从她进了"X星球"的总部，跟沈觉成了同事，接触多了逐渐发现，其实这个人只是有时候孩子气些。

沈觉安顿完陈七安，继续排他的队，嘴里还嘀嘀咕咕的："到底能有多好吃？排这么长的队！"

他怨念地排着队，瞥了一眼抱着小吃吃得开心的陈七安，突然就觉得特别满足。

沈觉掏出手机给对方发微信："当我的女朋友是不是也挺幸福的？"

陈七安正吃着沈觉买来的烤肠。两个人距离其实很近，说话根本不用发微信，但沈觉不好意思直接问她——毕竟沈总有时候也是很纯情的。

纯情的沈总发送的消息眨眼间就传递到了陈七安那里。陈七安打开微信一看，被吓得差点儿从小凳子上跌下去。

她震惊地看向了沈觉。

沈觉挑了挑眉："是不是？"

陈七安的心跳有点儿快，她还有点儿噎得慌。

她张了张嘴，含混地问："你说谁是你的女朋友啊？"

他该不会是在说我吧？

陈七安又惊又有点儿呼吸紊乱：沈总这是在跟我告白？我又不是人间精品，他怎么可能喜欢我？

看着面前陈七安震惊到像吃了个地雷一样的表情，沈觉心情有些复杂。

当我的女朋友有那么可怕吗？

沈觉说："我没有女朋友！"

陈七安问："那你问这个干吗？"

他该不会是在暗示我吧？他在暗示让我当他的女朋友？

不行啊沈总，我现在一心奔事业呢！

"刚才你不是说那个叫向弛的会照顾人吗？"沈觉阴阳怪气地说，"你不是说他以后的女朋友会很幸福？我也挺会的。"

陈七安无语了，原来这人是在这儿较劲呢！

"你怎么什么都要跟人比啊？"陈七安笑他，"再说了，你跟他比什么啊？"

"我跟他比怎么了？"沈觉吃醋了，"你不高兴了？"

"没，就是觉得你挺逗的。"

沈觉听不出她这究竟是在夸他还是在损他，还没来得及多问，队伍开始前进，便跟着往前走了好几步。

陈七安笑眯眯地坐在原地看着他往前走，给他加油打气说："沈总加油，你前面只有二十多个人了！"

丝毫没有被安慰到的沈觉下定决心以后再也不带陈七安来这种地方了，预约一个高级餐厅，享受一份烛光晚餐不好吗？

虽然这一趟"美食街之行"挺累的，沈觉的皮鞋还被踩了不知道多少脚，但仔细想想，沈觉还是挺开心的。

陈七安说："沈总，我发现你今天晚上特别不一样。"

排队排到灵魂出窍终于买了两份臭豆腐给陈七安的沈觉原本已经万念俱灰，但突然听到她这么说，眼睛又重新有神了。

他问："是不是觉得我是天底下最好的男人？"

"不是。"陈七安说，"特别有烟火气。"

沈觉皱着眉疑惑地看着她。

"不理解？"

"不理解。"沈觉说，"我经常理解不了你。"

他很想问问情感专家余科，如果两个人脑回路过于不同，还有没有相爱的可能。

陈七安解释说："就是之前我总觉得你像个暴躁的假人。"

"暴躁？"

"你抓错重点了，重点是假人！"陈七安一边吃着臭豆腐，一边跟着他慢悠悠地往前走，"年少有为，职场精英，高高在上，还有点儿不食人间烟火。"

沈觉从来没想到自己在陈七安的眼里竟然是这样的形象。

"这么完美吗？"

陈七安笑了："你觉得这是完美啊？"

"不然呢？"

"呃……如果你非要这么想也不是不可以。"

但其实，陈七安想说的是，沈觉给她的感觉总是很有距离感的。这个人过于优越，他们像是两个世界的人。

很多时候，陈七安其实不由自主地想要靠近沈觉，甚至对沈觉感到好奇。她把这其中的原因归结为是沈觉设计了她最喜欢的"安安兔"。她很想知道，沈觉究竟是什么样的人，在设计这些让她沉迷不已的小家伙时究竟在想什么……

而且，陈七安也不知道为什么，看着"安安兔"的时候会觉得很熟悉，好像她的一切事情它们都了解。

但如果说她跟沈觉相距一百步，每次她走到五十步时就会停下来，因为发现没办法继续前进了。两个人中间有一堵玻璃墙，她看得见却永远无法闯进去。

"那今天怎么了？我神仙下凡了？"

"有点儿那个意思吧。"陈七安说，"我就是突然间觉得你其实还挺接地气的，挺有意思的。"

"那你觉得这样是好还是不好啊？"沈觉很认真地在问她。

"当然好啊！你越接近生活，就越能获得创作灵感！"陈七安福至心灵地说，"沈总！要不下一拨的'安安兔'你设计一个吃臭豆腐款？"

"陈七安！你有毛病吗？"沈觉正跟她走心地聊情感问题呢，结果这家伙竟然把话题扯回了工作上，还是这么不靠谱的建议！

沈总不高兴了，转身就走。陈七安非但没哄他，还在后面不停地大笑。

"哎，你慢点儿走！我这个建议不好吗？臭豆腐很受欢迎的！"

陈七安大笑着在后面追他。

沈觉快步往前走着，也忍不住笑了起来。

这个晚上，月朗星稀，就像很多年前的那个夜晚一样。

不一样的是，他们都长大了，从十七年前开始走上不同的人生道路。可命运就是这样让人难以捉摸，无论走了多少弯路，他们还是在新的路口重逢了。

陈七安在美食街吃了个饱，也吃得很开心。

今晚特别有人格魅力的沈总不仅请她吃了夜宵，还专程过家门而不入，开二十公里的车送她回了家。

陈七安到了家门口，下车之后特意绕到驾驶座那边跟沈觉道谢。

沈觉将胳膊搭在车窗上，摆了个自以为很帅的造型问她："我是不是很会照顾人？"

"什么？"

他这又是要演哪一出？

"我，沈觉，这么晚了还专门送你回来，等会儿还要开好久的车回去。"沈觉问，"我是不是很贴心？"

陈七安忍不住笑道："对，对，对，你最会照顾人了，最贴心了。"

你也最幼稚了！

"所以，在你心里我比那个向弛强吧？"

原来他在这儿等着她呢！

陈七安问沈觉："沈总，你是什么星座啊？"

"天蝎座啊，怎么了？"

果然！

她笑了笑："没怎么，就是听说天蝎座的人都是大帅哥。"

沈觉得意得眉飞色舞，恨不得把她的这话录下来，每天循环播放一百遍。

"今天谢谢沈总了，那我就先回去了。"

"行，去吧，到家告诉我一声。"沈觉其实还有些舍不得。他难得跟陈七安有这样的独处机会——气氛和谐、轻松欢乐。

虽然还没尝够这滋味，但已经很晚了，明天一早还要上班，他实在不能继续拖着对方了。

陈七安冲他挥了挥手，然后转身往楼门口走去。

沈觉坐在车里看着她逐渐走远的背影，又看了看眼前的这栋楼。

这是很老旧的房子，楼层不高，连电梯都没有。

他看着陈七安走进了楼门，看着楼道里的感应灯一层一层地亮起来。

突然之间，沈觉觉得自己就像公主的骑士，在暗中守护着她。

不对！

沈觉突然意识到他可不能当骑士，因为童话故事里的骑士都是炮灰，公主是要嫁给王子的！

骑士就留给那个叫向弛的家伙去当吧！沈觉从今天开始，就是陈公主的白马王子了！

沈·白马王子·觉沉浸在自己设定的美妙剧情里，突然觉得有人站在了他的车外，扭头一看，吓了一跳，差点儿叫出声来。

"嘿，真巧。"

"你怎么在这儿？"沈觉看着眼前突然出现的余科，第一次觉得晚上可能真的会闹鬼。

陈七安回到家的时候发现方凝也刚回来，有些惊讶："你今天不是休息吗？"

方凝只比陈七安早了两分钟进屋，鞋子还没换，正坐在门口的鞋凳上面带微笑地发微信。

"是休息啊！"方凝说，"我去约会了。"

"约会？"陈七安一边换鞋，一边惊讶地看向她，"你又谈恋爱了？"

方凝抿着嘴笑了笑，叱咤情场的恋爱老手脸上竟然出现了娇羞的表情。

"什么时候的事？"陈七安是真的大吃一惊。

她开始反思，是不是自己最近太沉浸于工作，忽略了自己最好的朋友。怎么方凝谈恋爱了，她却一点儿都不知道呢？

这要是搁在以前，方凝这边有一点儿风吹草动，她立刻就会发现。

而且这阵子她也没听方凝说过跟谁暧昧。以前最喜欢拉着陈七安聊情感问题的方凝，这一次竟然保密工作做得这么好。

"就今天，"方凝靠着墙看着她，"十分钟前确定的关系。"

方凝整个人都沉浸在粉红色的浪漫泡泡里，说起十分钟之前的事，现在还脸红呢。

自从那次在酒店余科再次英雄救美之后，她跟余科就时不时地联系起来。

余科几乎把家都搬到了酒店去，一个星期至少四天住在那儿。

说起来也挺奇怪的，余科在跟方凝变得熟络之前对恋爱没有一丝期待，是真的觉得谈恋爱是件麻烦事。

可是自从认识了方凝，他恨不得 24 小时跟对方保持联络，看见什么好玩的东西都立刻买下来送给方凝，遇到糟心事也第一时间想跟对方说。这在余科的世界里是从来没有发生过的事。

而方凝在面对余科的时候，也不再像从前那样急功近利地想套牢一个有钱人。因为对她来说，余科跟那些人都不一样。

余科正直、善良，跟过去那些刚互换了手机号码就恨不得要去开房的富家子弟完全不同。

方凝从来不收余科的礼物。因为对她来说，余科不是择偶目标，而是她的英雄。

方凝清楚，她跟余科是两个世界的人，根本没有幻想过自己会跟余科在一起。她知道自己配不上他，只是想看着对方，想了解对方。

方凝小心翼翼地维护着这段并不相匹配的关系，直到余科说："方凝，你要不要考虑做我的女朋友？"

陈七安一只鞋还拿在手里，直接石化在了原地。

"真的？"

"真的啊！"方凝双颊微微泛红，浑身上下都散发着甜蜜的气息。

"哦，对了，"方凝突然问她，"你看见我的那支 Dior 的口红了吗？前阵子在直播间买的，还送了皮套的那个。"

她一边翻包一边嘀咕："新买的，我还没怎么用过呢，找不到了。"

陈七安猛然间想起了什么，缓缓把鞋放下，若有所思地看着还在努力寻找口红的方凝，轻声说："你的新男友该不会是……"

"嗯？什么？"方凝没听清她的话，问道，"你看见我那支口红了？"

自己是该说看见了还是没看见呢？

陈七安犹豫了一下，然后点了点头。

"我就知道肯定是我随手放在家里了！还好没丢，好几百块钱呢！"方凝换了鞋，起身准备往客厅走，"你在哪儿看见的？"

陈七安看着她在客厅翻找口红，然后说："你别找了，没在家里，我在余总的车里看见的。"

一瞬间，方凝的动作静止了，家里也立刻安静了下来。

陈七安不是故意要戳穿她，只是这两个人的保密工作似乎做得也不是那么滴水不漏。

方凝缓缓直起身子，转过来看着陈七安尴尬地笑。

"是吗？哈哈哈——"方凝说，"原来掉在他的车上了。"

"你真跟他在一起了？"陈七安倒吸一口气。

方凝有点儿不知所措，放下包，走过来拉陈七安的胳膊："你别生气，我不是故意瞒着你的。"

陈七安笑了："你谈恋爱，我干吗要生气？"

"因为我没告诉你嘛。"

"那我也没必要生气啊！"陈七安跟方凝一起到了客厅里，在家里那张破旧的沙发上坐下，"我就只是觉得很意外，没想到你们竟然会在一起。"

方凝坐在她旁边，面带春色地靠在了她的肩膀上。

陈七安想了想，说："不过余总是蛮好的，你们俩在一起，还挺不错。"

她突然惊了一下，想到了什么："余总是我的老板，那你以后岂不就是我的老板娘？"

方凝被她吓了一跳，刚想说她怎么一惊一乍的，结果听完她的话，直接笑倒在了沙发上。

"什么老板娘啊？！我们才刚在一起而已！"方凝说，"以后什么样，谁说得准呢？！"

陈七安笑着看向方凝，第一次觉得她选男朋友的眼光没那么糟了。

"我还是很好奇你们俩是怎么走到一起的。"

"英雄救美，你还记得吗？"方凝说，"虽然那天我喝多了，还扬言再也不谈恋爱了，但事后想想，其实我那时候就对他一见钟情了。"

陈七安说："可是那天帮你的除了余总还有沈觉啊。"

"沈觉？"方凝一脸疑惑的表情，"那天沈觉也在吗？"

陈七安忍不住狂笑不止，如果方凝刚才的话让沈觉听见，那个小心眼的家伙肯定会气得一晚上睡不着。

"他不仅在，我还因为你欠了他8000多块钱。"

"哦，对，好像是有这么一回事。"

最近这几个人都把欠钱的事给忘到了脑后。

"可后来你们再见面，你不是以为他跟沈觉是那种关系？"

"那都是误会，我很早就知道了。"

陈七安捏住她的鼻子，故意装出一副恶狠狠的样子来："好啊！你知道了不告诉我！"

要知道，陈七安直到今天才知道余科跟沈觉之间是清白的。

她想起来还觉得怪丢人的呢。

方凝冲着她笑："余科不让我说嘛！他说看你跟沈觉这样怪有意思的，让你们自己去解除误会。"

"你啊！还没跟他结婚就已经完全被他收买了！重色轻友！"

方凝抱着她的胳膊撒娇："才没有呢！你在我心里永远都是最重要的那一个！"

陈七安假装生气，但还是忍不住为方凝开心。

她跟方凝认识这么多年了，也眼睁睁地看着方凝吃了很多爱情的苦。每一次方凝都很认真地去对待别人，可是一次又一次地被伤心，现在遇到余科，也算是苦尽甘来了。

"光说我了，"方凝问，"你跟那个沈觉怎么样了？"

"我跟沈觉？我们俩能怎么样？"陈七安觉得方凝的这个问题有些莫名其妙。

方凝说："你们不是……？"

"别闹了！"陈七安赶紧澄清，"我们就是非常单纯的上下级关系而已！"

她跟沈觉能有什么关系呢？沈觉那眼睛长在头顶的人，要是知道他被误认为跟她关系暧昧，搞不好要跳进黄河自证清白的！

方凝显然是不信的："但是余科说……"

她的话还没说完，陈七安的手机就响了。

来电人姓名：债主。

陈七安嘀咕："真是说曹操曹操立刻就来了。"

她接起电话，听见沈觉问她："你到家了吗？"

"嗯，到家了，进屋有一会儿了。"

"那你不告诉我！"沈觉立刻咆哮，"我不是跟你说了到家告诉我？你一直没消息，吓得我差点儿报警你知道吗？"

陈七安觉得自己耳鸣了，把手机拿得老远，跟愣在那里的方凝对视。

方凝说："沈觉吗？"

陈七安点了点头。

方凝紧张地吞咽了一下口水，给余科发微信："沈觉是不是有狂躁症？"

如果他真的有，可不能让我家安安跟他在一起！

余科跟沈觉还在她们家楼下。收到方凝的微信的时候，余科笑得不行。

"我们家方凝说你有狂躁症！"

沈觉那边正因为自己刚才吼了那么一嗓子被陈七安训斥。

陈七安："你喊什么喊哪？进屋有点儿事，忘了给你发消息，我道歉就是了，但你也不至于发这么大脾气吧？！"

沈觉也意识到自己刚才那样吼人似乎有些不妥，清了清嗓子，尴尬地说："我没发脾气……"

余科看着他蔫蔫的样子，觉得此刻的沈觉就像是一只被驯服了的老虎，正因为犯了错耷拉着脑袋在对自己的驯兽师摇尾巴。

陈七安说："你还说什么没发脾气，嚷嚷得我的耳膜都要裂了，这还叫没发脾气？"

"我这是担心你！谁让你回去了不告诉我？！"沈觉说，"万一你出了什么事，我怎么办？"

"能出什么事啊？就几层楼。"陈七安说，"再说了，就算我出了事，跟你也没关系。"

这回沈觉真的生气了。

他怒道："谁说跟我没关系了？跟我没关系，跟那个向弛有关系是吗？算了！睡觉吧你！懒得跟你废话了！"

沈觉愤怒地挂断了电话，差点儿活生生地被气死。

余科说："我们沈总的爱情路好崎岖。"

另一边，陈七安莫名其妙地看着被挂断的手机，问方凝："你听见他说什么了吗？"

方凝点了点头。

"本来就跟他没关系。"

方凝微笑，没表态。

"而且，他干吗又拉向弛出来？这件事又跟向弛有什么关系呢？"

方凝轻轻地拍了拍陈七安的肩膀，语重心长地对她说："宝贝，我看出来了，等我跟余科的孩子都生了，你和沈觉可能还没走到大结局。"

"什么意思？"

"字面意思。"方凝起身说，"我去卸妆了，你自己坐在这儿思考人生吧。"

她走出两步，突然回头："对了，那本《霸宠嚣张俏佳人》你看完了吗？"

"看完了。"

"故事的大结局你还记得吗？"

"那个脾气暴躁又爱记仇的男主角跟反射弧老长还总跟他对着干的女主角结婚了。"

"Bingo（答对了）！"方凝对她打了个响指，说，"这就是传说中的，大，结，局。"

不得不承认，陈七安在某些事情上反应很快，但一遇到另一些事情，反射弧长得可以绕地球一圈。

用方凝的话说就是："宝贝，你要是反射弧稍微短那么一点儿，都不至于现在还单身。"

今天，沈觉也对她说过类似的话。

当然了，那时候方凝之所以对她说这句话，是因为向弛，不过如今挪用到陈七安跟沈觉身上，同样适用。说到底，多年过去，陈七安在感情方面依旧不开窍。

其实，倒不完全是陈七安不开窍。

俗话说得好，哪个少女不怀春？虽然陈七安不至于"怀春"，但也不是真的没有七情六欲。

从前的她确实一颗心都扑在赚钱上。她每天脑子里想的就只有如何把顾客留住，再从他们的口袋里赚钱，目光只落在遥远得不可触碰的新城水筑 B30 上——那是她唯一追求的目标。

陈七安曾经跟方凝说："我没想过要谈恋爱，没有资本，也没有精力。"

现在的她依旧是这样的境遇，每天变着法地琢磨怎么把工作做得更好。

可是，有一个人不停地在她的水域里扑腾，扑腾得她也跟着躁动了起来。

只是，她明白，沈觉是苍鹰，他高飞之日会看到更广阔的海域和山峦，她的这个小池塘是入不了他的眼的。

陈七安摇摇头，把那些让人丧气的念头都给甩了出去，然后回忆了一下方凝又提起的小说，想到大结局时描写的婚礼现场，虽然浪漫，但也很浪费，什么方圆多少公里都铺满了玫瑰花瓣……当时她看到这里，满脑子都是：这得花多少钱哪！

"我再给你推荐一本新的小说吧！"去卸妆的方凝还不忘向陈七安"安利"最近让自己沉迷的小说。

自从方凝跟余科越走越近，两个人时常会聊到陈七安跟沈觉的事情。余科没说太多他们过去的事情，毕竟这还是个秘密，但这两个人如今是如何暧昧相处的，方凝已经掌握了第一手资料。

在方凝的眼里，她最近在看的这本小说也很符合陈七安跟沈觉的发展现状——《总裁的失忆情人》，女主角失忆之后，来到男主角身边当他的贴身助理。

这不就是陈七安跟沈觉吗？

而且，不久之后两个人就酒后乱性，男主角将计就计，失忆旧情人成新欢！

方凝都怀疑这两本书的作者就是他们身边的人了！

"谢谢你的好意，还是不用了。"陈七安说，"最近我每天加班，实在太忙，根本没时间看小说。"

小说还是挺好看的，陈七安以前对此嗤之以鼻，但自从看了那本《霸宠器张俏佳人》之后发现它还真是解压利器。只不过可惜了，这阵子整个公司的人都在备战"双十一"和"安安兔"第二拨产品上市，她忙得像个陀螺，哪里有时间看小说呢？

陈七安叹了一口气，感慨了一会儿打工人的不易，然后又想到方凝跟余科的事，越发觉得世界真奇妙。

自己的好朋友竟然跟自己的老板在一起了。

陈七安越想越觉得不可思议。

她打开微信，给沈觉发消息："等你到家告诉我一声，我要跟你分享一个惊天大八卦新闻！"

沈觉这会儿还在她家楼下，跟余科一起。两个人简直就是当代"望妻石"，正探讨究竟如何才能得到心上人的青睐呢。

他收到陈七安的消息的时候，抬头看了看那栋老旧的住宅楼。

"这楼怎么这么破啊？外面的墙皮都掉了！"沈觉吐槽，"怕不是危楼吧？她们住这儿没问题吗？"

"我们家方凝跟我说，当初她和陈七安找房子的时候费了不少力气才找到这里。虽然房子旧了点儿，但交通方便，是她们能力范围内可以住的最舒服的地方了。"

沈觉听了余科的话，除了心疼还是心疼。

小时候养尊处优的小公主，如今住在这样老旧混乱的地方，他作为一个旁观者都觉得难过。

但想到陈七安，沈觉突然觉得那个人身上似乎从来没有过因为生活条件不佳而产生的抱怨和焦虑情绪。她真的有种随遇而安的泰然态度，真是应了她的名字，穷也安然，富也安然。

"她们住几楼？"沈觉问。

"六楼。"

沈觉数着楼层看上去，看到了窄小的窗户和昏黄的灯。

"等等！"沈觉突然警觉地看向了余科，"你怎么知道？陈七安告诉你的？"

"兄弟，醒醒，我女朋友也住那里。"

余科竟然有女朋友了？沈觉还是不太能立刻接受这个现实。

他越想越觉得不可思议："不对啊，你不是坚定的单身主义者吗？不婚不恋，爱情只会成为你成功路上的绊脚石，这话是你说的吧？"

余科"哈哈"大笑，对沈觉说："人嘛，总是会变的。你最开始认识陈七安的时候不也烦她烦得要死吗？感情的事，谁说得准呢？遇见了就发生了。"

沈觉觉得余科就是在强词夺理。

这人肯定打一开始就不是什么坚定的单身主义者，之所以那么标榜自己，不过就是为了塑造一个无情浪子的形象。

当然了，就算余科没恋爱的时候，这个形象也没立起来。

"你妈我阿姨知道这件事吗？"

"可不能让她知道。"余科说，"我今天告诉她我有女朋友了，她明天就能开始给我操办婚礼！你嘴巴紧一点儿啊，别走漏了风声。"

"那你是什么意思？跟方凝没打算结婚？"沈觉嫌弃地看着他，"渣男！"

"你才是渣男！我特纯情的一个好男人好不好？！"余科说，"我们这才刚在一起，虽然我觉得我们就是彼此苦苦寻找多年的灵魂伴侣，但结婚这件事还是不能草率的，毕竟我得对她负责。如果要结婚，那就是一辈子的事，我不希望她有压力。"

"可以啊，这话从你嘴里说出来虽然有点儿违和，但你有这个觉悟还是很不错的。"沈觉说，"孺子可教。"

"得了吧你，就知道说我，我这都开始恋爱了，你那边还小学生似的偷偷摸摸地玩暗恋呢！"余科"喊"了一声，"瞧不起你！"

沈觉被扎了心，狠狠地瞪了余科一眼："瞧你那色欲熏心的样儿！我也瞧不起你！"

暗恋有什么不好？暗恋才是这世界上最美妙的人生体验！

沈觉在心里这么自我安慰着，但其实还是有点儿羡慕余科的。

归根结底，他也想牵陈七安的手。苦苦思念人家这么多年的沈总，也有点儿"色欲熏心"了。

"色欲熏心"的沈觉给陈七安回复："有什么事不能现在就说？非要等我到家？"

沈觉："陈七安说她有事跟我说，好像还是挺重要的事。"

沈觉给余科讲了自己今天对陈七安有多温柔体贴的事。虽然这些事情在寻常人看来真的没什么大不了的，温柔男人的基本操作，但对沈觉来说，这确实是一种进步。

余科不遗余力地夸奖了他，并且鼓励他再接再厉，争取牵着陈七安的手跨年。

"她要跟你告白？"

"应该不能吧。"沈觉嘴上说着不能，心里却乐开了花。

他幻想了一下陈七安主动跟自己告白的场景，有点儿抑制不住嘴角上扬的弧度。

"对了，你打算什么时候告诉她你就是专程回来找她的？"余科说，"她就真的一点儿都没发现吗？"

"她脑子不好，笨得很，"沈觉说，"今天竟然还跟我说那个什么向弛是她从小玩到大的好朋友！开玩笑，真正跟她是青梅竹马的人是我好不好？！"

沈觉"哼"了一声，看到陈七安回复他："怕你因为太震惊，给交警同志增加工作负担！"

沈觉跟余科嘀咕："你说她神神秘秘的，能有什么事啊？"

余科凑过来想看两个人的聊天内容，被沈觉立刻躲开了。

"你怎么那么抠门哪？！看一眼能怎么着啊？"

"不给看。"沈觉小气地将手机转过去，"看你自己的去。"

"那行，我给陈七安发微信。"

"说什么呢你？！"沈觉说，"你没事别招她！"

余科蹲在一边的花坛上，笑得不行："鄙视你！"

最后，陈七安还是跟沈觉说了那个"重大八卦新闻"——其实就是她刚刚得知余科已经有了女朋友。

对此沈觉表示："别大惊小怪的，我早就知道了。"

这个"早"，也就比陈七安早了那么两分钟。

"还以为是什么大事呢，无聊。"沈觉很失望，没精打采地准备回家，"你不走吗？"

"再待一会儿。"余科含情脉脉地看向了六楼的窗台。

沈觉顺着他的视线看了一眼，吐槽说："你们谈恋爱的人真恶心。"

"你们谈不成恋爱的人真酸哪！"

沈觉不理他了，自己开车离开了。

沈觉没直接回家，而是绕着陈七安家的这栋破房子转了两圈。他怎么看怎么觉得这是栋危楼，有必要早点儿告白，早点儿邀请陈七安搬去和自己同居——沈觉发誓，他没有居心不良，只是担心陈七安的人身安全问题罢了。

陈七安第二天一早下楼竟然看见沈觉的车就停在路边，一开始以为自己看错了，毕竟一样的车到处都是。

但她走了几步之后，还是回头多看了一眼。

车牌号应该不会有一模一样的，那确实是沈觉的车。

但是他为什么不开走？

她越想越觉得奇怪，于是走过去想看个究竟。

陈七安最近每天加班到很晚，一个人回家的路上总会脑补一些恐怖的事件。这导致她过去查看沈觉的车的时候习惯性地想：该不会昨天晚上他没回去，在车里遭遇了不测吧？那我是不是应该先报警？

陈七安把自己给吓着了，快走几步到了车前想看看怎么回事，但沈觉的车窗贴着膜，她的脸几乎已经贴到了窗户上却依旧看不清楚里面的情况。

突然，车窗开了，在陈七安还没反应过来的时候，沈觉的脸出现在了她面前。

陈七安被吓了一跳，瞬间红了脸。

两个人面面相觑，沈觉问："你干吗呢？"

其实，沈觉刚刚眼睁睁地看着她跑过来，又眼睁睁地看着她在外面紧张地张望。他看得见她，她却看不到他。沈觉觉得很有意思，于是故意好一会儿没出声，想吓唬吓唬她。

陈七安定了定神，缓过来后问他："你怎么在这儿？昨晚没走吗？"

"对啊。"沈觉跟她开玩笑，"为了今天接你上班，干脆一晚上没走。"

陈七安虽然有那么一丁点儿想要相信他的鬼话，但这人的表情明显不正经。她都没法说服自己相信他的话。

陈七安："少来，我才不信。"

"为什么不信？"

"就是不信。"陈七安说，"你会有那么好心来接我上班？"

"就是有这么好心。"沈觉说，"上车吧，我不仅好心接你，还好心给你买了早饭。"

陈七安这回是真的有点儿惊讶了，警觉地问对方："你有什么阴谋？"

沈觉"啧"了一声，委屈地问她："我对你友善，在你看来就是有阴谋？"

"无事献殷勤，非奸即盗。"

"你说什么？"沈觉突然厉声质问。

陈七安瞬间就尿了，赶紧解释说："我不是那个意思，只是觉得你很反常。"

事出反常必有妖，这句话她在心里重复了好几遍。

"行吧，竟然被你识破了。"沈觉说，"快点儿上车，我们今早一起去一趟工厂。"

一听要去工厂，陈七安立刻上车。

沈觉递了早餐给她："我开车，你快点儿吃。"

陈七安道了谢，接过沈觉递来的早餐问："你吃过了吗？"

她在关心我！沈觉暗喜，然后说："吃过了。"

其实没吃，他早上一杯黑咖啡下肚，现在不是很有胃口。

他可以不吃早饭，但陈七安不能不吃。

沈觉开着车载着陈七安往工厂去，自从上次熊大志的事情闹出来后，他们已经停止跟那家工厂合作了，重新跟从前的厂家签订了合约。

"安安兔"第二拨新的打样品已经出来了，沈觉决定亲自去取货。

陈七安说："不知道为什么，我有点儿紧张。"

其实沈觉也是。

对他们来说，现在时间已经非常紧迫了，距离"双十一"只剩下一个半月，如果这次打样还不成功，要么新品做预售，要么只能延期上市了。

等红灯的时候，沈觉偷偷看了一眼坐在那里专注地喝着豆浆的陈七安。

他很不希望看到"安安兔"延期上市，因为想赶在新品上市的时候，去做那件自己计划已久的大事。

"怎么了？"陈七安发现他在看自己，转过头去问他。

"没事。"沈觉说，"想问你点儿问题。"

"说。"

"你跟那个向弛……？"

陈七安歪着头看他："你怎么还在纠结他的事啊？"

"我纠结什么了？"沈觉不高兴地说，"我就是问问！你们俩怎么就从小一起长大了？"

陈七安笑了："就是从小一起长大的。"她告诉沈觉，"应该是我十岁那年吧，向弛一家搬到了我们家隔壁。他从小就是特活泼、特爱热闹的一个人，没事就往我家跑。后来我家出了点儿事情，搬走了，那阵子挺难熬的，但向弛一直跟我保持着联系，确实是我最好的朋友。"

沈觉听着她的话，心里很不是滋味。

"你家……出什么事了？"

陈七安沉默了一会儿，转头看向窗外，轻声说："也没什么，就是我爸做生意赔了钱。"

她故意把这件事说得轻飘飘的，但沈觉知道，肯定不会这么简单。

沈觉还是不知道应该怎么开口才能让陈七安愿意把那些他不知道的过去经历说给自己听。这种行为无异于是要扒开陈七安的伤口，他实在有些不忍心。

聊到过去的事，车里的气氛变得有些沉闷起来，两个人都不再努力寻找新的话题，彼此沉默着，一直到了工厂大门口。

"我已经跟他们的负责人联系好了。"下车的时候，沈觉对陈七安说，"这一次希望不要再出什么差错。"

陈七安跟在他身后，感慨大厂就是大厂，跟之前熊大志搞的那个小作坊形成了鲜明的对比。

工厂的负责人在大院保安处等他们一会儿了，一见到他们立刻迎了出来。

沈觉和陈七安跟着工厂负责人到他们的生产线参观了一圈，然后领到了今天要拿走的打样品。

工厂的人把打样品交给沈觉时，沈觉迫不及待地就打开检查。

"沈总，虽然这次我们的成本增加了，但技术也升级了，我敢拍着胸脯跟您保证，我们第二拨产品的手感比第一拨还好！"

技术过硬的大厂就是有这个底气说这样的话，沈觉看到这次的打样品时，惊喜得不行。

其实他已经做好了要继续多次调整的准备，但很显然，老合作方跟他们是相当有默契的，很清楚他们想要的品质是什么样的。

"看起来还不错。"沈觉从昨晚回去接到余科的电话开始就在紧张，几乎一宿没睡，只要闭上眼脑子里就是之前让人恨得牙痒痒的那些样品。

好在这一次他回去可以睡个好觉了。

沈觉说："我先带回去给大家看看，仔细评估之后会尽快跟你联系。"

陈七安看得出沈觉对这次的打样品很满意，看着对方松了一口气又满眼欣喜之色的样子，也觉得轻松了很多。

两个人离开工厂回到车上，陈七安宝贝似的抱着那一大箱子打样品。

她说："我们的产品是不是有可能如期上市了？"

沈觉看了看她："你很期待吗？"

"当然了！"陈七安看着箱子里那些摆放整齐的小盒子，微笑着说，"非常非常期待。"

她对沈觉说："毕竟，我对它也是有感情的。"

听她这么一说，沈觉以为她是想到了什么，毕竟自己现在设计的这些"安安兔"，基础形象就是当年陈七安给他画的小兔子。

沈觉突然像是触电一样，手指发麻，紧张地问她："你……对它有感情？为什么？"

陈七安带着笑意看向了沈觉："当然是因为它让我赚了很多钱！"

我就知道！沈觉瞬间被气得头晕，心说：我应该料到的，这家伙就是眼里只有钱的俗人！

"不过，除了这一点之外，它还给过我很多心理安慰。"陈七安说，"虽然说起来有点儿不好意思，但很多时候我有心事又不能跟别人说时，都会偷偷告诉'安安兔'。我总觉得我们之间其实是有一种说不清的羁绊，就好像很久很久以前我跟它就已经认识了。"

当然了，你当然认识它。

沈觉有些出神地看着陈七安，突然之间有一种冲动，很想告诉对方，其实这就是为她设计的。

"可能你们真的有羁绊，只是你现在还没想起来而已。"沈觉开了车，带着陈七安回公司。

陈七安笑了笑，说："或许是吧，不过能不能想起来并不重要，重要的是，它带给我的那种温暖和惊喜感是真的。"

沈觉安静地听着她的话，在心里说：当然是真的，不仅是这些盲盒，还有其他为你限定的惊喜在未来等着你。

第九章

她说喜欢我

"安安兔"第二拨产品换回了从前一直合作的工厂,第一次打样品就让沈觉很惊喜,除了做一些微调之外,几乎没有太大问题,而第二次的打样品也很快就被送到了公司。

两次打样后经过大家评估,终于定版,准备投入生产。

另一边,销售部虽然没有了熊大志,但在余科的亲自带领下,分为了两个小组,一个小组做"双十一"项目,另一个小组专门负责"安安兔"第二拨产品的营销项目。两组人同时还跟陈七安配合,在确定产品投入生产的时候,就开始了新品预热活动。

一切都在有条不紊地进行着,陈七安忙,沈觉也在忙。

沈觉现在最操心的已经不是"安安兔"了。他跟厂家接触几次之后,能感觉到像这样一个正规又成熟的生产厂家对品质把控是相当严格的。而且余科已经安排了人专门跟进这件事,沈觉放心了不少。

不过在陈七安忙于做线上品牌形象营销活动时,沈觉依旧隔三岔五地往工厂跑。

这阵子余科都没怎么见到他。

陈七安也觉得奇怪，问余科："沈总最近怎么没太出现？"

余科几乎把办公地点直接搬到了销售部来。

从前悠闲的余总如今也成了被摧残的一分子。

余科笑她："怎么？想他了？"

陈七安听了这话就跟见了鬼似的，转身就跑。

谁会想那家伙啊！

陈七安回去继续整理获奖名单。之前在线上举办的主题比赛已经公布了获奖者，从特等奖到入围奖都会收到一份邮寄的礼物，前三名获奖者可以来参观公司，特等奖获奖者可以参与到下一拨"安安兔"的设计中。

她一边毫无灵魂地整理名单，一边脑子里在想沈觉。

不是思念，她就是很单纯地想——至少陈七安自己是这么觉得的。

有一个理论，在某种程度上来说很真实：一个人，无论你是否喜欢他，当他整天在你面前转悠一段时间后有一天却突然消失不见了，你就会极其不适应。

她好几次拿起手机想问问对方这几天在忙什么，怎么连个鬼影都没见到，可是最后还是放弃了。

陈七安没想到自己有一天会因为沈觉变得如此患得患失。这太可怕了，她忍不住在心里吐槽沈觉：你可真险恶！

无辜被贴上了"险恶"标签的沈觉还不知道自己已经以这样的方式走进了陈七安心里，此刻正沉浸在自己为对方制造的惊喜中，满心期待着那天到来。

沈觉在工厂忙活了大半个月。当最后一个神秘礼物终于被做好，他才松了一口气。

他看着摆在面前的专属于陈七安的限定惊喜礼物，恨不得立刻穿越到自己告白的那天。

"沈总，还满意吗？"工厂的负责人笑盈盈地过来询问。

"非常满意。"沈觉说，"这段时间辛苦你们了。"

工厂负责人跟他开玩笑："我们还好，辛苦点儿是应该的，毕竟拿了钱呢。"

沈觉跟着他一起大笑起来，接过对方拿来的包装盒，一个一个将礼物小心地收好放进了箱子里。

沈觉带着这些东西回家，路上还去了一趟礼品店，精心挑选了包装纸。

从礼品店出来的时候，沈觉给陈七安发了条微信："晚上有空吗？一起吃个饭。"

陈七安刚开完会，整个人头晕目眩的。

这阵子公司上上下下都忙得兵荒马乱，只有沈觉不见人影。

陈七安吐槽他："有空就怪了！忙得好几天没吃晚饭了。"

沈觉一看这回复，立刻打了电话给余科。

"哟，稀客！"

"稀客什么稀客！"沈觉说，"听说你们最近很忙？"

"出息了啊！我们沈总什么时候关心起公司的运营问题了？"

"我不是关心公司，是关心陈七安。"沈觉说，"今天晚上你让她早点儿下班，我要跟她吃饭。"

余科翻了个白眼，路过公司的洗手间，走了进去，照了照镜子里的自己，仔细观察着新鲜出炉的黑眼圈。

"你求我。"

"你有毛病啊？"

"行吧，我知道了，今天晚上陈七安十二点之前下班应该是没问题的。"

"余科！"沈觉吼他，然而下一秒嚣张气焰就没了，清了清嗓子，说，"求你。"

余科的笑声回荡在洗手间里，开发部的一个男生推门进来，愣是被他吓了一跳。

"余总，你没事吧？"

余科笑着摆了摆手："没事，心情好。"

余科一边往外走，一边对着电话那头的沈觉说："可以啊，爱情的力量过于伟大了，愣是把老虎给祸害成了一只猫。"

"你差不多就行了，今天让她准时下班。"

"给你个面子。"余科问，"对了，你那边怎么样？"

"一切顺利，我已经把东西拿回来了。"

"都做完了？"

"做完了。"沈觉说，"她一定会喜欢。"

"这倒是，陈七安第一喜欢钱，第二应该就是喜欢这东西了，你都未必能排进前三名。"余科说，"说起这个，其实我还是建议你直接提着两箱人民币去告白，成功的概率可能更大。"

"滚蛋吧你！不说了，明天我去公司再聊。"

"哎呀，哥哥！人家还没跟你聊够呢！"

"闭上你的嘴！挂了！"沈觉现在是真的怕他了，之前就因为余科喜欢这样瞎胡闹，结果让陈七安误会了那么久。

玩笑归玩笑，余科回到办公室，刚好看见陈七安处理完手头的工作。

"各位！"余科站在销售部办公室门口，对着所有人说，"大家最近都辛苦了，这一周天天加班，谁身体都受不了，今天早点儿走，谁也不许再加班了，有什么工作明天再处理，实在紧急的事就交给我。"

他这话一出，销售部的人都惊了。

"余总，真的假的？"

"我是说实在紧急的事再交给我，"余科说，"你们一个个眼放绿光，别想谋害我啊！"

大家都笑了，纷纷感谢余总让他们准时回家。

陈七安依旧坐在之前的那个小角落里，看了一眼不久前跟沈觉的对话内容，想了想，回复说："今天可能不加班了。"

沈觉收到她的消息，心满意足，立刻准备订餐厅。

他问陈七安："今晚吃西餐？"

陈七安愣了愣，问道："今天是什么重要日子吗？"

沈觉："一定要重要日子才能吃西餐？"

倒也不是，不过对陈七安这种精打细算的人来说，她基本上不会走进西餐厅。

而且……陈七安觉得西餐厅那种地方很容易让气氛变得很暧昧。她跟沈觉……

陈七安想象了一下他们两个人坐在西餐厅里吃饭的样子——精致的菜品、静谧的环境，耳边是悠扬的钢琴声，周围人都穿着高级的礼服，唯独她，穿着 T 恤和牛仔裤。

陈七安长长地舒了一口气，觉得不搭就是不搭。

沈觉等了好一会儿，没等到她的回复，直接打了电话过来。

"怎么没动静了？"

"啊，我刚刚忙来着。"其实没有，她手头的工作已经结束，今天倒是没什么着急的工作安排了。

沈觉问："那现在呢？"

"现在还可以。"陈七安小声说，"不过你等一下，我出去和你说。"

办公室人多眼杂，而且这时候大家都在工作，她接私人电话聊晚上去哪儿吃饭，不合适。

陈七安拿着手机出去，特意去了楼梯间跟沈觉通话。

"怎么打个电话还要有反恐意识？"

"什么反恐意识啊！别闹！"陈七安说，"为什么想到要吃西餐？"

问完这句话，她紧接着又问了另一句："为什么要找我吃饭？"

"你怎么那么多为什么？我就是想找你吃饭，不行啊？"

"找我陪你吃饭你还挺理直气壮的！"

沈觉笑了："那不然我求求你？"

陈七安也笑了："如果你求我的话，我可以勉为其难地答应你。"

"神经病！"沈觉说，"西餐怎么样？有家新开的店，余科推荐的，说是他家牛排不错，我们可以去试试。"

陈七安想了想，突然灵机一动，对沈觉说："有句话我不知当讲不当讲。"

一般听见对方说这句话，沈觉肯定是会说"那就不要讲"的，但对面的人可是陈七安。陈七安的任何一句话，沈觉都要仔细听。

　　"那就讲吧。"

　　"你说的这家店，不便宜吧？"

　　"我刚刚看了一下，还可以。"

　　还可以？沈觉的"还可以"跟陈七安的"还可以"可不是同一个概念。

　　陈七安说："沈总，要不这样，你把去这家餐厅吃饭的钱给我，我给你做牛排。"

　　"你说什么？"

　　"我给你打八折！"

　　行啊陈七安！沈觉在这边有些哭笑不得，吐槽她说："你钻钱眼里了吧？"

　　"你说是就是吧。"陈七安说，"你觉得我这个提议怎么样？"

　　陈七安给我做牛排？沈觉坐在车里想了想，拍了一下大腿，觉得这事情好！

　　"行，那就这么定了，你不用给我打折。我付原价，你来做。"

　　陈七安对他的回应表示非常满意："好，那等下班去买食材。"

　　"食材我来买，买完直接去公司接你。"

　　赚上司的钱，还让上司开车来接自己，陈七安觉得自己有点儿过分了。

　　"不用，不用，你在家等着吧，我自己过去就行。"

　　沈觉才不听她的："就这么定了，下班见。"

　　"喂！"陈七安来不及拒绝，沈觉已经挂断了电话。

　　陈七安拿他完全没有办法，只好随他去了。

　　跟陈七安通完电话之后，沈觉开车回家，把礼物藏好，现在还不是拿出来的时机。

　　然后，当惯了大少爷的沈觉竟然亲自收拾起屋子来。

　　临时要让陈七安来家里，现在来不及找钟点工了，好在沈觉平时就爱干净，收拾起来也不算麻烦。

他收拾完，自己又跑去冲了个澡，出门准备去买菜时，还喷了香水。

沈觉不是喜欢逛超市的人，买东西向来网上订购送货上门，可以节省不少时间和精力。

但是这次不一样，他满心欢喜，甚至觉得有点儿幸福。

沈觉认真挑选着牛排和其他食材，最后还买了瓶红酒带回去。

结账的时候，沈觉在想：我是不是应该再买个烛台加几根蜡烛？在家搞个烛光晚餐，也挺浪漫的。

他幻想了一下那个场面，有些心动，但想了想，陈七安可能会一口气吹熄蜡烛，对他说："沈总，省电也不是这么个省法。"

那家伙真的一点儿浪漫细胞都没有！

沈觉买完东西直接开车去接陈七安，还在路上的时候就提前紧张了起来。

他也不知道自己在紧张什么，为了缓解一下，随手打开了音响，紧接着，沈觉的车里响起了《总裁的失忆情人》有声书。

这是余科发给他的，强迫他一定要听。

沈觉不喜欢这东西，但因为余科说这里面写的男、女主角跟他和陈七安很像——这对沈觉来说非常受用。结果他还真的听到一发不可收拾。

今天的剧情进行到身为男主角助理的女主角因为生病请假在家，男主角来她家看她，结果突然停电，两个人在黑暗中……

沈觉听到这里，赶紧关了音响。

本来他是想听它让自己放松一下的，结果越听越紧张了。

沈觉到公司的时候距离陈七安下班还有十分钟。他觉得自己把时间掌握得非常好，提前到了又不会等太久，是实打实的"时间管理大师"。

沈觉给陈七安发微信："我到了，车就停在路边，你出来就能看见。"

陈七安正在摸鱼画画。今天不怎么忙，加上晚上有约，陈七安的心思已经散了，还有半个小时下班的时候，她打开没画完的那幅画，偷偷地继续画了起来。

最近"安安兔的每一天"的运营工作已经走上了正轨，沈觉因为忙，好一阵子没画条漫了，但好在公司给陈七安配备了一个数位板。她摸索着学会了怎么用，这几次的条漫都是自己画的。

今天晚上她要更新的"安安兔小剧场"是安安兔跟一位帅气男士约会的场景。男士身着西装礼服，而"安安兔"穿着T恤和牛仔裤。两个人的穿着看起来极其不搭，但他们坐在无人打扰的窗边享用着浪漫的烛光晚餐，没有人在意他们是否登对。

陈七安也不知道自己为什么要画这样的场景。对把自己过分代入"安安兔"这件事，她觉得有些羞愧。沈觉的信息发过来时，她正在想要不还是算了，还是删掉这幅画吧。她想得有些出神，没注意到沈觉的信息。

沈觉等了半天没等到回复，索性打了电话过去。

陈七安删掉这幅画的念头被沈觉的这通电话打断，赶紧拿着手机出去，走到办公室外才回应沈觉："你等我一下。"

"你干吗呢？怎么不回我的消息？"

"刚刚在忙，"陈七安说，"不过我能准时下班。"

"那就好，我在外面等你。"

"等一下！"趁着沈觉还没挂断电话，陈七安赶紧叫住了他，"你把车停远点儿吧。"

"为什么？"

"我怕同事看见，不太好。"

沈觉向来我行我素，从来不理会别人的风言风语，但想到有可能给陈七安带来困扰，只好答应了。

"知道了，我往前开一点儿，在拐角处等你。"

陈七安松了一口气，笑着说："好，你少安毋躁，我尽快跟你会合。"

沈觉喜欢听她这么说话，有点儿俏皮，还挺可爱，显得他们很亲近。

挂了电话之后，沈觉哼着歌等着陈七安，在等待的时间里，又一次打开音响，听完了那段"黑暗中不能描述"的内容。

沈觉听得耳根子都有点儿红了，非常不理解，这竟然能过审吗？

他觉得车里空气有些稀薄，索性下车去等。

六点钟，沈觉回到车里，关好车窗，地下工作者接头一样，小心谨慎地等着陈七安到来。

陈七安下了班就往外跑。自从熊大志走了之后，她已经很少有下班如此积极的时候了。

她刚跑出去，周曦也下班出来了。

周曦要去坐公交车，好巧不巧，沈觉停车的地方距离那个公交站很近。

陈七安朝着那边跑去，很快就找到了沈觉的车。

她想都没想直接拉开车门坐上副驾驶座，催促着沈觉："快走，快走！"

沈觉笑她："怎么着，后面有狼追你啊？"

陈七安："我怕被同事看见嘛！"

"看见就看见，又不能怎么样。"沈觉嘴上虽然这么说，但还是乖乖听话地开车走了。

周曦远远地看着沈觉的车。她可以确定自己没看错，陈七安就是上了这辆车。

她在那里站了好一会儿。直到沈觉的车远得再也看不见，她才迈开步子继续往前走。前面不远处，是她要去的公交车站。

车上，一路小跑过来的陈七安还在喘粗气，沈觉已经递上了提前买好的饮料。

"没想到啊，"陈七安接过饮料之后笑着说，"沈总竟然这么贴心。"

"我本来就是暖男。"

陈七安笑了笑："食材你都买好了？"

"当然，一切准备就绪，考验你的厨艺的时候到了。"

陈七安表示非常满意。

"你很会做菜？"

陈七安想了想，说："也不能说很会，就一般会吧。"

沈觉曾经幻想过长大后的陈七安是什么样的。

她应该还是像小时候一样可爱又无忧无虑，被家人保护得很好，还有很多真心相待的朋友。

她应该是那种两手不沾阳春水的小公主，周围人什么家务都不会让她动手做。

但现在的陈七安明显不是他幻想中的那一个。她独立、勤奋，事事亲力亲为。

陈七安身上已经完全没有了从前那个小女孩的影子。沈觉觉得，如果不是这样，他也不至于在遇见她后完全没认出来。

但这样的陈七安似乎更加吸引他了。他能感受到对方身上的那股能量，连自身都被感染了。

"你还挺谦虚。"沈觉说。

陈七安笑："平时做家常菜还不错，不过沈总你可是吃惯了高级的精致美食的，我怕我做出来的东西你瞧不上。"

她说完，立刻补充："就算瞧不上，你今天也要付钱给我。"

沈觉笑得不行："放心，我都答应按照餐厅价格付你钱了，肯定不会食言的。"

"那就好。"陈七安美滋滋地喝了一口饮料，感慨说，"就喜欢你们这种说一不二的有钱人。"

陈七安话音刚落，沈觉突然坐直了身子。

他直视前方，开着车，心跳快了几拍，不自觉地就有些紧张。

他心里的小鹿都愣住了：她刚刚是说……她喜欢我？

我没听错。

沈觉想：她就是说了，她喜欢我！

暗恋中的人总是很容易因为对方一个不经意的举动或者无意间的一句话而想很多。

　　沈觉从前可不是这样的人。自从对陈七安上了心，人家给他个眼神，他就能脑补出一个宇宙来。

　　这不能怪他，这是人类的通病。

　　沈觉满心欢喜地沉浸在"陈七安说她喜欢我"的幻想中，开着车一路都眉飞色舞的。

　　陈七安不知道这人在发什么神经。但沈觉开心，车里气氛就好，车里气氛好，她就不用绞尽脑汁地去找话题了。

　　工作了一天，陈七安累得不行，最近严重缺觉，不知不觉就睡着了。

　　沈觉一开始没注意到她睡着了，等发现后就尽量保持安静，舍不得吵醒她。

　　这几天两个人没见到面，陈七安看起来明显憔悴了不少，沈觉在心里痛骂余科：无耻的资本家，就知道压榨员工牟取暴利！

　　此时，无辜的余科还在公司打电话，亲自跟线下店铺的人沟通新品上架的事情。

　　从公司到沈觉家，原本路就远，还赶上了晚高峰阶段，回去的时间比来时多用了一倍，沈觉开车开得挺累，陈七安却舒舒服服地睡了一个好觉。

　　或许是有预感，陈七安睁眼时，车子刚好转个弯到了新城水筑。

　　每次回来这里，陈七安心里都难以平静。自从搬离了这个小区，她每年只有向弛过生日的时候才勉强来一次，其他时候能不来就不来。

　　不是她不愿意回来，而是不敢回来。

　　陈七安很怕自己会过分沉湎于从前的生活，总往后看的人是走不好眼前的路的。

　　但这次到底不一样，沈觉如今住的地方是她从前的家，这对她的诱惑力实在太大了。

　　十七年了，物是人非，但她还是想再回去看看。

这件事陈七安自然是不会告诉沈觉的。她有很多秘密，不能跟任何人说。

沈觉的车转了个弯，两个人已经看到了新城水筑的大门。

陈七安正襟危坐，手攥着安全带一直盯着大门看。

沈觉发现她醒了，问："最近是不是太累了？"

"还可以。"陈七安说话的时候目光也没有挪开。

沈觉看了她一眼，发现她一直紧张地看着小区大门，以为她是因为要去他家了才会有这样的反应。

也对，女孩子第一次到暧昧对象家都会有些紧张的。

沈觉强压着内心的狂喜之情，尽可能地让自己看起来淡定些。

他们路过了大门，驶进地下停车场。

陈七安轻声说："这里面也改造过了。"

沈觉扭头看了她一眼，安静地点了点头。

两个人一时间都没意识到刚刚的这一个细节暴露了什么，陈七安的心思都放在她从前的家上，沈觉的心思都放在陈七安身上。

他们停好了车，直接从车库进家门。

陈七安对这里的一切都了如指掌，下了车都不用多想，直接就能找到上楼的地方。

"食材在后备厢里？"陈七安压制着迫切进屋看看的念头，主动要帮沈觉拿食材。

"对。"沈觉说，"你等我一下。"

沈觉当然不会让她帮忙，自己赶快过去打开了后备厢。

见陈七安过来帮他提东西，沈觉说："没事，我来拿。"

陈七安笑了笑："哪儿有让上司提重物的道理？"

沈觉吐槽她："现在想起我是你的上司了，平时怎么没见你对我这么敬重有加呢？"

陈七安笑而不语，接过沈觉递来的一个袋子，跟着人进屋了。

车库进门后是地下室，沈觉搬来之后找人把这里打扫了一下，但几乎空着没用。

小时候，陈七安一家还住在这里时，她爸爸把这里当作棋牌室。她小时候经常在这个地方跟爸爸下围棋。

现在，陈七安都不记得围棋怎么下了。

沈觉给陈七安拿了拖鞋。这是他特意去买的，家里唯一一双女式拖鞋，粉红色的，上面还被他特意别上了"安安兔"的徽章。

陈七安一看见那个徽章就惊呼："你竟然把这个别到了拖鞋上！"

"怎么了？不好看吗？"

"暴殄天物啊！"陈七安说，"你知不知道这个徽章当时是限量的？现在网上都已经炒到上千块钱一枚了！"

沈觉笑了："我知道啊，因为这是我设计的。"

陈七安酸溜溜地"哼"了一声，说："设计师了不起啊？"

"嗯哼。"沈觉站在那里得意地冲她挑了挑眉，"就是了不起。"

陈七安对他翻了个白眼，换了鞋就进屋了。

走出几步，陈七安凑过去问："沈总，这双拖鞋等会儿我能带走吗？我买也行！"

"你直接说想要徽章就行了，欲盖弥彰个什么劲啊？！"

陈七安多会演戏啊，当即谄媚地笑着说："沈总真是冰雪聪明、神机妙算、目达耳通、七窍玲珑！"

"没必要，知道你会成语了。"

陈七安一路跟着他往厨房走去："那沈总的意思是……？"

"不给！"

陈七安一听他说不给，立刻翻脸不认人了，抢先一步进了厨房，非常冷酷地开始准备今天的晚餐。

沈觉放下食材后倚着门看了她一会儿，问："需要帮忙吗？"

"不用。"陈七安说，"万一让你帮忙待会儿你因为这事少付我钱怎么办？"

"在你心里我就是这种人？"

"差不多。"陈七安阴阳怪气地说，"还设计师呢，跟你买个徽章都不卖，小气死了。"

沈觉笑了笑，也不说什么，转身溜达走了。

陈七安在厨房忙活的时候，沈觉回了自己的书房。

他径直走到抽屉那边，拿出一套"安安兔"的限量徽章，放进了一个不起眼的小盒子里。

他把小盒子藏好，然后离开了书房。

沈觉再下楼的时候，陈七安还在忙。他实在没法看她自己在厨房里折腾，便卷起衣袖进去帮忙了。

以前还以为陈七安应该是娇生惯养的大小姐，什么都不会做，但经历了这么多事之后，沈觉终于意识到，什么都不会做的其实是自己。

沈觉主动请缨帮陈七安备菜，结果做什么事都被嫌弃做得不好。

"黑胡椒粒怎么碾得到处都是？

"小洋葱不能这样切！

"哥，你到底会做什么呢？"

面对陈七安的"言语攻击"，沈觉表示很委屈："你这是嫌弃我的意思？"

陈七安看着他那副受了重创的样子，突然就于心不忍了，赶紧好声好气地说："没有，没有，我不是那个意思。我这是……温柔地鞭策你成为更好的自己！"

"温柔……吗？"沈觉觉得陈七安一定是对"温柔"两个字有什么误解。

"等会儿就温柔了，沈总你拭目以待吧！"

现在可不能招惹这个人，万一自己辛辛苦苦做完了这顿饭，这家伙因为记恨她不给钱了，她岂不是吃了大亏？

陈七安一边做牛排，一边懊恼：来之前应该先跟他签个合同的。

沈觉最后还是被陈七安赶出了厨房，隔着一扇玻璃门，可怜巴巴地看着人家自己忙活。

不过，这样的氛围让沈觉觉得还是很温馨的，跟陈七安斗斗嘴，围着对方瞎忙活，这大概就是陈七安口中所谓的"烟火气"。

他喜欢这样的烟火气，喜欢跟陈七安如此放松地相处的夜晚。

他灵光乍现，想到虽然自己绝对不可能设计"安安兔"吃臭豆腐的形象，但可以做一个居家系列，完全以陈七安为原型，把她一整天的生活日常都以"安安兔"的形象展现出来。

当然，前提是陈七安愿意。

沈觉看着她忙前忙后的身影，笑着想：如果把这个想法告诉了她，这家伙大概会跟我收费吧。

陈七安动作麻利。虽然说着没做过样式精美的法式牛排，但她开始之前上网查了一下，轻轻松松就完成了一份摆盘精致、鲜嫩可口的法式黑椒牛排。

除了牛排，陈七安还做了奶油蒜蓉虾仁跟罗宋汤。沈觉没忍住钻进厨房，自己拌了沙拉端上桌。

两个人，简简单单地在家里吃一顿西餐。当他们面对面坐下的时候，沈觉恍惚间有一种自己跟陈七安已经在一起的错觉。

"还真的挺浪漫的。"沈觉已经提前醒好了红酒，关掉主灯，只开了周围昏黄的小灯，然后过来给陈七安倒酒。

陈七安说："你还挺会烘托气氛的。"

"那是。"沈觉可是搜索了很多"浪漫攻略"的。

以前的陈七安是绝对不会吃他这一套的，但现在面对笑意盈盈地望向她的沈觉，总觉得气氛过分暧昧了。

更重要的是，她惊讶地发现，自己竟然很享受这种暧昧感觉。

陈七安有些心慌，对自己说不能这样。

她回了沈觉一个微笑，然后故意转过头去不再看他。

她尽量让自己不去多想关于沈觉的事情，难得来一趟，重新打量一下她心心念念的家。但其实从一进门开始她就感觉到，这已经不是她从前住过的家了。

过了这么多年，屋子已经重新装修过，里面早就没了过去的痕迹。

但她依旧记得每一间屋子曾经都摆放着什么东西，记得她跟家人在这里的一切经历。

她的痕迹早就已经被抹去，只不过让她稍感安慰的是，如今住在这里的人是沈觉。

她怎么又想到沈觉……

陈七安的心尖像是突然被一只手攥住，有那么几秒钟她呼吸都停顿了一下。

她看了一眼沈觉，发现对方一直在看她，然后赶快转移视线，望出去，刚好看到后面的院子。以前她一直想养一条小狗，爸妈也终于答应了她。只可惜，小狗还没到家，他们就先搬了出去。

想到这些事，陈七安难免有些伤感。

沈觉察觉出她的失落情绪，轻声问她："你怎么了？"

他很怕她触景生情，但又不知道她到底遭遇过什么事。

这种感觉折磨着沈觉，让他始终有些不安。

"没事。"陈七安说。

沈觉沉默地看了她几秒，然后说："你知不知道自己的演技其实没那么好？"

"是吗？我以为我演得挺好。"

沈觉耸了耸肩，跟她轻轻碰杯，喝酒前说了一句："岂止是不好，要是放在演艺圈，你是要被骂上热搜的。"

陈七安笑了，跟着他一起喝了口红酒。

沈觉思忖片刻，试探着问："所以，能跟我说说吗？"

陈七安抬眼看向了他。

"我不是故意想要探究你的隐私，只是……"

沈觉一时间没想好应该用什么样的措辞才能让陈七安听起来舒服些，停顿了一下，两个人都沉默着。

"我很喜欢后院的那棵树。"打破沉默的竟然是陈七安。她看向窗外，对沈觉说："你还记得我们闹到派出所的那一次吗？我就是进来看那棵树的。"

沈觉很意外，没想到陈七安竟然真的愿意开口和他聊这些事了。

他顺着陈七安的视线看出去。那棵树他记得——小时候他跟陈七安围着这棵树跑来跑去，不小心踩到自己的鞋带摔倒了，还被陈七安笑话过。

陈七安说："因为那棵树是当年我跟我爸一起种下的。"

沈觉突然紧张起来。他发现陈七安一直看着窗外，拿着刀叉的手格外用力。

这么多年来，她经历了什么事？今晚她要告诉他了吗？

"你……"

"对，我以前就住在这儿。"陈七安突然笑了，转过来看着沈觉说，"是不是很意外？没想到吧，我以前也是有钱人！"

沈觉说不出话来，看得出她在强颜欢笑。

"我从出生起就住在这里了，一直到12岁。"陈七安说，"12年，一个真正意义上的轮回。"

她微微低着头，看着盘子里摆盘精美的牛排说："小时候我从来没想过长大以后会是什么样的，不过就算想过也一定不会料到，长大之后的我……竟然一无所有了。"

说到这里的时候，沈觉看到陈七安眼泛泪光。他有些于心不忍，想知道她的经历，却又舍不得让她重提。

他拿了纸巾给她，她却笑着说："糟了，丢人了。"

沈觉克制着想要揽她入怀给她安慰的想法，静静地坐在了她的身边。

陈七安说："是不是打算嘲笑我？"

"为什么要嘲笑你？"

"因为我哭了。"

"我不会因为这事嘲笑你。"沈觉说，"这不应该被嘲笑。"

沈觉难得认真又温情，这让陈七安更忍不住想落泪。

陈七安在这些年的生活中，极少有这种温情时刻。她早就已经习惯了把一切事情都往肚子里咽，不诉苦，不抱怨，生生活成了一个女战士。

但女战士脱下铠甲之后也是个有血有肉、有苦有乐的人。

或许是因为今晚气氛正好，也或许是因为酒量不佳的陈七安喝了点儿红酒，甚至只是因为面对的是沈觉……她前所未有地拥有了倾诉欲。

她没想到，自己有一天竟然会对这个人如此掏心掏肺地说心事。

"我小时候住在这里，根本不懂忧虑是什么。"陈七安说，"或许就是因为人生的前十二年太过顺利，所以老天爷觉得应该让我尝尝生活的苦吧。"

她苦笑了一声，继续说："但是，这也太苦了。"

沈觉没忍住，轻声问她："发生了什么事吗？"

"我爸的生意一直做得不错，有个亲戚跟他合伙做了一个新的项目，没想到那人跟其他人联合起来骗得我们倾家荡产。"说起这个，陈七安咬紧了牙关。

她一直不明白，为什么亲人之间还会发生这种事。

这也是沈觉没想到的情况。

他之前听陈七安说过她父亲做生意被坑，但没料到竟然是被亲戚坑骗，这比被外人坑更让人难以释怀。

"那时候，不光是我爸的公司没了，连这栋房子都要被拍卖。"陈七安继续说，"很多事情压在我爸的肩上，偏偏那时我妈又被诊断出患了癌症。"

沈觉愣住了，无法想象当时只有12岁的陈七安在遭遇这些变故时是如何承受的。

"我妈从确诊到去世，一共就几个月的时间。我爸一直觉得是因为家里拿不出钱给她治病才导致她这么快离开。"陈七安深呼吸，咬住嘴唇的时候，整个人都在发抖，"办完我妈的葬礼之后，我爸跳楼自杀了。"

她说完，沈觉也终于无法忍受，把她抱在了怀里。

这些事就发生在沈觉一家搬走后的两年时间内，他们分别时还快乐无忧的小公主，转眼就变得家破人亡。

沈觉突然有些怨恨，不明白命运为什么要欺负那么美好的小女孩。

陈七安被沈觉抱在怀里的时候，有那么一瞬间是意外的。但沈觉的拥抱温暖到让她很快就备受安慰，意识到原来在难过的时候，拥抱竟然这么奏效。

她糟糕的情绪被慢慢地抚平了。

"对不起。"

陈七安诧异："怎么了？"

沈觉为什么对自己说对不起？

沈觉没出声，只是抱着陈七安，闭上眼，不让自己也哭出来。

他每天都在猜测陈七安的世界发生过什么事，做了无数设想，却发现真实发生的事远比他想的更残酷。

他不由自主地就说出了那句"对不起"。

对不起，在你最辛苦的时候我没有陪在你身边。

对不起，在你漫长又坎坷的成长过程中我缺席了十七年。

对不起，我回来得太晚了，让你一个人面对这一切遭遇。

但好在以后你不会再苦下去了，因为我回来了。

沈觉回来了，从此，陈七安不再是孤苦伶仃的一个人。

陈七安不再是公主，那么沈觉也不要当王子了。

如果愿意，她可以继续做女战士。但当女战士愿意回过头来看看时，她的骑士就在她身后。

陈七安很少让自己在别人面前如此失态，就连方凝也没见过她这样。

可是不知道为什么，在面对沈觉时，陈七安竟然完全卸下了防备，就这样把自己最脆弱的一面暴露给了对方。

"沈总，"陈七安整理好情绪之后，对沈觉说，"你有没有听说过这么一句话？"

她回神了，但沈觉还没有。

坐在她旁边的沈觉还在因为她难过，而她已经恢复了往日的状态，对他说："知道得太多，会被灭口的。"

"这位小姐，你清醒一点儿，现在是在我家，我灭你的口比较容易。"

什么嘛！沈觉确定了，陈七安就是气氛终结者。

陈七安靠着椅背看着他笑，笑完之后真诚地说了一句："谢谢你。"

说完，她又喝了一口红酒。

这看在沈觉眼里，竟然有种借酒消愁的意思。

"你突然这么客气我都不习惯了。"沈觉起身，又往她空了的杯子里倒了点儿酒。

"我一直很客气的，非常有礼貌。"

沈觉看着她笑，发自内心地觉得陈七安很厉害。

"敬你。"沈觉拿起酒杯对她说。

"上司敬我酒，怪不好意思的。"虽然这么说，但陈七安还是笑盈盈地跟他碰了碰杯。

沈觉说："祝你以后平安喜乐，万事无忧。"

陈七安仰头看着站在自己面前的男人，带着笑意说："沈总不如祝我早日发财啊！"

"你啊！"沈觉拿她没办法，心里吐槽她到底还是个财迷，嘴上依旧顺着她的意祝她早日发大财。

人与人之间的关系，总是在某一个瞬间开始转变。

当陈七安像翻回忆册一样把那些事情讲给沈觉听之后，心里就知道，他们两个的关系跟从前不一样了。

陈七安对这种暧昧的关系有些抗拒，更何况沈觉现在还是她的上司。

她握着酒杯，有些懊恼刚刚的冲动，开始思考应该如何将他们的关系"拨乱反正"。

"在想什么？"沈觉坐回了自己的位子上，隔着一桌的美食与陈七安相望。

"我在想今晚这桌美食我该收你多少钱。"

沈觉轻笑一声："就知道你只会琢磨这些事。"

其实也不是，陈七安看着他，轻不可闻地叹了一口气。

"你发现了吗？"

"什么？"

陈七安仰头看了看天花板上的灯："这盏灯刚好把我们隔成了两个世界。"

沈觉为了烘托气氛，只开了两盏昏黄的小灯。一盏从陈七安那边斜斜射到沈觉面前，另一盏则从沈觉那边照向陈七安。但是，不知道什么时候，沈觉身边的那盏灯被关掉了。此时此刻，沈觉依旧被柔和的灯光包裹着，可陈七安处在昏暗的阴影中。

沈觉立刻起身要去开灯，却又听见陈七安说："这样蛮好的。"

沈觉扭头看向她，然后突然关掉了所有的灯。

整个房子陷入了黑暗之中，只有外面的月光洒进来，让他们隐约还看得见彼此。

"现在好了。"沈觉说，"知道什么叫事在人为吗？"

陈七安抱着酒杯看着他笑了起来："沈总，那你的意思是，我们今天晚上就靠月光照明吃完这顿饭？"

"也不是不行。"沈觉坐下，拿起叉子淡定自若地吃了起来。

陈七安笑他是神经病，但笑完之后，自己竟然跟着沈觉一起，在黑漆漆的夜里吃起了晚餐。

陈七安不是个浪漫的人，对浪漫情节的想象也非常有限，但在这个晚上，觉得这是她此生能经历的最浪漫的夜晚，尽管这一切场景看起来那么荒谬又不真切。

这一切都要感谢沈觉，他给了她一个浪漫的梦境。

吃完饭后，沈觉带着陈七安去院子里看树。

在沈觉搬来之前，这栋房子空置已久，尽管定期有人来打扫，但院子里的花花草草被照料得并不好。但是，沈觉搬过来之后，尽他所能地将一切打理得尽善尽美，为的就是如果有一天他苦等已久的陈七安回来，再看到自己曾经住过的家，能觉得欣慰。

陈七安曾经以为自己永远不可能把这些事情告诉沈觉，但这一刻，突然庆幸自己刚刚说了出来。因为，至少她能光明正大地重新去感受曾经陪伴她成长的这个院子了。

她站在那棵树下，看得有些出神。

沈觉就站在她身后一米远的位置，专注地看着她。

陈七安突然回头时，刚好撞上沈觉的视线。对方的神情带着浅浅的笑意，她不知道是不是自己的错觉，竟然觉得沈觉望着自己时，目光有些含情脉脉。

想多了，她绝对是想多了！

陈七安说："我这样是不是有点儿奇怪？"

"为什么这么说？"

陈七安笑了："身为下属，竟然觊觎上司的家。"

沈觉很想告诉她，如果她愿意，可以搬回这里来。

但他怕自己把这话说出来之后，陈七安会当他是猥琐下流的浑蛋，在对她进行职场性骚扰。

"还好。"沈觉说，"如果你愿意，付一半房租，我可以当你的二房东。"

"谢谢你的好意，还是不用了。"陈七安可付不起这里的房租。

她决定不看了，今天已经过足了瘾，再沉迷下去，并不是一件好事。

"时间不早了，我得回去了。"陈七安对沈觉说，"今天的晚饭钱你就不用给我了。"

沈觉一听这话，笑出了声："可以啊你，成长了。"

"我的意思是，之前我还欠你钱，抵了吧。"

原来她在这儿等着呢！这陈七安还真是什么时候都不吃亏！

沈觉翻了个白眼："我真是高看你了。"

陈七安笑得不行，跑回屋子里拿出了欠条。

"你竟然还随身带着这东西？"

"特意带过来的。"陈七安说，"来吧，一笔勾销吧。"

沈觉嘟嘟囔囔地说着："没见过一顿饭要 8500 块的。"

虽然不情不愿，但沈觉还是签了字，他们之间的这笔账也算是了结了。

小算盘打得"噼啪"响的陈七安心满意足地准备离开，却突然又被沈觉叫住了。

"你先等会儿。"沈觉说，"我送你回去。"

"送什么啊？！"陈七安说，"我自己坐地铁就行。"

沈觉怎么可能让她这么晚一个人回家？他去拿了外套，一定要跟她一起走。

"对了，有件事差点儿给忘了。"沈觉说，"你去楼上的书房帮我拿个东西。"

陈七安已经换好鞋站在门口了，莫名其妙地问他："你干吗不自己去？"

"因为我是你的上司。"沈觉又开始拿腔拿调，"你身为助理，去帮我拿点儿东西怎么了？"

行吧，官大一级压死人，陈七安认了。

她重新换上拖鞋，把包放在门口的架子上，不情不愿地往里走去："楼上书房？"

"对，二楼上去，开着门的那间。"沈觉说，"进去后到抽屉里找一个盒子。"

"知道了。"陈七安一边往楼上走着，　边在心里不停地吐槽着沈觉。

陈七安上楼的时候，沈觉在楼下暗自得意，开始幻想等会儿陈七安发现那盒限量版"安安兔"徽章时会是什么样的反应。

陈七安到了二楼，果然一上去就看见了开着门的书房。

她走进去，开了灯，打电话给沈觉说："这么多抽屉，你说的是哪个？"

"书桌边的那个，你打开看看。"

陈七安听话地走过去，拉开了那个抽屉。

果然，一个小盒子摆在抽屉里。

"找到了。"

陈七安拿起盒子就准备走，又听见沈觉说："打开看看。"

陈七安怔了怔，心说：你的东西我打开合适吗？

不过上司都发令了，那她也只能照做。

陈七安打开盒盖，看见了被放在里面的徽章。

"看见了？"

"呃……徽章？"

沈觉得意地笑了："看在你今晚给我做了这么好吃的一顿饭的分儿上，这套徽章送你了。"

"送我？"

"不用太感谢我，谁让我这人善良呢？"

陈七安惊喜地问："真的送我了？不要钱的吗？"

"你当我是你啊？财迷！"沈觉说，"拿着吧，快下来，等你半天了。"

陈七安欣喜若狂，觉得能有这套徽章，就算让她再给沈觉免费做顿饭都行！

"好！马上下去！你等我！"陈七安挂断了电话，珍惜地把那套徽章拿了起来。

就在她准备关上抽屉离开时，目光突然扫到了抽屉里的另一样东西。

她愣了一下，随即皱着眉把它拿了出来。

沈觉在楼下等了陈七安好半天，这人愣是没动静。

她不是都已经找到徽章了，还磨蹭什么呢？

沈觉觉得奇怪，按捺不住性子，上楼了。

"陈七安？你干吗呢？"沈觉上到二楼，发现书房的灯竟然还亮着，"磨磨蹭蹭的，你该不会想盗取什么商业机密吧？"

沈觉开着玩笑走到了书房门口，然后就看见陈七安拿着那幅画站在书桌边。

那幅画是当年他们一家从这里搬走时年幼的陈七安送给他的。

他永远都记得那时候她对他说的话。

"以后我就不能陪着你啦,送你一只小兔子,让它陪你环游世界吧!"

这幅画一直被他珍藏着,画上的小兔子也是"安安兔"的设计灵感来源。

"陈七安……"沈觉在叫她的名字的时候,突然有些心虚。

他太大意了,竟然忘了事先藏好这幅画!

陈七安已经看了这幅画很久。她第一眼看过去时只是觉得眼熟,直到将它拿出来,看到了画的右下角的签名。

虽然过了这么多年,虽然很多事情被她刻意遗忘,但过去发生的一些事情在某一个时刻很轻松就能被唤醒。

她原本是忘记了这些事的。因为那个时候的她有很多很多朋友,她也送过很多稚嫩的画给别人。所以对她来说,送给邻居家她都不记得名字的小男孩一幅画,并不是什么太重要的事。

可问题是,它怎么会出现在沈觉的抽屉里?

陈七安听见沈觉的声音,抬头看向门口,举着那幅画,不可思议地质问沈觉:"你怎么会有这幅画?"

沈觉没有任何准备。他设想的相认场面不是这样的。

但事已至此,他也没办法继续掩饰,只能硬着头皮坦白说:"这幅画……"他尴尬又紧张,想着一切都可以说清楚,"你还记得在你 10 岁那年……"

"你的意思是,"陈七安打断了他的话,有些语气不善地说,"你是当年邻居家的那个小男孩?"

陈七安还记得他。

从某种意义上来说,沈觉跟陈七安确实是青梅竹马,他们打从出生开始就住在彼此隔壁。

小时候的陈七安就是个交友广泛的人——小区里的同龄小朋友就

没有她不认识的，但沈觉不一样。那时候的沈觉不爱说话，不爱跟人接触，唯一的朋友就是陈七安。

那个时候，陈七安记不清楚这些小朋友的名字，于是给他们每个人都起了昵称。隔壁的那个小男孩，她管他叫"嗒嗒"。因为有一年春节，她看见他穿着新皮鞋在院子里"嗒嗒"地跑，结果摔倒了。

因为一直叫他"嗒嗒"，他也从来没有纠正过，导致直到分别时陈七安都不知道那个男孩的名字到底是什么。

原来他叫沈觉吗？

陈七安难以置信地看着他。

沈觉听到她的问话，虽然觉得有些别扭，但说到底还是开心的。

他隐瞒了这么久，只为了寻找一个浪漫的时机向她告白，告诉她自己从分别那天开始就在期待他们重逢。

但都说计划没有变化快，秘密被陈七安自己发现了，那他就顺水推舟好了。

沈觉往前两步，有些不好意思地点头说："没错，就是我。那个时候我爸妈总是不在家，我又有些孤僻不喜欢出去玩，只有你愿意陪我。对那时候和后来的我来说，你都是很重要的人。"

陈七安一时间不知道应该以什么样的表情去面对沈觉，突然觉得很可笑。

"你早就认出我了？"

沈觉又点了点头。

"你是因为这个，才让我来这里？"

"什么？"

"也是因为这个，才让我进总部工作？"

"啊？"

"你是因为看我落魄了，同情我，可怜我，所以才对我这么照顾吗？"

"我不是……"

"还是说你们有钱人就喜欢用这种方式做慈善？"

沈觉愣住了。他完全没那种想法，也不明白陈七安为什么会这么想。

陈七安把画放下，径直往书房外面走去。

"不好意思，沈总，乱翻你的东西是我不对，我先回去了。"陈七安也不知道自己到底在气什么，只是突然之间觉得这一切事情都有些可笑。

往外走的时候，她想起自己跟沈觉的初遇场景，别扭又好笑。

那个时候，沈觉就知道他们曾经认识吗？

陈七安慌不择路地离开了沈觉家，走的时候甚至连包都忘了拿。

她闷头往外走着，大脑一片混乱。

她又想起自己今晚自作多情地给沈觉讲那些经历，把自己整个剖开了。她从没对谁这么祖露心事过，那个时候，沈觉又是怎么看待自己的？

她有很多疑问，一时间头脑混乱到无法理智思考。

她现在唯一能做的就是先逃开、躲起来，然后把她跟沈觉的关系重新梳理好。

沈觉被陈七安的反应弄得一头雾水。在他看来，这些都不是重要的问题。他不明白陈七安为什么反应这么强烈。

难道她真的这么不愿意接受自己吗？

沈觉愣在原地好久，然后才转身追了出去。

沈觉连鞋子都没来得及换就跑了出去。等他赶上陈七安，对方已经到了小区门口。

"陈七安！"

听见沈觉的声音，陈七安非但没停下，还加快了脚步。

沈觉皱着眉跟上，一把拉住了她的手腕。

"你怎么回事？"沈觉问，"为什么突然跑走？"

陈七安被他这么一拉，吓着了似的，赶忙后退："你不要碰我！你先放开！"

沈觉被她的样子给吓坏了，立刻放了手道歉："对不起，我是不是弄疼你了？"

"不是，没有。"陈七安又往后退了两步，眼睛也不看沈觉，"很晚了，我要回家。"

"我说了，我送你回去。"

"不用！"陈七安非常坚决地拒绝了他，"我自己回去就行，不麻烦沈总了。"

陈七安终于抬眼看向了沈觉，对他说："沈总，今天的事情有些突然，我需要时间消化。"

沈觉看得出，她对这件事似乎相当在意。

陈七安是应该在意的，但沈觉以为她知道这事后就算不是欣喜若狂也应该有老友重逢的快乐，怎么会是这样的反应呢？

"我很抱歉。"沈觉说，"我不是故意瞒着你，只是不知道怎么跟你说。"

"不，不，不，你是上司，不应该道歉。"

"你别这么说。"

"沈总，给我点儿时间，我现在很混乱。"陈七安说，"他们都在背后传谣言，说我是因为你的关系才进的总部，还一直受你照顾。我从来都没在意过这些谣言，因为总觉得谣言嘛，不攻自破。但我没想到，这竟然不是谣言。我就是靠关系才进公司的无耻之人，活该被人戳脊梁骨。"

沈觉紧锁着眉头，想说根本就不是这样的。

但这时，突然有人叫陈七安的名字。

两个人同时循声望过去，小区外面，向弛从车上下来惊讶地看着他们。

陈七安看见向弛，就像是等来了救兵，跟沈觉说了一句"沈总晚安"之后，快步走向了疑惑地看着他们的向弛。

陈七安对向弛说："帮个忙，送我去地铁站。"

向弛看出她脸色不好，第一反应就是沈觉欺负她了："他怎么你了？"

"没事。"陈七安说,"上车再说,求你了。"

她说完,先一步上了车。

沈觉追出来,却被向弛拦住了。

沈觉说:"我会送她回去。"

"不用了。"向弛挡在沈觉面前,愤恨地说,"你离她远点儿就够了。"

向弛开车带走陈七安的时候,沈觉第一次体会到所谓的"无力感"。原来生活中真的有让自己无能为力的事,就比如现在,他没办法让陈七安留下来。

事实上,直到这个时刻沈觉依旧没有完全理解陈七安,还是想不通为什么她的反应如此强烈。

就算他们没有别的关系,只是老友重逢,不也应该是感到惊喜吗?

那辆跑车逐渐消失在沈觉的视线中,他站在小区大门口,觉得自己糊涂又无奈。

等到回过神来时,他突然发现自己刚刚真是失了体面,穿着拖鞋就往外跑,十分狼狈。尤其想到自己这副样子被那个叫向弛的家伙看见了,沈觉更想死了。

沈觉垂头丧气地往回走着。明明很美的月色,他却觉得月亮都结了一层冰。

他一个人回到家,烦躁地躺在沙发上,望出去就是那棵陈七安心心念念的树。

他盯着树看了一会儿,掏出手机打电话给余科。

"你不是在约会吗?给我打什么电话?"余科上来就调侃他,"你是不是突然发现还是更喜欢我啊?"

沈觉这会儿没心情跟他开玩笑,有气无力地说:"我可能搞砸了。"

"搞砸了?"余科突然紧张,"第二拨产品出问题了?"

"不是,我是说我跟陈七安的事。"

虽然很不厚道，但余科听到不是第二拨产品出问题的时候，还是在心里说了一句：还好，还好，谢天谢地。

余科在意公司的新产品，也心系兄弟的情感生活，问："怎么了？你俩约会不顺利，吵架了？"

沈觉这时候脑子有些乱，想了想，说："说来话长。"

"没事，你说，我听着。"

余科太清楚沈觉这人了。平时沈觉在工作上做得风生水起的，但在两性方面还得是他余科才是专家。

兄弟有难，他这个情感专家肯定是要帮忙的。

"陈七安今晚来我家。"

"不是吧！你霸王硬上弓了？这可是犯罪！"

"你听我说完。"

"唉，好。"

余科开始琢磨：如果沈觉真的霸王硬上弓了，我要不要帮陈七安报警啊？

"她在我家发现了小时候送我的画，"沈觉说，"我暴露了。"

余科琢磨了一下，问道："就这样？"

"就这样。"

"那不长啊。"余科想：这不是一句话就概括了？

沈觉叹气："重点是她的反应让我想不明白。"

沈觉把陈七安发现真相之后的情景重新描述给余科听了："我以为她就算不欣喜若狂，也应该是开心的，但为什么她会那么生气呢？"

余科听完沈觉的话，认真地想了很久，然后说："老沈，我觉得你还是不够了解她。"

"我还不了解她？"

"你自己好好想想，"余科说，"一直以来你做的这些事，自以为是深情、专一，是对她百般珍惜，但是真的站在她的角度去感受过她的立场吗？"

沈觉微微皱起了眉。

"我跟七安接触得肯定没有你多，但也可能正因为我是个局外人，所以才比你看得清楚。"余科说，"你把重心都放在了自己给她什么上，却没有好好想想，她要的是什么。"

"她要的……"沈觉轻声重复着这三个字，看着天花板，好久没说话。

他很懊悔地发现，余科说的话是对的。

挂断跟余科的电话之后，沈觉一个人上了楼，坐在书房里，盯着那幅画看了一整晚。

陈七安坐在向弛的车里，走远时偷偷透过后视镜看着沈觉。

那人跟平时一点儿都不一样。平日里永远气宇轩昂、骄傲自信的他，这时候却仿佛丢盔弃甲的战败者，灰头土脸的。

这样的沈觉让陈七安看着也心里难受。但她能做的就是收回视线，只看前方。

向弛心里也不痛快。他不知道那个叫沈觉的家伙对陈七安做了什么，但可以确定的是，她被欺负了。

"把我送到前面的地铁站就可以。"

"我送你回家。"

"不用了。"陈七安说，"我可以……"

这时候她才突然发现，自己走得急，连包都忘了拿。

"麻烦你送我回家吧。"她身上没有钱，也没有交通卡，连手机都落在了沈觉那儿。

向弛自然愿意送陈七安回家，甚至觉得庆幸，今晚送她的是自己而不是沈觉。

"小七，那家伙是不是欺负你了？"

陈七安没说话。

"他没对你做什么过分的事吧？"向弛紧张地问，"要不要我帮你……"

"向弛。"陈七安打断了他的话，"他没对我做什么事，我们之间只是一些小矛盾而已。"

"他惹你生气了？"向弛皱着眉问，"到底发生了什么事？我不能让你平白无故地受委屈！"

陈七安有些疲惫地说："向弛，我可以处理好自己的事，现在能让我稍微安静会儿吗？"

向弛心里气恼，但也只好不再说什么。

一路上车里气氛压抑，向弛很想继续问她今晚究竟发生了什么事，以及她跟那个沈觉到底是什么关系，可是也看得出，陈七安心情很糟。直到她下车回家，他也没敢再追问下去。

陈七安两手空空地回了家。好在方凝今天不上班，否则这一晚陈七安还不知道要去哪里过夜。

方凝正在家里敷面膜，听见敲门声跑过去开门，一看见陈七安就被吓了一跳。

"怎么了这是？"在方凝看来，陈七安是那种不管遇到什么事永远充满能量的人，好像从来没有什么事能让她垂头丧气，但今天晚上情况明显不对劲，眼前的陈七安双眼泛红，没精打采，像是天塌下来了一样。

方凝紧张地拉人进屋，陈七安就直接坐在了鞋凳上。

"你的包呢？"方凝记得早上陈七安出门时是背了包的。

陈七安靠墙坐着，用力地深呼吸。

方凝惊了："你遇见打劫的了？"

陈七安抬头看着她，下一秒方凝已经拿过手机准备报警了。

"没有，"陈七安赶紧握住她的手制止她，"落在沈觉家了。"

听到沈觉的名字，方凝怔了一下，然后退后半步打量了一下陈七安。

接着，方凝像是想明白了什么，一个电话就打到了余科那里。

"余科，把你那个狗兄弟的住址告诉我。"方凝咬牙切齿地对余科说。

余科一听这话，大概猜到了她生气的原因："七安回去了？"

"回来了。"方凝说，"等等，你为什么突然这么问？你是不是知道什么事？"

刚刚沈觉给余科打了电话之后，余科想过是不是先跟方凝说一声，但紧接着公司那边的人就来了个电话，给耽误了。

方凝是暴脾气，最见不得别人欺负自己的好朋友，直接对着余科嚷嚷："沈觉那个狗东西！看我不打断他的腿！"

余科被吓了一跳："等等，等等！怎么就要打断腿了？"

"他敢占我们家安安的便宜，就活该被打断腿！"方凝磨着后槽牙说，"我要把他的三条腿一起打断！"

话一出口，连陈七安都震惊地看向了她。

余科听了她的话，被吓得倒吸一口凉气，赶紧解释说那两个人是闹了别扭，不过他用自己的人格担保，沈觉不会对陈七安做那种事。

方凝思忖片刻后问："你的人格，我能相信吗？"

"我是你男朋友啊！"

陈七安听着他们俩你一言我一语，无奈地揉了揉眉心，说："方凝，我没事。"

方凝见陈七安说话了，不再搭理余科，挂了电话过来担心地拉住了陈七安的手："到底发生什么事了？他要是占你的便宜了，我这就替你出气去！"

陈七安看着方凝，觉得备受安慰，凑过去抱住对方，轻声说："没有，他不是那种人。"

虽然内心矛盾，但陈七安也没法任由他人误解沈觉。

"方凝，我刚刚经历了人生中最尴尬混乱的时刻。"陈七安靠着墙，有气无力地说道。

方凝不知道发生了什么事，轻轻地拍着她的背，等她慢慢说给自己听。

陈七安把今晚发生的事告诉了方凝，其中自然包括她跟沈觉是童年玩伴这件事。

方凝皱着眉，看起来也是满头雾水："安安，我有点儿不明白。"

陈七安用眼神询问她哪里不懂。

"照理说你不是应该很开心吗？"方凝的想法跟沈觉相似，她问，"你们俩现在关系暧昧，又突然发现小时候竟然就是好朋友，难道你不应该有种命中注定的感觉，觉得你们是天生一对吗？"

陈七安知道，或许除她之外的任何一个人得知这件事的反应都会跟方凝一样，因为他们不是她，不知道她的世界里正在发生什么事。

这些年，陈七安家破人亡。她爸去世后，她跟着奶奶生活。奶奶考虑到她什么都没有了，特意给她留了一套房子。结果一年多以后奶奶病逝，这套房子也被亲戚强占了。

从十几岁开始，陈七安一边要努力长大一边要提防着那些吃人不吐骨头的亲戚，拼了命才长成了今天这样。

虽然努力让自己看起来强大又独立，但其实，这样的陈七安内心深处是敏感、脆弱的，也比普通人有着更强的自尊心。

对她来说，被突然告知沈觉曾是她的儿时玩伴，她的第一反应并没有所谓的重逢的欣喜感。相反，她惶恐、失望，甚至还有些愤怒。

"不是这样的。"陈七安对方凝说，"举个例子，你跟余科在一起，一直以为他爱的是眼前这个你，但突然有一天发现，原来他现在对你做的一切事都是因为很久以前你陪伴过他，你会有什么感觉？"

没错，就是这样的，陈七安觉得如今沈觉与她关系暧昧也好，对她纵容也好，全都是基于十几年前的那段儿时回忆。

沈觉透过现在的她，在回报从前的那个陈七安。

他并不喜欢她，至少不喜欢如今的她。

而她呢？自作多情地以为自己有多特别，甚至不顾一切地把自己最不愿示人的一面都展现给了对方。

陈七安靠墙坐着，苦笑着说："而且我不明白他为什么要刻意瞒着我。他什么都知道，却又要我亲口把那些我不愿意说出来的事告诉他。他一定要用这种方式来证明他对我有多重要吗？我觉得自己被耍了。"

方凝终于明白了她难过的原因，靠过去把人抱在了怀里：

"安安……"

"不过没关系，"陈七安靠在方凝的怀里，强忍着眼泪说，"反正我又不喜欢他，他对我怎么样，不重要。"

她不喜欢吗？

方凝皱着眉想：如果你真的不喜欢他，怎么会这么难过呢？

陈七安觉得自己的自信心和自尊心都被打碎了。

她以为她是凭借自己的能力进的"X星球"总部，也正是因为这样，才能在同事们说三道四时挺直腰板做事。哪里想到，原来他们说的是对的，她自己才是哗众取宠的小丑。

她以为是因为她足够吸引他。哪怕没有足够与他匹配的家世，但至少在他面前，她是能够跟他并肩并被他认定的，却没料到，原来他透过她看见的始终是那个活在记忆里，被他美化了的女孩。

而真正的陈七安，早就变了样。

原来一切都是假的。

陈七安问方凝："是不是觉得我很矫情？"

"才没有，"方凝说，"我能理解你。"

陈七安是极少示弱的人。今天会这样，方凝明白，她一定很难过。

陈七安的眼泪还没流出来，方凝先哭了。

"你才不矫情。"方凝说，"沈觉那个王八蛋，到底想干吗啊？"

沈觉能想干吗呢？他想好好爱陈七安，只不过，有些事情弄巧成拙了。

这一晚，谁都没睡好，或者说，陈七安跟沈觉都没睡。

沈觉在家，面对着那么多"安安兔"发呆。

陈七安单曲循环了一整晚《当时的月亮》。

第二天，陈七安没去上班。

自从工作以来，但凡接触过陈七安的人都知道她是个工作狂，高烧39℃都要坚守岗位的那种，可是，这次她竟然请假了。

沈觉一大早带着早餐和陈七安的包到她家楼下等她，可是等了很久都没见人下楼，倒是方凝，一大早就风风火火地跑走了。

他打电话给余科，问余科要方凝的电话号码。

"找陈七安啊？"余科说，"她早上给我打电话了，请假了。"

"请假？"沈觉看向陈七安家的窗户，"不会是因为昨晚的事吧？"

"那你觉得呢？"余科说，"她的语气听起来挺低落的，她怕不是生病了。"

沈觉没想到会这样，问了余科门牌号，然后赶紧挂了电话，拿着东西上楼。

老旧的楼房，老旧的楼梯，这是沈觉第一次走进这栋楼。

砖头和水泥砌起来的台阶甚至已经有些残缺。

他来到六楼，转了一圈终于找到了陈七安的家。

老式的防盗门上贴着张纸，写着：快递放门口。

沈觉向来都是无所畏惧的，但在遇见陈七安之后，时不时就畏缩一下。

所以说，陈七安这人真的挺要命。

沈觉抬手，试探了好几次都没敢按下门铃，心跳得特别快，总觉得门一开，里面就是陈七安拿着菜刀对着他。

他昨晚用一整夜的时间想明白了她生气的原因，也知道或许他以为的惊喜对她来说并不有趣。

她太胆战心惊了，太小心翼翼了。这不怪她，是生活把她生生磨成这样的。

所以，他该给她的不只是惊喜，更多的应该是真心。

当务之急他应该学会的是对她表露真心。

沈觉站在门口，忐忑不安，最后还是按下了门铃。

然而，他好不容易做好了心理建设，门铃却压根没反应。

这房子太老旧，门铃都坏了好久了，没人来修。

无奈之下，沈觉只能敲门，"咚咚咚"敲了三下，然后说："陈七安，我是沈觉。"

陈七安裹着毯子坐在房间里闷头工作。尽管不去上班，但很多事情她不可能就这么放下不管。

听见敲门的声音，她以为是方凝忘了什么东西回来拿，没想到很快就听见了那句"我是沈觉"。

陈七安立刻回头继续工作，当听不见。

她从来都不是爱使性子的人，但现在确实不是很想见到他。

沈觉等了一会儿，没见有人来开门，于是继续敲门。

就这样，他敲了不知道多久，陈七安终于坐不住了。

她不耐烦地过去开了门："不去上班来这里干吗？"

两个人隔着铁门，她突然开门还把沈觉吓了一跳。

陈七安脸色不是很好，看着沈觉的时候满脸都写着"生人勿近"几个字。

现在，这个"生人"显然就是沈觉。

沈觉自知理亏，有些心虚，举起手里的东西说："昨天晚上你的包落在我家了。"

陈七安看了一眼："放门口吧。"

说完她就要关门，但沈觉手疾眼快，手直接伸进铁门的栏杆想要阻止她关门，结果差点儿被夹到手。

"你有毛病啊？"陈七安被吓着了，"你知不知道这样很危险？"

"对不起，对不起。"沈觉说，"我给你买了早餐，你开门拿进去吧。"

陈七安说："不用了，谢谢沈总的好意。"

"你别这样。"沈觉说，"昨天我想了一晚上，知道我错在哪里了。"

"你别这么说，这件事怎么能怪你呢？你明明就是好心做善事，是我不知好歹。"陈七安说，"沈总，等忙完'安安兔'第二拨产品上市的事，我会自动请辞，以后不劳您照顾了。"

"辞职？"

"我原本就不是通过正常途径进的公司，继续这样下去无论是对你还是对公司都不好。"陈七安态度很坚决地说，"我会辞职，你也不用想着因为小时候我对你好的事就来补偿我。那时候的事情我都不记得了，而且现在的我跟那时候的我也完全不同了，你当我们是两个人就好。"

陈七安说完，在沈觉还没反应过来时关上了门。

她必须辞职，必须远离沈觉。

这是如今她最后坚守的底线。她什么都没有，但至少还有尊严和骄傲。

第十章

公开告白

当沈觉听到陈七安说要辞职时，整个人如遭雷劈。

他可以理解陈七安这么做的理由，但拒绝接受。

沈觉第一次如此认真又强硬地对陈七安说："陈七安！你别给我想着辞职！这事没门！"

陈七安隔着门听见他的声音，不悦地嘟囔了一句："凶个屁！"

陈七安直接坐在门口的鞋凳上，扭头看着那扇紧闭的门：你当我想辞职吗？

她很喜欢这份工作，也清楚地知道，如果离开了"X星球"，可能这辈子都不会再遇到这样让自己甘之如饴地为之付出的工作了。

从前的她，卖力工作只为赚钱。可在"X星球"总部工作的这几个月里，她从一个满脑子只有赚钱一件事的俗人变成了一个除了钱还有其他追求目标的俗人。这对陈七安来说，是可遇不可求的美妙旅程。

如今，这旅程因为她跟沈觉不清不楚的关系要结束了，她是觉得遗憾的。

"你听见没有？！"门外，沈觉还在嚷嚷，"我不允许你辞职！"

"你是谁啊？"陈七安也一肚子怨气，不知道应该怨自己还是怨沈觉，"辞不辞职是我的事，你管得着吗？"

沈觉听见她的声音，知道她就在门里不远处，有些急切地对她说："你能不能给我个机会，我们好好聊聊不行吗？"

陈七安不是很想跟他多说，至少现在不愿意。

"我还有工作，"陈七安说，"以后再说吧。"

说完，她回到了自己的房间里，有些心烦意乱，但该做的工作依旧丝毫不能马虎。下周"安安兔"第二拨产品就上市了，现在是最重要的宣传期，他们的声势已经造了起来，所有的物料都已陆续发布，销售部给陈七安的专属链接也已经准备完毕。

在这个关键时刻，陈七安不允许自己出纰漏。

沈觉站在陈七安家门口，带来的东西一样都没送出，甚至话都没好好说上几句。

他正烦着，余科的电话突然打了进来。

"出事了。"

沈觉很少听到余科用这么严肃的语气跟自己说话，一瞬间心也提了起来："说。"

"网上突然有人爆料'安安兔'的设计师私生活混乱，潜规则公司多名女员工。"

"什么？"

"今天上午话题突然空降热搜榜，现在已经从第17名上升到第3了。"余科说，"这次的事针对的不是你个人，矛头是冲着'安安兔'来的，肯定是看准了我们的上市时间故意找事。"

沈觉看了一眼面前紧闭着的大门，紧锁着眉头说："我这就回公司。"

"你跟七安在一起？"

沈觉迟疑了一下，说："我在她家门口，她不肯见我。"

余科叹了一口气，有些无奈地说："你先过来吧，这次的事件也波及她了。"

沈觉放下手里的东西，又敲了敲门，见陈七安真的铁了心不理自己，只好先离开。

而此时的陈七安也已经知道了这件事。

今天上午他们原定发布预热视频，结果视频刚发出去，评论里就一片骂声。

"吐了！亏我曾经那么喜欢'安安兔'！"

"还有脸出新款？恶心！"

"能还钱吗？还是需要我帮忙打12315？"

…………

一开始陈七安还不知道发生了什么事，直接被这些评论给吓着了，等到顺藤摸瓜地看见热搜话题，脑子瞬间就炸开了。

热搜榜上，#安安兔设计师潜规则#这个话题已经被刷到了最上面，她点进去之后，热门讨论都是营销号发的"爆料"，实时搜索里全都是骂声。

陈七安看了几个营销号发布的内容，这才明白究竟发生了什么事。

这些所谓的爆料完全是断章取义胡编乱造的内容，说"安安兔"的设计师从国外回来，空降公司，骚扰女员工，跟公司多名女员工有暧昧关系。不仅有文字描述，还有图片爆料，那些照片都是偷拍角度拍的，无一例外都拍到了沈觉的脸，但所有照片中的"女主角"都身影模糊，没有一张是露脸的。

陈七安明白这件事的幕后主导者为什么只暴露沈觉一个人的长相，因为一旦把沈觉身边的人也拍清楚就会让人发现，所谓的"多名女员工"其实是陈七安一个人：在公司里跟沈觉吵架的陈七安、坐在他的车里准备一起去工厂的陈七安、深夜和他一起加班的陈七安以及加完班之后相约吃夜宵的陈七安……当然，还有从沈觉家愤怒离开的陈七安。

每一张照片里的女主角都是她，无一例外。

虽然有些不合时宜，但这确实是陈七安第一次意识到原来她跟沈觉一起度过了这么多独处的时光。

她不知道为什么突然会有这种谣言传出来，但很确信的一点是，那人不仅仅是冲着沈觉来的，更重要的是还想毁掉"安安兔"。

　　陈七安跟沈觉赌气归赌气，但涉及这么严重的问题，不可能坐视不管。

　　她立刻打电话给余科，但发现余科那边占线。她不敢贸然做出举动，于是赶紧换了衣服准备去公司。

　　沈觉到公司的时候，一进门就感受到了员工们投来的怪异目光。

　　他对他们怎么看自己一点儿都不在乎，可他的"安安兔"不能出事。

　　沈觉来到会议室里，余科带着公关部的人已经讨论了好一会儿。

　　"你可终于来了。"余科拿了罐咖啡给他，"还好吧？"

　　"能查出是谁干的吗？"沈觉问。

　　"还不清楚。"

　　沈觉喝了一口咖啡，几秒钟后，跟余科几乎同时说出一个名字："熊大志。"

　　沈觉回国时间很短，虽然平时脾气不算好，但也没真的树什么敌，更何况这次对方不仅要搞他，还要搞垮他的产品。这人恨的不仅是沈觉，还有整个公司。

　　与此同时，暂时被停职的赵经理也看到了热搜话题，第一时间就想到了熊大志，立刻打电话给对方。

　　"熊哥！你这是干什么？！"赵亮有些抓狂，"你这么一闹，我还有什么脸回去啊？"

　　熊大志这回算是大仇得报，一副小人得志的样子，戏谑地笑着说："你还回去干什么啊？！一个小作坊罢了！等它倒了，你跟着我，我自然不会亏待你。"

　　赵亮听着他的话血压直线上升，用力挠了挠头，说："熊哥，你看不惯沈觉那针对他一个人就好了，公司能发展到今天，可是咱们几个人一起拼出来的！"

"你还说？"熊大志急了，"余科辞退我的时候想过我为公司付出多少努力吗？赵亮，我告诉你，他们现在就是卸磨杀驴！他们开了我，下一个就是你！"

熊大志挂断了电话，愤恨地深呼吸，然后继续刷新微博，以此来寻求痛快感。

被挂了电话的赵亮无奈地往沙发上靠去，后悔自己当初上了熊大志这条贼船。

办公室里，余科依旧紧锁着眉头。

"算了，现在讨论这事没意义。"沈觉说，"我能做点儿什么？"

"你现在需要做的是保持沉默。"余科说，"如果不出意外，公司的电话现在已经被打爆了。这人算准了在这个时候爆料，就是为了搞垮我们。"

余科揉着眉心说："公关部的人会想办法处理这事，不过我们需要做好准备，毕竟现在是一个'谣言传千里，澄清无人看'的时代。我叫你赶快过来是想商量一下，我们的第二拨产品延期上市吧。"

下周产品就上市了，大货已出，现在他们决定延期上市对公司来说也是重大的打击。

沈觉想到大家这么长时间以来的努力，心脏疼得就像是被一只青筋毕露的手死死地攥着。他呼吸不畅，手指发麻，却又无可奈何。

"对不起。"

余科听见沈觉道歉，反倒有些慌："这不是你的问题，你道什么歉？"余科气得咬牙切齿地说，"等风波过去，我一定给你报仇。"

"我想知道，"沈觉突然抬头看向公关部的负责人，"如果想要扭转舆论风向让产品如期上市的话，有什么办法吗？"

"X星球"成立以来，从没遇到过这样的公关危机，盲盒、潮玩，说到底还是相对比较小众的东西，他们第一次应对如此棘手的事件，每个人心里都没底。

"按照我以往的经验，"公关部的负责人说，"想要扭转舆论风向不是件容易的事，我们必须拿出比这个谣言更具有冲击力的事件回应，而且内容还要有娱乐性，要能够燃烧网友的八卦热情引发他们激烈讨论，才有可能扭转局面。"

"比如呢？"

"比如……"公关部的负责人沉默了。

"比如我站出来帮忙澄清。"陈七安突然推开了会议室的门。

坐在会议室里的人都看向了她。

她对余科说："余总，爆料人发出来的照片我都仔细看过了，每一张都是我跟沈总一起的。"

她这话一出，公关部的人都意味深长地看向了她。

陈七安说："我可以找出照片里对应的全部衣服，以此来证明沈总没有跟多名女员工关系暧昧。"

她说完，没忍住用余光扫了一眼坐在那里看着她的沈觉。

"还有，"陈七安说，"我也可以证明他没有骚扰过我，更没有潜规则的事。"

"解释自然是要解释的，只不过……"公关部的负责人说，"首先，这样不够劲爆，也有漏洞存在，很多人会觉得这是公司逼迫你站出来澄清的；其次一旦发声，你也会被推到风口浪尖上；最后，可能非但不能解决上一件事，我们还会引发更多的危机事件。"

"可这就是事实啊！"陈七安有些急了，现在很怕，怕沈觉名誉受损，怕"安安兔"无法上市，也怕公司因此遭到重击。

"但现在并不是你说什么他们就信什么的时代。"公关部的人说，"他们只愿意相信自己想要相信的事。"

陈七安急得红了眼睛。

就在这时，沈觉站了起来："陈七安，你回去继续按部就班地工作，不要做任何多余的事情。"

陈七安看向了他，发现此时的沈觉竟然无比冷静淡定，像是已经有了自己的打算。

"我会处理好这件事，也会让'安安兔'如期上市。"

此话一出，连余科都有些惊讶。

"如期上市？"余科说，"沈觉，你冷静点儿，现在这种情况我们如果强行让产品上市才是真的输惨了。"

"产品一定会不受影响地如期上市，你相信我。"沈觉转身往外走去，离开前还特意回头看向陈七安，故作轻松地耍帅说："等着看我力挽狂澜吧。"

没有人知道沈觉要做什么事，就连余科也不知道。

余科紧张地跟着他回了办公室，追问道："你该不会是要绑架熊大志，让他亲自出来澄清事实并道歉吧？哥，你是我亲哥，绑架是违法的！咱们可不能干这种事！"

"我疯了吗？绑架他？可别脏了我的手。"沈觉说，"告诉公关部的人，做好加班的准备，事情解决完后我自掏腰包给他们发奖金。"

沈觉说完这话就把余科赶了出去，然后打开了自己的电脑。

沈觉很清楚，这种时候应该站出来的不是公司，不是余科，更不是陈七安，而是他本人，他有责任也有义务去承担一切——澄清谣言，保护他该保护的人。

所以，这件事还是交给他解决吧。

沈觉面对着电脑，思索片刻，敲下了第一行字。

陈七安惴惴不安地回到了销售部办公室，周曦一见到她就迎了上来。

"你知道了吗？"周曦紧张地拉住了她。

陈七安点了点头，心情复杂到没力气开口说话。

周曦皱着眉担忧地问："沈总没事吧？"

陈七安有些出神地看了周曦一会儿，回答说："我不知道。"

周曦心里很清楚，照片里的人都是沈觉跟陈七安。这么长时间相处下来，她对这两个人都太熟悉了，一眼就看出来了，也相信销售部的其他人也都知道这一点。

"如果有需要的话，我可以帮你证明。"

听到周曦这么说，陈七安是有些感动的，轻轻地握了握周曦的手说："谢谢，不过我也不知道他要怎么做。"

早上他们还在怄气，现在她却已经开始为对方担忧。

陈七安垂头丧气地回到工位上。

其他人都在说相信沈总，可他们的相信又有什么用呢？

如果不能让网上的那些人相信他们，那么对大家来说，都将面临重大打击。

这种时候，没人还能安心工作。她好几次想要发信息给沈觉，但犹豫许久还是放下了手机。陈七安记得沈觉告诉她的，要按部就班地工作。她很少会乖乖听他的话，但这一次，不想让他再多费心。

今天还有很多事情要处理，陈七安逼迫自己强打精神投入到了工作里面。

这样也好，她全身心投入工作，免得控制不住自己去看网上的那些评论。虽然陈七安没少挤对沈觉，但说到底是不一样的。她见不得别人往沈觉身上泼脏水，也见不得他遭受那些本就不应该他来遭受的唾骂。她气那些网友不能明辨是非，气他们在还没搞清楚事实的时候就已经对沈觉以及"安安兔"发起了攻击。那些不堪入目的肮脏字眼像一把又一把染了毒的刀，割得陈七安浑身都疼。

她希望沈觉也不要看这些攻击话语，他受不了的。

陈七安憋着一口气埋头工作，到了午休时间也没停下来。

她突然之间变成了一个工作机器。周曦叫她吃饭，她也没理。

就这样一直到下午，办公室里突然有人喊："沈总发微博了！"

她猛地抬头，愣了一下之后赶紧打开了微博。

陈七安还记得沈觉的微博ID，当初那家伙强迫她关注的来着。

不过这时候陈七安再点开沈觉的微博，对方的ID已经从"你的债主0519"改成了"设计师沈觉"。

沈觉发了一条长微博，洋洋洒洒上千字，不卑不亢，情真意切。

　　　大家好，我是"安安兔"的设计师，我叫沈觉。

万万没想到有一天自己会被推上舆论浪潮的顶峰，有些惶恐，也有些无奈。

首先我想要道歉：向被这次事件牵连的同事们道歉，给你们增加了工作负担，实在抱歉；向公司的合伙人道歉，让你一大早就开始为我犯愁，实在抱歉；向无辜被拍摄的"女主角"道歉，是我没有保护好你，实在抱歉。

其次我想要澄清。

网上所谓爆料纯属无稽之谈，我早已心有所属，非她不可。虽然她尚未接受我的爱意，但我也坚决不会做出违背道德良心的事。

另外，爆料者提供的照片中，与我一同出现的均为同一个人，即我心之所向之人。她对生活心怀善意，对工作充满热忱。我爱她，也尊重她，甚至钦佩她。在她面前，我笨拙迟钝，让她万分头疼。但即便是这样，我也绝对不会做出逾矩之事。从那些照片可以清楚看出我们亲近但不过分亲昵，始终保持着相当程度的安全距离。

造谣者，我可以承受一切恶意揣测，但请不要诬蔑一个美好姑娘的清誉。

在这里我恳请所有认识她的同事、朋友不要泄露她的个人信息。在整个事件中，她是最不应该受到打扰的那一位。

最后我想要告白。

原本我的正式告白仪式应该在下个星期，"安安兔"第二拨产品上市的日子。那是我们第一次真正意义上共同合作完成的产品，对双方来说都意义非凡。但既然有人把我推到了浪尖上，我这么高调的一个人，自然不会放过这么好的机会。

C小姐，希望你看到这篇声明的时候可以稍微不要那么生我的气了。我承认，跟你相比，我太肤浅、愚钝又自以为是，就像是坐在华丽的井里望天的笨青蛙。是你带我看到生活真正的面貌，充满了心酸却也有迷人的烟火气。我可以万分坦诚地告诉你，不管过去我看到的是什么样的你，我的眼里每一刻看到的都是当下最真实的你。请原谅我愚笨，到现在才把真心说给你听。我很庆幸那次闹剧一般的相遇场景——于我而言，那并不是重逢，是崭新故事的开端。

　　C小姐，肉麻的话说太多，我也有些不好意思了。如果你愿意，看到这条微博后请来我们的"秘密基地"，我相信你一定能找到我。

　　我们一起为大家制造了充满惊喜的盲盒，而这一次，在这里，我有一份独属于你的限定惊喜礼物想要送给你。

　　我等你。

　　沈觉的那篇"夹带私货"的微博发布出去后，让所有人都吃了一惊。

　　原本已经坐等看好戏的熊大志更是没想到沈觉会出这一招。

　　熊大志千算万算，没算到沈觉真的公开向陈七安示爱，咬着牙一字一句地看完了沈觉的这条长微博，到最后牙都快咬碎了。

　　熊大志目光扫到沈觉的微博的评论区，没想到自己煞费苦心地掀起的这场风浪，竟然这么快就被人把风向带到了另一边。

　　不久前网上对沈觉、"X星球"还是唾骂不断，这会儿却都已经开始讨论沈觉跟他的C小姐。

　　熊大志气急败坏地继续联系营销号想要扭转风向，结果之前联系过的营销号说："哥，你得拿出真实证据来啊！我们就算发黑稿，也得有东西发才行啊！"

　　熊大志已经没有任何底牌了，恼羞成怒，将手机丢到了墙上。

　　在熊大志沦为丧家犬的时候，沈觉却已经回到了家里。

　　虽然告白被迫提前，但好在沈觉早就准备好了一切，到家之后很快就搭建起了自己预想中的告白场景。

　　他在那条微博声明里给陈七安留下的暗号是"秘密基地"，也不知道自己究竟是在跟陈七安打赌还是在跟自己打赌。他希望对方还记得。

临时从各大花店搜刮来的鲜花、自己精心筹备许久的惊喜告白礼，沈觉惴惴不安地站在院子里，苦守着这一切，苦等着陈七安。

　　而坐在办公室里看完这条声明的陈七安好长时间没能回过神来，反反复复地看沈觉的这段话，心跳如擂鼓。

　　这所谓的"C小姐"，该不会是我吧？

　　她脑子里乱糟糟的，眼前都是沈觉的脸。

　　办公室里大家都在窃窃私语，说着这对他们来说早有预感但没想到来得这么惊天动地的八卦新闻。

　　沈总真敢啊！他竟然蹭着热搜向陈七安告白！

　　男同事说比不过，女同事说真羡慕。

　　周曦把那段话也看了几遍，回头看向了陈七安。

　　她见陈七安傻坐在那里迟迟没有动，起身走过去，轻轻地捏了捏对方的肩膀。

　　陈七安还有些茫然，怎么都没想到事情会朝着这个方向发展。

　　周曦轻声说："不去找他吗？"

　　陈七安的心跳得太快了，快到开口的时候她才发现自己呼吸都乱了。

　　"对……"陈七安停顿了一下，对她说，"我得去找他。"

　　说完，陈七安那因为过于震惊而离家出走的三魂七魄终于归位了。她拿起手机和包就跑了出去。

　　她跑到办公室门口，又突然停住了脚步。

　　秘密基地？

　　陈七安愣了一下，几秒钟后恍然大悟，眼睛泛红地跑出了公司。

　　被最近的这些事情搞得焦头烂额的余科从楼上下来，刚好看到跑出去的陈七安。他倚靠着楼梯扶手，感叹道："你们倒是快活了，我又要加班了！"

　　哪儿有这样的啊？！

　　哪个部门加班老板都得跟着！

　　余科觉得自己实在太惨了。他都这么惨了，如果沈觉结婚还不让自己当伴郎的话，那就真的人神共愤了！

陈七安第一次没有计算成本，出了公司直接拦了一辆出租车就朝着新城水筑去了。

虽然不确定沈觉说的"秘密基地"究竟是不是自己理解的那个，但小时候她经常出去玩，那个被她称为"嗒嗒"的小男孩就总是在后院的秋千上等着她回来陪他。

她记得印象中"嗒嗒"说过："安安，这是我们的秘密基地。"

这段记忆原本也已经被尘封在了陈七安的记忆里，但所有关于沈觉的回忆都在那天一股脑儿地被牵扯出来了。

去往新城水筑的路上，陈七安始终无法平静。

一直以来她都努力让自己保持理智，从不允许自己过分情绪化，不允许自己因为情情爱爱分神。可是，自从她遇见了沈觉，她的一切原则都被打破了。

想到这里，陈七安忍不住低头抹了一下眼泪。

她也不允许自己哭的。

如此看来，沈觉可真是害人精。

不过，"害人精"也有令人觉得可爱的一面。

陈七安打开自己的包时，发现里面竟然放着那一整套"安安兔"的徽章，除此之外还有一张画着哭脸小人的便笺，沈觉在便笺上写着：对不起……

他对不起什么呢？

陈七安长长地舒了一口气，虽然依旧挣扎，依旧矛盾，但也知道，或许沈觉本不需要为此道歉。

就像沈觉说的，他们需要好好谈一次的机会，需要互相倾吐、互相告解。

她看着车窗外的街景，有些急切地想要见到那个叫沈觉的男人。

早在陈七安到新城水筑之前，沈觉已经跟保安打好了招呼。她道了谢之后直接进去，一刻不停地朝着里面跑去。

这一路上，陈七安突然想起她跟沈觉第一次在机场相遇的场景。那时候她在机场便利店里误拿了沈觉的咖啡，之后接二连三地遇见，那像是在预告他们之间接下来要发生的一切事件。

当时她觉得那个男人很烦，小肚鸡肠又爱计较。可不知道什么时候开始，她对沈觉的看法被扭转，甚至让对方肆意地在自己的世界里打转。

来到 B30 门前时，陈七安站在院门外努力让自己平静下来。

院门开着，她推开门进去，绕过房子往后院走去。

有的时候，人像是被一条无形的线牵引着，被迫去见证些什么东西。

就在陈七安走进 B30 院子的时候，刚跟他爸吵了一架的向弛一肚子怨气地推开了门，刚走到院子里就看见了陈七安。

"小七！"向弛有些惊讶地看向她，不明白她为什么又出现在这里。

但陈七安没听见他叫自己，满心都是沈觉。

向弛皱起了眉，看见她专注地朝前走着，突然之间觉得周围的风比冬天还凛冽。

他转头也向着后院走去，然后从这边眺望对面的世界。

陈七安来到了后院里，一眼就看见了坐在秋千上等着她的沈觉。

就像小时候一样，只不过那时候小小一只的"嗒嗒"如今已经长成了挺拔帅气的大男人。

她看着满目的粉色玫瑰，看着秋千上系着的"安安兔"造型的气球，突然觉得这是自己的人生中前所未有的浪漫时刻。

沈觉还说自己愚笨，哪儿有愚笨的人会弄这些东西的？！

陈七安轻手轻脚地走过去。

坐在那里紧张等待的人完全没有发现她。

沈觉这辈子都没这么紧张过。当初 ID 大奖的颁奖典礼时，他都是一副满不在乎的样子。

他本以为是自己豁达脱俗，却没料到原来不是不会紧张，只是没到自己最在意的时刻。陈七安又一次让沈觉意识到他也不过是一介凡人罢了。

一介凡人，会为了另一个凡人牵肠挂肚，魂不守舍。

沈觉精神紧绷地坐在秋千上，幻想着陈七安可能给他的多种回应场景。

她该不会来了之后抽我一个嘴巴吧？

应该不会，她最多骂我一顿。

他正想着，突然有人蒙住了他的眼睛。

沈觉先是愣了愣，心跳都漏了一拍，随即笑了起来，柔声问："安安吗？"

童年时的场景在十七年之后重现，并不是物是人非，一切都和从前一样。

陈七安听见那句"安安吗？"，毫无预警地流下了眼泪。

在这个瞬间，她突然意识到，沈觉的"安安兔"与她之间存在的关系。

陈七安有些哽咽地说："不是哟。"

沈觉沉默了几秒钟，然后很坚定地说："是陈七安。"

陈七安笑了，放开手，在沈觉回头时说："我不是那个小女孩了。"

"我知道，"沈觉站起来，面对着她，"但你永远都是陈七安。"

陈七安不想在他面前哭，强忍着眼泪，微微仰起头看向天空。

"对不起。"

"你说什么对不起？"

"我太后知后觉，那天没明白你为什么不高兴。"这段道歉的话沈觉在之前已经演练过很多遍，可是到了陈七安面前，还是非常局促和紧张。他说："如果我是你，可能也会不知所措。"

陈七安没有说话，而是看着在微风中摇摇晃晃的气球。

"余科说得对，我就是个爱情白痴。"沈觉说，"我总是在想自己能给你什么，却没考虑过你需不需要，也没考虑过，我的这些所作所为会不会造成误解，让你困扰。"

沈觉说起这些事，懊恼不已："你生我的气是应该的，但……你别气太久。"

他这句话一出，陈七安笑着流下了眼泪。

"哪儿有你这样的！"陈七安说，"可以生气，但别气太久！这是什么理论？"

"不是理论，"沈觉说，"我是觉得生气伤身，还是希望你开心一点点，因为我而多开心一点点。"

陈七安低头笑了，轻声说："你还真是连告白的话都说得很笨。"

刚刚那条情真意切的微博，怕是别人代写的吧？

"刚刚那不是告白。"

陈七安抬头疑惑地看向他，心说：怎么回事？我自作多情了？

"现在开始才是告白。"沈觉突然伸出手，问她，"可以把手给我吗？"

陈七安迟疑了一下，从秋千后面绕过来，把手搭在了沈觉的手心里。

终于牵到手了，沈觉压抑着内心的狂喜之情，带着陈七安来到了她心心念念的那棵大树下。

那棵树下，粉红色的玫瑰花瓣铺了一地，上面还摆放着十几个包装精美的礼物盒。

"我为你准备的限定惊喜，来拆只属于你的盲盒吧。"

陈七安看看他，然后走过去，弯腰拿起了距离自己最近的一个礼物盒。

她也并不是浪漫的人。或者说，这十几年的生活让她无暇去幻想浪漫的事。但在此刻，阳光正好，天朗气清，花瓣随着微风在她的脚边打转，她觉得这是此生难得的浪漫景象了。

"现在就拆？"陈七安问。

"当然。"沈觉笑着回应她。

陈七安捧着宝贝一样小心翼翼地拆开礼物盒，才刚刚打开一个就惊喜到不可思议地看向了沈觉。

她手里拿着的是一款她从没见过的"安安兔"，还是那只拟人化的小兔子，却是穿着旗袍的形象。

"继续拆，还有好多呢。"

陈七安把手里的这只"安安兔"交给沈觉，然后继续拆其他的礼物盒。

穿着法式长裙的，甚至有穿着夏威夷草裙的……陈七安拆出了十二款穿着各国服饰的"安安兔"，每一款"安安兔"的底座上都标注了不同的日期。

"这个日期是什么意思？"

沈觉说："是我去那个国家的时间。"

沈觉每到一个国家，就会根据那个国家的传统服饰设计一款"安安兔"。他从没想过把这一系列形象量产，因为这是要送给陈七安的独一无二的礼物。

"还记得小时候你跟我说过的话吗？"沈觉说，"有一次你过生日，许愿说想环游世界。"

他看着陈七安，一朵洁白柔软的云从他们的头顶轻盈地飘过。

"那个时候我就在想，等长大以后，我要和你一起去每一个你想去的地方。"沈觉说，"只可惜，我们没能一起经历成长的过程，但在这十七年间，我去过的每一个地方都被我用这种方式为你保留了下来。"

沈觉仔细地按照时间顺序将"安安兔"排列好："虽然没能和你一起环游世界，但现在，我把它们搬到了你面前。"

还有什么比这更动人的吗？过去的十七年里，陈七安这个人从没出现在沈觉的生活中，却以这种方式始终在他的世界里活跃着，以这样的方式和他一起长大了。

陈七安没想到自己有一天会被一个人感动到泣不成声。

她强忍着扑过去抱住沈觉的冲动，问他最后一个问题。

"我不明白，"陈七安说，"人生最重要的十七年里我们没有在一起，你怎么就确定长大后的陈七安还值得让你送出这份礼物？"

"我以前不确定，但就是想这么做。"沈觉说，"现在我可以确定你值得。"

沈觉说："其实还有一个盲盒你没有拆。"

陈七安愣了愣："还有？"

她四处扫视，并没有看到他说的另一个盲盒。

"你闭上眼睛。"

陈七安心跳加速，闭上了眼。

沈觉从树后面拿出了准备好的玫瑰花，花束里还有一个尚未被拆开的盲盒。

他回到陈七安面前，对她说："在睁眼前我还有话要说。"

陈七安安静地等待着，觉得自己此刻有些头脑发昏。

"最后这个盲盒是真正意义上的隐藏款，是我专门为27岁的陈七安设计的，"沈觉说，"是我满怀着对27岁的陈七安的爱意设计的。"

陈七安紧闭着眼睛。在这个时刻，除了沈觉的话，她听不到任何声音。

"我想说的是，我从来没有透过27岁的你去看小时候的你。童年时代你是我唯一的好朋友，我不止一次偷偷许愿长大以后想和你结婚。那个时候虽然不懂结婚的意义，但我是真心的。"沈觉深呼吸了一下，让自己的声音听起来不哽咽，"长大之后，你是我唯一心动的女孩。你真实、努力，充满生机。在看着你的时候，我才看到了生活真正的样貌。我最近也在偷偷许愿，不敢贸然许愿跟你结婚，因为怕你还没准备好，怕冒犯到你。但我许愿能做你的男朋友，给我个机会让我和你一起尝人间烟火。"

这段告白，沈觉在设计这款形象时就想好了。他想起两个人去美食街吃夜宵那天，陈七安说他有了烟火气。但事实上，让沈觉变得鲜活、充满烟火气的是陈七安这个人。如果没有她，那么也就不存在这样的沈觉。

陈七安为了不让自己哭出声，抬手捂住了嘴。

沈觉看着她，没头没脑地说了一句："你哭起来也挺好看的。"

陈七安忍不住了，着急地问他："你说完了没？我能睁眼了吗？"

"哦，对，可以了，你睁眼吧。"

陈七安睁开眼，看见了沈觉和那束花。

"事先声明，这最后一个盲盒，如果你拆了，就证明你答应我做你的男朋友了。"

陈七安满脸泪痕地看着他，有些哭笑不得地对他说："沈觉，你这个人真的很鸡贼，这不是明摆着在威胁我吗？"

"这我承认，"沈觉厚脸皮地说，"我就是在威胁你。那你接受我的威胁吗？"

陈七安没忍住笑了，一边吐槽他不是人，一边伸手拿过那个盲盒拆开了。

最后一个隐藏款形象，沈觉在送出它时很忐忑。

这是一个双人款造型，除了穿着白 T 恤和牛仔裤的"安安兔"之外，还有穿着衬衫和西裤的男版"安安兔"。

"这是什么啊？！"看到这对"安安兔"，陈七安终于还是忍不住，哭到毫无形象可言。

"还记得我回国那天咱们在机场相遇的场景吗？"沈觉说，"你看我的衬衫的位置，还有水渍呢。"

沈觉用"安安兔"还原了他们重逢那天的样子，这对他们来说，是最珍贵的限定回忆。

在设计这对"安安兔"的时候，沈觉突然意识到，原来他们童年的相伴时光只是他们的人生故事的前奏，所有更动人的旋律都在重逢后，在他们 27 岁相遇的这一年里。

"你拆了我的隐藏款盲盒，"沈觉厚颜无耻地问陈七安，"意思就是，这一刻起我是你的男朋友了？"

陈七安把盲盒抱在怀里，另一只手接过了花。

"没想到啊。"陈七安说。

"没想到什么？"

陈七安对他笑了笑，转过去打量面前的这栋房子。

"没想到，我这些年奋斗来奋斗去都没能攒够首付的钱，最后竟然不费吹灰之力就拿回了这套房子。"

"小姐，麻烦你醒醒，"沈觉说，"这是我租的。你真当我是房主啊？"

陈七安笑得弯下了腰，笑得靠在了沈觉的怀里。

沈觉也笑了，眼含爱意地轻轻将人揽在怀里，看着陈七安大笑的模样，觉得尽管是须臾的浪漫时光却认定他们将长久在一起。

而此时，向弛就站在不远处看着他们，眉头紧锁，目光黯然。

他就这样眼睁睁地看着自己喜欢了十几年的女孩拥抱了其他男人。在这样一个晴朗的日子里，失去了她。

"哟！"

陈七安跟沈觉的第一个吻才刚刚结束，头顶突然传来一声欢呼。

两个人都被吓了一跳，仰头看去，发现余科竟然站在沈觉家屋顶正拿着手机录像。

"你怎么在这儿？"沈觉震惊地吼他，"不工作了？"

"工作哪儿有见证你们的幸福瞬间重要！"余科说，"而且，你们的见证人还有一个呢！"

他说完，方凝从余科的身后探出了头来。

陈七安也吃了一惊："你也在？"

"那当然！"方凝说，"这么激动人心的时刻，少了我怎么行？！"

方凝激动地挽着余科的胳膊说："天哪！我觉得自己就是你们的证婚人！"

"什么证婚人啊？！这儿没人结婚！"陈七安无奈地吐槽。

站在上面的两个人看得心满意足，院子里刚刚诞生的一对情侣都有些红了耳朵。

沈觉说："下来，下来，别闹了。"

"好嘞！等着我们。"余科应声，带着方凝下楼了。

这时候沈觉突然注意到隔壁院子有个人，扭头看过去，直接愣住了。

陈七安顺着他的视线也看了过去，然后就看到了在那里不知道站了多久的向弛。

向弛一动不动地站在那里，明明秋高气爽的好日子，却觉得冷到让人发抖。

"等等。"沈觉突然意识到好像哪里不太对劲。

陈七安："什么？"

"他怎么在隔壁？"

"因为他住在那里。"陈七安说，"你该不会现在才知道吧？向弛是你的邻居。"

这句话对沈觉的冲击不亚于彗星撞地球，他半天没回过神来，等到反应过来的时候，想到向弛那一屋子的"安安兔"，觉得自己快要无法呼吸了。

他的狂热粉丝竟然是他的情敌。

他的情敌竟然住在他隔壁。

沈觉用力按住了人中。

"呜呼！"余科跟方凝两个爱凑热闹的家伙风风火火地跑到了后院里，手里还拿着手持小礼炮，冲着这两个人喷了一身的亮片和彩纸。

"恭喜这对新人！"余科欢呼着，跟方凝一起围着陈七安和沈觉打转。

陈七安被吓了一跳，无奈地看着他们笑，等再转头看向对面时，向弛已经不见了。

"走了，走了！庆祝一下！"

沈觉跟陈七安在余科和方凝的簇拥下进了屋。

"行了，行了，差不多就得了。"沈觉说，"看你这么开心，危机公关打了胜仗呗？"

"说到这事，那还是得感谢咱们沈总。"余科拿腔拿调地说，"沈总舍生取义，力挽狂澜，可以说是我们'X星球'的功臣了。"

陈七安听余科这么说，还是有些不放心，掏出手机打开微博，果然看到舆论风向已经被扭转。

而且，不只是因为沈觉的那条长微博，在他发布微博之后，销售部的好几位同事都在网上发了声，力挺沈觉，还顺便祝福了一下他跟传说中的C小姐。

陈七安心说：这下好了，公司同事都知道我们的关系了。

关于这件事，陈七安觉得挺不好意思的。沈觉这人太高调，她怕以后在工作中会让其他同事觉得不舒服。

哎！不对啊！

陈七安突然想起了什么：我原本不是要辞职的吗？

沈觉就好像听到了她的心声，凑到她身边小声问："你还打算辞职吗？"

陈七安被吓了一跳，尴尬地抬手捋了一下头发，说："我再考虑考虑吧。"

沈觉在她旁边偷笑，觉得自己今天实在是帅惨了。

告白成功之后的沈觉心情好得不行，加上网上风评逆转，不出意外的话，"安安兔"第二拨产品正常上市不成问题。

余科提议四个人喝酒庆祝。

方凝说："不行，不行，你们庆祝吧，我翘班出来的，得赶紧回去呢。"

方凝要走，余科自然得送她。

临走前，方凝紧握着陈七安的手说："亲爱的！要幸福！"

陈七安哭笑不得："好了，好了，你怎么比我还兴奋？！"

方凝说她："那当然！好姐妹找到好归宿，我能不开心吗？！"

余科看不下去了，搂着人往外走："这场戏杀青，让他们享受一下二人世界吧！"

方凝不情不愿地被带走，于是家里又只剩下了陈七安跟沈觉两个人，气氛莫名其妙地变得有些尴尬起来。

他们都确定关系了，害羞个屁啊！沈觉在心里吐槽自己，然后轻咳了一声，坐到了陈七安身边。

陈七安拿着手机假装刷微博，其实心跳得特别快。

这两个人都是没什么恋爱经历的，突然有了恋爱对象，还有点儿不适应。

沈觉用余光偷瞄她的手机，问："手机好玩吗？"

"还可以。"

"比我还好玩吗？"

陈七安笑出了声："哪儿有这么比较的？"

沈觉伸手盖住了她的手机屏幕："别看手机了，看看我吧。"

陈七安转过头去看他，把眼前这个人仔仔细细地打量了一遍。

"怎么样？什么感觉？"沈觉说，"是不是一想到从此以后我就是你的了，内心就很得意啊？"

"我现在才发现，你这个人真的很自恋。"

沈觉靠着沙发大笑，笑够了又小心翼翼地勾了勾陈七安的手指，看起来纯情得不得了。

"我们真的应该庆祝一下。"沈觉说，"喝一杯？"

"那就喝一杯。"陈七安倒也不扭捏，"麻烦沈总去倒酒了。"

沈觉突然学起了电视剧里店小二的语气和模样，对陈七安说："得嘞！瞧好吧您！"

陈七安没想到他还有这样一面，看着他笑了好一会儿。

沈觉打开酒柜，挑挑选选，找了瓶好酒。

回来时，他拿着两个高脚杯，每个杯子里装着小半杯红酒。

"来，我们歃血为盟。"陈七安接过其中一杯酒，轻轻跟沈觉碰杯。

"什么歃血为盟啊？！不知道的人以为咱们俩在这儿桃园结义呢！"沈觉说，"浪漫点儿。"

"怎么浪漫？"

沈觉本来想说不如喝交杯酒，但想想又觉得有点儿土。

他突然福至心灵，喝了口红酒，然后趁着陈七安不备，凑到了对方面前。

陈七安瞪圆了眼睛紧张地看着他："你要干吗？"

沈觉微微一笑，吻了上去，与此同时，舌尖抵开了陈七安的牙齿，将那一口红酒渡给了对方。

陈七安这下真的乱了呼吸，手搭在沈觉的肩膀上一动不能动。

"怎么样？"沈觉问。

"还……还行。"

这还真的挺……浪漫的。

沈觉笑了："我是说，这红酒怎么样？"

陈七安知道这人在戏弄自己，瞪了他一眼，把人推开说："我说的就是红酒！"

沈觉突然抱着她笑，两个人腻在沙发上，最开始的尴尬羞赧感觉这会儿都烟消云散了。

"我觉得特别不真实。"

陈七安轻抚着沈觉的头发，看着窗外随着微风摇荡的气球说："我也是。"

一切事情都过于美好，超乎了他们的想象。

沈觉在回国之前不会想到自己跟陈七安的故事会是这样的。

陈七安在遇见沈觉之前也没想过自己有一天会对一个人动心。

爱情的奇妙所在就是如此，它让人难以捉摸，也难以捕捉，可一旦发生了，就谁都逃不过。

因为沈觉在这场风波中选择站出来，加上公司同事们澄清，让那些负面的评论和猜疑被更大的声音给掩盖了。

"安安兔"的设计师从万人口中"私生活不检点的渣男"变成了"温柔深情的高质量精英男士"。

所有人都很默契地没有透露有关陈七安的个人信息，但在这场事件里，沈觉被彻底"扒光"了。

沈觉的照片被曝光，除了盲盒设计师这个身份之外，他还是美国ID大奖获得者的事情也被人挖了出来。

众人都很惊讶，没想到已经在国外小有名气的青年设计师竟然就是这款火爆全国的盲盒的设计者。

一时间，网友对沈觉的讨论愈演愈烈，说他长得帅又气度不凡，有才华还温润如玉，简直就是完美的理想男友。不仅如此，甚至有多家媒体、自媒体联系公司，想要给沈觉做一期专访，哪怕只有十分钟也行。

一个设计师，硬是被推成了网络红人。

"这是好事啊！"余科说，"咱们'安安兔'马上就上市了，这么大的流量，花钱都买不来的！"

沈觉板着脸坐在办公室里："我现在觉得自己就是马戏团的猴儿。"

"你得这么想，就算你是马戏团的猴儿，那也是最帅最优质的那个。"

"谢谢，你并没有安慰到我。"沈觉一点儿都不喜欢这种被人过度关注的感觉。无论多少人提出要采访他，他都给拒绝了。

沈觉说："我只是觉得有些本末倒置了，我们销售的是产品，而不是我这个人。"

"明白，明白。"余科说，"但现在你已经被推到台前了，有这么好的资源和机会，我们应该利用一下的。"

他劝说沈觉："难道你不想让'安安兔'被更多人知道吗？"

"不想啊。"沈觉回答得倒是很痛快，"我当初设计这款盲盒产品，希望它被大众熟知，唯一的原因就是想通过它来找到那个谁。"

不知道怎么回事，自从沈觉跟陈七安确定恋爱关系后，沈觉就开始故意不叫陈七安的名字，用"那个谁"来代替。

"那个谁？"余科明知故问，"哪个谁啊？"

沈觉挑了挑眉，示意他看向坐在一边正低头刷微博查看"安安兔"的预热内容的陈七安。

她显然没在听这两个人说废话。

"唉，你不能这样啊，卸磨杀驴嘛。"

"你是驴？"

"这不是重点！重点是，你不能谈了恋爱就不搞事业了！"

沈觉往椅背上靠："事业该搞还是要搞，'安安兔'对我们来说都意义重大，只不过我不想用消费自己的方式来营销它，这不管对我还是对我的产品来说都不够尊重。"

死脑筋！余科都懒得吐槽他了。

"沈总！"坐在一边迟迟没有说话的陈七安突然心生一计，"我有一个想法不知当不当讲？"

沈觉一听陈七安发话了，立刻来了精神："你说。"

陈七安看了看余科，然后看向沈觉："后天第二拨产品就上市了，我们前期的宣传工作做得还不错，现在大家对第二拨产品的期待值非常高，不过我总觉得还缺一把火。"

"缺一把火？"沈觉跟余科异口同声地问。

陈七安坚定地点了点头，然后眯起眼，指着沈觉说："没错，就是缺你这把火。"

沈觉石化了，余科大笑了。

余科："哈哈哈——我说什么来着？！咱们七安跟我一条心！"

陈七安说："我刚刚看了一下最近'安安兔'上市预热的内容，效果是很不错的。我提前分享出来的购买链接已经有十几万人收藏，但这只能说明我们的受关注度比以前高了，受众也更广了，但要在产品上市的那一刻真正将他们转化为我们的顾客，还需要再推一把。"

沈觉有种不祥的预感。

"最近很多家媒体和自媒体想要做你的专访，视频或者文字版本都可以，但我们都没有接受。"陈七安说，"其实我们自己就有可以发声的平台，为什么要用自己的热度给别人引流呢？"

"你该不会是想……？"沈觉倒吸了一口凉气。

"没错。"陈七安面露喜色，"我来给你做专访，然后就发在'安安兔的每一天'这个账号上！产品上市当天同步发布，刺激消费者的购买欲！"

余科一听这话，立刻起身鼓掌："人才！我们七安真是人才！"

人不人才这都另说，余科之所以这么捧场，主要的原因在于这是陈七安提出来的想法，沈觉肯定不会反对。

陈七安笑盈盈地看着沈觉说："沈总，你觉得怎么样啊？"

沈觉头疼，头非常非常疼。

"沈总你放心，我绝对不会问那些涉及你的隐私的问题。"陈七安向他打包票，"所有问题都会围绕着'安安兔'进行，你要相信我！"

沈觉看着陈七安，强颜欢笑地说："我当然相信你了。我怎么会不相信你呢？只是……"

"你的意思是你答应了？"陈七安激动地站了起来，"那我这就去准备问题，时间紧迫，我们得抓紧时间安排了。"

说完，陈七安风风火火地走出了沈觉的办公室，留下无风凌乱的沈觉和狂笑不止的余科。

余科："真不错，没有禁止办公室恋情是我创业过程中做出的最有意义的决定。"

沈觉狠狠地瞪了他一眼："这下你满意了？"

"还不错。"余科说，"接下来你就好好配合我们陈助理的工作，等这次'安安兔'上市完毕，我会好好奖励她。"

"奖励？"一听说有奖励，沈觉来劲了，"给她发个大红包？"

"不止哟！"余科说，"这段时间她也劳心劳力的，于情于理我们都不能亏待人家。"

余科说完，还冲着沈觉挤眉弄眼："再说了，她还是咱们自家人。"

"谁跟你是自家人？少往自己脸上贴金。"

"小气！"余科撇了撇嘴，然后一本正经地说，"马上年底了，距离年会也不远了，我准备在公司年会上宣布正式成立内容运营部，部门经理就交给陈七安来担任了。"

沈觉听了他的话，心满意足："算你有良心。"

"不过有件事情我要提前跟你说清楚，"余科说，"到时候她肯定不能再挂着你的助理的头衔了，这不合适。"

"明白。"沈觉说，"我不是那么公私不分的人，也不会拖她的后腿。"

余科耸了耸肩，笑得阴阳怪气的："谁知道呢？！"

"滚蛋吧你！"

余科闹够了，准备离开，突然想起了什么，对沈觉说："这几天有时间吗？"

"干吗？"

"我约了熊大志，"余科说，"你要不要一起去？"

一提起熊大志，沈觉就恨得牙痒痒。不过话说回来，这人也算是推了他一把，让他跟陈七安在一起的时间提前了。

"好啊。"沈觉说，"会会他，我倒是想听听他还能说出什么话来。"

"妥了，"余科说，"这件事就这么定了。"

余科嬉笑着离开了沈觉的办公室，刚刚闹哄哄的办公室里就只剩下了沈觉一个人。

他优哉游哉地靠在椅子上，上网搜索了一下关于"安安兔"的内容。

手机突然响起来，来电号码是一串陌生的数字，他没多想，直接接了起来。

"你好，哪位？"

"你说我是谁？"

电话那边的声音一传过来，沈觉直接愣住了。

他心跳漏了一拍，然后又看了一遍电话号码。

那是国内的手机号，那么也就意味着，那人也回国了。

"爸？"

"你还知道有我这个爸？"

当初沈觉拿了 ID 大奖之后跟他爸大吵一架就直接离开了，走之前只跟他妈说了自己要出门旅行，让她不要担心。

这一走就是几个月，其间他偶尔会跟他妈联络，但自始至终没给他爸打过一个电话。

而且，沈觉也没说自己回国跟着余科创业了。他不想让他们知道，尤其是他爸。因为在沈震威看来，儿子明明是前途大好的设计师，却回国做这些"小孩子玩的东西",是典型的玩物丧志,给自己丢人了。

沈觉听见他的声音,心下一沉,知道一定是自己最近的事情闹得沸沸扬扬,传到了他们的耳朵里。

这件事果然还是引来了麻烦。

沈觉揉着眉心想:该来的还是来了。

"你在哪儿呢?"沈震威质问他,"我要见你。"

"你在哪儿?"沈觉说,"还是我过去见你吧。"

沈觉可不敢让他爸直接来公司。那人是暴脾气,能直接砸了他的办公室。

他刚说完,对方竟然立刻挂断了电话。

"什么人哪?"沈觉嘀咕着。

他心里堵得慌,想到他爸来了就觉得棘手,眼看着"安安兔"要上市,他真的不希望再节外生枝了。

他正想着,手机收到一条信息,是他爸发来的一个餐厅地址。

沈觉明白了,这是让他过去呢。

他看了一眼时间,起身拿着外套就往外走。

离开公司前沈觉特意给陈七安打了个电话:"我有事,出去一趟。中午你记得吃饭,累了就偷会儿懒。"

陈七安笑了:"哪儿有你这样的上司?"

"你现在不就遇见了?"沈觉说,"下班前我要是还没回来你就等我一会儿,晚上我们一起吃晚饭。"

陈七安本来想说他要是忙就不用管她了,但转念一想,还是挺希望跟他一起吃晚饭的,于是也不扭捏,直接答应了下来。

"你是不是心情不太好?"陈七安问。

"遇到点儿麻烦事。"沈觉说,"晚上告诉你。"

沈觉上了车,系好了安全带:"你找个没人的地方。"

"干吗?"

"对着电话亲我一下,给我打打气。"

"我上班呢!晚上见!"陈七安火速挂断了电话。

恶作剧得逞的沈觉想象了一下陈七安被自己逗得面红耳赤的样子心情好了不少，放下手机深呼吸，开着车去找他爸准备接受命运的审判了。

沈觉一点儿都不想见他爸，因为很清楚父子俩一见面必然会吵架。

但说到底，他这个当儿子的又不能真的跟他爸置气到连面都不见，只好硬着头皮去了餐厅。

沈觉到餐厅楼下的停车场之后没急着下车，坐在车里做了好半天的心理建设。

他拿着手机翻看"安安兔的每一天"的微博。

陈七安把它运营得有声有色。当初她发布第一条微博的时候，只有个位数粉丝，这几个粉丝还都是注册账号后自动送的僵尸粉，而如今已经有几十万粉丝了，每天还在持续增长着。

沈觉靠这个给自己充足了电，下车的时候想：他不理解就不理解，不接受就不接受，这一点儿都不重要。

说着不重要，可是当沈觉走进餐厅看见他爸的时候，心头还是沉沉的。

"爸。"沈觉过去，坐在了沈震威对面。

沈震威人如其名，是个不怒自威的人，往那里一坐仿佛脸上就写着"生人、熟人都勿近"这几个字。

小时候沈觉总是一个人在家，特别羡慕隔壁的陈七安经常有爸妈陪着玩。但沈震威难得回来，沈觉也不敢多跟对方说话，撒娇更不可能了。沈觉心里清楚，即便他留在他爸身边乖乖地做听话的好儿子，当个让他爸面上有光的"艺术家"，他们的父子关系也不会好到哪里去。

当然，现在他们的关系更糟了。

沈觉端坐着，看着他爸当没事发生一样切着牛排。

沈觉倒也不在意，不是吃牛排吗？那我也吃。

他叫来服务生，看了一会儿菜单，给自己也点了一份牛排。

等到服务生走了，沈震威终于开了口："你在这边混得还挺风生水起的。"

"风生水起不至于，但确实还不错。"沈觉说的是心里话，真没故意气他爸。

他没故意气对方，但对方真真实实地被他给气着了。

"还不错？丢人丢到国外去了！"沈震威低声训斥起来，"你偷偷回国来做这些小孩子玩的玩意儿，我睁一只眼闭一只眼当不知道，就算是你拿了奖之后的一个小假期！结果你倒好，让人把祖坟都快给挖出来了！"

沈觉没想到他爸早就知道了他在国内做盲盒的事情，估摸着是他妈说的。

"首先，我做的不是小孩子玩的玩具，它叫盲盒；其次，最近出的事情确实超出了我的控制，但我不觉得这很丢人。在这个领域，我设计的每一款形象都倾注了我的心血。我喜欢它，还有很多人喜欢它，你不能因为你自己不认可就否定它的价值。"

"一个小玩具而已，有个屁的价值！"

沈觉皱起了眉，往后靠去，不悦地说："爸，我一直回避跟你讨论这个问题，就是不想闹成今天这样。"

他说："在我心里，你是个很厉害的艺术家。你热爱创作，也真正懂得艺术。从小到大，我都很敬仰你。但很可惜的一点是，你似乎永远都把我当作你的附属品：你做过的事，要求我也去做；你瞧不上的东西，我再怎么喜欢都不可以涉猎。我是你的儿子没错，但也该有自己的人生。"

"回国半年，别的本事没学到，你倒是学会顶嘴了。"

"我这是跟你讨论。"沈觉说，"你不能永远拒绝听跟自己意见不同的声音。"

沈震威也终于被儿子触怒了，放下刀叉严肃地看着他："这叫不同的声音？你这根本就是丢人现眼！"

"我怎么丢人现眼了？"沈觉继续说，"我设计的盲盒在国内市场销量很好，很多非常优秀的青年画手、创作者是它的粉丝。它的客户群体从几岁的孩子到三十几岁的成年人，拆盲盒时那种未知的惊喜感给他们枯燥的生活带来了乐趣。你说这是丢人现眼？"

沈震威不屑地笑了笑，说："如果只是一个普通人来做这个，我没什么可说的，甚至可以称赞他是个成功的商人，但你是谁？你是我沈震威的儿子！"

"我是沈觉！"沈觉说，"我首先是自己，然后才是你这位大艺术家的儿子！"

沈觉的火气也已经被点燃，他说："你总是抹杀我的个人价值，让我不停地沿着你走过的路再走一遍。你做什么事，我就要做什么事；你拿什么奖，我就也要拿到什么奖。你说我是你的儿子，我必须一切都听你的，一切都按照你的安排去行事！你根本就当我是个傀儡，当我是你跟外界对谈时的谈资！"

吵架的父子俩吓着了来送牛排的服务生。沈觉深呼吸，然后向人家道歉。

还好现在餐厅里没什么顾客，否则人家餐厅老板怕不是要把他们俩给"请"出去。

沈觉说："我不想跟你吵架，我们就不能心平气和地聊聊吗？"

"你当我愿意跟你吵？一看见你我的血压就升高。"

沈觉无奈地翻了个白眼，低头切起牛排来。

"你别以为你拿了 ID 大奖就能肆意妄为了。艺术是无穷尽的，你还有很多路要走。"

"我知道。"沈觉心平气和地说，"我确实还有很多路要走，不过不是你的那一条。"

沈震威又来气了，但努力克制住了。

他到底还是体面人，总不能真的在外面闹得太难看。

"你跟我讨论个人价值，那行，我给你一个机会。你倒是给我说说你做这东西实现什么个人价值了？"沈震威说，"那就是小孩子玩的东西，你还不承认是玩物丧志，那东西有什么艺术性可言？"

"又来了。"沈觉不耐烦地说，"你能不能别总说它是小孩子玩的玩具？你已经有了先入为主的偏见，还让我怎么跟你聊？"

"行，行，行，你说，我倒要听听你能说出什么来。"

沈觉吃了口牛排，觉得味道竟然还不错，想着之后要带陈七安过来。

"我们'X星球'现在是国内排名第一的潮玩品牌，旗下最受欢迎的一款产品就是我设计的'安安兔'盲盒。"

"'安安兔'……"沈震威撇了撇嘴，"这名字起的，幼稚。"

"你又来了。"

"算了，算了，我不说还不行吗？"

沈觉怨念地吃了一会儿牛排，将情绪压制下去了才继续说道："盲盒跟一般的小玩具、小摆件是有本质上的区别的，它的意义一方面是可爱讨喜的形象，一方面是消费者在购买盲盒的时候并不知道里面是哪一款形象，拆开盲盒时的情绪价值是其他产品无法带来的。"

"我听着怎么觉得这么不靠谱呢？那万一消费者拆开的不是自己喜欢的形象，找你们退货？"

"当然不退！"沈觉说，"玩的就是心跳。"

沈震威对此表示无法理解也拒绝接受。

"跟你说了也是白说。"沈觉吃完牛排对他说，"而且我在设计的时候赋予了每一个形象独特的意义，它们有独属于自己的人物小传。对消费者来说，它们有自己的故事，很多人可以从中获得共鸣，得到陪伴和安慰感。"

沈震威并没有把儿子的话当回事，而且并不相信这种小东西真的会对谁有那么重要的意义。

"我吃完了，想说的话也说得差不多了。"沈觉站了起来，"多谢款待，我就先走了，晚上约了女朋友一起吃饭，我们改天见吧。"

沈觉倒是一点儿都不客气，起身就准备离开。

"你给我站住！"沈震威叫住了沈觉，"你说你晚上约了谁？"

沈觉略显得意地说："女朋友。"

"你哪儿来的女朋友？"

"凭实力追来的。"沈觉说，"如果你能收敛一点儿，改改你喜欢教训人的性格，我倒是不介意带她来见你。"

沈觉说完，心里爽得不行，对他爸笑了笑，昂首挺胸地离开了。

难得地，这一场父子局，沈觉胜。

儿子走了，餐厅里只剩下沈震威。他掏出手机打电话："你知道儿子有女朋友了吗？"

"成了啊？"

"你知道这件事？"

"知道啊！"沈觉他妈说，"我看见儿子的微博了，他对那姑娘示爱呢，对方好像叫什么C小姐。"

"C小姐？这是什么名儿？"

"代号！你儿子说要保护人家的隐私，没爆出真实姓名来。"

沈震威不悦地说："这件事你怎么没跟我说？"

"你一听儿子在国内创业就气得什么都不管了，现在倒怪起我来了？"沈觉他妈问他，"你见着孩子了？没吵架吧？"

"忙着呢，我回酒店再跟你联系。"

他们怎么可能不吵架？！不过，这小子到底找了个什么样的女朋友？沈震威再怎么跟儿子生气，也还是好奇起来了。

陈七安下班的时候，沈觉已经在外面等她了。原本跟沈震威吵了一架，沈觉的心情挺差的，不过最后宣布自己有女朋友的时候，沈觉内心暗爽，大有炫耀的意思。

陈七安出来的时候看见沈觉站在车旁边不知道在傻笑什么，觉得这人有点儿不对劲。

"吃错药了？"陈七安说，"要不要带你去医院检查一下？看诊的钱得你自己出。"

"你还真是本性不改，什么钱都要计较。"

"那是自然的，我们打工人赚点儿钱多不容易啊！"

沈觉拉开车门让陈七安上车："你最近应该赚得不少吧？"

说起这个陈七安就忍不住想笑。

因为"安安兔的每一天"这个微博账号完全交给她来运营，按照当初进公司时说好的，新一拨"安安兔"上市时给了她一个专属购买链接，只要消费者通过这个链接购买产品，她就可以拿到提成。

第二拨"安安兔"一上市就卖得火爆，陈七安确实赚得盆满钵满。

"还可以，跟沈总比，我这赚的都是小钱。"

这要是搁在以前，沈觉一准要吐槽陈七安是个财迷，是钱串子，但现在只想说人可爱。

"晚上想吃什么？"沈觉问。

下午那会儿沈觉已经吃了份牛排，这时候其实一点儿都不饿，但是毕竟都跟陈七安约好了要一起吃晚饭，肯定得信守诺言的。

"番茄炒蛋、鱼香肉丝、粉蒸丸子再加一个小炒肉。"

沈觉说："行啊，哪家餐馆？你说就是。"

陈七安笑了笑："是陈氏小饭桌。"

沈觉一听这话，有点儿悟了："你是说你做？"

"上次去你家做的法式牛排不是我的拿手菜，有点儿失了水准。"陈七安说，"今天让你见识见识什么叫中华小当家！"

沈觉受宠若惊，一脚油门踩下去，车子直奔陈七安家。

虽然之前陈七安给自己做过牛排，不过沈觉确实不太敢妄想对方能再给自己做顿饭，但没想到，陈七安竟然主动提了出来。

两个人在家附近的小超市里买了菜，一人提着一大袋食材回了家。

这是沈觉第二次走进这栋楼，上次来的时候吃了闭门羹，没想到这才短短几天，两个人已经是恋人了。

得意，沈觉非常得意。

他进门的时候笑得嘴都合不上了。

"你面部抽搐，是不是有什么毛病？要不你真的去检查一下吧。"

不解风情！沈觉看出来了，全天下都找不出第二个像陈七安这么不解风情的女人！

"没事，我就是饿了。"

"饿了好说。"陈七安让他进屋，"你洗菜，我来做。"

沈觉："我洗菜？"

"不然呢？"陈七安说，"养尊处优的少爷到了我家也得干活。"

沈觉笑了："没问题，领导尽管支使我。"

陈七安对他的回应很是满意，命他脱了外套进厨房干活去。

陈七安租的这个地方不比沈觉的别墅，一共就只有六十多平方米，厨房小得可怜，两个人在里面都有点儿施展不开。

沈觉想说让陈七安搬去跟自己住，但又不知道应该怎么开口。

不过看着陈七安系着围裙在自己身边忙活的样子，沈觉又觉得这样很温馨，其实在哪里都不重要，重要的是他们在一起。

"对了，"陈七安说，"你下午遇到了什么麻烦事？你不是说晚上告诉我？"

她瞥了沈觉一眼："我记性可好呢，你别想赖账。"

沈觉没想到她还真惦记着这件事。

"当然了，八卦是人类的天性。"事实上，陈七安是担心他。

这阵子沈觉可是网络红人，对此陈七安还挺担心的。

"我爸来了。"

陈七安正往锅里倒油，听见他的这句话，手一抖，倒多了。

"你说谁来了？"

"我爸。"沈觉问她，"你还记得他吗？小时候你应该也没怎么见过。"

两家人从前当了将近十年的邻居，但陈七安确实没怎么见过沈觉的爸妈。在儿时的陈七安看来，对方特神秘，据说是艺术家，经常满世界跑却偏偏不回家。

不过虽然见面次数少，但他们也还是见过的。

"我记得你爸是个特别不苟言笑的人。"

小时候有一次陈七安跟沈觉在院子里玩，恰巧沈觉的爸爸回来了。陈七安对他唯一的印象就是面相凶，见了他当即跑回了家。

很少有让陈七安觉得害怕的人，沈震威就是其中一个。

"你不用说得那么委婉，直接说他凶就得了。"

陈七安笑了笑："是有那么一点点啦。"

她问沈觉："你们吵架了？"

"我跟他关系一直不太好。"沈觉把自己跟爸爸这么多年的"积怨"一五一十地说给了陈七安听。

陈七安静静地听着，偶尔微微皱一下眉头。

"不过今天我走的时候跟他说我交女朋友了，他好像对你挺感兴趣的。"

菜已经都做好了，米饭也被盛了出来。

陈七安刚坐下就听见他的这句话，顿时拿着筷子的手又抖了三抖。

天不怕地不怕的陈七安，竟然害怕沈震威。

沈觉哭笑不得地说："我真应该把你的反应告诉他，让他好好反思一下自己。"

"别！"陈七安说，"我可不想激化你们父子之间的矛盾。"

沈觉跟她开玩笑的，当然不可能去说。毕竟，没事的话都不想跟他爸多说话。

"沈觉，我有个问题想问你。"

"嗯，问啊。"沈觉一边聊天一边开始吃饭，一口菜送进嘴里，惊喜地说，"你的厨艺确实不错嘛！"

"当然，中华小当家是开玩笑的吗？"

沈觉赶紧把几样菜都尝了一遍，满足得愣是把四道菜吃出了满汉全席的效果来。

"你刚刚想问什么？"

"我是想问……"陈七安迟疑了一下，但还是开了口，"你之后是不是还要去美国？"

沈觉怔了一下，抬头认真地问陈七安："你希望我回去还是想要我留下？"

其实这几天陈七安一直在想这个事情。沈觉不是寻常的盲盒设计师，有更多更好的机会在等着他。

陈七安从来不是喜欢自我纠结、暗自猜测的人，有了问题就要提出来，必须让沈觉给她一个确切的回答。

"我不希望自己是你的事业上的绊脚石，"陈七安说，"也绝对不会允许自己在这种事上感情用事。"

沈觉听得出她是在认真地跟自己讨论这个问题，于是放下筷子，也认真了起来："你怎么会是我的绊脚石？"

陈七安看着他说："对，我不会是。所以如果你将来是要回去的，请提前告诉我，我需要有一个心理准备。"

"准备什么？"沈觉皱起了眉。

陈七安沉默了几秒钟。

沈觉突然紧张地说："你该不会是准备跟我分手吧？"

"我像那种人吗？"陈七安说，"虽然本人确实向来拿得起放得下，不过鉴于你这么喜欢我，我也不会轻易就伤你的心的。"

"吓死我了，你别闹行不行？"

陈七安笑了笑，说："如果你真的要去美国，我一时半会儿可能没办法和你一起，所以就要提前做好异地恋的准备。"

"我可不想跟你异地恋。"

向弛那家伙还虎视眈眈呢，沈觉怎么可能放心？

"那你的意思是……？"

"我不想走了。"沈觉说，"我的事业在国内，所爱的人也在国内，我去美国干吗？那不是纯属有病吗？！"

陈七安觉得沈觉这人特别有意思，总是用最阴阳怪气的态度说最触动人的话。

她不愿意把这些话定性为肉麻的情话，因为觉得这只是情话那么简单，里面包含着沈觉不会轻易表露但永远存在着的真诚感情。

"原来你这么离不开我。"陈七安笑了，心满意足地安心吃饭了。

她发现，沈觉对她来说确实意义不同。

这么多年来她一个人赶人生这条路，一路上遇见过不少温暖的人，也见识过人心险恶，知道自己应该离什么样的人远些，也有方凝这样可以完全交心的朋友。

但在过去这些年里，她遇见的所有人之中，唯独沈觉能让她觉得心安。

陈七安就是以此来判定自己爱上了沈觉的。

对陈七安的说辞，沈觉倒是不反驳："好不容易找到你了，傻子才离开。"

陈七安低头笑，觉得自己今天的厨艺发挥得登峰造极。

"既然你不打算回去了，那就是说以后生活跟事业的重心都在国内了。"陈七安说，"你跟你爸妈怎么交代啊？"

"干吗要跟他们交代？"一提起父母，沈觉就像个别扭的青春期大男孩，"我自己的人生，应该我自己做主。"

陈七安若有所思地看了看他，然后说："可他们毕竟是你最亲近的人。"

沈觉还想说什么，但突然想起陈七安早早失去了家人，在她看来，完整、和睦的家庭是可望而不可即的，是应该好好珍惜的。

沈觉希望自己能给陈七安一个她理想中的家，但在这之前，陈七安希望他能先平衡好自己与父母的关系。

沈觉明白的，知道陈七安是好意，只不过……

"你不知道，我爸那人特别难沟通，"沈觉说，"我这辈子就没见过像他那么固执的人。"

陈七安劝他："你要讲究方法嘛！"

沈觉抬头看了她一眼，突然灵机一动说："要不，这个任务交给你来做吧！"

"吃饭吧，"陈七安赶紧转移话题，"待会儿菜凉了。"

虽然两个人都不太想直面沈觉他爸，但也都开始琢磨要如何让那位大艺术家接受沈觉正全身心投入的事业。

毕竟对现在的沈觉来说，最难攻克的爱情问题已经解决，如果能再把他爸搞定，可以说是真正的人生赢家了。

吃完饭，两个人窝在陈七安家的小客厅的旧沙发上拿着手机不断刷新"安安兔"的销售界面。每次刷新看到暴增的购买数据，陈七安就仿佛听见钱落在口袋里的声音。

"太刺激了！"陈七安说，"你说我们不会上线第一天就单个链接销量过万吧？"

第二拨"安安兔"在上市的时候相对第一拨时销售渠道有所增加，以往只有线下店铺和线上旗舰店销售，但这一次不仅增加了小程序抽盒渠道，还增加了陈七安的专属链接。

由于是新品上市，无论线下店还是网络渠道，都 24 小时统计一次销量，以便官方发布喜报。

陈七安以前关注过"安安兔"第一拨产品的销售成绩，那时候缺少各种宣传渠道，能在几个月内火起来，一方面是因为近年来盲盒市场逐渐火热，另一方面是因为"安安兔"的形象实打实地可爱。但陈七安始终觉得，"安安兔"不应该只有这样的成绩。这一次，她看着第二拨产品的销售成绩觉得很欣慰——这是她跟沈觉共同努力的成果。

"开心吗？"沈觉问。

沈觉的手搭在沙发靠背上，稍微往下一点儿就能搂住陈七安的肩膀，但他这人平时气势汹汹，到这时候就厌了起来。

他试探了几次，没敢下手，只能在那儿疯狂试探。

"开心。"陈七安看着不断刷新的数据笑着回答。

"有没有一种即将走上人生巅峰的感觉？"

陈七安轻轻"哼"了一声，说："我开心不只是因为赚钱了。"

其实沈觉明白的。

陈七安喜欢赚钱没错，把钱看得很重也没错。但她这个人，其实除了钱之外还有更高的目标追求和梦想，只不过在以前没有机会去追逐、去尝试、去实现，没有试错的机会和资本。

现在好了，她什么都有了。

沈觉收回胳膊，踏踏实实地握住了陈七安的手。

"我知道。"沈觉骄傲地说，"你在想什么我全都知道。"

陈七安笑了："你知道什么啊？"

"我知道你开心还因为有我了。"

"你还真是很自恋！"陈七安笑他，笑完之后却还是跟他十指紧扣。

"安安兔"第二拨产品上市 24 小时，销量惊人。

全部渠道加在一起，总共售出超过十万件产品，单单陈七安的个人专属购买链接就卖了将近三万件。

陈七安连夜在官方微博发布了销售喜报，发完之后还特意分享给了沈觉。

孤枕难眠的沈觉收到陈七安的微信时欣喜若狂，以为两个人可以像偶像剧里热恋的小情侣那样煲着电话粥甜蜜地睡去，结果没想到，人家发来的竟然是个微博链接。

这人太没有生活情趣了！

沈觉觉得不能这样，得让陈七安浪漫起来。

他给陈七安回复消息："总销量达到 10 万件，你就跟我好好约会一次吧。"

陈七安看了半天，一头雾水："可是总销量已经到 10 万件了啊！"

沈觉："所以你必定要跟我约会了！"

发完这条微信，沈觉觉得自己特机智，简直就是超越了余科的恋爱专家。

不过，在跟陈七安约会之前，沈觉还要先见另一个人。

之前余科跟沈觉说过，他约了熊大志见面。

说起来，别看余科平时嘻嘻哈哈的，其实心思多得很。他早不见熊大志，晚不见熊大志，偏偏约在"安安兔"第二拨产品上线后的第二天。

沈觉说："你总说我小心眼，我看你也挺记仇的，这不是明摆着来示威来了嘛。"

余科带着沈觉来到一个小区门口，一边停车一边说："我可没那意思。"

余科说:"我是来解心结的。"

停好车,两个人提着带来的礼物,朝着熊大志家走去。

深觉觉得挺奇怪的,熊大志在离职前薪资不低,但一家人竟然住在这么老的小区里,跟陈七安租的那房子有的一拼了。

"他能让你到家里来,也是稀奇了。"

"他不知道这事。"余科走在前面,"我跟他老婆联系的。"

"余科,你很闲哪。"

"忙着呢!但该解决的事也得解决啊,不然都是隐患。"余科跟沈觉讲,"我一直觉得挺奇怪的,熊大志在公司待遇不错,手里也有权,怎么就突然削尖了脑袋想坑钱……"

沈觉看向他:"别跟我说他有苦衷。"

"他是有苦衷,但也是自己作的。熊大志人到中年,看周围的人都要么自己当老板,要么投资发了财,着急了,也想找机会赚一笔,结果,'啪'!"余科摊手,"被骗了。"

沈觉耸了耸肩,没说话。

"当时他儿子正准备出国读书,很需要钱。他东拼西凑地借了钱,之后把家里的房子也卖了,搬回这老房子来住,"余科说,"心态就崩了。"

沈觉听到这里,无奈地摇了摇头。

两个人上了楼,就像沈觉说的,熊大志现在的家没比陈七安租的那个地方好多少。

余科敲门,来开门的是熊大志的老婆。

"余总,你来啦。"熊大志的老婆赶紧让他们进屋。

余科给她介绍:"这位是沈觉,沈总。"

之前熊大志跟公司闹翻,在家里没少提到沈觉这个人。

她有些尴尬地跟沈觉打招呼:"您好。"

沈觉点了点头,跟着余科进屋了。

这时候,熊大志一边从屋里出来一边问:"谁来了?"

话音刚落，几个人碰了面。

熊大志愣了一下，立刻变了脸色："你们来干吗？"说着他就朝自己的老婆吼道："你放他们进来干吗？当家里是什么地方？"

"什么地方？"熊大志的老婆立刻吼了回去，"我妈留给我的房子，你说是什么地方？"

熊大志吃瘪，怨念地转过身去，气得直深呼吸。

他老婆指着他骂："你自己干了缺德事还不知道反省，在家嚷嚷给谁看哪？我好不容易把人家余总请来的，人家能来是给你脸面了！要不是我求人家，你们直接法庭上见了！"

原本熊大志还一副傲慢的样子，听她这么一说，一下就心虚了："什么法庭上见？"

余科站出来说："熊经理，咱们都是老熟人了，有些话没必要藏着掖着。我承认，你是公司的功臣，如果没有你当时的付出，就不会有现在的'X星球'，但是……"

沈觉打断了他的话："你跟他这种人废那么多话干吗啊？"

沈觉走近熊大志，告诉他："我们已经拿到了你造谣我、造谣公司的证据，大可以直接走司法程序。你应该清楚，一旦我们真的这么做了，你将面临什么结果。"

熊大志突然就慌了。

余科看他这样也挺无奈的，对他说："坐下聊聊？"

熊大志看看他，又看了看沈觉，坐在了离他们很远的沙发一角。

余科跟沈觉也坐了下来。

熊大志的老婆沏了茶给他们俩。

"熊经理，说起这件事，我真的还挺伤心的。"余科说，"一直以来我都非常信任你，非常认可你的工作能力，也扪心自问过，究竟有没有亏待过你。"

余科严肃地盯着他看："不管问自己多少次，我都能摸着良心说，我绝对没有一丁点儿对不起你。"

沈觉喝了一口茶，心说：也就余科念旧情，不然谁会来跟熊大志说这些?

"不过这次的事情也确实给我上了一课，让我意识到在公司管理这方面我过去太不上心了，也太不关心员工了，"余科说，"甚至连重要员工生活上遇到了困难都没发现。"

熊大志抬头看向他。

"你家里的事我听说了。"

"我用不着你可怜我。"

沈觉笑了："你想多了，我们不是慈善家，不会随随便便可怜人。"他对熊大志说，"今天我们过来和你说这些，不是出于同情，也没有要谅解你的打算。你要知道，'安安兔'是全公司所有人的心血，其中也包括你的。在上市前闹那么一出事，熊大志你真的疯了。"

熊大志听到这话，气得拍案而起："我疯了? 我当然疯了! 被你逼疯的! 沈觉你算个什么东西? 空降公司，管天管地!"

"我算什么东西?"沈觉站起来冷静地跟他对峙，"熊大志，你还不知悔改吗? 你损害了我个人的名声不说，也差一点儿损害公司的利益。你总说你是元老，没有你就没有公司的今天。你要是真的那么在乎它，又怎么可能做出这种事来?"

沈觉咬着牙一字一顿地说："你就是没良心。"

熊大志一把抓住沈觉的衣领。

沈觉说："除了动粗你还会干什么? 你不是销售经理吗? 不是业绩第一吗? 你的本事就只有这些?"

熊大志已经红了眼。

这时候余科过来，把沈觉拉回了沙发上。

"熊经理，我们今天来有两个目的。"余科说，"第一，我们掌握了足够的证据证明之前造谣生事的人就是你;第二，我想听听你有什么话想对我说。"

熊大志坐了回去，双手握在一起，整个人都有些焦虑不安。

"我知道，你需要钱，需要工作。孩子在外读书，学费、生活费都是很大的开销。"余科说，"我也知道，你这阵子一直闭门不出，工作的事情还没有着落。"

"原来你们来这儿是为了看我的笑话。"

沈觉摇了摇头："你比我想象的更狭隘。"他说，"如果我们真的想看你的笑话就直接告你了。"

熊大志看向他。

"我想听你的心里话。"余科说，"熊哥，当初我就这么叫你的，现在我还这么叫你。"

他对熊大志说："我想知道你究竟是怎么想的，真的对公司、对我们有那么多怨气吗？"

熊大志终于绷不住了，用力地搓了搓脸，长叹一声，说："对，我就是怨。"

余科跟沈觉皱着眉看着他。

"我怎么不怨？我为公司付出了那么多！大家都说要提副总了，肯定是我没跑了。"熊大志说，"结果呢？我等啊等，等来个沈觉。"

他冷笑："那会儿我就觉得自己像个笑话。"

余科完全没想到还有这么一出，甚至不知道从哪儿传出来的要提拔副总这件事。

"我身边的人，到了我这个岁数，一个个都比我强。我急啊！我能不急吗？能不怨吗？！"

余科皱紧了眉："你是因为没当上副总？"

"是啊，这是一个原因，"熊大志说，"我还觉得没面子。"

沈觉听了他的话，对他说："不只是没面子吧？"

熊大志看向了他。

沉默了几秒钟后，熊大志承认："对，说到底我还是为了钱。我需要钱，刚好有那么个机会，就开始拿回扣。"

就是从那时候开始，熊大志一发不可收拾，胃口也变得越来越大。

"要不是沈觉你，我今天不会落得这个地步。"

"让你变成今天这个样子的，是你自己。"沈觉说，"路是你自己走的，好好的工作是你自己毁掉的。"

熊大志用力咬着后槽牙，过了很久，终于点头。

他不想承认，但沈觉说的是对的。

他咎由自取。

余科也是在今天才意识到，熊大志绝对不会是公司发展中的个例。

这个事件也督促他要反思自己在公司管理上疏忽的问题。

"熊哥，我知道你现在担心什么。"余科说，"我们不会告你，也不会在业界向其他人透露这件事。"

熊大志看向了他。

"我听嫂子说你投了些简历，但都还没有收到消息。"余科说，"从公司层面来讲，我们不会再让你回来，但我可以以个人的名义，帮你推荐其他地方。"

熊大志惊讶不已。

"但你要向我保证，从此以后安安分分地工作，绝对不能再做这样的事。"

熊大志听到余科的话，终于羞愧地低下了头。

他们离开熊大志家后，沈觉说："没看出来，余总这么大度。"

余科笑他："别阴阳我，你不是也没打算再跟他计较吗？"

余科听得出来，沈觉对熊大志说的那些话虽然语气不好，但也暗藏玄机。熊大志当初业务能力确实相当了得，只不过后来把心思放在了别的地方。

"我是懒得计较，"沈觉说，"忙着谈恋爱呢，哪儿有工夫管他啊？"

余科笑着走在他身后，感慨说："你这人就是典型的刀子嘴豆腐心。"

熊大志的事情算是彻底解决了，余科的一块心病也终于好了。

沈觉倒是不在乎这事，掐指算着时间，等着 21 号到来。

第十一章
限定惊喜

11 月 21 日，"安安兔"第二拨产品正式上线第十天。

144 年前的今天，爱迪生发明了留声机。

144 年后的今天，余科忙着接受媒体采访。

沈觉说："今天是我的生日。"

陈七安说："沈总生日快乐。"

说这话的时候，两个人在办公室里。陈七安头也不抬地盯着电脑，旁边的周曦正在上传新的"安安兔"动画宣传视频。

沈觉不悦地看着陈七安："你竟然连个礼物都没给我准备吗？"

陈七安终于抬头看向了他："哎呀！忙忘了！"

"忘了？！"沈觉一嗓子吼得其他人都看向了他。

好在，自从"安安兔"第二拨产品上线之后，陈七安的内容运营部逐渐成了规模，也终于被认可。如今她跟周曦已经从销售部搬了出来，有了单独的办公区。余科怕她们俩忙不过来，还特意招了两个实习生过来。

整个内容运营部一共四个人，外加一个沈觉——他算编外人员。

陈七安听出他真的不高兴了，赶紧安抚这头暴躁的狮子："开个玩笑嘛！我哪儿可能忘了这么重要的事呢？"

说起来，陈七安跟沈觉同年出生，但陈七安的生日在 5 月份，沈觉是 11 月，这么一算，还能蹭个"姐弟恋"的热度呢。

陈七安觉得这挺有意思的，偶尔跟沈觉开玩笑的时候就会自称"姐姐"，故意逗沈觉。

她说："姐姐当然是要好好给你庆祝的！"

"姐姐个头！"沈觉吐槽。

陈七安继续忙自己手里的工作："你凑过来点儿，我跟你说个悄悄话。"

公司里大家都已经知道了他们俩的关系。毕竟当初沈觉大张旗鼓地在微博上告白，大家想不知道都很难。

不过他们俩大部分时候还是很低调的，尤其是在公司，担心影响不好。

今天两个人难得举止亲近，毕竟是沈觉的生日嘛。

沈觉躬身，将耳朵凑了过去。

"之前你不是说要约会？"陈七安说，"今天晚上下班之后等着我。"

沈觉笑了，笑得那叫一个春光灿烂。

他心满意足地离开，走之前还特意回头对着运营部的人说："今天我过生日，待会儿请你们喝下午茶。"

因为有了陈七安的承诺，沈觉这一天都过得充满期待且脾气格外好。

下午的时候，他信守承诺，给运营部的人点了下午茶，还是亲自送过去的。

当然了，沈总亲自过去只不过是为了多看一眼他的女朋友。只可惜，他的女朋友忙于工作，一个眼神都没给他。

沈觉倒是一点儿都不丧气，反正晚上有的是时间可以看。

他甚至答应了余科跟那家伙一起接受了一家媒体的采访，可以说是前所未有的突破了。

就这样，沈觉终于等到了下班时间，提前五分钟就站在了运营部办公室门口，看着手表读着秒等着陈七安下班。

如果是平时，陈七安肯定不会那么准时地离开，尤其最近确实很忙。

但今天到底是非同寻常的日子，陈七安错过了沈觉十七年的时光，好不容易重逢了，绝对不会再错过这次给对方过生日的机会。

她精心准备了，现场温馨且浪漫。

于是，时间一到，陈七安就跟坐在旁边工位上的周曦说："今天特殊情况，我就先走了。"

周曦对她笑了笑："去吧，约会快乐。"

陈七安冲她笑了笑，关了电脑拿着背包就离开了。

她走出办公室后，一眼就看见了等在那里的沈觉："沈总下班这么积极啊？"

"那当然！"沈觉直接拉住了陈七安的手，不顾别人的注视，带着人往外走，"今天我过生日，要跟我女朋友约会呢。"

陈七安转过头去偷笑，发自内心地觉得这样的沈觉很可爱。

一个一米八几的大男人，她觉得可爱。

陈七安想：我真是被这人荼毒得太深了！

两个人出了公司，坐上了沈觉的车。

"咱们朝哪儿去啊？"沈觉问。

陈七安报出了一个餐厅的名字。

沈觉没去过，也没听说过："我还以为你会带我回家吃烛光晚餐。"

"那多没创意？"陈七安说，"今天是要给你惊喜的。"

虽然距离沈觉告白已经过去快半个月，但陈七安每天睁眼闭眼都能想起那天沈觉给她的"限定惊喜"。

她也想为对方制造浪漫惊喜，尽管能力有限，但可以用自己的方式去创造。

沈觉听她这么一说，对今天的晚餐充满了期待：她该不会是亲手给我做了个蛋糕吧？

如果是这样，那确实算是惊喜了。

不过事实证明，沈觉这位大设计师的想象力还是稍微贫瘠了那么一点点。在制造生日惊喜这件事上，这一轮陈七安赢了。

当沈觉停好车跟着陈七安走到这家餐厅门口时，直接愣住了。

"你搞的？"

餐厅门口设置了"安安兔"的盲盒抽盒机，旁边还摆着"安安兔"易拉宝海报。

"进去看看？"陈七安笑盈盈地说。

沈觉的心跳有点儿快，这确实很有创意，很让他惊喜！

陈七安为他拉开了餐厅的门。他一眼看进去，整个人都快晕了。

这家餐厅简直已经成了"安安兔"主题餐厅，到处都摆着"安安兔"的盲盒，墙上、桌上都贴着"安安兔"的贴纸。

"怎么样？"陈七安问，"这个生日礼物喜欢吗？"

沈觉激动到有些喉咙发紧，看向陈七安的时候，第一句话问的竟然是："你得花多少钱哪？"

这一定是大手笔！

她真是太爱我了！

对陈七安这么爱钱的人来说，包下一家餐厅做成这个样子，可以说真的是下血本了！

沈觉感动到恨不得抱着陈七安转圈。

陈七安笑着说："这个……我还是要解释一下。事实上这钱不是我花的——我假公济私了。"

"什么意思？"

"前阵子我们就在策划一个线下活动，庆祝'安安兔'上市。"陈七安说，"当时我做了这个活动策划，跟餐厅合作，弄一个短期的'安安兔'主题餐厅。"

沈觉刚想说什么，陈七安急忙又说："我之所以策划这个活动，当时想的就是要带你过来，当作是你的生日惊喜。"

"哦？"沈觉挑眉，"所以你的意思是，你策划这个活动就是为了我？"

陈七安觉得还挺不好意思的："可以这么说吧。不过这只是你的生日惊喜中的其中一个。"

"还有？"

"先不说那么多，"陈七安主动拉起了沈觉的手，"赶紧坐吧。"

因为还没正式开始这个活动，现在算是前期准备中，餐厅这两天是没有对外营业的，但陈七安特意提前沟通好了，专门来这里给沈觉庆祝生日。

"人家都不营业，怎么答应你过来吃饭的？"

"我说你是'安安兔'的设计师啊。"

"搞了半天你打着我的旗号在外面胡作非为！"

陈七安笑得不行："我也付了钱的！"

不仅付了钱，现在餐厅的布置也是她亲力亲为的。

餐厅里没有其他顾客，他们到了之后，陈七安按了桌上的铃。

几秒钟之后，餐厅的灯都暗了下去。

这是过生日的传统节目了——拉灯，上蛋糕，唱《生日歌》。

沈觉虽然对这流程并不陌生，但其实并没有太多这样的经验。

以前，他很少过生日。

沈觉一直觉得生日一定要跟最亲密的人一起过。他爸妈很少有机会陪他过生日，尽管每年的生日礼物都没少过，但他要的并不是礼物而已。

人不在，他还不如不过生日。

就这样，27岁的沈觉回忆起来，甚至不记得上一次自己这样有仪式感地庆祝生日是什么时候了。

所以，虽然方式老套，但他还是感动。

正如沈觉料想的那样，很快服务生伴着《生日歌》推着蛋糕出现了。不过让沈觉很惊喜的是，这生日蛋糕竟然做成了"安安兔"的形状。

陈七安是真的在用心准备。

沈觉看向她，手心贴在了她搭在桌上的手背上。

将蛋糕放在了桌上，服务生很快离开，让他们继续过二人世界。

沈觉问："怎么就一根蜡烛？"

"因为是我们在一起的第一年。"

沈觉双手托在嘴边，感动得一塌糊涂。

"许愿吧。"陈七安说，"可以许三个愿望，两个说出来，一个偷偷藏在心里。"

沈觉乖乖听话："第一个愿望，希望我爸妈也能喜欢我们的'安安兔'。"

陈七安点点头，记下了他的愿望。

"第二个愿望，希望陈七安早日发大财。"

陈七安听到这个愿望，靠在沙发上笑得不行。

"最后一个愿望……"

沈觉安静了下来，在心里说：希望陈七安永远幸福，如果她的幸福生活里有我的一席之地那就更好了。

许完愿望，沈觉睁开眼看着陈七安不自觉地笑了起来。

"笑什么呢？"

"没事。"沈觉吹熄了蜡烛，希望自己的愿望能成真。

餐厅的灯重新亮了起来，沈觉说："谢谢你的生日惊喜，我已经很久没在生日这天这么开心了。"

"这就满足啦？"陈七安说，"你是不是对我的期待值太低了？"

陈七安从包里拿出一个信封，交给了沈觉："工资和奖金还没发，你的生日礼物先欠着，不过这个你要收好了。"

沈觉拿过信封要打开，被陈七安制止了："回去一个人偷偷看，你这样当着我的面看，我会很不好意思。"

沈觉被她逗笑了，答应她回去之后再看。

"寿星切蛋糕给我吧。"陈七安说，"兔兔这么可爱，我要开始吃兔兔了！"

在过去的十七年里，沈觉每年都会幻想有陈七安陪着自己过生日。

他想听对方给他唱《生日歌》，想越过烛光看到对方温柔的脸。

那时候，他以为那只能是奢望了，却没想到，原来陈七安真的在未来人生中的某个路口等待着自己。

他们在餐厅里吃了蛋糕，剩下的叫了闪送，送到了余科家。

"我带你逛逛吧。"两个人走出餐厅之后，陈七安笑着对他说。

沈觉受宠若惊："我以为你会跟我说准备回家了。"

"我又不是灰姑娘，没人规定一定要在晚上十二点前到家。"陈七安指了指马路对面的儿童公园，"没去过吧？"

"还真没去过。"沈觉从小就不怎么出来玩，哪怕每年的儿童节他爸妈也不会陪他。

他记忆里唯一一次去游乐园就是陈七安拉他一起去的，由陈七安的爸妈陪着。

小时候沈觉特别羡慕陈七安——她长得可爱还人缘好，爸爸妈妈也特别爱她。

现在，沈觉看着陈七安路灯下的侧脸，暗自决定，以后他也要让陈七安成为令人羡慕的那个人。

她没有父母在身边了，但有他。

沈觉牵起她的手："那么接下来就由陈七安小姐带我去逛公园吧！"

陈七安雀跃地应和，拉着沈觉就往对面跑。

这个儿童公园是开放式的，24小时都能进，不过到了晚上九点钟大部分游乐设施会关闭，只剩下摩天轮跟旋转木马还营业。

陈七安想跟沈觉去坐摩天轮。

他们进入公园的时候，除了有些遛弯儿、遛狗的大爷、大妈，公园里已经没什么人了。

陈七安带着沈觉一路来到摩天轮前。

沈觉说："我以前听说一起坐过摩天轮的情侣都会……"

"不许说！"陈七安也听说过，好像是说都会分手。

她非常严肃地警告沈觉："不信谣不传谣，听见了吗？"

沈觉轻笑一声："可是他们说一起坐过摩天轮的情侣如果在最高点接吻都会白头偕老。"

"是这样吗？"

"好像是这样。"沈觉为了掩饰自己的狼子野心，故意轻咳了一声，然后才说，"要不，咱俩试试？"

陈七安突然耳朵有些发烫。

虽然他们不是第一次接吻了，但初恋嘛，还是很纯情的。

"试什么？"陈七安假装听不懂，拉着他去买票。

沈觉在她身边傻笑，不回答，就只是笑。

这个时间坐摩天轮的人除了他们再没别人，好在管理员倒也不介意为了他们俩单独开一次。

两个人坐进去，陈七安说："你不恐高吧？"

沈觉在位子上坐得笔直，没吭声。

陈七安很是意外："你竟然恐高？怎么不说呢？！"

说着她就站起来准备让管理员别锁门了，他们不坐了。

为了浪漫折磨沈觉，陈七安可不会这么做。

没想到，沈觉笑嘻嘻地拉住了她："开玩笑呢，你好紧张我。"

"你真烦死了！"陈七安坐在了他的对面，期待地等着他们一起抵达最高处。

陈七安说："发明摩天轮的人一定是个特别浪漫的家伙。"

沈觉笑了："你知道是谁发明的它吗？"

"你？"

"还是你会聊天，我都不知道怎么接了。"

陈七安笑得不行，问他："你知道？"

"巧了，我还真知道。"沈觉说，"摩天轮是一个叫乔治·法利士的美国人发明的。他发明这个也不是为了玩浪漫，而是为了和巴黎铁塔一较高低。"

陈七安听完，耸了耸肩："好吧，是我想多了。"

她扭头看着外面的夜景，深呼吸一下，开始寻找新城水筑的方向。

她看外面，沈觉看她。

沈觉发现很奇怪，刚认识的时候也没觉得陈七安除了莽撞又爱计较之外有什么特别的地方，现在却怎么都看不够。

爱情这鬼东西，就是这么奇怪。

摩天轮缓缓上升，他们距离地面越来越远。

陈七安说："我以前总觉得花 60 块钱转这么一圈是只有傻子才会做的事。"

"现在你就是傻子。"

"才不！"陈七安说，"我现在发现，那时候我是个傻子所以才会那么想。"

"为什么这么说？"

陈七安对他狡黠一笑："不告诉你。"

她不好意思跟沈觉说，因为她现在才明白，跟自己喜欢的人一起坐在摩天轮上俯瞰这座城市，是一件多么浪漫的事。

这种浪漫的事是没办法用金钱去衡量的。

当摩天轮终于缓缓要升至顶端时，陈七安看着窗外有些出神，沈觉当机立断地凑了过来。

"怎么了？"陈七安扭头看向他的时候，他出其不意地轻轻吻了上去。

他亲一下没事吧？

沈觉想：这可是我女朋友！

陈七安原本没注意到他们要到顶端了。沈觉突然吻她，让她愣了愣，随即笑了出来。

她带着笑意闭上眼，感觉到沈觉小心翼翼地将她揽入了怀里。

这个摩天轮，最高处距离地面足足一百米。

陈七安想：我们在百米高空中接吻，也就意味着能白头偕老吧。

沈觉的生日过得格外满足，深夜送陈七安回去后，他在对方家楼下，迫不及待地拆开了她写给自己的那封信。

陈七安不是喜欢说肉麻话的人。在这封简短的"情书"里，她写道：给你的生日祝福是早安，午安，晚安，行也安然，淡也安然，穷也安然，富也安然。简单来说，就是祝你永远拥有陈七安。

沈觉坐在陈七安家楼下的长椅上看信，看到这句话，觉得心窝都甜了。

他抬头看向那扇窗，看到亮着的灯，知道她就在里面。

他知道她在就好了。

沈觉珍惜地将那封信收好，然后依依不舍地开车离开了。

在十二点到来之前，沈觉度过了最美妙的一天，等红灯时看了一眼手机，发现几分钟前他爸还是发了信息给他。

沈震威："臭小子，生日快乐。"

沈觉笑了，突然觉得他爸也没那么固执了。

他给沈震威回消息："确实很快乐，我女朋友给了我生日惊喜。"

沈震威一看他提到了女朋友，立刻坐不住了，直接打了电话进来。

"大晚上的打什么电话啊？"沈觉接起电话之后立刻抱怨，"我开车呢。"

"你这个女朋友……"沈震威尽可能让自己的语气听起来没那么好奇。他发誓，他真的只是出于对儿子的关心："是什么人啊？"

"什么人？"沈觉说，"哪儿有你这么问的？中国人！中国女人！"

"浑小子！怎么跟你爸说话呢？"

"谁让你问得不明不白？不然我怎么回答？"

沈震威心说：我就知道！每次跟你说话都得一肚子气！

"你给我说说，叫什么名儿，干什么的，怎么认识的，怎么好上的？"沈震威说，"你就不能说点儿正事？"

"没想到你还挺八卦。"

沈震威生气了："怎么说你爸呢？我这是关心你！"

"怎么着？你是怕你儿子被女人骗钱还是骗色啊？"沈觉平时也不至于这么喜欢抬杠，但到了他爸面前，两个人总是聊着聊着就互相抬杠起来了，很少有可以好好说话的时候。

"她叫陈七安。"

沈震威听了这名字，说："这名儿我怎么觉得这么耳熟呢？你以前的同学？还是我在哪儿看见过？"

沈觉不打算告诉他，准备就这么吊着他的胃口，气气他。

沈觉说："前面有交警，我得好好开车了，改天有空再聊吧。"

"你个臭小子！"沈震威在挂断电话之前跟他说，"你妈过两天会来，新年之前你跟我们俩一起回美国，这事就这么定了。"

沈觉皱紧了眉，瞥了一眼已经被挂断的电话，觉得生日的好心情都被他给搅和了。

沈觉回家找了个相框，把陈七安写给他的信裱了起来，放在了床边的桌子上。

他想到他爸说的话，新年之前一起回美国。

沈觉是不可能跟他们一起回去的，所以很显然，在不久的将来，一场家庭风暴势必要到来。

沈觉的生日过完了，陈七安又全身心地投入到了工作中。

之前敲定的线下主题店已经准备就绪，公司官方微博开始大力宣传，每一条文案都是陈七安亲自撰写的。

她写文案，周曦作图，两个人配合得倒是默契。

与此同时，"安安兔"的其他主题活动也逐渐拉开序幕，还要提前开始准备圣诞节跟元旦节的活动。

见运营部的人都忙得脚不沾地，沈觉心里惦记着的那点儿事也就迟迟没能跟陈七安说。

"你最近怎么愁眉苦脸的？"

沈觉有心事，陈七安不可能发现不了。

虽然她大部分心思放在了工作上，但其余的注意力自然都归沈觉所有。

沈觉还有些意外，以为以她的性格她不可能发现自己心里藏着事。

"你看出来了？"

"'郁闷'俩字写你脸上了。"陈七安说，"我也是受过九年义务教育的，学过几个字，认得。"

沈觉笑了："你怎么不安慰我，反倒讽刺我呢？"

陈七安笑着捏了捏沈觉的脸："那让姐姐来安慰安慰你吧！"

沈觉撇撇嘴，拉住了她的手。

两个人最近难得凑到一起吃午饭，沈觉说："看你每天这么忙，我本来不想说的，免得你跟我一起心烦。"

"哟，我男朋友真体贴。"陈七安笑，"那现在怎么又想说了？"

"因为我觉得我不能跟你有秘密。"

陈七安咬着筷子看着他笑，心说：你这人歪理可真多。

"说说吧，出什么事了？"陈七安其实是真的有点儿担心的。

沈觉迟疑了一下，还是把他爸跟他说的那些话告诉了陈七安。

陈七安的笑容也逐渐消失，她跟沈觉一起愁苦起来。

"我肯定不会跟他们走。"沈觉说，"他们生我养我是没错，但我也应该有选择自己的人生的权利。"

"沈觉，"陈七安说，"我有个办法，想试试。"

沈觉怔了一下，问："什么办法？"

"下午余总叫我们开会，是关于新年活动的。"陈七安说，"他想做个'安安兔'展览，邀请粉丝跟合作商们来看。"

沈觉想起来了，前阵子余科是跟他商量过这件事，不过最近两个人都忙，没怎么碰面。

"我突然想，如果这个展能成功办起来的话，或许我们可以把你爸爸妈妈也邀请过来。"陈七安说，"很多时候，人对某样事物有偏见，是因为他们没有真正接触过，一旦接触了，偏见被打破了，就很容易接受了。"

陈七安说："沈觉，我们试试吧。"

沈觉眼睛一亮，觉得这件事可行。

原本下午已经有安排的沈觉推掉了所有工作，跟陈七安他们一起去了会议室。

"你不是要出去？"余科看见他的时候，还有些意外。

"临时改主意了，"沈觉说，"来监督你工作。"

"嚎，还监督我工作，最近产品卖得好，膨胀了是吧？"

沈觉笑盈盈地坐下，点头说："是。"

行，拿你没辙！余科向来拿他没办法。

"人都到齐了，直接开始吧。"

余科说："其实关于办展这件事我已经想了很久了。当初'安安兔'第一拨产品上市的时候我就想过，如果有一天我们做大了，一定要办这么一场展览。我觉得现在时机已经到了，趁热打铁，可以做起来。"他对在座的几个人说，"办这个展，目的不是赚钱，我们甚至可以让大家免费观看，这不是重要的事。我的目的是让大家更了解'安安兔'，更了解我们'X 星球'，甚至更了解我们这个行业。"

沈觉听到这里，若有所思地点了点头。

"我希望这个展不仅面向我们已有的粉丝群体，也不需要为了迎合合作方搞什么噱头，重点是真诚，要让哪怕一个恰好路过，进来随便看看的路人都能感受到我们的诚意。"余科说，"如果圣诞节来不及，我们也可以放在元旦节去办。场地的事大家不用担心，我可以解决，你们只需要给我好的方案。"

余科问："各位有什么好的想法吗？"

沈觉下意识地就看向了陈七安。

果然，陈七安抬头望向余科，对他说："我很赞同余总的观点，不仅要让了解我们的粉丝跟合作方看到，更要让那些对我们并不了解的人感受到这个行业存在的价值。"

她打开自己的报告，一边展示一边说："我做了几种构想，大家可以一起来讨论一下。"

陈七安说："我看了余总发给我的展馆介绍，一共三个馆连在一起，其中一个馆面积相对较大，另外两个小馆面积相当，在主馆进门处还有一小块空地，这里……"陈七安在文稿上做了示意，"有一面墙，我想这里可以设置成留言墙或者照片墙，让粉丝尽情表达。在这样的展览上，我们其实也应该尽可能给予他们表达的空间，让来来往往的人都能看到他们跟'安安兔'之间的故事。这是很动人的。"

余科点了点头。

"然后另一侧，这边就是入口。"陈七安说，"进到主馆之后，可以在正中间摆放'安安兔'的隐藏版形象，在隐藏版形象的旁边，放设计师介绍。"

她看了一眼沈觉，然后说："如果设计师不想介绍自己，那就介绍一下自己的创作灵感。"

沈觉挑了挑眉，没说可以也没说不行。

"我的建议是，我们可以在这次展览中把每一次打样的产品也按照顺序展出并做详细说明，让来看展的人都能了解我们的制作过程，知道其实每一次推出新品，都是很多人用心打磨的结果。"陈七安对余科说，"很多人对盲盒误解很深，我觉得我们要做的是打破误解。现在市场对我们这个行业进行了正向反馈，但并不意味着大众对我们的接受度就真的高。我想让大家深入进来，沉浸式体验一个盲盒是怎样诞生的。"

余科点了点头，对她说的方案表示赞同。

"你把这个方案再细化一下，具体到每一个展厅如何摆放展品，之后我会邀请专业的策展人过来，到时候我们再一起讨论可行性。"

"好！"陈七安答应了下来。

这个会议开了三个多小时，确定了这场展览时间，今天在场开会的所有人都是这个项目的组员。

"把我也圈进来了？"沈觉问。

"那当然！"陈七安说，"你还是重要组员呢。毕竟'安安兔'是你设计的，我们非常需要你。"

沈觉看着她，然后笑了："行，没问题。"

关于"安安兔"最初的设计动机，沈觉从没公开讲过。公司里知道这件事的人，除了他自己，也就只有余科跟陈七安了。

沈觉想到他爸说过的话，想到陈七安说过的话，决定这一次把一切和盘托出。他要让所有人看到他的诚意，让他爸妈知道，他在做的这件事是他的梦想，也是他的爱情。

无论如何，沈觉都不可能放弃的。

他要一直设计"安安兔"，一直到他跟陈七安变成头发花白的老头子跟老太太，一直到他再也没办法看清设计图上的细节。到那时候，他也要为陈七安设计最后一款限量版的"安安兔"，因为这是他们相爱的见证。

陈七安又开始忙，忙得沈觉有时候怀疑这个人是不是已经成了公司骨干，不然为什么她工作的架势仿佛扛着一整个公司的业绩？

不过这样也好，沈觉看得出陈七安非常喜欢现在的工作，一个人能享受工作，这简直就是可遇不可求的事。

一群人忙了大半个月，从确定方案到落实，效率高得吓人。

在圣诞节到来前的一个星期，他们正式进入了宣传期。

陈七安这边刚发布了展览宣传海报没两分钟，微博转发已经上千条。

她突然想起自己刚来总部的时候，公司还没有一个正规的内容运营部门，"X星球"的官方微博可以说就是个摆设，互动率可以忽略不计。

现在，无论是"X星球"这个账号还是后来陈七安跟周曦做起来的"安安兔的每一天"，都已经有了庞大的粉丝数，以及活跃度超高的粉丝群体，每条微博的互动评论都有几千。

陈七安刷新着页面数据，同时也不停地回复着粉丝的提问。

突然，她的手机响了起来，她一看来电人，竟然是好久没联系的向弛。

陈七安突然想起，似乎从沈觉跟她告白那天之后，向弛这个人就像消失了一样，没给她打过电话，没发过消息，甚至向弛的微博和朋友圈也没有更新过。

陈七安有些愧疚，自己谈了恋爱竟然连朋友都不关心了。

她赶紧接起电话，然后就听见向弛说："小七，中午有时间吗？我想约你一起吃饭。"

陈七安看了一眼时间，现在距离午休时间还有半个小时，但自己手头还有很多工作要做，今天中午大概率也是没有时间休息的。

她迟疑了一下，然后听见向弛说："我们已经很久没见面了。"

以前，两个人几乎每星期至少一起吃一次饭。就算陈七安再忙，向弛也会见缝插针地找机会跟她碰面。

十几年了，他们从没这么久不联系过。

陈七安觉得向弛有些反常，想了想，说："今天中午我实在走不开，晚上可以吗？我今天早点儿走。"

向弛沉默了两秒。

在他没发出声音的两秒钟里，陈七安总觉得气氛有些怪异。

"好。"向弛说，"晚上我去接你。"

"不用了。"陈七安说，"你直接把见面地点告诉我，我下了班过去找你就好。"

"让沈觉送你来吗？"

陈七安突然怔了一下，猛地想起沈觉告白那天向弛在对面院子里望着她时的眼神。

"不会，他有事，我自己过去。"

"好。"向弛说，"晚上见。"

也是第一次，向弛主动挂断了陈七安的电话。

陈七安有些恍惚。她听得出向弛的语气很不同寻常，又想起以前沈觉曾经对她说向弛一定喜欢她。原本她没当回事，觉得两个人做了这么多年的好朋友，要是向弛真的喜欢，早就坦白了。

就像很多青梅竹马，两个人感情很好，但对彼此都只是像家人一样爱护，陈七安一直觉得向弛对她来说也只是家人。

陈七安从没认真考虑过这些，突然觉得，或许她真的没那么了解向弛。

为了晚上不加班，陈七安彻底牺牲了午休时间，下午也一直在忙，几乎没离开过工位。

快下班的时候，沈觉问她晚上要忙到几点。

陈七安这才想起自己忘了跟他说今晚约了向弛，赶紧去楼梯间打电话给沈觉："今晚我要去见向弛。"

沈觉这会儿在外面，一听她这么说，立刻吃起醋了："见他干吗？有那时间你看看我不好吗？"

陈七安无奈地笑了笑，说："你不要这样，他是我的好朋友啊。"

沈觉不高兴地哼哼了两声："那晚上我跟你一起去。"

他要气死向弛！

"别了，我跟他说好自己过去。"陈七安说，"沈觉，我真的很珍惜向弛这个朋友。不管他今天要和我说什么，我都希望你能让我自己来面对。相信我，好吗？"

沈觉当然是相信陈七安的，只是信不过那个叫向弛的家伙。

但陈七安都这么说了，他也没法再纠缠，否则就真的显得自己太小肚鸡肠了。

"那好吧。"沈觉不情不愿地答应着，"到时候把餐厅地址发给我，我过去接你。"

陈七安笑着轻声和他说："好，那我们晚上见。"

虽然跟向弛说过不用他来接自己，但陈七安下班出来的时候还是看见了停在艺术园区外面的那辆跑车。

陈七安笑笑，走过去，像以前一样拉开车门坐进了副驾驶座。

向弛看着她说："感觉好久没见了。"

"是真的蛮久了。"陈七安说，"你最近在忙什么呢？"

向弛吞咽了一下口水，没回答她的话，而是突然凑近陈七安，要帮她系安全带。

陈七安反应很快，立刻制止他，有些尴尬地说："我自己来就可以。"

向弛怔了一下，近距离地盯着她看，然后才缓缓点头，重新坐好。

陈七安觉得气氛有些微妙，向弛明显心情不佳。

她不再多说话，毕竟这样狭小又密闭的空间实在让人有些不安。

"我特意去给你买了奶茶，"向弛递过去一还温热的奶茶，"排了好久的队。"

陈七安看着这杯奶茶突然发现自己也有好一阵子没喝奶茶了。以前她总是舍不得，一杯奶茶二十多块钱。她觉得太贵了，但向弛每次来找她都会买一杯她最喜欢的口味的奶茶。

以前陈七安觉得喝奶茶是最幸福的时刻，没什么比喝奶茶更能缓解她的疲劳感了，可是现在，这么久没喝，好像也没觉得想念那个味道了。

"谢谢。"陈七安还是将奶茶接了过来。

向弛要帮她插吸管，陈七安赶忙说："我自己来就行。"

向弛不再勉强，开车载着她往餐厅去了。

去的路上，陈七安像往常那样跟向弛吐槽工作上的事。但向弛明显心不在焉，这让陈七安有些担心。

到了餐厅，向弛带着陈七安上楼。他已经预订好了位置，两个人到了就可以上菜了。

平时粗心大意的向弛，一旦到了陈七安面前就变得格外细心周到。陈七安猛然间意识到或许自己真的有些后知后觉了。

他们坐下后，陈七安忍不住开了口："你是不是有什么话想跟我说？"

向弛的双手交叉，他只有焦虑紧张的时候才会这样。

他半天没说话，直到服务生端来切好的牛排跟红酒。

两个人都没有动面前的食物，陈七安就那么等着，看向弛到底什么时候才愿意说话。

"是，我有话跟你说。"终于，向弛开口了。

他很挣扎，不知道自己在这个时候还应不应该把那些话讲出来。

讲，他这就是试图插足别人的感情，是可耻的；不讲，那他这么多年的感情就这么无疾而终，是遗憾的。

自从看到沈觉对陈七安告白开始，向弛就陷入了很复杂的情绪里。他从没有过那么愤怒和忌妒的时刻，当然还有懊悔。

最后他还是决定说出来，不强求什么，但觉得一定要让陈七安知道他的感情。

"小七，我一直很好奇，你是真的感觉不到我喜欢你吗？"

向弛的这句话像是一声惊雷，陈七安愣在了那里。

向弛看向她，满脸愁云。

陈七安一时间不知道应该怎么回应。在两个人相处的这十几年里，她当然有过那么几个瞬间觉得向弛对她的好有些超出寻常朋友的界限了。可是，她总是对自己说：我们是最好的朋友。

陈七安一直逃避面对这个问题，因为很怕一旦有一天捅破了这层窗户纸，就会失去这个好朋友。

没有人比她更清楚向弛对她来说意味着什么。

向弛在过去十几年里，对她来说是家人一样的存在。

更何况，她曾经听到向弛对其他人说，他们就只是好朋友，一辈子的好朋友。

陈七安对此信以为真，从此没再多想过。

向弛迟迟没能等到陈七安的回答，于是接着说："从我刚认识你的时候起就喜欢了。"

10 岁的小孩子，对感情还一无所知，但向弛就是喜欢住在隔壁的那个女孩。

情窦初开的青春期，他的眼里也只有陈七安，只不过向弛没想到，有一天自己会是以这样的方式把这份喜欢之情告诉她的。

他曾经很重视这件事，找大师去算良辰吉日，找朋友集思广益告白的方案，总是觉得一切都还不够完美，也有那么几回觉得时机刚好，却偏偏被一些事情打断。

他没想到，这么一断，这份感情离他越来越远了。

他设想的告白场景应该是隆重盛大的——他要很高调地告诉所有人他有多喜欢陈七安。

可是，那个沈觉，几束花、几个盲盒，就这么敷衍地把她哄走了。

向弛怎么可能甘心呢？

说到喜欢，想到陈七安被沈觉告白的场景，向弛委屈得有些红了眼。

"向弛……"陈七安微微蹙着眉头，轻声说，"对不起……"

向弛一点儿都不想听她说"对不起"。她为什么要说这话呢？他想要的根本不是道歉。

向弛觉得有些委屈："小时候我就整天跟在你后面。后来你家出事，你读不了我们的学校了，我也求着我爸把我转到了你们那所学校去。"

没错，是有这回事。

新城水筑的业主的孩子可以在他们的私立学校读书，那所学校师资雄厚，教学设备也是全市最先进的，在那里上学的孩子家里都非富即贵。陈七安的家里出事后，她没办法继续留在那所学校里，因为根本无力支付每年几十万元的费用。她转学到了普通中学，没想到几天之后，向弛也来了。

那时候向弛说："我可不是因为你才来的这儿！我转学过来纯粹是为了体验生活！"

体验生活，又是体验生活，陈七安想起了向弛送外卖给她的事。

"后来这么多年，你到哪里我就到哪里，我的世界完全围绕着你在转。"向弛讲的话打断了她的思绪，"我身边的朋友，三天两头换恋爱对象，可是你看我，这么多年了，从来没谈过恋爱。你就没想过是为什么吗？"

陈七安怎么可能没想过？但过去那些年，除了这种事情，她还有更重要的事要想。如何生存下去这个问题已经耗光了她的精力，她哪里还有那么多心思去想别的事？

"我喜欢你啊！"向弛变得有些激动，"我喜欢到什么事都为你考虑！我知道你生活过得不好，就想帮你，也知道你肯定不会让我帮！所以上学的时候你做兼职，我就找到你的雇主，偷偷给你的雇主钱，让他多给你发薪水！所以毕业之后你去卖盲盒，我都不知道那是个什么东西，但买了一大屋子的盲盒，就为了给你冲业绩！"

向弛说着说着，眼泪就掉了下来。

他从来没这样过，也不是生气，就是委屈。

他那么喜欢陈七安，她为什么就不知道呢？

向弛知道自己失态了。他不想吓到陈七安，可就是忍不住，好像这么多年吞下肚子的苦水现在都化作了眼泪。

他知道自己挺没出息的。

陈七安赶快拿了纸巾给他，从没见过他这样，也终于明白自己的逃避行为对他造成了多大的伤害。

"对不起，"向弛跟陈七安道歉，"我这样是不是特烦人？"

"不，不是你的问题。"她停顿了一下，心里也有些难过，"只是……对不起，我不知道怎么会这样。我听到你跟别人说只当我是最好的朋友，还说要一辈子都不分开，所以就……"

向弛听到这里愣住了。他回忆了很久，终于想起来陈七安说的这件事。

那还是中学的时候，几个关系好的男生瞎起哄，当时向弛出于害羞，也是担心万一被陈七安知道了这事两个人的关系会变得尴尬，才说出了这种话。

让他没想到的是，陈七安竟然听见了这话，还记了这么多年。

"原来是因为这个？"向弛不敢相信，竟然因为那时候的一句话，自己就失了先机。

向弛说："那个时候你一门心思想考个好的学校，我不敢让你知道我的感情，怕影响到你。"他懊悔不已，"我也担心，万一你拒绝了我，我连你的朋友都做不了了。"

看着眼前的向弛，平日里伶牙俐齿的陈七安也不知道应该说什么了。

这是她最珍惜的朋友，自己越是在意，就越是不知道该怎么去安慰他。

"小七，你真的喜欢他吗？"向弛突然问，"那个沈觉，你跟他才认识多久，了解他吗？"

陈七安沉默了几秒钟，对向弛说："向弛，我真的很在意你，所以，我不能骗你。"

她停顿了一下，认真地回答："我喜欢他。"

"可是你们才刚认识！"

"两个人能不能相爱，能不能走到一起，其实跟认识多久没有必然的联系。"陈七安说，"对不起，我不是故意想要伤害你。"

向弛低着头，没回应。

"向弛，我们认识十七年了，我很幸运能有你这样的好朋友，也很幸运能被你喜欢。"

向弛抬起头来看向她。

陈七安的声音很轻柔，她尽可能地不去伤害向弛，但这些话在向弛听来，就是一把温柔的刀刺到了心里。

陈七安说："我无法想象在过去那些日子里如果没有你，我会过得有多孤独无助。我记得你全部的好，记得你对我的温柔体贴。在我不开心的时候，永远都是你想尽办法让我快乐。我真的很庆幸能遇见你，被你喜欢是我的荣幸。"

"可是你不喜欢我。"

"不，我很喜欢你，"陈七安说，"是那种朋友、家人的喜欢。你对我来说非常重要，我真心实意地喜欢着身为我的好朋友的你。"

向弛撇了撇嘴，小声嘀咕："你知道我要的不是这种喜欢。"

陈七安有些难过地看着他，很想说"对不起"，但又觉得自己今天说了太多道歉的话，这对向弛来说是最没有意义的词汇。

向弛说："小七，我想知道，如果我早点儿跟你告白，现在和你在一起的人会不会就是我了？"

陈七安知道自己应该好好安慰向弛，但也知道，如果自己真的珍惜他、尊重他，就不应该说那些虚无的诺言。

陈七安面对向弛无法开口说让他难过的话，只好保持沉默。

向弛彻底绷不住了，红着眼睛问陈七安："你就不能哄哄我吗？"

陈七安的眼睛也红了，她哭不是因为自己，而是心疼向弛。

向弛的好，她最清楚。这么好的向弛，她却辜负了。

看着这样的陈七安，向弛明白，自己的一切幻想都破灭了。他原本还指望着陈七安说如果没有沈觉她就会爱上自己。

她真是狠心，但也真是诚实。

向弛还是没办法怪陈七安，被爱的人又有什么错呢？

"也就是说，就算没有他，你也不会爱上我？"

陈七安的眼泪掉在了桌子上。

"我明白了。"向弛说，"你别哭，我不逼你了。"

陈七安抬起头来看着他，摇头说："你没有逼我，是我让你难过了。"

向弛盯着她看了一会儿，然后坐直身子，深呼吸，对陈七安说："牛排都凉了，快吃吧。"

这顿饭两个人吃得都心事重重，味同嚼蜡。

等到吃完饭，向弛跟陈七安一起往外走时说："我送你回去。"

话音刚落，他就看到了等在外面的沈觉。

沈觉走过来，来到陈七安身边。

向弛咬紧牙关审视着他。

倒是沈觉，一改在陈七安面前的幼稚样子，十分有风度地伸出了手："你好，我是沈觉，七安的男朋友。"

向弛愣了一下，随即笑了出来。

他跟沈觉握手："你好，我是向弛，她的好朋友。"

两个人相视一笑，没了之前针锋相对的感觉，彼此都释然了。

向弛说："恭喜你，赢了我。"

"谢谢你这么多年照顾她。"

听到沈觉的这句话，向弛心里满是苦涩感觉。但他也只能说："往后她就交给你照顾了，你不准欺负她，不然我打断你的腿。"

沈觉对他笑了笑："放心吧，爱她还爱不够呢。"

向弛苦笑，看看陈七安，道别离开了。

向弛开车离开时，从后视镜看到那两个人还在原地望着自己的方向。

他真的能够释然吗？

至少短时间内是不能的，但他又有什么办法呢？

向弛永远都不会让陈七安为难的。

他只是希望她所遇是良人，那个良人不是他也没有关系。

"安安兔"的展览在所有人近乎疯狂的努力下，终于正式开幕了。

开始前一天，沈觉特意去酒店见了他爸妈，送上了邀请函。

"咯——"气氛依旧紧张，他为了掩饰尴尬，轻咳了一声，"你们不去也没关系，不过，我女朋友是项目组的成员之一。她辛苦了蛮久，也很希望你们来。"

他刚说完话，沈震威已经接过了邀请函。

事实证明，这世界上就没有不操心儿女婚事的父母。

虽然对这个展确实兴趣不大，但沈觉打着他女朋友的旗号来送邀请函，他们俩怎么可能拒绝得了嘛！

沈震威说："到时候看情况，我们很忙。"

"我知道，你们最忙了，所以你们随意，来不来都行。"沈觉嘴上说着来不来都行，但其实还是对他们有所期待的。

展览上午十点正式开始，从早上起就已经有粉丝在外面排起了长龙。

就像余科说的那样，他们这一次办展，对所有人开放，大家免费参观，离开时还能领取免费的小礼物。

礼物是陈七安精心设计的，一个印有"安安兔"形象和"X星球"logo 的帆布袋，里面装有一个"安安兔"盲盒、一份《"安安兔"

领养手册》、一本"安安兔"手账本以及一张纪念卡。

陈七安希望，来观展的人不仅仅能记住这一美好瞬间，还可以通过他们提供的这份小礼物，将"安安兔"带给他们的温暖与可爱感长久地保持下去。

她就在出口处，准备到时候亲手将这份小礼物送给大家。

身为设计师的沈觉这一天自然也要在现场，而且打心里确实有那么一点点期待在这里看见他爸妈。

他蹭到陈七安身边，小声嘀咕："今天是新年。"

"嗯，怎么了？"陈七安正在整理那些礼物，抬头看了他一眼。

沈觉"哼"了一声："怎么了？这种日子我们原本应该过浪漫的二人世界。"

陈七安笑他："这样也很浪漫啊！而且，这种浪漫情景可不是每个人都有机会享受的。"

"还真是正能量。"沈觉说，"反正今天晚上你得跟我约会。"

"知道啦！"

两个人在这边聊着，那边一阵音乐声响起，十点到了，展览正式开始了。

拥入的参观者让陈七安有些紧张起来。

沈觉说："你紧张什么？"

"我不知道大家会不会喜欢这次展览活动。"

沈觉笑了笑。正巧这会儿余科走了过来，沈觉索性让余科留在出口分发礼物，拉着陈七安的手就去了展览大厅。

余科："沈觉你是不是人哪？"

沈觉："不重要！"

对沈觉来说，自己在余科眼里是不是人不重要，陈七安开心才最重要！他就是这样重色轻友的浑蛋！

沈觉带着陈七安绕了一圈从正门进去。

此时展厅里已经人满为患，几个穿着"安安兔"玩偶服的工作人员正在和粉丝拍照。

陈七安观察着大家脸上的表情，试图从中感受到他们此刻的想法。

以前在线下店做导购员的时候，陈七安每一天都这样近距离地跟顾客接触，一直以为自己已经足够了解大家，可是现在才明白，购买者走进店铺时的心情和这些沉浸在"安安兔"世界里的粉丝的心情还是不同的。

她跟随着他们一路走过去，自己也完整地将这个展又看了一遍。

陈七安心血来潮，跟一个扮玩偶的同事换了班，自己穿上了"安安兔"的玩偶服。

"可爱吗？"陈七安戴上头套之后，问沈觉。

沈觉笑着掏出手机，拉过她："先跟我拍一张！"

两个人刚拍好照，陈七安突然看见一个女孩子站在展厅中间看着沈觉的"创作灵感"在流泪。她想了想，转身去后面拿了一束花，然后小跑着去找那个女孩。

陈七安来到那个女孩身边，轻轻地拍了拍她的肩膀。

女孩眼含泪光地看向她。

穿着"安安兔"玩偶服的陈七安把手里的粉色玫瑰送给了她。

那一瞬间，女孩的眼泪更加汹涌，她接过玫瑰后拥抱了陈七安扮的"安安兔"。

陈七安将女孩子抱在怀里，很轻盈地拍着她的背，以此来安抚她。

她不知道这个女孩在看到沈觉的"创作灵感"时想到了什么才会哭成这样，但知道这个女孩正在感受爱——无论是正在经历的还是曾经错过的，都是珍贵的爱。

这一刻，陈七安真正领悟到了"安安兔"给大家带来了什么，原来，它的存在不仅抚慰过自己的人生。

沈觉一直站在原地没动，录下了陈七安给女孩子送花的全过程。

他正录着像，突然看到画面中出现了两个熟悉的身影。

沈觉不可思议地抬头看过去，没想到他爸妈真的来了。

来这里看展的大多是年轻人，那对中年夫妻出现在人群里时，显得有些格格不入。

沈震威皱着眉说："怎么这么多人？"

倒是沈觉的妈妈很喜欢这样的氛围："多好啊，我没想到儿子的作品这么受欢迎。"

他们夫妻俩都是有名的艺术家，他们的作品有着很高的艺术性，获奖无数，但毕竟曲高和寡，每次办展览来参观的人也不算太多。

沈震威说："看的人多有什么用？"

"哎！你这人说话就是难听！"

两个人正说着，沈觉已经走到了他们跟前。

沈震威没给儿子好脸色，依旧端着架子说："这有什么可看的？"

沈觉的心态已经被锻炼出来了，沈震威说什么他都能当没听见。

他对他妈说："欢迎周女士携丈夫光临，我带您参观参观？"

沈觉的妈妈忍着笑，挽着儿子的胳膊说："行，沈大设计师给我解说解说吧。"

沈觉带着他妈走在前面，沈震威板着张脸跟在他们身后。

三个人从入口处开始往里走，沈觉非常详细地给他妈妈讲着关于"安安兔"的一切。

沈震威也在后面听着，听儿子讲"盲盒"究竟是什么东西，为什么会有这么多人喜欢，听他讲自己最初设计它的原因，还有一路走来经历的那些事。

沈震威突然发现，儿子真的长大了，是一个已经可以完全脱离他的掌控自己去创造新世界的成熟设计师。

他想起沈觉之前跟他吵架时说，这么多年他总想把孩子拴在自己身边，逼迫孩子做自己想让孩子做的事，为的其实只是给他长脸罢了。

当跟着他们母子二人来到那堵贴满了便利贴的墙面前时，沈震威难得地放下偏见，仔细地去看那些粉丝留下的话。

"我跟现在的男朋友是通过'安安兔'认识的。有一天我在商场的抽盒机前抽盲盒，他排在我后面。那天我抽到了重复的款式，在旁边哀叹运气不好，没想到，他竟然抽中了隐藏款。他看见我有些失落，竟然把隐藏款送给了我！！！感谢'安安兔'！我抽中的是隐藏款盲盒男友啊！"

"宝贝！妈妈来看你了！！！'安安兔'就是全世界最可爱的小朋友！妈妈爱你！"

"我跟好朋友就是通过交换'安安兔'盲盒认识的，从线上好友发展到现在隔三岔五就要见面约饭的三次元好友，真的太幸福了！社恐的人能通过'安安兔'遇到同好，这是我最大的收获！"

"我爸妈一直不理解我都30多岁的人了为什么还沉迷于买这种'小玩具'，我也懒得多跟他们解释。现实生活中有太多让人无可奈何的事，我们都已经被磨得没有了棱角，没有了期待，但每一次开盲盒时，都能唤醒我沉睡已久的对未知惊喜的期待。这对我们这些打工人来说，是很美妙的事情。"

"每个人心里都有一个纯粹的童话世界，'安安兔'守护着我的这个世界，希望我们能永远互相陪伴。"

沈震威一条一条地看过去，最开始无法理解，之后逐渐感受到了一种自己从未感受过的力量。

他就是那种把它当作无意义的小玩具的父亲，觉得儿子的才华用在这东西上面简直就是浪费，不知道它的存在有什么必要性，直到看见这些粉丝的留言。

这些年轻的孩子赋予了它存在的意义，它也回报了他们惊喜和慰藉的感受。

"对了！"沈觉的妈妈突然神神秘秘地说，"你的女朋友在哪儿呢？"

沈震威听见"女朋友"三个字，立刻用余光瞄那母子俩。

沈觉笑："妈，你说实话，来看展是不是主要为了见她？"

"哪儿能呢？！"沈觉的妈妈说，"我来当然还是为了看你的作品！"

沈觉才不信呢。

他转过去扫视人群，终于找到了正在给大家送花的陈七安。

她依旧穿着那身"安安兔"的玩偶服，怀里捧着提前订的粉色玫瑰，给每一个跟她合影的粉丝都送了一朵花。

"那就是你女朋友？"沈觉的妈妈问。

沈觉说："我叫她过来。"

他让爸妈在这儿等着，自己穿越人群来到了陈七安面前。

沈觉等着她跟别人拍完照，然后过去说："我爸妈来了。"

陈七安躲在玩偶服里面正因为跟粉丝互动开心到脸红，一听沈觉说他爸妈来了，突然就紧张起来了。

"来了？"

"对，我带他们转了一圈了。"沈觉说，"过去跟他们打个招呼？"

陈七安一瞬间有点儿乱了呼吸：这就见家长了吗？

原本陈七安设想的场景是她端庄优雅地站在展馆里，让他们见证一下职场女性是如何游刃有余地开展工作的，却没想到，被他们看见的是自己穿着玩偶服又蹦又跳的幼稚样子。

"我就这样见他们？"

"走吧！"沈觉拉住她的手，带着她往爸妈那边走去。

陈七安有点儿紧张，想起小时候每次见到沈觉他爸自己都恨不得绕着走！那个叔叔实在太威严，很吓人的！

他们很快就来到了沈觉的父母面前。

沈觉说："爸、妈，这就是我的女朋友，陈七安，'安安兔'就是为了她才设计出来的。"

关于这段故事，沈觉已经在刚刚给他们讲过，当时他妈还感慨说："没想到我儿子这么深情！"

陈七安赶忙摘下玩偶的头套，因为有些闷热，额头跟鼻尖都渗出了汗。

她觉得自己此刻一定很狼狈，有些不好意思。

但沈觉的妈妈看到她之后，竟然说："天哪！这么多年没见，安安出落得这么漂亮了！"

陈七安很意外，没想到对方竟然还记得她。

沈觉的妈妈确实记得这个女孩，这个很多年前儿子唯一的好朋友。

陈七安这些年变化很大，可是沈觉的妈妈还是一眼就认出了她。

"阿姨好。"陈七安乖巧地跟她打招呼，然后又看向沈震威，难得有些胆怯地说："叔叔好。"

十七年了，这位叔叔还是那么威严，岁月丝毫没让他的外貌看起来慈祥些。

沈震威看看眼前的女孩，对陈七安没什么印象了，不过确实记得当年邻居家有个小女儿。

沈觉的妈妈跟陈七安寒暄，问她父母现在怎么样。

提到这个，陈七安脸上的笑容突然有些僵硬。

沈觉赶紧说："妈，安安的父母都不在了。"

沈觉的妈妈赶紧向陈七安道歉，拉着她戴着玩偶手套的手说："对不起，阿姨不知道，提到你的伤心事了。"

陈七安突然觉得心里很暖。她感受得到对方的善意和温柔对待。

"没关系的，"陈七安说，"您不知道嘛。"

沈觉的妈妈提议晚上他们一起吃饭，但被沈觉否决了："今天是圣诞节，我们要过二人世界。"

陈七安在心里吐槽：沈觉，你可真行啊！

"没关系，那今天你们两个过节，我们还要在国内待一阵子，元旦节前都可以的。"

说起这个，陈七安又想到沈觉的爸妈要带他回美国的事，看向了沈觉。

"再说吧。"

沈觉刚说完，陈七安的手机突然响了起来。

来电人是一串陌生的电话号码，她接起电话后听到对方说："陈七安女士吗？"

"是我，请问您是……？"

"我是南区派出所民警，你家进贼了，邻居报了警，赶快回来看看丢了什么东西没有，然后跟我们做个笔录。"

陈七安愣了一下："进贼了？"

"对，尽快赶回来，我们现在就在现场。"

挂断了电话，陈七安整个人都有点儿恍惚。

沈觉看着她，很是担忧地问："怎么了？哪儿进贼了？"

"民警说我家进贼了。"

第十二章
不限量的爱

陈七安跟沈觉匆匆忙忙地赶回家的时候，方凝跟余科也刚好到家。

"怎么回事啊？"方凝一看见陈七安就问，"家里进贼了？"

陈七安皱着眉，拉着她一起往楼上跑去。

这原本就是老城区，她们住的又是那种非封闭式、没有物业的老旧小区，这一带闲杂人等很多，以前也出过小偷闯空门的事。

陈七安他们上楼之后看到民警就在家门口站着。

见他们来了，民警问："这家的住户？"

"对。"陈七安跑得气喘吁吁，心跳特别快。

"房主已经在过来的路上了，你们先看看丢了什么东西没有。"

陈七安跟方凝赶忙进屋，发现家里被翻得仿佛遭到轰炸过一样。

虽然这是老旧的房子，但陈七安跟方凝平时将屋子收拾得非常干净整洁，现在看着眼前的一片狼藉景象，实在有些焦虑。

两个人仔细检查了物品，最后发现，除了被摔坏两个杯子和一个闹钟之外，倒是没丢任何东西。

不是说小偷慈悲，而是因为她们俩家里实在没什么贵重物品。

沈觉跟余科也都紧张得够呛，关切地问："怎么样？丢什么东西了吗？"

方凝略显尴尬地说："估计小偷进来之后也挺后悔的。"

陈七安说："没有。"

虽然没丢东西，但这样被闯了空门还是挺可怕的，而且那小偷还弄坏了她们的门锁，这对两个年轻姑娘来说太危险了。

他们等到房东过来，配合民警做好了笔录，折腾完已经是下午了。

房东说这房子是她们住着的，小偷也是在她们住时闯进来的，门锁坏了，得她们赔。

不光是门锁，房东来这一趟，进屋巡视，到处挑毛病，说冰箱被剐花了，沙发磨破了……一些根本就在她们入住时已经存在的问题，也被房东拿出来让她们赔偿。

陈七安跟方凝气不过。

但没等她们跟房东理论，沈觉和余科已经先她们一步走了过去。

以前这两个姑娘什么都只能靠自己，有时候受了委屈还要被迫忍气吞声，但现在可不一样了——她们身后站着人呢！

沈觉跟余科一个比一个牙尖嘴利。

余科说："要不这样，我们走司法程序？东西要真是我们弄坏的，我们加倍赔给你，但要是你故意讹我们，我要起诉你的。"

房东显然心虚了，骂骂咧咧地转了一圈就走了。

方凝在一边笑，等房东一走就跑过去抱着余科的脖子说："你怎么这么厉害啊？！"

房东是走了，但家里得收拾，还要换门锁。

沈觉联系了换锁的师傅，亲自盯着，给陈七安她们换了个新的密码锁。

屋里，陈七安跟方凝忙前忙后地收拾东西。余科出来用手肘撞了撞沈觉，神神秘秘地说："过来，和你说点儿事。"

沈觉看了他一眼，有些不放心这换锁的师傅，跟余科往走廊尽头走去，但目光一直盯着那个师傅。

"怎么了？"沈觉问。

余科说："你真放心她们继续住这地方？"

沈觉眉头紧锁。他怎么可能放心呢？！

"你是什么意思？"沈觉看向他。

余科轻咳了一声，一脸老谋深算的样子说："是这样，我准备向方凝求婚，如果她顺利答应我，那我俩肯定是立刻同居的。"

"求婚？"

"哎，哎，哎！"余科赶紧捂住了沈觉的嘴，"你嚷嚷什么啊？！"

沈觉立刻噤声，甩开余科的手后压低声音不可思议地问："你要向她求婚了？"

到现在沈觉还记得以前余科放狠话说这辈子都不会结婚时的样子，没想到这人变得这么快，跟方凝才在一起几天啊，就要求婚了！

"我怕夜长梦多。"余科说，"哥们儿太喜欢她了！"

沈觉打量了一下余科："说好的不婚主义呢？"

"我那是用来吓唬我妈的。谁让她整天催我谈恋爱，我是叛逆。"余科说，"警告你啊，我要求婚这件事你别给我走漏风声，不然就没惊喜了。"

"行，知道了。"

"别光知道了啊！"余科说，"刚才我说的事你得放心上！我们方凝搬走之后，陈七安自己住这地方，你舍得？"

沈觉当然舍不得！

沈觉其实早就在打小算盘了。他知道陈七安对新城水筑那栋房子念念不忘，既然自己就住在那里，自然希望陈七安能搬过去和自己一起住。

当然，除了这个冠冕堂皇的理由之外，沈觉也是有私心的。

他想跟陈七安朝夕相处，想每天起床看见的第一个人就是陈七安，想每天睡前都亲口和她说晚安。

但是，他始终没找到一个合适的机会开口，生怕贸然提出同居会让陈七安觉得自己是个色欲熏心的臭男人。

"反正这件事我告诉你了，你自己看着办吧。"余科说完，撒着欢地跑回去找他的方凝了。

沈觉继续在门口盯着换锁师傅，心里一直在琢磨这件事。

突然，沈觉的手机响了，来电人是他爸。

"现在很忙。"沈觉一跟他爸说话就跩得不行。

"我知道！"沈震威说，"你女朋友那边怎么样了？需不需要我们过去看看？"

沈觉笑了，没想到他爸特意打电话来是为了这事："换锁呢，没事。"

"那行。"沈震威轻咳了一声，说，"你晚上过来一起吃饭。"

"今天晚上？"

"带着你的女朋友。"

沈觉扭头看看屋里的人，想了想，说："她晚上不太方便，我自己过去吧。"

沈觉不是不想让陈七安跟他们见面，只是觉得，他跟爸妈之间的问题还没解决。就像陈七安独自面对向弛一样，他也要先去独自面对他爸妈才行。

沈觉跟他爸妈约在一家老餐厅见面。据说这是家老字号餐厅，但沈觉平时对这些东西不太关注，从没来过。

他到的时候，服务员刚好开始上菜。

"来得正好，"沈觉的妈妈说，"坐下先吃饭吧。"

沈觉忙了一天，又累又饿，反正是跟自己爸妈一起，也没必要装模作样。

他拿起筷子就准备吃饭，却听见他妈说："还记得这家店吗？在你小的时候我们带你来过。"

沈觉吃了口菜，环顾四周，笑着说："实在没什么印象了。"

沈震威"哼"了一声，没好气地说："你能记得什么啊？"

沈觉看看他，放下了手里的筷子。

"你们父子俩能不能别一见面就吵架？"沈觉的妈妈说，"吃完饭再吵不行吗？"

"妈，这事真不怪我，我爸先点火的。"

沈震威听儿子这么说话，更不高兴了，将手里的筷子往桌上一拍，说道："你小子是不是翅膀硬了？"

"是。"沈觉说，"我27岁了，你要求我的事我都已经做到了。现在我有了自己的事业和目标追求，你还想继续绑着我吗？"

沈震威火大地站起来，但下一秒就被沈觉的妈妈给呵斥住了："干什么呢这是？"

她对沈震威说："今天来之前我们怎么说的？不吵架，跟儿子好好聊聊！你都忘到脑后了是吧？！"

在这个家里，沈觉他妈才是食物链顶端的人。

沈震威无奈地坐下，气得一口喝了半杯水。

"妈，"沈觉说，"你们今天去了展览，感觉怎么样？"

这个问题沈觉发自内心地想要知道答案。

其实他当时应该多带他们转转，多给他们讲讲，也多让他们感受一下粉丝的热情，只不过遭遇突发事件，不得不赶快离开。

听到沈觉的问题，同为艺术创作者的妈妈也放下了手中的筷子，说："还记得那句话吗？艺术不是技艺，而是艺术家体验了情感之后表达的东西。"

沈觉正襟危坐，认真地听着她的话。

"这些年我跟你爸一直在探讨一个真正的艺术家究竟应该是什么样的，一个真正的艺术家所创作出来的作品应该传达些什么精神。"她说，"我们一方觉得艺术就应该站在高处俯视生活，它以生活为基础，但也该凌驾于生活之上；另一方觉得，艺术根本就扎根于生活，它所传达的也该是与人类精神息息相关的东西。"

沈觉看了看他爸，觉得自己能猜到这两种观点分别来自谁。

沈震威跟妻子都是艺术家，但创作方向不同，属于两个流派，而且他们的精神和理念也完全不一致。有时候，沈觉都觉得他们能维持这么多年的婚姻有些不可思议。

沈觉的妈妈继续说："可能是因为我们一直得不到答案，所以就寄希望于你，期待你能帮我们找到这个问题的最优解。"

沈觉问："我让你们失望了？"

"不，不，不，恰恰相反。"他妈妈说，"就在今天，我们跳出自己的思维圈，看到了一种新形式的艺术。"

沈觉听到她这么说，脸上满是惊喜之色："真的吗？"

他看向沈震威："沈大艺术家也是这么想的吗？"

"啧！能不能好好说话？！"沈震威依旧没给儿子好脸色，但语气已经和善了很多。

"你走后，我们又在那里逗留了很久。"沈觉的妈妈说，"我跟你爸都很好奇，这个看起来幼稚的小兔子究竟有什么能耐让这么多人沉浸其中。"

"怎么样？你们有结论了吗？"沈觉有些紧张地问。

"理解起来确实没那么容易，毕竟无论是年纪还是价值观念，我们跟那些年轻的孩子是有很大差别的。"沈觉的妈妈说，"不过，你也要清楚，爸爸妈妈除了理性思维，更多的是感性思维。"

从理性上去分析"安安兔"的艺术价值，对他们来说有一定的难度。他们无论从哪个角度看，相比于自身在做的东西，"安安兔"都只是商业作品而已。

但他们都是艺术家，精神世界敏感又丰富。当他们站在人群中去感受那些人因为"安安兔"而展现出来的情绪时，也就不难接受儿子的作品值得出现在这里的原因了。

"爸、妈，我知道让你们肯定它的价值，这不太现实，"沈觉说，"但希望你们能给我点儿时间，听听我想说的话。"

沈震威看着儿子，终于还是点了头。

"我一直觉得，艺术是不分形式的。"沈觉说，"有些人觉得艺术就该是高雅的，就该曲高和寡，就该是空中楼阁，也有人觉得艺术要反映真实生活，要震撼人心刺破阴暗，但是对我来说，艺术从来都不是绝对的，它不应该只掌握在一部分人手里。"

沈觉拿出他特意准备的《"安安兔"领养手册》递给他们："我不知道你们有没有看过这个。"

他把小册子交到爸妈手里，然后重新坐回他们对面。

"我承认，设计它们的初衷跟创作艺术品没有一分钱关系。我就只是为了通过它寻找陈七安，后来的一切结果都是意外之喜。"沈觉说，"但是，你们也对我说过，艺术是不应该被定义的。我觉得，即便我设计的这些小家伙在艺术家们看来根本难登大雅之堂，但对那些喜欢它们的人来说，这就是生活之中惊喜的艺术。

"这个世界上不是人人都需要艺术品，但人人都需要被安慰和陪伴。"

沈震威夫妻俩翻看着那本小册子，难得如此耐心地听儿子说这些。

"以前我也不清楚自己究竟想要什么，过去的二十几年里走出的每一步都是由你们为我设计的。你们说我得当设计师，当艺术家，于是我就努力让你们达成所愿。"沈觉继续说，"但在那些日子里，我一直在思考一个问题：我真的想过这样的人生吗？"

沈觉停顿了一下，才又说道："我最温暖的一段时光就是小时候有陈七安陪伴我的那十年。我很清楚，这个世界上一定有无数人正在经历着和我相似的人生——安静平淡，孤独封闭，被无形的手操控着自己的生活。他们未必不需要陪伴，未必不渴望生活中的小惊喜。而盲盒的出现，恰恰给他们提供了一种难得的情绪价值，填补了他们生活中的虚无部分。这才是我和我的团队想要实现的自我价值。它于我们而言，也是无价的艺术。"

这是沈震威第一次认真聆听沈觉的内心世界。沈震威也是第一次意识到，孩子确实不是他的附属品，那是个有血有肉有思想的成年人。

"所以，你的意思是绝对不会跟我们回美国了？"沈震威问。

"是。"沈觉非常坚定地回道，"我热爱的一切都在这里，我爱的人也在这儿。"

"那个陈七安？"沈觉的妈妈问。

"就是她，"沈觉说，"当年住在我们家隔壁的小女孩。"

沈觉给父母讲了自己这些年如何思念那个女孩子，他们又是如何重新走到了一起。

"很多你们没有教给我的事，都是她教给我的；"沈觉说，"很多你们没给过我的情绪，也都是她给我的。"

沈觉告诉他们："对我来说，能和爱的人朝着同一个方向努力，做我们都热爱的事业，这是最幸运的事。所以，我绝对不会放弃我的事业。你们接受也好，不接受也好，我都要开始属于自己的人生了。"

这是属于他自己的，有陈七安在场的人生。

自从陈七安家被小偷闯了空门之后，她的日子过得格外谨慎起来。

她上网搜索"独居安全攻略"，思忖良久，买了个假的摄像头放在门口，还特意在门口的鞋架上摆了两双男式鞋子。

沈觉问她："这是干吗？"

"假装家里有男人，这样小偷再要撬锁的时候就会有所顾忌。"

"那这个呢？"沈觉指着那个假的摄像头说，"怎么还搞了个假的？"

"真的多贵啊！"陈七安说，"这东西便宜，9块9包邮，乍一看还挺唬人的。"

沈觉看着这样小心翼翼的陈七安是有些心疼的，实在忍不住，还是说了那句自己早就想说的话。

"要不，你搬回去住吧。"沈觉说这话的时候心里有点儿虚，特怕陈七安觉得自己不怀好意。

"什么？"陈七安没懂他的意思。

两个人聊起这件事的时候，陈七安正在煮馄饨。今晚加班到十点多，沈觉送她回来，二人索性一起吃夜宵。

"我的意思是，"沈觉有些不好意思，也担心被拒绝，站在狭窄的厨房门口，有些局促，试探着说，"我的意思是，你要不考虑一下搬去跟我一起住，起码安全又方便。"

陈七安怔了一下，心跳突然有点儿快。

她没想过要跟沈觉同居，总觉得就算谈恋爱，两个人还是要有一定的个人空间才好。

"我没别的意思啊！真的！"沈觉见她为难，赶紧解释，"我就是担心你。"

这时候，门口突然传来一阵响动，他们看过去，发现是方凝捧着一大束玫瑰花回来了。

"你今天没上班？"陈七安记得方凝今天是夜班，不然也不会让沈觉上楼来吃馄饨。

方凝整个人都春光满面的，一见到陈七安就大声地叫了出来。

"安安！"方凝换了鞋，把手里的花往门口的鞋凳上一扔，就跑向了陈七安，"啊啊啊！"

陈七安被她这发神经的样子吓了一跳，莫名其妙地被她抱住，觉得自己的耳膜都快被震裂了。

"怎么了这是？中彩票了？"陈七安疑惑地问。

沈觉看方凝这样子，琢磨着应该是余科求婚了。

"我要跟余科结婚了！"

方凝的声音清脆响亮，陈七安觉得这栋楼应该都分享到了方凝的这件喜事。

陈七安很是意外："结婚？"

"对！"方凝兴奋地抱着陈七安蹦了好几下，整个人都激动到发抖，"他向我求婚了！"

余科曾经扬言自己是不婚主义者，但方凝很不一样——她特别渴望一个完整的、充满爱的家庭。

她跟余科在一起之后，不止一次幻想过跟对方走入婚姻殿堂的场景，可是不敢说，怕梦碎。

但就在今晚，余科突然打电话让方凝去酒店套房找他。她过去之后，发现房间里漆黑一片，还没来得及打电话给余科，套房客厅的灯就亮了。

客厅中央摆着一件特别漂亮的婚纱，地面铺满了玫瑰花瓣。

余科穿着西装，单膝跪在她面前，问她："亲爱的，你愿意当我的新娘吗？"

她当然愿意啊！

方凝当场泪如雨下，想都没想就答应了下来。

"你们进展得也太快了吧！"陈七安还没反应过来，这两个人却已经要结婚了。

这才多久？有一个月吗？

"现在年轻人很喜欢闪婚的。"沈觉在旁边添油加醋。

他心说：如果你愿意，咱们俩闪婚也不是不可以。

陈七安当然为好朋友开心，两个人认识十来年，方凝的感情路一直不顺，能遇到一个好男人可以好好去爱，这是再好不过的事情了。

她看着开心到眼泪都飘出来的方凝，笑着抬手轻轻给对方擦泪。

"怎么还哭了呢？"

"我太开心了，安安。"方凝哽咽着说，"老娘终于遇见了一个好男人！"

陈七安看着她笑了，抱住她，对她说："恭喜你啊，我们家方凝。"

沈觉站在一边也看笑了，发自内心地觉得余科跟方凝会很幸福。虽然他们在一起的时间不长，但余科绝不是那种草率地做决定的人。他一定是真的很爱方凝，也很渴望跟她走入婚姻生活。

"不过，有一件事我很对不起你。"方凝说，"周末我可能就要搬走了。"

陈七安愣住了："搬走？"

方凝有些不好意思地说："嗯，我们打算明天就去领证，周末我就搬过去和他一起住。"

这回连沈觉都大吃一惊，没想到这两个人进度这么快。

今天求婚，他们明天就领证？

那是不是下个月他们就准备生孩子了？

好兄弟的人生进度条突然加速跑了起来，搞得沈觉都有年龄焦虑情绪了！

"安安，对不起嘛，"方凝说，"以后我就不能跟你一起住了。"

陈七安整个人还是蒙的，毕竟这件事来得实在太突然。不过她也不能为了一己私欲阻止好朋友去过幸福的婚姻生活，只能硬着头皮说："没关系啊，说什么对不起？！我为你开心的。"

这时候，陈七安是有些忧愁的，毕竟前阵子刚被闯空门。两个人一起住，她心里还有点儿安慰感。这要是一个人住，她怕是每晚上三道门锁都还是会睡不踏实。

陈七安担忧，旁边的沈觉却恨不得跳起来跟余科击掌。

不愧是好兄弟，这人真是很会拿捏时机！

陈七安将馄饨煮好了，邀请方凝一起吃。

方凝说："我刚刚吃过才回来。不打扰你们过二人世界，我先回屋了。"

陈七安跟沈觉在客厅的小桌子边吃馄饨。沈觉心里暗爽，陈七安则愁云满面。

沈觉瞄了她一眼："他们俩这事还挺突然的。"

陈七安点了点头。

"那个，"沈觉紧张到舔了一下嘴唇，然后继续说，"要不周末你也搬家吧。"

"什么？"

"刚才不是和你说了嘛，我实在不放心你继续住在这里。"沈觉说，"而且周末方凝就搬走了，你一个人住，我更担心了。你搬来和我一起住吧。"

陈七安紧锁眉头，觉得这件事确实有点儿麻烦。

方凝走了，剩她一个。她不安心，沈觉也不放心。

"你放心，我不会对你做逾矩的事。"沈觉指天发誓地说，"如果你不愿意，我在家完全可以跟你保持距离。"

陈七安笑了："不至于。"

"我是认真的。"沈觉说，"我并不是完全为了满足私欲才希望你搬过去，一来确实不放心你，二来那本来就是你的家。"

他停顿了一下，然后继续说："三来我才是出于私心希望每天和你在一起。"

陈七安看着沈觉，好一会儿没说话。

"我想过了，如果你愿意搬过去，可以你住二楼我住三楼，或者你想住三楼也行。没有你的允许，我绝对不进你的房间半步。"

陈七安看得出沈觉是真心实意地担心她，也并不是担心自己搬过去了沈觉会占她的什么便宜——情侣之间，有些事是自然而然发生的，沈觉不是会算计这种事的人。

陈七安迟疑了一下，然后说："我再考虑一下吧。"

听到她说再考虑一下，沈觉心凉了半截。

他想好了，实在不行，他就搬来这里跟陈七安合租！反正以后她肯定也还是要找合租室友的，跟谁住还不是住呢？！

"对了，你爸妈那边……"

陈七安一直惦记着这件事。之前说有机会一起吃饭聊一聊，但她这边事情多，沈觉的爸妈似乎也很忙，双方总是约不上。

她很怕某一天自己醒来，突然被告知沈觉要回美国了。

"哦，他们啊。"沈觉表情淡定地说，"他们今早的飞机，回美国了。"

陈七安惊讶地看着他："回去了？"

"嗯。"

原本确实要安排见面的，上次沈觉跟他们聊过之后，彼此也算是彻底说开了。虽然沈震威夫妻俩依旧表示短时间内不太能完全理解他的想法，但不理解不代表拒绝接受。

沈觉如今做的事情，有什么意义和价值，他们暂时不再考虑。让他们打消继续捆绑沈觉的人生的，是他的那句"我要开始属于自己的人生了"。

雏鹰已经羽翼丰满，是该自己飞向自己的天空了。

沈觉笑着说："知道你在担心什么，我向你承诺过的事就一定会办到。"

我说好了不走，说好了一直在这里陪着你，那当然要说话算数了！

陈七安问他怎么跟他们解释的。

沈觉只是挑了挑眉，骄傲地说："让他们知道我在这里有你罩着，他们就不管我了。"

"别闹！"陈七安才不信他的这句鬼话，"你是不是把他们气走了？"

"唉，我在你心里竟然是这样的形象吗？"沈觉说，"他们本来打算再住一阵子的，但那边突然有事不得不尽快回去，所以才临时买了机票。我可没气他们。"

沈觉冲陈七安挤眉弄眼地说："他们临走前还跟我说，让有空的时候带你去纽约呢。"

"真的？"陈七安有些难以置信。

"当然是真的！"沈觉拿出手机，翻出他爸登机前发给他的消息，"你自己看！"

陈七安看着沈震威发给儿子的那些话，终于相信他们不再强求他了。

或许，这对父子之间的问题还没有完全解决，或许他爸还是无法完全理解他的工作、爱情，但他们愿意尊重他的意愿，愿意给他机会让他继续坚持，对沈觉来说，这就是最好的开始。

一切事情都在往好的方向发展，沈觉相信，他们所有人都会得偿所愿的。

"跨年的时候我们去纽约吧。"

"可是我没有护照。"

"办啊！"沈觉说，"你跟我回去见见他们，以后咱们就是一家人了。"

陈七安脸红了，小声嘟囔说："谁跟你是一家人！"

两个人吃完馄饨，已经很晚了。陈七安要送沈觉下楼，但被沈觉拒绝了。

"你要是送我下去，等会儿我还得送你上来。"

陈七安笑了，在门口轻轻吻了他一下，跟他说了"明天见"。

接收到这个吻的沈觉整个人愉悦到不行，美滋滋地下了楼，开车准备离开。

陈七安站在窗前看着他，很清楚自己每天都舍不得跟沈觉分开。这种心情让陈七安有些忐忑——她从没对一个人产生过这样的情绪。

但，这不就是爱吗？这不就是恋爱的感觉吗？

陈七安看着沈觉坐进了驾驶座，笑了笑，突然之间又想起了煮馄饨时沈觉跟自己说的话。

"你搬来和我一起住吧。"

陈七安的脑子里回荡着这句邀请的话，她突然觉得有些口渴，跑过去给自己接了一杯水。

她一口气喝光了一整杯温水，环顾着自己的房间，最后拿出手机，给沈觉发了条消息："周末帮我搬家吧，我要住三楼。"

沈觉收到这条消息的时候正在开车。他靠边停了车，点开了微信。

在看到陈七安发来的消息内容时，沈觉的第一反应是自己看错了，他反复看了好几遍，还是不放心，直接打了电话给陈七安。

"我刚才是不是收到你发的微信了？"

陈七安笑他："你傻了啊？"

"就是确认一下，"沈觉克制着狂喜的心情，"怕我看错了。"

"你没看错。"陈七安轻笑着说，"我想搬去和你一起住。"

听到这句话的沈觉差点儿直接在车里蹦起来。

感谢天，感谢地，感谢他的好兄弟余科在今天求婚了。

沈觉回到家连夜开始大扫除，亲手把家里打扫得干干净净，等待女主人的回归。

星期日一早，"老破小"同时有两个搬家公司的车停在楼下，同一户的两个女孩子，分别搬向了不同的地方。

方凝跟陈七安在楼下哭作一团。她们一起住了很多年，经历了很多糟心事，也一起都扛过来了，如今要分开，虽然心里清楚大家都奔着更好的人生去了，但还是有些舍不得。

方凝哭得妆都花了，对着沈觉放狠话："警告你！不许欺负我们家安安，不然我带十个打手去揍你！"

余科在旁边轻抚了一下她的头发："宝贝儿，你哪儿来的十个打手啊？"

"你给我想办法嘛！"

沈觉笑着把陈七安拉过来，搂住她的肩膀说："放心吧，我这辈子最不可能做的事就是欺负她。"

方凝撇了撇嘴，流着眼泪说："你最好说到做到！"

一对好朋友，一南一北，就这样搬走了。

朝着新城水筑去的路上，陈七安心情有些复杂，对沈觉说："其实我没想过有一天自己真的能回去。"

"这也算念念不忘必有回响吧？"

陈七安笑了："说起来，还要感谢你。"

"这话就不用说了。"沈觉说，"你知道的，我不需要你感谢我。而且，这并不是我的功劳。"

沈觉心里清楚，陈七安能回到新城水筑，并不归功于他。明明是老天也清楚自己让这个美好的女孩子吃了太多苦，所有的历练结束，她该奔向幸福了。

陈七安笑了笑，握着沈觉的手看着沿路的风景，外面的一草一木都逐渐变得熟悉起来。

他们距离新城水筑越来越近了。

陈七安想：过去，新城水筑 B30 承载了我人生中最幸福的 12 年，原本以为关于幸福的记忆已经就此打住，却没料到，在我 27 岁这一年，它重新开始见证我新的幸福生活了。

陈七安知道，沈觉带给她的不只是那份限定惊喜，更是往后绵延不断的、不限量的爱。

她看到新城水筑的大门了。

她看到崭新的人生在对她挥手了。

她看到过去灰暗的时刻都被照亮了。

她也看到了未来的每一刻都闪耀着光芒。

"在想什么？"

"不告诉你。"

陈七安转过头看向沈觉，在对方的眼睛里看到了自己。

我当然是在想你了，当然是在想我们即将到来的闪闪发光的未来了。

【正文完】

番外一

恋爱中的沈先生

沈觉认为，他跟陈七安谈办公室恋情的好处是只要他想，下楼就能看见陈七安。

但坏处是，每次沈总下楼想跟运营部的陈经理秀一下恩爱时，都会被对方无情地拒绝。

陈七安是个非常有原则的人，有原则到让沈觉经常怀疑自己是不是犯了什么错误对方在惩罚他。

比如，尽管两个人已经搬到一起住，但沈觉住二楼，陈七安住三楼。两个人名义上是同居了，但其实并没有完全同居。这种关系，沈觉称为"室友关系"。

再比如，尽管是沈觉邀请陈七安住进来的，并且两个人是名正言顺的男女朋友关系，但陈七安还是按照市场房租的八五折付钱给了她的二房东沈觉先生。之所以付了八五折的价格，陈七安给出的理由是："每天下班回来之后到睡觉之前的时间你都在我的房间里不肯走，我并没有拥有完全的房间使用权，所以，你要给我折扣。"

还比如，尽管他们住在一起，上班也在同一家公司，但陈七安除非有意外情况，否则每天坚持乘坐公共交通，而不是等着沈觉开车载她。一来，沈觉身为总监，上班并不需要准时打卡，陈七安觉得他没必要每天因为自己赶早高峰，堵车很难受，更重要的是自己还会有迟到的危险；二来，陈七安觉得就算现在生活有了改善，自己也不能恃宠而骄。由奢入俭难，她不想变得骄纵。

她的这些原则让沈觉很是怨念。

他说："你还真是一点儿都不给我对你好的机会啊！"

陈七安就笑他："你已经对我很好了。"

一直以来陈七安都不信命，但真心觉得，自从遇见了沈觉，自己的人生时来运转了。

她觉得自己从沈觉这里获得的东西已经足够多，不能让自己沉溺于别人的宠爱之中，忘了自己奋斗的意义。

陈七安向来独立，也很有自己的想法。关于这一点，沈觉再了解不过。

沈觉喜欢这样的陈七安，也欣赏她身上的这些特质，但是如果她在保持这些特质的同时，还能偶尔跟他秀一下恩爱就更好了。

最近沈觉开始设计"安安兔"第三拨产品的形象，每天游走在陈七安会出现的公司各处，美其名曰——寻找灵感。

余科说："明白了，你得看着陈七安才能有灵感。要不这样，我给你把工位搬到运营部吧。"

"不行。"陈七安立刻投出了否决票。

沈觉脸上的笑容还没完全绽开就凝固了："为什么？"

陈七安看看沈觉，然后铁面无私地说："一来，沈总不是运营部的人，我们平时办公经常大声讨论，会影响到沈总的设计工作。"

"没关系，你们这样会给我提供灵感。"

陈七安只当听不到他的话："二来，沈总跟我在一个办公室里的话，也会影响我工作。"

沈觉还没来得及质疑，余科先开口了："也对，沈觉这人恨不得24

小时在你面前晃悠，严重影响你的工作效率，这样的男人还是不能放在你身边。"

陈七安想说什么，但余科接了个电话就走了。

沈觉有点儿受伤，突然之间有些怀疑自己，是不是他对陈七安的感情已经让对方觉得是一种负担？

陈七安看出沈觉似乎情绪不佳，犹豫了一下，但还没解释，沈觉已经起身准备离开。

"我突然想起还有点儿事，"沈觉说，"先回办公室了。"

他说完，逃跑似的离开了小会议室。

陈七安从来没见过这样的沈觉。这个男人从来都是自信、体贴又温柔的，最多在她面前偶尔会表现得比较幼稚，但绝对没有一刻像刚刚那样丧气。

陈七安是个聪明人，很清楚沈觉有这样的反应是因为什么。

虽然以前没谈过恋爱，但陈七安一直觉得情侣之间如果想要维系好感情，首先要做到的就是坦诚。

他们不能互相隐藏心事，也不能保留没必要的猜忌隐患。

遇到问题，正视它，解决它，这才是成年人该有的态度。

于是，陈七安立刻收起电脑，片刻不停地来到了沈觉的办公室门口。

沈觉的办公室的门紧闭着，陈七安敲了敲："沈总在吗？"

受了委屈的沈总正灰头土脸地给余科发微信："你说陈七安是不是想跟我分手了？"

听见门外陈七安的声音，沈觉立刻丢下手机，调整状态，假装在忙工作："在，进来。"

陈七安推门进去，还顺手关上了办公室的门。

沈觉正赌气呢，同时也在琢磨如果陈七安要跟他分手，他要如何不择手段地勾引陈七安让对方重新爱上他。等到陈七安对他爱得无法自拔提出和好请求时，他要先拒绝。等到陈七安第二次请求和好，他才能答应!

沈觉铁了心要让陈七安也尝尝爱情的苦!

要知道，他们天蝎座的人最记仇、最邪恶了!

不过话是这么说，如果真到那时候，陈七安还没说话呢，沈觉就先去求复合了。

天蝎座的沈先生到了陈七安面前也无计可施了。

说陈七安是沈觉的克星，真的一点儿不为过。

克星陈七安一进办公室就对着沈觉笑："沈总下午好。"

沈觉觉得她的反应也挺奇怪的，估摸着是运营部又有什么工作需要他配合，否则她才不会上班时间来和他打情骂俏。

沈觉还不高兴呢，但又不能给陈七安脸色看，只能无奈地假装淡定，问她："找我有事?"

陈七安拉过椅子，直接坐在了沈觉的办公桌前。

沈觉抬眼看看她，虽然现在自己在跟对方生气，但还是觉得陈七安漂亮。

沈觉现在很能理解为什么人家都说英雄难过美人关了。

"有点儿事，"陈七安故意神神秘秘地说，"还是私事。"

她一说私事，沈觉立刻意外地看着她。

陈七安的为人向来公私分明，而且沈觉是公司的合伙人，为了避免风言风语，即便所有人都知道两个人的关系，陈七安也从来不在公司跟沈觉走得太近。

现在她突然说私事……

沈觉虎躯一震：她该不会是要跟我分手吧?

虽然并不知道陈七安为什么要跟他分手，但在沈觉看来，陈七安这个女人脑子里在想什么事他从来就没完全看明白过。所以，他觉得对方有可能出其不意地做出任何事。

恋爱中的男人，想的东西就是这么多。陈七安给他一个眼神，他能脑补出一个宇宙来。

"私事?"沈觉胆战心惊地问，"什么私事?"

陈七安是有点儿不好意思的。

一直以来陈七安都非常严格地要求自己公私分明，在家里怎么跟沈觉沉浸于恋爱关系中都可以，但到了公司那就是上司与下属的关系。她不太习惯在这样的场合向对方表达好感，但今天看来不说不行了。

"刚刚余总提的那件事，"陈七安说，"我确实觉得不太合适。"

沈觉一听这话，差点儿气绝："知道。你不是当场就拒绝了？"

"但我没说拒绝的原因。"

"因为你觉得我在会影响你工作。"沈觉"哼"了一声，"我没工作重要，我知道。"

陈七安看他这样有些哭笑不得："怎么还要起小孩子脾气了呢？"

"我就是幼稚。"沈觉彻底开始赌气。

"嗯，是挺幼稚，"陈七安笑着看他，"不过，这样的沈总也蛮可爱的。"

"听听，你说的这是什么话？哪儿有夸男人可爱的？"沈觉委屈着呢，什么事都能找出碴来，"你可以说我英俊潇洒、风流倜傥、才华横溢、风度翩翩，说我可爱是怎么回事？你真当我是小孩了？"

"沈总，多读点儿书吧。"陈七安说，"我说你可爱并不意味着我把你当成小孩子了。书上说，当一个人对另一个人的爱意已经无法用语言表达的时候才会说这个人可爱。"

沈觉愣了愣："什么？"

"没听清楚就算了。"

"等一下，"沈觉说，"这话谁说的？莎士比亚还是亚里士多德？"

"不知道，"陈七安说，"但我刚刚这样对你说了。"

就这么简单的几句话，沈觉心里的郁结情绪立马烟消云散了。

他抿着嘴忍住笑意，还要装出一副高傲的总监姿态："你要跟我说的私事就是这个？"

"还没说完，"陈七安说，"我确实不赞同让你到运营部去工作，也确实觉得你去了我会没办法好好工作。"

沈觉无奈地撇了撇嘴："说到底，你还是觉得我麻烦。"

陈七安："不是觉得你麻烦，是觉得……如果你去了，我就会想要经常看你，因为我……"

"你怎么？"

陈七安起身，走到了沈觉的旁边。

她微微躬身，附在沈觉的耳边轻声说："我太喜欢你了，所以会无心工作的。"

因为她的一句话，沈觉的手指都麻了。

陈七安笑着直起身子："所以啊，为了公司发展，我们在公司还是保持距离比较好。"

沈觉终于开心了。

他这个人其实很好哄，只要确定陈七安是爱他的，其他的事都好说。

没人能想到，平时气场十足、高傲冷酷、得理不饶人的沈总在谈恋爱的时候竟然也会患得患失、多愁善感。

原来爱情对每个人来说都是公平的！

番外二

求婚攻略

沈觉说："余科，我想结婚。"

坐在旁边正优哉游哉地喝着咖啡的余科差点儿洒了一身咖啡，震惊地看向沈觉："你这是在向我求婚吗？"

"你有什么毛病还是我有什么毛病？"沈觉狠狠地瞪了他一眼，"我是说，我想跟外面那人结婚。"

余科的办公室外面，陈七安正在跟同事激烈地讨论公司周年庆活动事宜，忙得不亦乐乎。

余科做作地松了一口气："吓死我了。我还以为你说要跟我结婚呢。"

沈觉翻了个白眼："想得美。"

余科笑："这事你琢磨多久了？"

"每天都在琢磨。"沈觉跟陈七安在一起，原本就是奔着结婚去的。

自从陈七安搬回新城水筑，两个人住在一起后，每天跟合租室友似的。他觉得别扭，反正都要被绑在一起一辈子了，那不如早点儿绑起来。

沈觉的小算盘打得"噼啪"响，只有外面的陈七安没听见。

余科说："你是想跟人家结婚，人家愿不愿意搭理你啊？！"

"是兄弟吗？说这种话？"

"我这是给你打预防针。陈七安那人你是知道的，想法可多了。"余科说，"求婚这种事，你得投其所好，弄不好就是搬起石头砸自己的脚。人家非但不答应你，还弄得你臊得慌。"

"不至于。"沈觉看看外面的人，喝了一口咖啡，自信满满地说，"她爱我。"

"哟，哟，哟，沈总还真是挺自信的。"余科说，"行吧，既然你都起这个念头了，那作为兄弟我肯定是要帮你一把的。有什么需要你尽管开口，但眼前咱们有很重要的工作，我劝你还是以工作为主。男人哪，事业也是很重要的。"

"知道。"沈觉站起来，整理了一下衣服，"就算我不好好工作，她也不会怠慢的。这人，我都怀疑她爱工作比爱我还多。"

"这不是显而易见的事吗？"

然后，余科就挨了沈觉的一记眼刀，被杀得不敢再多说话。

沈觉开门出去，从陈七安身边走过时，人家沉浸在工作中，压根没理他。

行吧，她确实爱工作更多一些。

沈觉无奈地摇头，不过也承认，这正是陈七安的魅力所在。

沈先生动了求婚的心思，于是开始着手准备。

公司的周年庆活动跟他的关系不大，需要他协调处理的事情并不多。倒是陈七安，在会上主动承担起了这件事，每天忙前忙后地折腾着，最近都没太有空搭理沈觉。

原本沈觉因为这事挺苦恼的。自己的女朋友因为工作都没时间和自己好好谈恋爱，他能不苦恼吗？不过换个角度看，这也恰好给了沈觉一个做求婚攻略的时机。

就像余科说的那样，他这是向陈七安求婚，一定要投其所好，一切以对方的喜好为基准来准备。

沈觉联系了几个知名的婚礼策划公司，觉得婚礼他们都能策划好，求婚的事应该也问题不大。

他亲自跟这几家公司的优秀策划师碰面，大致说了自己的诉求，然而每个人交给他的策划案都没能让他百分之百地满意——方案老套、俗气、毫无新意和特点。

沈觉认为，他跟陈七安的求婚现场必须有他们的特别之处，在别人的求婚策划上稍做修改就拿来用，没诚意，也没意义。

最后，沈觉推翻了所有方案，钱照付了，毕竟不能让人白忙活。

他思来想去，觉得这事还得自己亲自办。

沈觉以前想象过自己跟陈七安的婚礼场景。

那时候他还没回国，每天晚上躲在书房里设计"安安兔"的形象。

当时的沈觉并不知道陈七安在哪里，更不知道长大后的她变成了什么样，于是就凭着自己的想象，画过那么一幅图——那是他想象中的两人的婚礼现场。

在一座安静的小海岛上，只有他们两个人。

四周都是花瓣和气球，他们漫步海边，挽手看着夕阳。

虽然沈觉这个人有时候看起来相当不解风情，但毕竟是设计师，遇到心爱之人，骨子里的浪漫因子还是止不住地往外溢。

沈觉翻出这幅画来，看着自己多年前想象着陈七安可能的样子创作出的这幅画面，觉得或许可以试一试。

他思忖片刻，做起了求婚攻略。

陈七安忙于工作，沈觉忙于做求婚攻略，两个人各忙各的，倒也和谐。

从公司忙活到家，两个人各自占领一个书房。

晚上十二点多，沈觉从书房出来准备搞点儿水果吃，发现楼上的书房竟然还亮着灯。

他叹了一口气，给余科发微信："资本家！不是人！"

余科这会儿也在加班，脑子发昏，非但没得到朋友的安慰，还被骂是资本家，相当委屈，给自己的女朋友打电话求安慰，顺便说夜宵想吃大闸蟹。

沈觉切了水果，热了牛奶，端到了三楼的书房，靠在门边看了对方好半天。

"你真是可以啊陈七安！"沈觉无奈地说，"我都在这儿站好半天了，你竟然没发现我！"

沈觉万万没想到，自己这个男朋友的存在感已经低到了这种可怕的程度。

陈七安疑惑地抬头看过去，见是他，抱歉地笑了笑："工作太投入，没注意你什么时候过来的。"她拉开旁边的椅子，"沈总坐会儿？"

沈觉无奈："坐什么坐？！我要睡觉了！"

他的本意是暗示陈七安时间不早了，应该睡觉了，陈七安却说："好的，晚安。"

晚安？

晚安！

沈觉被她气得半死，迈着六亲不认的步伐走过去："你也睡觉。"

"我的方案还没写完。"

由于她自告奋勇地要参与公司周年庆活动的策划工作，这段时间几乎没有一天是一点前睡觉的，也难怪沈觉会心疼。

沈觉说："有时候你工作拼命到让我觉得你好像明天就会甩了我。"

陈七安笑："沈总何出此言？"

沈觉坐在她旁边，扫了一眼她的文稿："我总觉得你的世界百分之八十是工作，剩下的百分之二十才是我。"他耷拉着肩膀，有点儿没精神，"我有点儿……"

沈觉犹豫了一下，不太确定应不应该跟陈七安讲心里的想法。

其实在他们恋爱之前沈觉就知道陈七安是什么样的人。

更何况，很多时候他被她的这种劲头吸引着。

但是吧，沈觉也希望她能稍微多分一点儿精力给他，毕竟谈恋爱，谈恋爱，恋爱是要谈的啊！

"有点儿什么？"陈七安看向了他。

她一问，沈觉突然觉得自己有点儿小肚鸡肠——虽然打从两个人重逢起，陈七安一直这么说他。

"算了，算了，也不是什么重要的事。"沈觉站起来，把洗好的水果往陈七安手边推了推，"早点儿休息，方案又不急着要。"

陈七安仰头看着他，若有所思地点了点头。

沈觉离开书房后，陈七安对着电脑屏幕发了一会儿呆。

她回忆着刚刚沈觉说的话，觉得自己好像确实有点儿过分了。

自从两个人在一起，他们在公司谈工作，回家了大部分时间也在谈工作。

陈七安习惯了让自己的人生围着工作转，可是现在，有了沈觉。

对陈七安来说，以前的她从来不考虑爱情在她的世界里的占比，因为本就没有过多精力去分给那个虚无缥缈的东西。

可是现在不一样了，对现在的她来说，爱情才不是虚无缥缈的，爱情就是沈觉。

她看了一眼时间，把做好的那部分文稿保存，然后关掉电脑，离开了书房。

陈七安去沈觉的房间门口小心翼翼地探头看进去，见沈觉躺在床上也不知道睡了没。

她没出声，回楼上睡觉去了。

第二天一早沈觉起床的时候，发现陈七安已经在厨房里忙活。

"我来，我来。"沈觉赶紧过去，"你昨天晚上睡那么晚，再去躺一会儿。"

沈觉跟陈七安住在一起后，两手不沾阳春水的大少爷都开始亲自下厨做饭了。

陈七安一晚上没睡好，回房间后一直在琢磨沈觉说的话，越想越觉得自己似乎真的有点儿亏待人家了。

她好不容易睡着了，天才刚亮就醒了过来。

陈七安不是爱睡懒觉的人，想了想索性起床，给两个人准备早餐去。

沈觉惦记着陈七安休息不好，今天也是老早就起了床，想给对方做点儿好吃的东西，却没想到一下楼就看见她在厨房里忙活。

陈七安说："我来吧，都快做完了。"

她做了三明治，让沈觉去煮咖啡。

沈觉乖乖听话，去另一边找咖啡豆。

"睡得好吗？"沈觉问。

陈七安十分坦然地回答："不好，几乎没怎么睡着。"

沈觉心疼了："要不今天你下午再去公司，等会儿吃完饭补个觉，想工作的话起来在家也能做。"

沈觉现在劝她休息都要小心翼翼的。

陈七安感觉到了沈觉的紧张情绪，心里有点儿过意不去。

"对不起。"

陈七安突如其来的道歉行为让沈觉愣了一下："为什么突然道歉？"

"我反思了一下，这么长时间以来，我真的经常因为工作忽略你。"陈七安说，"我总觉得自己很厉害，什么事情都能处理好，但最应该平衡好的就是工作和爱情的关系。然而，我并没有做到。"

沈觉昨晚其实并不是要讨伐她，只是想发发牢骚，没想到自己的一句抱怨话，让陈七安记在了心上。

"唉，你别这么说。"沈觉赶紧过去，"我没有那个意思。"

陈七安转过来抱住他："真的对不起。"

陈七安其实很庆幸沈觉昨天晚上能对她说那些话，让她能认真想想这个问题，否则等时间久了，问题根深蒂固却得不到有效沟通和解决，那麻烦可大了。

陈七安说："给我点儿时间，我会平衡好这一切的。"

沈觉当然相信她，但也不希望因为自己给她造成太大的压力。

"你不平衡也行。"沈觉说，"所有的问题都交给我，你只需要做你自己。"

陈七安笑了："干吗？要帅啊？"

沈觉不好意思了，轻咳了两声，说："这是男人的担当。"

"不，不，不，"陈七安说，"感情的事情不能交给一个人去处理，是我们两个在谈恋爱。所以，有任何问题都应该是我们两个一起去寻找答案。"

她笑着摸了摸沈觉的胡楂："沈总，快去刮胡子吧，然后记得煮咖啡，我的三明治可是已经做好了。"

沈觉看着她笑，没忍住，轻轻地在她的嘴唇上落下一个吻。

在清晨就偷到一个香吻的沈觉心情大好，哼着小曲去刮胡子了。

接下来的几天陈七安依旧忙于工作，不过两个人说好，等"X星球"周年庆活动结束后就一起休年假，出去玩个痛快。

这正合沈觉的意。

在陈七安忙公司的事情时，他联系了自己的珠宝设计师朋友，亲自为陈七安设计了求婚钻戒。

沈觉其实是一个很怕麻烦的人，但无论是从前为了陈七安设计"安安兔"，还是如今筹备求婚的事，为了特别的那个人亲力亲为，让他觉得自己的世界充实又美好。

不解风情的家伙每天被爱和浪漫气氛包围着。

一切都要加急，钻戒要加急，求婚现场布置要加急，沈觉忙得团团转，有时候陈七安都找不到他的人。

就这样过了小半个月，公司的周年庆活动终于顺利地落下帷幕。陈七安带着小组成员完美地举办了这次活动，第二天就被沈觉带着，坐上了飞往某地的飞机，两个人度假去了。

出门前，陈七安问沈觉："咱们这是要去哪儿？"

"保密。"沈觉负责安排一切事宜，连机票和船票都是秘密购买的。

陈七安笑他："你不知道我在手机上是可以查到航班信息的吗？"

"我当然知道！"沈觉拉着她上车，前往机场，"但你就不能为接下来几天的快乐生活保持一点儿神秘感吗？"

他告诉陈七安："惊喜，懂吗？"

陈七安笑盈盈地看着他："行吧，那我就给沈总这个面子。"

之后，陈七安对两个人将要去往何地再没多问一句，全身心地把自己未来几天的时间交到了沈觉的手里。

陈七安相信，沈觉一定会带给她一场美妙的旅行。

飞机飞行在上万千米的高空，穿梭在云朵之中，翱翔于蓝天之际。

见陈七安在座位上浅眠，沈觉为她盖好薄毯，然后独自紧张。

沈觉从来都不是缺乏自信的人，在过去的二十多年里，只要是想做的事，就没有不成功的。

他是一路踏着红毯走过来的男人，意气风发，昂首挺胸，唯独在陈七安面前总是惴惴不安。

沈觉明白，这都是因为爱。

爱情这东西挺玄妙的，改变人于无形之中。

不过他倒也乐在其中，甚至甘之如饴。

陈七安带给他的满足感可远比不安感多太多。

陈七安这个人有着超乎沈觉想象的能量，就像莎士比亚的那首诗：你在身边，黑夜都变成了白天。

正是因为这个人的存在才让沈觉走上了一条真正属于自己的设计之路。如果不是陈七安，他现在可能还在按部就班地走着他爸为他设计好的道路，在国外乖乖顶着"青年设计师"的头衔，走无数人走过的老路，怪没劲的。

想到这里，沈觉觉得自己还真的要好好感谢身边这个人。

他带着笑意欣赏陈七安的睡颜。这个平时在公司风风火火、雷厉风行的运营部经理此刻柔软又安静，是另一种让沈觉难以自拔的美好样子。

沈觉将手放进口袋里，摸到了他准备用来求婚的戒指。

他也不知道陈七安会不会喜欢，如果不喜欢，这家伙可是会毫不留情地拒绝的。

她的性格，他可太了解了。

飞机飞行了两个小时，降落时陈七安才迷迷糊糊地醒过来。

最近这些日子她一直精神紧绷，终于松懈下来，觉得有睡不完的觉。

沈觉说："飞机马上落地了。"

陈七安看向窗外，满眼都是绿洲。

她从没来过这座城市。

这里绿化好到她觉得空气明显比他们生活的城市好特别多。

下了飞机，陈七安笑着说："以后我们来这里养老吧。"

"行啊。"沈觉答应得痛快，"咱们在靠山的地方买套房子，养养花和小动物。"

陈七安看着他笑，想象了一下那样的老年生活，觉得着实美好。

两个人下了飞机之后简单休息了一会儿，沈觉带着陈七安去吃了顿地方特色菜，吃饱喝足后，朝着码头去了。

"可以啊沈总，挺能折腾的。"陈七安很少坐船，倒不是怕水，也不是晕船，主要是自从家境没落之后，便很少有机会出来游山玩水，舍不得。

两个人登船，在海面上享受着清新的海风。

沈觉担心陈七安会晕船，还特意准备了晕船药，不过最后没用上。陈七安在船上怡然自乐，拍了不少照片。

两个人共享一副耳机，听着音乐，看着美景。

陈七安至此也终于彻底放松下来，开始享受假期生活。

他们乘船来到岛上，沈觉已经提前来过，预约了度假的山庄，也安排好了求婚的场地。

陈七安一路跟随着沈觉，下船之后有山庄的车来接他们直接去山庄。

陈七安很喜欢这里，环境安静又舒服。她靠在沈觉的肩膀上，感慨他还真会找地方享受。

沈觉心说：那是当然，做了很多功课的！

他们到了山庄之后先办理了入住手续。

两个人住在靠近湖边的一座小木屋里。

两层的小木屋，下面是客厅和餐厅，楼上是卧室。

沈觉把求婚定在傍晚时分。太阳西垂，漫天暖色的光，那是他觉得最浪漫的时候。

时间还来得及，沈觉让陈七安先休息一会儿："我出去办点儿事。"

"办事？"陈七安问他，"你来这里还有什么事情要办？"

沈觉灵机一动说："晚上想烤肉，我去跟他们租个烤肉炉。"

他的这个说辞成功把陈七安糊弄过去了，在对方换了衣服躺回卧室的床上后，沈觉鬼鬼祟祟地离开了。

为了这场求婚，沈觉做足了准备。

他包下了海边的餐厅，付了高昂的费用，把周围都给拦了起来，圈出一个独立的空间，避免被外人打扰。

他亲自来跟餐厅的主厨沟通，确定了菜品和酒水，然后又开始亲自布置场地——鲜花、气球，还有他提早运过来的"安安兔"。

从下午一两点钟一直忙活到四点多，看着空荡荡的海边逐渐被布置得浪漫温馨，沈觉觉得特别有成就感。

一切处理妥当，他回到餐厅找到负责人，把亲自设计的钻戒交给对方，并再三叮咛，确保一切万无一失。

沈觉安排完这一切事情，小跑着回到了他们住的小木屋。

此时陈七安早就休息好起床了，正坐在小木屋的一楼吹着风看书。

"怎么去了这么久？"见沈觉回来，陈七安说，"我还以为你把我扔在这里自己跑了呢。"

沈觉笑她："怎么可能？！我丢了什么也不能丢了你啊！"他解释说，"我找了个烧烤的好地方，都安排妥当了。等我洗个澡收拾一下，咱们俩就过去。"

陈七安不疑有他，一边等沈觉，一边继续坐在那里喝茶看书赏美景。

沈觉忙活了一下午，出了一身汗，舒舒服服地洗了个澡，又换了身衣服。

他出来的时候，对陈七安说："走吧，我们赶在日落之前去海边。"

陈七安放下书，伸了个懒腰，说："这里真好。"

"你喜欢的话，以后我们每年都过来。"

陈七安笑："好啊，一言为定。"

两个人牵着手悠闲地朝着海边走去。此时的陈七安还对沈觉的计划一无所知，沉浸在这样的世外桃源中，觉得偶尔从工作中抽身出来感受一下生活的美好，真是一件无与伦比的美事。

她轻轻哼起歌，裙摆被微风吹得荡啊荡的，长长的黑色发丝抚过脸颊，惬意之至。

沈觉喜欢看这样的陈七安，没有任何烦忧，不为任何事情发愁，眉心舒展，人也轻松，像是天上来的仙人，游历人间美景。

他们朝着海边走的时候，太阳开始缓慢地朝着西边落去，天空中逐渐出现了温柔的暖橘色。

陈七安说："天空好美。"

沈觉笑着点了点头，觉得今天真是个好日子。

两个人来到海边餐厅，陈七安还在奇怪："怎么都没有人？"

"大家都去别的地方玩了吧。"沈觉信口胡诌。

陈七安也没多想，跟着对方往前走着。

这家餐厅分室内和室外两个区域，一般来这里吃饭的人喜欢在室外，毕竟可以一边欣赏海边景色一边用餐。

两个人也是一样，在餐厅的室外餐桌边坐下。

陈七安环顾四周："这里布置得还挺漂亮的。"

她看到周围都是粉色和香槟色玫瑰，还挂着很多气球，氛围倒是相当浪漫。

"饿了吧，"沈觉说，"看看菜单，吃点儿什么？"

他把特制的菜单递到了陈七安手里。

这份菜单是沈觉花了不少心思定的，菜品都是这里的厨师的拿手好菜，不过每一道菜的菜名都被重新设计过了。

陈七安打开菜单后愣了一下，随即笑了起来："'安安兔的草莓屋'？这是什么？"

"不知道。"沈觉笑盈盈地看着她，"你可以点来试试。"

陈七安带着笑意看看他，继续看菜单："'安安兔和她的三个小伙伴'？"

她瞄了一眼沈觉。见对方没有要向她解释的意思，于是她继续看菜单："'安安兔的一百零一个梦想'……我说沈总，你该不会生意都做到这里来了吧？"

沈觉笑："当然没有。"他往后靠在椅背上，笑着说，"可能他家老板是咱们'安安兔'的粉丝。"

"那他起这些名字，给我们版权费了吗？"陈七安说，"这可是商业行为，我得去找他谈谈。"

说着，她就要起身去找老板。

不愧是陈七安，时刻维护公司的利益。

沈觉赶紧拉着她坐下："等等，等等，这件事等咱们吃完饭你再去谈，行吗？"他故作可怜地说，"我实在是太饿了。"

陈七安看看他，突然笑了笑，说："好吧，那我们就先吃饭。"

沈觉叫来服务生，两个人分别点了几道菜。

在陈七安不注意的时候，沈觉跟服务生交换了一下眼神，对方表示：明白！一切按计划进行。

服务生走后，沈觉就开始坐立不安，没想到自己竟然会这么紧张。

陈七安托着下巴看周围的景色，眼神落在远处，轻飘飘地说了一句："像是有人刚在这地方求完婚。"

这一句话吓得沈觉瞬间出了一身汗：该不会被她看出来了吧？！

陈七安转过头来看他："你怎么了？"

"没事！"沈觉说，"饿了，就是饿了。"

陈七安对他笑了笑："饿了啊？那待会儿你就多吃点儿。"

沈觉总觉得她的笑有点儿意味深长，怪怪的，但是又说不出来哪里怪。

"怎么了？"沈觉发现她一直在看着自己笑，笑得他的心里都毛毛的。

"没事。"陈七安依旧面带微笑地说，"觉得你长得帅，多看几眼，不行吗？"

"看吧，随便看。"

陈七安抿着嘴忍了忍，好不容易才没让自己笑出声来。

服务生很快就把两个人点的餐食送了上来。

陈七安随口问了一句："你们这儿怎么没别的客人啊？"

沈觉早就跟服务生串通好了，对方自然不可能说今天这地方被沈总给包场了。

"是啊，挺奇怪，"服务生说，"我们平时都客满的。"

陈七安冲他笑了笑："那我们今天运气真好，不仅有座位，还包场了。"

一听到"包场"两个字，沈觉又开始冒冷汗。

她不会已经发现了吧？

应该不会，沈觉觉得，做人还是应该自信点儿。

服务生尴尬地笑笑，赶紧跑了。

陈七安本来也没打算继续为难人家服务生，毕竟对方也是拿钱办事的，只不过是觉得特别有意思，想逗逗他们。

这顿饭她吃得倒是还不错，菜品很合她的口味，环境又舒适。

等到他们俩吃得差不多了，已经是夕阳西下的时刻，天空都被染成了沈觉最期待的淡橘色，气氛温馨又浪漫。

"我们往海边走走吧。"沈觉提议道。

陈七安自然是不会拒绝的。她倒要看看沈觉葫芦里到底卖的是什么药。

"好啊。"

两个人起身，脱掉鞋子，光着脚踩着柔软的沙滩，朝着海边走去。

海边风大，陈七安却觉得海风让人格外放松。

她走在沈觉身边，呼吸着这难得的新鲜空气，大海的味道让人心旷神怡。

他们所到之处，竟然到处都是玫瑰花。

陈七安笑："不知道的，还以为沙滩上开出了玫瑰。"

"我觉得，还挺浪漫的。"沈觉瞄了一眼陈七安。

"是啊，很浪漫。"陈七安弯腰捡起一朵香槟色玫瑰，与此同时看到了不远处放着的一个"安安兔"盲盒。

她诧异地愣了一下，然后抬头看向沈觉。

"怎么了？"沈觉装出一副什么都不知道的样子。

陈七安笑："你看那个。"她指着盲盒说，"好像有点儿眼熟。"

"哎！还真的很眼熟。"沈觉说，"走，咱们过去看看。"

陈七安走在沈觉身后，低头偷笑。

"也不知道是谁把咱们的盲盒扔这儿了。"沈觉特做作，捡起盲盒的动作尴尬至极，演技拙劣。

不过陈七安倒是相当配合他："是啊，好可怜的盲盒，竟然被扔下了。"

"那咱们留着吧。"沈觉把盲盒递给她，"你拆开看看里面是哪款形象。"

"不好吧。"陈七安说，"这是别人的，就算我们捡到了，也不应该随便就拆了。"

"没事，要是有人回来找，我再赔给他就是了。"沈觉催促着，"快拆，快拆。"

这是"X星球"最新推出的一个系列产品，叫"花车游行"，每一款形象都自带一款花车，可爱又梦幻。

在这系列产品上市的第一天陈七安就买了两套，不过因为最近忙于工作，一直还没拆。

"这个系列的你最想要哪个？"沈觉问。

"这没办法选啊。"陈七安一边小心翼翼地拆盲盒，一边说，"就像自己家的孩子，你问我最喜欢哪个一样，我都喜欢。"

沈觉笑了，对她的回答相当满意。

虽然早就猜到了沈觉的计划，但陈七安还是很惊喜。

她没想到，沈觉竟然在沙滩上每隔十几米就放置了一个盲盒。她沿着这条路一边走，一边捡盲盒、拆盲盒，倒是走出了一路惊喜的感觉。

陈七安笑着说："你还挺有想法的。"

"啊？"沈觉还在装傻，"跟我有什么关系？我不知道这是哪儿来的。"

陈七安带着笑意瞥了他一眼，点头说："好，明白了。"

她拆完的盲盒由沈觉抱着。没一会儿，他就抱了满怀。

沈觉一直数着，同时还计算着日落的时间。

就这样在浪漫的淡橘色天空下，二人漫步在沙滩上，终于，陈七安来到了距离海边不远的一处地方，捡起了最后一个盲盒。

这个盲盒的包装跟之前的不太一样，是陈七安没见过的一款。她可以非常确定这款盲盒的包装从来没出现过——公司没有发售过这款"安安兔"。

陈七安看向沈觉："盗版的。"

沈觉没绷住，笑出了声："什么盗版啊？！这叫特制款！"

"嗯？你怎么知道？这不是跟你没关系吗？"

沈觉无奈地摇了摇头。

陈七安笑："那我可拆开了。"

"拆！"沈觉把怀里抱着的那些"安安兔"都放在一边，然后忐忑地看着陈七安拆开了最后一个盲盒。

陈七安拉开盒子，抽出里面的卡片，然而卡片上并没有形象的图案，只有一句话：陈小姐，和我结婚吧。

陈七安愣住了，然后惊讶地看向了沈觉。

她早就看出今天晚上的一切都是沈觉精心安排的，但是以为只是度假的一个小惊喜，却没料到，这是他为她布置的求婚现场。

陈七安盯着沈觉，看得沈觉心跳快得几乎没法正常呼吸了。

"不打开看看吗？"

盲盒的盒子被拆开之后，除了一张卡片，还有用袋子包裹起来的物件，陈七安拿在手里，觉得不需要拆开也已经猜到里面是什么了。

沈觉等着她打开袋子的这段时间紧张到手心出汗，看着陈七安撕开包装袋，从里面拿出了那个深蓝色的绒布盒子。

陈七安打开盒子，一枚为她定制的钻戒就躺在里面，在夕阳的照耀下闪闪发光。

在这个时候，沈觉突然单膝下跪。与此同时，天上飞来一架小无人机，吊着一束红色玫瑰花，在陈七安身边盘旋。

沈觉说："陈小姐，你愿意和我结婚吗？"

陈七安看看沈觉，又看看钻戒，突然不知道应该说什么好。

她觉得心中有什么情绪在涌动，不知不觉泪水就喷涌而出。

当初两个人在一起的时候，陈七安就已经非常确定，无论之后经历什么事，她都希望自己能和对方共度余生。

但是，她并不确定沈觉是不是和她想法一样。

到如今，她终于可以确定了。

爱情不需要太多海誓山盟，一句"你愿意和我结婚吗？"就已经足够了。

陈七安抬起手来，从无人机上拿下那束玫瑰，然后把戒指递给沈觉说："既然沈先生都这么说了，那就麻烦你，帮我把戒指戴上吧。"

这一刻，沈觉悬着的心终于落下了。

在夕阳下，陈七安看到他的眼睛里也有什么东西正在晶莹地闪烁着。

这一幕场景，就像多年前沈觉在本子上画出的那样。

日落西边，漫天淡橘色的云朵。

他和所爱之人在浪漫的海边说着最浪漫的话。

你愿意和我结婚吗？

我当然是愿意的。

钻戒被缓缓地套在陈七安的手指上，下一秒两个人温柔相拥。

这一场沈觉为陈七安制造的限定版求婚仪式终于落下帷幕，而这个瞬间将永存他们心中。十年、二十年、五十年，无论多久他们再想起，永远都感到惊喜。

番外三

向弛的女主角

向弛的人生算是顺风顺水的，虽然小时候有那么几年爸妈因为做生意不怎么着家，但打从他上小学开始家里就转运了似的，爸妈的生意越做越大，开了公司，雇了员工，爸妈也有时间陪他了。

认识陈七安之前，向弛唯一的苦恼就是不爱学习。他爸妈倒也不逼他，觉得孩子最重要的就是开心。

向弛是在 8 岁那年认识陈七安的，也就是家里生意开始做大，他们正式步入有钱人行列的那个时候。

当年住在这座城市的人，对"有钱人"的衡量标准非常统一：住在新城水筑的就是有钱人。

向弛的爸爸说："那咱们也住那儿去！"

就这样，刚好有一户人家卖房子，他们就买了下来，甚至没重新装修，着急忙慌地搬了进去。

向弛对这种事情倒是没什么看法，小孩子嘛，就是觉得院子更大了，撒欢的时候更方便了。

新城水筑一共没多少户人家，年龄相仿的小孩子更少，向弛搬过去之前还在担心自己会不会交不到朋友，却没想到，很快就跟隔壁家的小姐姐亲如一家人了。

那个"小姐姐"就是陈七安。

陈七安比向弛大 2 岁，爱说爱笑，还会画画。

向弛觉得她是自己见过的小女孩里最漂亮的，老早就偷偷跟他妈说过，长大以后要跟陈七安结婚。

那会儿向弛他妈还逗他："那我现在就给你提亲去？"

小向弛害羞得不行，抱着他妈的腿说："不行！要等长大以后再说！"

没想到，他这么一等，等了快二十年，愣是把这个机会等没了。

俗话说得好，机会都是留给有准备的人的，向弛就想不明白，他都准备这么久了，机会怎么就跟他擦身而过了呢？

他为了陈七安，放弃私立学校，追随着她去普通的公立中学。

也是为了陈七安，他买了一屋子自己并不感兴趣的盲盒。

向弛后知后觉，在陈七安已经有了男朋友之后突然意识到，自己做的这些事情好像只感动了自己，这可是恋爱的大忌啊！

向弛认命了，觉得自己喜欢的人过得幸福他就知足了。

但尽管他每天这么自我催眠，还是饱受失恋的苦的折磨。

向弛把自己关在家里好几天，直接暴瘦十斤，拒绝朋友们的一切邀请，躺在床上装尸体。

他爸妈担心坏了，隔着门对他说："儿子，要不给你安排相亲？"

向弛看着天花板，生无可恋地说："现在是自由恋爱的时代。"

向弛的爸妈无奈地对视了一眼。

他妈说："行吧，这都是年轻人成长的必经之路，你吃点儿爱情的苦也不是什么坏事。"

向弛在屋里撇了撇嘴，心说：还真是亲妈。

爱情的苦确实难吃，向弛瘦了一大圈之后觉得自己再这么躺下去四肢可能都要退化了，到时候还得去医院做复健，实在太丢人。

他做好了心理建设，从床上下来，再拉开房门走了出去。

阴沉沉的天，堪比他的心情。

向弛说："我今天要出去快活。"

向弛他爸看了看他："建议你出去努力赚钱。"

向弛明白，他爸这是催他回去上班呢。

大学毕业之后向弛还真的游手好闲了一阵子，美其名曰"体验生活"，其实就是逃避工作。

后来还是陈七安劝他，让他早日走上正轨，他这才乖乖去了他爸的公司，从底层开始学习，在失恋之前，干得还挺不错的。

不过，失恋害人，向弛现在打算自暴自弃，当一个玩世不恭的富家子弟。

"改天吧，"向弛说，"我先出去透口气。"

向弛冲了个澡，头发都没吹干就准备出门。

拿起车钥匙的时候，他觉得自己不能开车。现在他的精神恍惚，这样开车出去无异于是个马路杀手，他可不能给社会增加负担。

向弛没开车，溜达着出门了。

向弛漫无目的地走着，稀里糊涂地去买了份臭豆腐，又买了两杯奶茶，回过神的时候发现，竟然都是陈七安喜欢吃的东西。

他觉得这样不行，得走出陈七安的世界。

向弛掏出手机给朋友打电话："喝酒。"

他那些狐朋狗友好一阵子没见到他了，还以为他去五台山出家了，今天一听这人主动要求喝酒，才下午两点钟，愣是把酒吧的门给敲开了，一帮人从下午就开始闹腾。

向弛没精打采的，喝酒也没滋没味的。

一个情场老手凑过来，搂着他的肩膀说："向弛，哥哥是过来人，有句话你必须信。"

"什么？"向弛对这朋友的话向来只听三分，因为知道这家伙没什么像样的建议，他俩至少在感情方面不是一路人。

这位朋友故作高深地说："忘记一段感情的最好方法就是开始下一段感情。说吧，你喜欢什么样的人？我给你安排！"

向弛右眼皮直跳："不用了吧。"

"怎么着？失恋一回，你直接戒色了？"

戒色倒不至于，但向弛本着对感情认真负责的态度，肯定不会草率地跟别人在一起。

"戒色也挺好。"向弛说，"看破红尘了。"

这位不谈恋爱就会死的朋友震惊地看着向弛，然后缓缓离开了。

就在他们一群人喝酒的喝酒、胡闹的胡闹时，一个陌生的女孩嚼着口香糖，拿着高尔夫球杆走进了这家酒吧。

酒吧里群魔乱舞，女孩扫视周围，目光锁定在了正闷头喝酒的向弛身上。

她绕过人群，来到向弛面前。

向弛抬眼看了看她："不好意思，今天不想请别人喝酒。"

女孩嗤笑了一声："用不着你请我。"她从口袋里拿出一张照片，"这人，你见过吗？"

向弛抬头看了一眼那张照片，照片上的人正是刚刚要给他安排下一段感情的那个花花公子。

他再看看这个女孩，女孩长得很漂亮，唇红齿白的，但眼里有杀气。

向弛明白了。

他觉得自己实在太聪明了，一眼就看出这姑娘是来寻仇的——寻情仇。

自己那不靠谱的朋友欠了太多风流债，也难怪整天被追杀。

只是可惜了这么好的姑娘，竟然被那种浑小子给欺骗了感情，造孽啊！

"你干吗这样看我？"姑娘觉得眼前这人看自己的眼神有点儿奇怪。

都是惨遭爱情踩躏的苦命人，向弛说："同是天涯沦落人，我请你喝一杯酒吧。"

姑娘觉得这人可能精神状态不是很稳定，还是离他远点儿比较好。

"不用了。"她说，"没见过就算了，你自己慢慢喝。"

姑娘说完，揣起照片转身就走了。

这下向弛更委屈了：我长得也算仪表堂堂，怎么连那个花花公子都不如？

他很气，要再喝三杯酒才可以。

向弛又要了三杯酒，喝着喝着，发现刚刚那个女孩子竟然还拿着照片到处问那家伙的下落。

怎么说呢？

那一瞬间，向弛是有点儿可怜她的。

痴情的人被爱情伤得最深。

他自己已经饱尝爱情的苦，思前想后，决定当一回英雄，去解救为情所困的女子。

向弛在人群里挤来挤去，终于来到了那个女孩身边。

女孩看见他，愣了愣，随即当没见过，转身就要走开。

哪想到，向弛很快就跟了上来，对她说："你要找的那个人其实我见过。"

姑娘面露喜色："在哪儿见过？"

"就是这儿，"向弛说，"不过现在他好像已经走了。你也别问他去哪里了，我只是想跟你说，他不值得你这样。"

姑娘有些疑惑："你怎么知道他不值得？"

她说这话的时候，还挑了挑眉，倒是挺酷的。

向弛不明白这样的女孩子怎么会被那小子的花言巧语给哄骗了。

"唉，"向弛叹气，苦口婆心地劝说，"他是我的朋友，我不能在背后说朋友的坏话，但是看你也是个挺好的姑娘。你真的不要在他身上浪费时间了。"

女孩听了他的话，笑得有些意味深长："你是不是误会什么了？"

"我是认真的。你听我一句劝，快点儿回家吧。"向弛觉得自己言尽于此。这姑娘要是实在听不进去，他也没办法了。

他说完转身就要走开，却没想到被对方拉住了手腕。

向弛触电似的被吓了一跳，赶紧抽回手臂看向她。

姑娘笑着说："你挺有意思的。"

"啊？"

"你真是卢洋的朋友？"

向弛点了点头："君子从不骗人。"

姑娘笑得不行，问他："你叫什么？"

"英雄从不留名。"向弛现在觉得自己唤醒了一个无知少女，失恋的悲伤情绪被冲淡了不少，心情也好了很多。

他对姑娘说："卢洋不在这儿了，我说多了怕你伤心，你还是赶紧回家吧。"

随后向弛恍然大悟："你是不是没钱打车？"

姑娘愣了愣，然后笑着点头。

"行，你跟我走吧。"好人做到底，向弛带着姑娘走出了酒吧。

他下午两点多就来喝酒了。那帮要安慰他的朋友都已经四散在各处各玩各的了，只有向弛还坚守在这里。

这会儿已经天黑，他带着那个手拿高尔夫球杆的女孩站在路边，拦下了一辆出租车。

女孩坐上了车，向弛直接给出租车司机扫码付款二百块："绕咱们市一圈都够了，回家吧。"

向弛在路边目送那辆出租车载着女孩离开，觉得自己今天当了一回英雄，舒服了。

可能是因为出来走走，真的能让人开阔一些，那天之后，向弛开始努力让自己的生活回到正轨上来。

他重新回到他爸的公司上班，兢兢业业，认真负责。

他突然发现，卢洋的那句"忘记一段感情的最好方法就是开始下一段感情"未必是真的，但走出失恋的最有效方法就是努力工作，这是他的亲身实践，相当有效。

人一忙起来，还真没空想东想西了。

向弛把之前家里一整个屋子的"安安兔"盲盒都送人了，直接挂在网上包邮赠送。

屋子空了下来，他的心也跟着一点点地空了。

这个过程其实是有点儿难受的，毕竟是喜欢了那么多年的人，现在他要把她从自己的世界里擦掉，不可能真的一点儿痛觉都没有。

可是向弛知道，自己必须这么做。

他偶尔会遇见陈七安跟沈觉。尽管他一点儿都不喜欢那个沈觉，但看得出，那两个人在一起很幸福。

他太了解陈七安了，她的喜怒哀乐都瞒不住他。

所以，他认了，这样也挺好。

向弛信了那句话：命里有时终须有，命里无时莫强求。

陈七安就是他的"莫强求"，他觉得，他这辈子没做过什么坏事，老天不会欺负他，这段感情求而不得说明这不是他的缘分，总有一天他也会有自己真正的女主角。

就这样，到了过年，向弛的爸妈去沙巴过春节，他没跟着一起去。

卢洋的爸妈也不在，于是他招呼大家聚一聚，一帮人在除夕夜都去了卢洋家。

向弛到卢洋家的时候，竟然又看到了上次那个女孩。

这一回她手里没拿着高尔夫球杆。

姑娘一看见他就笑了，主动过来跟他打招呼："嘿，还记得我吗？"

向弛皱眉，心说：这姑娘孺子不可教啊！

他说："你怎么在这儿啊？我听说卢洋最近……"

向弛及时刹车，没说出卢洋交了新的女朋友的话，怕在这么个好日子惹人家姑娘难过。

"最近怎么了？"姑娘笑着问。

她今天穿了条黑色的吊带长裙，裹着一件羊绒披肩，黑色的长发末尾微微卷曲，妆也比之前更精致。

看得出，她是特意打扮过的。

也看得出，她确实是很出众的美女。

向弛叹气："没事。"

美女怎么就不开窍呢？

这还真是个可怜人。

就在向弛对美女心生怜惜之情的时候，卢洋走了过来。

"正好！你来了！"卢洋过来就挽住了姑娘的胳膊，给向弛介绍说，"这是我姐，卢斐。小时候你俩还打过架呢，你记得不？"

向弛直接震惊地僵在原地，美女却笑盈盈地看着他。

向弛确实记得卢洋有个亲姐姐，十一二岁的时候他们因为点儿什么破事打起来过。不过后来这个姐姐就出国了，再没了消息。

卢斐又对向弛挑了挑眉，显然已经认出了这家伙。

"啊……姐姐啊！"

卢斐忍着笑，对向弛说："好久不见，一起喝一杯？"

卢洋已经去招呼别人了，留下向弛在这里尴尬地独自面对卢斐。

向弛说："唉，误会了，我还以为你是卢洋的女朋友。"

"我得多想不开，找那么一个男朋友？"卢斐说，"那天我是追去酒吧要揍他的，谁让他在外面拈花惹草不着调的。"

向弛也笑了："原来是这么回事。"

卢斐盯着他看："你有女朋友吗？"

"没有。"向弛心说可别提这事了，一提起来都是伤。

"那正好，"卢斐拿了酒过来，跟他轻轻碰杯，"你要不要考虑当我的男朋友？"

向弛愣住，然后觉得自己可能喝多了。

"没关系，你可以多考虑一阵子，反正这次回来我也不走了，姐姐会让你幸福的。"卢斐说完，笑着把杯子里的酒一饮而尽，然后去找别人聊天了。

向弛怔在原地，看着卢斐离开的背影。

周围很嘈杂，卢斐突然回过头来看他。两个人四目相对，向弛喝掉了手里的那杯酒。

　　命里有时终须有，命里无时莫强求。

　　向弛不确定现在老天给他的暗示是什么，但知道，他不能再沉浸在过去的世界里，人得往前看，前面有个不一样的世界等着他。

番外四

什么时候结婚呢

方凝已经习惯了别人说她"拜金"。

说就说吧，她被说也不会少块肉——要是少了更好，省得费力减肥了。

方凝小时候家里条件就不好。

爸妈都是穷困乡下出来的，到镇上给人打工，生了她之后还住在租来的一室一厅的小房子里。

从她记事开始，她跟爸妈就不在一个户口本上。

她经常怀疑自己不是爸妈亲生的。

但是爸妈说："因为咱家穷，没法给你落户。"

这是糊弄小孩子的话，但她信了。

本来爸妈赚得就少，还非要再生个儿子。

方凝听说，她刚出生的时候，她爸嫌弃到都不愿意抱她。但她清楚地记得，她弟出生的时候，她爸在产房外面喜极而泣，差点儿就跪下给老天爷磕头。

那时候的方凝7岁，天真无邪地问她爸："生男孩和生女孩有什么区别？"

她爸理都没理她，去看她刚出生的弟弟了。

那之后不久，方凝终于明白了她的名字不能出现在自己家的户口本上的原因。

那些年，国家实行计划生育，他们这边查得严，一旦发现超生的情况是要被罚款的。刚好有个亲戚生不出孩子，于是疏通了一下关系，方凝的户口就落在了亲戚家，而方凝他们自己家唯——个合法生孩子的名额，留给了方凝的弟弟。

家里原本就困难，有了弟弟更是雪上加霜。

有什么好东西都尽着弟弟，方凝吃的用的东西都是凑合的。

有一年春节，方凝见好朋友都有新衣服穿，也想要，就跟妈妈说想买新衣服。她从来没有过一套真正属于自己的新衣服，都是捡亲戚家姐姐们穿不了的旧衣服穿。

成长中的小女孩，开始有点儿爱美了。

她也想穿漂亮的衣服，有蝴蝶结和小花的那种。

结果，她刚提出这个请求就被妈妈臭骂了一顿。妈妈说她虚荣，不懂事。

方凝被骂了之后，心里难受，但也体谅爸妈赚钱不容易，还乖乖地向妈妈道歉。

然而没过几天，妈妈下班回来的时候拿着一个商场的袋子，里面是给弟弟买的新衣服。

方凝心理不平衡，跑去问妈妈为什么弟弟可以有新衣服而她不能有。

这时候刚好她爸回来了，瞥了她一眼，不屑地说："你一个丫头，家里的赔钱货，还好意思跟你弟比？"

那年方凝 14 岁，已经步入青春期，爸爸的这句话犹如一个耳光打在了少女的脸上。

她又哭又闹，但是没用，反倒招致一顿打。

那天之后方凝就暗暗发誓，以后一定要买很多很多好看的衣服，一定要变得很有钱，让爸爸没法再说她是赔钱货。

方凝抱着这个念头，非常努力地学习。

然而初中毕业的时候，她本来考上了镇里最好的高中，她爸却说："你弟今年也该上学了，往后要花钱的地方多了，我们也承担不了。你去读职高吧，省点儿钱，早点儿出来也能赚钱养家。"

方凝当时正在吃饭，听见她爸的话，直接愣住了。

她不明白，为什么被牺牲掉的总是她？

方凝因为这件事离家出走了三天，三天里没有人找过她。

她跑去河边，好几次想跳进去一死了之，反正活着的时候她的命运也不受自己掌握。

但最后她还是放弃了自杀的念头。她还得赚大钱呢，赚大钱，然后一分都不给爸妈和她弟，气死他们。

方凝回了家，跟她爸约定，如果这个暑假她能自己赚到下学期的学费，那就让她继续读高中。

她爸嗤笑了一声，说："行啊，你去试试呗。"

小镇上，14岁的少女想找一份临时的差事赚学费相当困难。

她还没成年，谁家也不敢雇童工，这要是被查到，吃不了兜着走。

于是方凝就想办法去小商品市场跟看起来面善的摊主商量，赊给她一点儿小饰品，她去夜市摆摊卖，赚了钱一定会送回来。

她找了十几家，没一个摊主搭理她。

但后来她还是遇见了好心人。

一个婶婶听方凝声泪俱下地说是要自己赚高中学费，心疼小姑娘，答应方凝晚上和她一起去夜市摆摊。卖了东西的钱，婶婶拿成本，多赚的都是方凝的。

一整个暑假，方凝每天晚上都跟着这个婶婶去摆地摊。生意还算不错，但小饰品利润薄，她再怎么努力也攒不够一千五百块钱的学费。

方凝最后只能不情不愿地走进了职业高中，而一个暑假辛辛苦苦赚的那点儿钱也被她爸一分不剩地拿走了。

方凝心里是恨的。她一直觉得家里条件不好根本就不是问题，他们一家人一起努力把日子过好就可以。

然而，这个家里，爸妈在了为了弟弟努力，而她仿佛是个局外人。

方凝心不甘情不愿地读了一个月职高，觉得自己的人生绝对不能就这样了。

她开始想办法，一边上学一边偷偷地攒钱。

方凝长得漂亮，十五六岁哪怕穿着最普通的校服也有鹤立鸡群的效果。在这个小镇上，不仅他们学校的人知道她，连其他中学的男生都有特意放学后骑车来看她的。

方凝这时候意识到，她的长相是可以被好好利用的。

但她也清楚，利用归利用，不能让自己变得廉价。

爸妈已经很看不起她了，她得让自己有价值。

小镇上就算是所谓的有钱人家也跟大城市的没法比，这一点方凝早就明白。

所以，她的目标根本不在这个地方。

追求她的人，有家境还不错的，父母在镇上，一家人都在这地方横着走。

男生围着她嘘寒问暖，她却从不接受对方。

男生给她买东西，她也不收。

她依旧每天放学后去夜市摆摊，不过这时候婶婶已经不跟着她一起了。婶婶放心让她一分钱不给地拿货，第二天来结账。

方凝晚上在夜市里摆摊的时候，经常有人搭讪。喜欢她的男生们也不管小摊上的东西自己用不用得着，一通乱买。

就这样一直到职高毕业，方凝不顾父母的阻拦，参加了高考，竟然出乎意料地考上了外地的一所大学。

学校还不错，但方凝的分数去不了那所学校的热门专业，不过对她来说，只要能让她离开这个地方就是好的。

她要离开这一点儿都不像家的家，离开吸血鬼一样的爸妈和弟弟。

读职高的这三年，方凝费尽心思地赚钱，也吃一堑长一智，所有赚来的钱都偷偷地攒着。三年下来，即便在这个时候被父母告知不会给她一分钱供她读书，她也不怕。她的存款至少可以负担一年的学费和生活费，至于后面的钱，她可以继续打工赚。

只要人活着，只要她走出去了，未来就都不是问题了。

方凝说："我对你们没有任何要求，只希望以后我发达了，你们跟我要钱而我拒绝的时候，不要说我不孝顺。因为你们除了给我一口饭吃之外，没有给过我任何关爱。"

又被她爸痛打了一顿，但方凝一点儿都不在乎了。

在一个天气晴朗的早晨，方凝拖着行李箱，里面只装着她的大学录取通知书、仅有的两条裙子和其他一些换洗衣服，离开了家。

她走的时候没有跟任何人打招呼。从那一刻起，方凝跟家里彻底决裂了。

她不想告诉他们自己要去哪里，不愿意，也不敢。

她不要继续做那个被全家人攀附着——几乎快要被榨干的小树。

这一次，她终于自由了，可以恣意地做自己了。

方凝从来没觉得这么畅快过，坐着火车前往那座城市的一路上都兴奋到根本睡不着觉。火车晃啊晃，她看着窗外的景色，觉得自己一点点地活过来了。

抵达这座城市的时候，方凝没有住处，没有任何接纳她的地方。

九月份才开学，她七月份就来了。

方凝计划着在开学前先到这座城市感受一下生活，不过最主要的是找一份工作，尽可能利用接下来将近两个月的时间多赚一点儿钱。

下了火车之后，方凝迫切需要一个住处，于是在网上联系了一家小中介，特意问好了中介费是多少，还砍价砍掉了三分之一。

方凝在赚钱这方面很会利用自己的优势，在砍价这方面也一样。

因为她很清楚，在这座繁华的一线城市里，自己什么都没有，唯独拿得出手的可能就只有这张脸，于是撒娇耍赖，哄得中介倒是挺开心。

方凝知道自己这种做法为人不齿，但暂时也没别的办法了。

她想尽快找到自己的生活节奏，过上随心所欲的好生活。

预算极其有限，方凝来了才发现自己这点儿钱想在这座城市租单间公寓简直就是天方夜谭，别说单间公寓了，连合租都超出了她的预算。

中介带着她走了好几个地方，她就那么拖着行李箱顶着大太阳一处处地看。每一处都不行，因为她没那么多钱。

最后中介无奈地说："妹妹，你到底想租什么样的房子？你得跟我说清楚，我才好帮你找啊！"

方凝终于认清现实，说出自己的预算后，对方烦躁地说："你就这么点儿钱还让我带你看了一天的公寓，想什么呢？"

方凝心里难受。她哪儿知道这地方租房这么贵啊？！

后来中介带她去了个群租房，一个老旧的小区，三室一厅的房子全部做成了隔断，住了七户人家。

一进屋黑咕隆咚的，窗户都没有，房子都不通风，方凝说："群租房违法的吧？"

"那怎么办？那你说，怎么办？"中介不耐烦地说，"你那点儿预算，租这儿就不错了！我还没带你去看那种大宿舍似的上下铺呢，那个便宜，一个月五百块钱，你去看看不？"

"不了，不了。"

那种地方五百块钱，这里最小间的屋子八百块钱，方凝想，好歹在这儿还有点儿私人空间。

无奈之下，她只好住了下来。好在这里房租可以押一付一，她住两个月就走人也没事。

有了住处，方凝开始拼了命地找工作。

大城市工作机会相对她老家那个小镇子上还是多了很多的。

她白天在服装店卖衣服，下了班还跟着同事一起去摆地摊，每天忙得不亦乐乎。

方凝觉得这样的生活蛮好的，虽然很累，但至少一切事情都由自己说了算。

就这样忙了两个月，到了开学的日子，方凝给自己买了一身新衣服——是她从小到大希望在新学期妈妈能买给自己的新衣服。

现在，不需要别人给她买了，她可以给自己买。

她退了群租房，住进了学校的宿舍。

方凝摇身一变，看起来和其他女大学生没什么两样。

不过，她在周末还是会去做兼职，给自己赚下学期的学费。

她跟陈七安就是在做兼职的时候认识的。

那会儿大一刚开学不久，她去学校附近的肯德基店应聘小时工，同时跟她应聘的就是那个叫陈七安的女孩。

两个人都被留下了，一聊起来才发现是校友，不过陈七安的专业是他们学校的热门专业，分数高得很。

两个女孩年龄相仿，还一样穷，很快就从兼职的同事变成了最好的朋友。

方凝和陈七安经常一起研究怎么赚钱，有空的时候也会一起逛街。但她们逛街不买东西，而是试图从中发现商机。

大学四年，方凝真的没拿过家里一分钱。她爸妈来过学校两次，想找她要钱。大家闹得挺不愉快的，甚至闹到了辅导员那里去。

好不容易熬到大学毕业，方凝发誓，绝对不会再让他们找到自己。

因为专业问题，方凝难找工作，实习了几家公司，结果人家不过是把他们这些实习生当廉价劳动力，眼看着实习期要到了，一个个都给劝退了。

六月份，毕业生必须搬离学校，陈七安已经找到一份销售工作，但方凝的工作还没有着落。

然而当务之急是先找住处，原本想着省点儿钱，去跟人合租，但陈七安和方凝看了几处合租的房子，觉得安全性太差，最后还是决定两个人租一个两居室的小套间。小区可以老旧一点儿，房子也可以老旧一点儿，但只有她们两个住，好歹安心些。

两个人趁着周末陈七安休息拉着中介小哥带她们看整租的房子，

折腾了一天，终于租到了一套虽然上了年纪但至少家具还完好的两居室。

方凝站在那个出租屋门口，第一次觉得自己有家了——尽管是租来的。

陈七安是工作狂，削尖了脑袋往钱堆里钻，每天想得最多的就是如何赚钱。

在方凝为了工作愁苦的时候，陈七安其实有很多选择，毕竟专业条件在那里摆着。陈七安却放弃了坐在办公室里每天写策划案的工作，选择了去一家潮玩店当销售员。

方凝挺不理解的："白领呀！说出去多有面子，你干吗去做那累死累活还被人看不起的销售员？"

陈七安笑："因为销售员赚得多啊！"

此时的方凝还没找到工作，投了很多简历，但受专业限制，想找一份体面又赚得多的工作实在有点儿难。

陈七安说："我觉得人最重要的不是此刻在做什么，而是我们是不是有很清晰的目标。"

她问方凝："我的目标就是赚钱，然后买房子，你呢？"

"我？"

"嗯，你的目标是什么？"

方凝愣住了。

她以前的目标就是离开家，远离那吸血鬼似的爸妈和弟弟，可是当真的实现了这个目标来到了大城市，突然开始迷茫了。

"我也不知道。"她不知道自己能做什么，也不知道自己想做什么。

陈七安吃着面条看了看她，然后说："没关系，你慢慢摸索，不过当务之急还是赚钱吃饭。"

方凝明白，陈七安的话是对的。她们现在租的房子要一个季度交一次房租，如果这个月不赶快找工作，那下次交房租的时候她怕是真的要"倾尽家财"了。

赚钱的第一步：拒绝眼高手低。

这是陈七安告诉方凝的道理。

不管什么工作，她先做着，然后骑驴找马呗。

方凝表示学到了，回屋后立刻开始广撒网似的投简历，第二天下午就接到了一家酒店前台工作人员的面试通知。

这是家五星级酒店，招前台工作人员的条件其实很高，尤其是对英文能力的要求非常高。方凝原本是不符合要求的，在投出简历后都没想到能有面试机会。

但刚好赶上酒店两个前台工作人员都离职了，急需能立刻入职的新人，方凝就这样被录用了。

"我的运气真的从来没这么好过！"方凝签了劳务合同后，拿回家当宝贝似的收了起来。

陈七安说："亲爱的，其实运气也是实力的一部分，加油好好干，没准你很快就能升职加薪呢！"

方凝备受鼓舞，就这样正式开始了这份工作。

方凝上班的第一天就遭遇了顾客的骚扰。

她漂亮，又初来乍到，做事有些生疏，处理问题手忙脚乱的。

晚上有几个喝得酩酊大醉的顾客从外面回来，在五楼套房办派对，打电话到前台，让工作人员帮忙送酒。

这事原本不该方凝做的。可是那个时候其他人都在忙，她就主动请缨去送酒。

没想到的是，她刚把酒拿进去，其中一位顾客就关上了房门。

一个套房里面，三男两女，方凝被关门的那个男人搂着，非要她留下来陪他们玩。

方凝被吓坏了，鼻尖都渗出了一层薄汗。她哪儿遇过这种事，慌里慌张之中，竟然打碎了那瓶价值三千多块钱的酒。

酒瓶掉落在地上的时候，方凝正被人揩油，眼泪都出来了。

玻璃碎裂，红酒四溅，方凝的脸被人打了一巴掌。

明明是顾客强行占她的便宜，这会儿她不但被骚扰，还要自掏腰包赔人家的酒。

经理来了，点头哈腰地向那几个人道歉。

方凝说："是他先骚扰我的！"

明明我是受害者！为什么要我道歉还要我赔钱呢？

这世界是不是太不讲道理了？

方凝左脸上还留着通红的巴掌印，精致漂亮的脸明显肿了起来。

她委屈到了极点，却又被人指着骂："你就是个小服务员，摸你一下怎么了？我又不是不给你钱！"

方凝被这句话惊到了。她没想到有人竟然会这么理直气壮地说出羞辱人的话。

"我是酒店前台工作人员，凭本事赚工资的，又不是出来卖的，凭什么给你摸？！"方凝几乎是吼出的这句话。

经理见状，赶紧把她往外拉，哪想到那个顾客又说："凭本事赚钱？"

他笑得很张狂："妓女也是凭本事赚钱！"

方凝恨得牙痒痒，想挣脱开经理抓着她的手上去打人。

就在这个时候，有个人从电梯里出来，走到了方凝身后，说自己住楼下，被吵得睡不着。

了解了前因后果后，这位顾客揉着眉心说："不就是一瓶酒吗？我帮她赔了。"

说着，他拿出卡递给了经理。

方凝惊讶地看向他。

然后那人又走进屋去对占方凝的便宜的人说："她的酒钱赔完了，你是不是也应该赔人家的精神损失费了？"

"我赔个屁！"说着那人就要挥拳打架。

这时候保安终于上来了，不久后派出所的民警也赶来了，这糟心的事总算以和解告终。

其实方凝不想和解的，但经理说："你要是不和解，这工作你也别做了。"

无奈之下，她只好忍气吞声。

第二天那个帮方凝赔酒钱的顾客来办理退房手续，方凝当时正要下班，看见他赶紧过来道谢，并说："我不能让您帮我赔钱，但我的手上现在确实没钱了。您能给我留个联系方式吗？我下个月发了工资就把钱还给您。"

对方看起来也就20多岁，一身行头价格不菲。三千多块的酒钱对他来说根本不值一提，但见方凝那么认真地想还钱，笑了笑，加了她的微信好友。

"还钱就不用了。"他说，"改天有时间一起出来玩。"

方凝到底是没什么经验的傻姑娘，这一瞬间突然心跳加速起来。

对她来说，这个人简直就是从天而降的白马王子，是救她于水火之中的英雄。

她笑着回应："好！"

然后当天晚上她就接到了对方的邀请："来玩啊。"

紧接着对方就发来了一个酒吧的地址。

方凝从没去过酒吧，好奇又有点儿紧张。

她这晚不上班，但还是有点儿犹豫。

对方又发了语音过来："你家在哪儿？我去接你。"

就这样，方凝还是化了妆，换了身衣服，出门了。

那是她第一次接触纸醉金迷的生活。

这是一个跟方凝的世界有着严重割裂感的地方，从前她在电视剧里才见过的场面让她眼花缭乱，手足无措。

方凝跟在那个年轻男人身后，怯生生地往里走着，看着他自如地跟每一个人打招呼，又看着他被大家簇拥着。

有人好奇地打量方凝，那目光还带着些审视的意味。

有人笑："口味怎么变了啊？"

方凝不傻，大概能明白这话是什么意思，不太喜欢别人的这种态度。

那时候的方凝觉得，曾经对她施以援手的人必然是有正义感的，而这样一个人会在见过一次之后就约她出来，一定是对她有好感的。

只不过后来她才明白，这样游戏人生的花花公子，有好感的人数不胜数，她方凝只是其中最不显眼的一个罢了。

一场游戏，只有她认真了。

那是方凝来到这座城市之后第一次谈恋爱——她以为是在谈恋爱。

对方带她出入场馆，给她买包、买衣服。

一开始方凝不收那些贵重的礼物。

几万元甚至十几万元的一个包对她来说太夸张了。

但那人表示如果她不收，那就丢掉。方凝怕他真说到做到，只好收下了。

有了第一次，后来对方再送什么东西她也慢慢就开始接受了。

不过她也送过对方礼物，价格肯定比不了对方送的，但都是精心挑选的，是自己的一份心意——情人节时的情侣毛衣，对方生日时的一套高脚杯。

方凝知道他有钱，收到的礼物肯定都价格不菲，所以自己在准备礼物的时候也尽可能挑选情绪价值高的或者价格远超她的消费水平的。

那套毛衣是她亲手织的。

那套高脚杯是她这辈子买过的最贵的东西。

她以为对方能明白她的心意，然而，那件毛衣那人从来没穿过。她去对方家里的时候，发现那个装高脚杯的盒子都没被打开过。

后来她听说她织的毛衣被他的朋友笑话，而他平时用的酒杯，随随便便一只就是她买的那一套的价格的十几倍。

方凝很认真地在谈恋爱，对方却只当她是自己游戏人间的战利品之一。

分手的时候，方凝伤心了好一阵子，因为亲眼看见那个人搂着其他女孩出现。

那个时候的方凝已经不是穿着衬衫和牛仔裤去酒吧的笨拙姑娘，已经换上了对方买给她的昂贵裙子和高跟鞋。然而也是在那时候，她才意识到自己有多蠢。

她觉得自己的愚蠢体现在自以为这是一场爱情，别人却只当作是游戏。

她哭着对陈七安说："他的朋友说我是捞女，我气个半死，把他送我的东西都还给他了。他们还说我刚和他认识的时候土里土气的，现在脱胎换骨了，可以去傍别人。我去他的脱胎换骨！"

陈七安把纸抽递给她，安静地坐在了她身边。

"谁稀罕他的臭钱啊！"方凝哭了一整晚，然后第二天醒来肿着眼睛看着镜子里的自己，突然觉得其实自己太亏了。

被说是捞女，但她捞到什么了？

东西都是对方非要给她的，又不是她要的！分手了她也把东西还回去了，凭什么还被人那么说？

想到这里，方凝后悔了，反正怎么都要被泼脏水，还不如不还，那几个包卖了也够付好久的房租了。

她越想越气，越气就越释怀不了，于是赌气似的想：好啊，既然你们对穷姑娘偏见这么大，那我就真的"捞"给你们看！

好像就是从那个时候开始，方凝发誓一定要找一个有钱还对她好的男朋友，她的喜不喜欢已经不是最重要的事了。

不过，大概不管怎么样，女孩子对爱情还是心存敬畏的。所以即便在之后的几次看起来目的性很强的恋爱中，方凝也全心全意地在对待对方。

其实说来说去，她也没真的"捞"到过什么，只不过是想为自己博富裕又安稳的生活。

她也憋着一口气，总想让当初笑话她是穷酸又有心机的捞女的那些人看看，她是可以嫁得很好的。

见她这样，陈七安有些担心。

但方凝说："放心吧，一切还都在我的掌控内。"

话是这么说，但方凝谈的每一场恋爱都因为各种各样的问题告终，要么是对方劈腿，要么是对方压根没有跟她结婚的想法。

这还是让方凝很受伤的。

三番五次下来，方凝终于死心了。

在又一次被劈腿之后，方凝认输了，终于接受了自己再怎么努力也没办法达成所愿的事实。

"事实就是，"方凝对陈七安说，"我这么急功近利地想嫁给有钱人，偏偏更会让人瞧不起。"

她发誓，再也不爱了，就算爱，也不要再跟有钱人相爱了！

然而有的时候还真就是造化弄人。

在方凝放弃了"曲线救国"地通过找男朋友让自己过上好日子之后，她的"好日子"姗姗来迟。

很多女孩曾经幻想过有一天自己的意中人会驾着七彩祥云来迎娶自己——他是个盖世英雄，英俊而有魅力。

方凝在酒吧被前男友纠缠那天，一个叫余科的英雄出现了。

她手足无措时，他站出来挡在了她的前面为她解围。

他高大帅气，还有点儿风趣幽默。

那天晚上因为余科，方凝才能安全地回到家。从那时开始，她少女时期就在幻想的骑士形象变得更加具体了。

只不过方凝这次没像过去那样无所畏惧地往前冲。她已经下定决心不再做感情里的冒失鬼，要对自己认真一点儿，也对未来认真一点儿了。

她听说那个叫余科的人是陈七安的老板之一，用别人的话来说叫"潮玩新贵"。男人家世好，自己也有能力，典型的精英，她配不上。

方凝开始重新审视自己，觉得还是别再有任何不切实际的幻想了。

她甚至觉得对方肯定都不会记得她。

让她没想到的是，余科不仅记得她，还主动跟她打了招呼。

再怎么说从此要"封心锁爱"的方凝在遇到余科的时候还是心动了一下的。

可能是因为从小就严重缺爱，导致她总是对出手保护她、帮助她的人没有抵抗力。那种对别人来说不过是随手为之的事情，对她来说却是救赎。

方凝逃不掉。

但她在这件事上吃了太多亏——当然，也怪她自己贪心。所以这一次，她没有再像过去那样，抱有极其强烈的目的性去接近余科。

她开始学会让一切事情都顺其自然。那个命中注定会和她相爱的人，来或不来、什么时候来，她都不那么在意了。

心态变了，人的状态也不一样了。

方凝不再为了让自己看上去配得上有钱人的圈子省吃俭用然后去买名牌包，也不再时刻注意自己的形象，精致到每根头发丝都要打理好，跟人相处终于变得松弛下来，说话也不卑不亢。

陈七安说："我终于觉得你活得像你自己了。"

她的一句话让方凝醍醐灌顶。

原来折腾了这么久，她早就把自己给弄丢了。

一个人，都不知道怎么爱自己，那又怎么会有人来爱你呢？

方凝突然醒悟，也开始计划成为更好的自己。

她大学读的专业不好，因为有当年的客观因素影响。那会儿能考上这样的学校、这样的专业已经不易，可是现在她自己能赚钱了，人生已经自由了，那么也是时候弥补自己当年的遗憾了。

于是她把注意力从"找个有钱的男朋友"转移到"好好充实自己"上，开始计划着考研究生，还开始努力练习英文发音。

她跟余科的关系转变就是从一个晚上余科为她纠正英文发音开始的。

因为方凝所在的酒店是五星级的，前台工作人员对英文的掌握要求其实非常高。之前她算是走了狗屎运，在样样不合规的情况下被招了进来。

每次遇到外国顾客，方凝总是叫同事来处理。以前她的心思不在工作上，现在不一样了，她希望有一天自己也能说一口流利的英语，至少不因为这事影响工作。

于是，她每天都在勤学苦练。值夜班的时候没什么人，她就坐在那里反复地练习发音。

"这里的'h'是不发音的。"

半夜三更，方凝正悄悄练习英语发音，突然有人说话吓了她一跳。

她猛地抬头，惊讶地发现面前的人竟然是余科。

余科已经在酒店住了好几天，原因就是跟他妈吵架。

这些日子他妈魔怔了一样给他介绍相亲对象，他又是个不婚主义者，被折磨得够呛。二人一言不合就吵架，他索性出来躲清净。

余科今天出去见一个老朋友，喝了几杯酒，回来得有点儿晚，恰好看见方凝值班，过来想打个招呼，没想到看见她正在闷头学习英文。

方凝认真又有点儿笨拙的样子看起来特别可爱，余科站在那里看了好一会儿，对方竟然都没有发现他。

方凝见是余科，松了一口气："你吓了我一跳。"

余科笑："那我跟你道歉。"

他将胳膊肘搭在前台的桌子上，探头看过去："在学英文？"

"嗯。"方凝说，"大家的英文都说得特别好，可是我发音还不准，有空就学学，不然怕是要失业。"

余科点点头，表示明白了。

"行，那你好好学，"余科说，"我先回去了。"

方凝对他笑了笑，说："余先生慢走。"

余科愣了愣，随即笑了起来："这么官方？"

"我训练有素。"

两个人相视一笑，余科摆摆手，上楼了。

方凝长得漂亮，这是毋庸置疑的，不过余科也不是没见过世面的愣头青。他很清楚在成年人的世界里，长得漂亮并不是绝对的加分项。

然而这个晚上，余科洗漱完躺在床上玩手机游戏的时候，脑子里总是会冒出方凝全神贯注地学英文时的样子。

这让他想起了高中时代班上最漂亮的那个女同学。

那时候男生们都一窝蜂似的追求她，当然这里面有的人是真喜欢，有的人纯属凑热闹。

余科就是凑热闹的那一个。

不过青涩的少年时代，一点儿暧昧的小互动都能在记忆中留存许久。

可能是因为当年"凑热闹"，让余科这么多年来都对那个女孩带给他的感觉印象深刻，朦朦胧胧的，心向往之。

余科玩游戏输了好几把，队友骂了他一通。

他退出游戏，关了灯。

余科因为不想回家，就这样在酒店长住了下来。

他平时工作忙，除了公司的事情还有外面的应酬，经常很晚才回来。

好几次回来的时候他都遇见值夜班的方凝，对方一直在坚持练习英语发音。

一次周末的时候，方凝刚好换班下来，脱掉了酒店的工作服，换上自己的衣服，准备回家补觉。

余科也正好出门，打算找个地方吃点儿东西，然后去公司。

两个人在酒店大堂遇见，寒暄两句后余科突然说："你还没吃饭吧？要不一起啊？"

方凝愣了一下，有点儿犹豫。

"我就是出门找饭吃的，"余科解释，"不是故意想约你。"

方凝笑了起来："那行！"

其实方凝一直对余科有好感，这好感自然来源于那次在酒吧对方出手相助。但是，现在的方凝已经不太敢轻易动心了，真的被伤到了。

两个人就在陈七安工作的商场里吃了顿便饭。方凝很清楚自己跟余科不是一个世界的人，也再清楚不过，现在的自己想要的是什么。她不会再为了给有钱人留下"好"印象而刻意去表现、去讨好对方。

这顿饭他们吃得很轻松，聊得随心所欲。

余科给方凝讲自己工作的事情，方凝跟余科说自己糟糕的感情经历。

没有过多小心机，他们像相识了好久的老友一样自在地度过了两个多小时。

吃完饭走出餐厅的时候，他们这才反应过来竟然聊了这么久，更重要的是，还有些意犹未尽。

余科问方凝住在哪里，要送她回家。

方凝却笑着说："不用了，出了商场就是地铁站，我坐地铁回去就好了。"

不是不知好歹，也不是怕麻烦对方，方凝只是担心自己过分贪恋对方给她的善意，再一次沦陷到不该有的温柔幻想中。

现在的方凝已经明白了要时刻保持清醒，因为觉得自身没那么好运地被人爱。

坐地铁回去的一路上，方凝其实一直在想余科。在她看来对方风趣幽默又很有才华，是她最理想的恋爱对象。

只是可惜了，她并不是人家的理想女友。

方凝摇摇头，赶紧制止自己再想象，掏出手机，戴上耳机，继续学英文。

虽然方凝想过还是不要跟余科走得太近，但现实是，两个人就这样迅速熟络了起来。

余科还是不肯回家住，每天晚上都回酒店，遇见方凝的时候就会和她聊聊天，彼此也加了微信好友，有事没事就闲聊。

这感觉太暧昧了，方凝很难不动心。

她也认真审视过两个人的关系，问过自己，究竟是贪图人家的好条件，还是真的被余科这个人吸引。

方凝像上学那会儿做功课一样，认认真真地将一条条原因列举在本子上，写得郑重其事，像个虔诚的爱情信徒。

最后她很确信，自己喜欢的是余科这个人。

但她不敢让对方知道这件事。她样样不如人，并不觉得自己有哪里值得对方欣赏。

方凝陷入苦恼情绪之中，也猛然发现这一次她是来真的了。往常她在接近那些富家子弟时带有明确的功利性，而这次满脑子都是：我要怎么做，他才会爱我？

为情所困的方凝在面对余科的时候觉得自己特矛盾。为了不影响正常工作和生活，她开始故意逃避对方。

然而没两天，在她不停地跟同事调班之后，还是被余科逮了个正着。

　　"方小姐，你这是什么意思？"

　　方凝下班，刚好被余科拦在了酒店的大门口。

　　方凝莫名其妙地觉得心虚："我怎么了？"

　　"你说呢？"余科看着她，"为什么要躲着我？"

　　方凝想说自己没躲着他，但这话实在没什么说服力。

　　余科戳在那里，一动不动，大有"今天你不给我个合理的解释，我就绝对不让你走"的架势。

　　方凝觉得尴尬，回头看去，同事都看着呢。

　　"换个地方说呗。"方凝说，"这里人太多，我不好意思了。"

　　余科愣了愣，她怎么就不好意思了呢？

　　不过他没多问，示意方凝上车。

　　这一次方凝没再继续推托，觉得这样下去不行，她跟余科的事情得尽早解决。

　　她才不要继续苦大仇深了。

　　做人，最重要的当然是开心了！

　　方凝跟着余科上了车，对方问她："到底怎么了？"

　　余科很担心，觉得是不是在这几天的接触过程中自己说了什么或是做了什么让方凝觉得不舒服，所以她才突然开始疏远他。

　　余科一点儿都不否认自己很喜欢和方凝相处，非常轻松，她永远都是笑着的，用他的话来说就是："我觉得和她在一起我可以长寿。"

　　方凝坐在副驾驶座上，犹豫了一下。

　　余科说："是不是我让你不开心了？"

　　"啊？"

　　"我这两天就在想，是不是我说错了什么话，冒犯到你了？"余科很认真地在回忆，"不然你为什么突然不理我了呢？"

　　方凝突然就笑了，觉得两个人简直像校园时代互相猜测的青春期少男少女。

"你笑什么？"

"我笑你。"方凝说，"你竟然察觉到我在躲你。"

"所以这是真的咯！"余科说，"你干吗躲我？"

"因为我喜欢你啊。"

在今天之前，方凝从来没想过自己会对余科告白。

她曾经认识不少所谓的有钱人——那些游手好闲、不务正业、花天酒地的公子哥。她为了让自己看上去过得很好，极力想要混入他们的圈子。

她很刻意地让自己讨好别人，却在这个过程中渐渐忘了自己是谁。

但是跟余科在一起的时候她从来都是清醒的，知道他们的差距，也知道自己的名字。

但她万万没有想到的是，正是真正的她，才格外有吸引力。

面对突如其来的告白场面，余科愣住了。

看到余科的反应，方凝反倒笑了："你这是什么反应？被我喜欢这么难受吗？"

"啊……"余科没想到方凝会误会，赶紧解释，"我不是那个意思。"

"放心吧，我不是会死缠烂打的人，"方凝说，"你就当没这事好了。"

余科一听这话，更蒙了："为什么？"

"你怎么这么逗啊？！"方凝笑得不行，"干吗？你不喜欢我，还要我追你啊？我可不干那种事，太亏了。认识我的人都知道，我这人向来精打细算。努力也没结果的事，我才不做呢。"

"哎，等一下！"余科侧过身看着她，"怎么就没结果了呢？"

方凝愣了："啊？你这是什么意思？"

余科尴尬地假装咳嗽，然后说："那什么……你等我一会儿。"

说完，他下车了。

余科不放心，特意又嘱咐了一句："你千万别走。"

方凝觉得他有点儿莫名其妙，但还是点了点头。

余科跑去对面的咖啡店买了两杯加冰的美式咖啡，蹲在路边一口气给喝完了。

他现在急需让自己清醒一下，然后才能做重要的决定。

天挺热的，余科却生生把自己喝冷了。

等到喝完咖啡，余科也终于捋清了思路，什么都想明白了。

他起身，先去扔了垃圾，然后走回了自己停车的地方。

方凝倒是听话，这会儿正坐在车里玩着手机等余科。

"你干吗去了？"方凝问。

余科面色深沉，是少有的认真表情。

他坐上驾驶座，酝酿了一下，正要说话，突然感觉不妙，对方凝说："你再等我一下。"

说完，他火急火燎地下车，跑出去找厕所了。

冰咖啡利尿效果不俗，在关键时刻还真是害人不浅！

方凝更疑惑了，心说：我就跟你说句喜欢你，至于把你刺激成这样吗？

她看了一眼时间，有点儿着急想赶紧回家睡觉，上了一晚上的夜班，现在困得要死。

最后一次，方凝决定再给余科最后一次机会。要是等会儿他回来还这么神神道道的，她真的要走了。

好在余科从厕所回来之后，正常了很多。

方凝说："还走吗？"

"不走了，不走了。"余科揉了揉鼻子，关好车门，关好车窗。

方凝看看，觉得气氛有些微妙："你不会因为我说句喜欢你，就要杀了我吧？"

"我杀你干吗啊！"余科说，"有件事，我觉得我得跟你说一声。"

"什么事？"方凝问，"你有孩子啦？"

"不，不，不，没有。"余科说，"我是不婚主义者。"

"哦。"

还好她没追他。

方凝可是很向往婚姻的。要是费了好大劲去追余科，然后这家伙再丢给她一句"我是不婚主义者"，那她真的会气死。

"哦？"余科问她，"你就一声'哦'？没别的话想说了？"

"说什么？"

这人有神经病啊！他都说他是不婚主义者了，还让我说什么啊？！

方凝觉得他可能吃错什么药了，实在不行，先去医院吧！

"我的意思是，我之前确实是不婚主义者，但是，你可以尝试着改变一下我。"

"啊？"方凝头顶冒出一个大大的问号。

"知道我刚才干吗去了吗？"

"我怎么知道？"方凝嘀咕，"尿频尿急尿不净？"

"别胡说！"

方凝没忍住，笑了。

"我思考人生去了。"

"你思考出什么结果了？"方凝打了个哈欠。

"哎，你真喜欢我吗？"余科说，"我怎么看怎么觉得不像呢？"

这人态度也太不端正了。

余科不知道的是，方凝是刻意让自己不要太去在意这件事的。吃亏吃得多了，她也想长点儿心眼了。

方凝没回答余科的问题，只是若有所思地往车窗外看去。

"要不你把刚才那句话再跟我说一遍吧。"

"哪句话？"方凝问，"尿频尿急尿不净？"

余科快被她气死了："说你喜欢我啊！"

方凝笑出声来："你嚷嚷什么啊？！"

她歪着头看向余科，不知道这家伙想干吗，但还是说了一句："嗯，我是喜欢你。"

"那行，我答应你的告白了。"

方凝满脸问号："啊？"

"我答应了。"余科表情正经地看向她，然后拉住她的手说，"今天是咱们俩恋爱的第一天，是不是得庆祝一下啊？吃什么？你选。"

方凝还没反应过来呢，手都被人牵住了。

"等一下，你干吗呢？吃错药了啊？"

"啧，怎么说话呢？"余科说，"我喜欢你就是吃错药了？那我可真是吃错太多了。"

方凝定定地看着他，沉默了好几秒，搞得余科都有点儿慌了。

"你喜欢我？"方凝突然开口问道。

"呃……"余科觉得或许是因为自己刚刚态度有点儿轻浮，看起来不那么认真，让方凝觉得不可信。

于是，余科清了清嗓子，很认真地对她说："我也喜欢你，真的。"

"你喜欢我什么？"方凝觉得这件事有点儿不可思议。

她喜欢余科，因为这人曾经对她出手相助，也因为这些日子相处下来，她感受到的都是真诚对待和善意。

余科是很优秀的人。虽然平时看着挺不正经的，但方凝看得出来，他有才华也有能力，家世背景很好，人长得又帅。

这样的人，喜欢自己什么呢？

"喜欢你什么？"余科没想到方凝会问他这个问题，想了一会儿，然后说，"和你在一起的时候我就觉得轻松、开心，你躲着我的时候我就总觉得心里不踏实，这难道不是喜欢吗？"

可能是吧，方凝也说不好。

"但是，我想结婚的。"方凝说，"我跟人谈恋爱都是以结婚为目的的。"

余科抬手，有点儿不知道怎么解释这件事。

"其实是这样的，"余科说，"要是你的话，咱俩结婚也行。"

"劝你换换措辞，怎么好像我在逼你和我结婚呢？"方凝不乐意了。

"没有，没有，我不是那个意思。"余科赶紧解释，"我之前不想结婚其实很大一部分原因是在跟我爸妈置气。"

"置气？"

"嗯，他俩总催我。"余科说，"要不是他俩整天催我恋爱结婚，我也不至于出来住。"

他告诉方凝："你试想一下，一个星期一共七天，有五天都被安排了相亲活动，比上班还准时——你能不逆反吗？！"

方凝听到这话，实在没忍住笑出声来："你爸妈怎么这么急啊？"

"他们可能担心我跟老沈有一腿。"

方凝笑得更大声了："实不相瞒，我跟陈七安之前也是这么以为的。"

"看吧，也难怪他们这样想。他们估计就是试探我呢。"余科说，"不过我俩真是清白的，我真是无辜的。"

方凝低头浅笑，然后看向了他："所以你其实是可以跟我以结婚为目的交往的？"

"我很认真的，你不要以为我是很轻浮的人。"余科说，"刚才我喝了两杯冰美式才做出的决定。"

说到这里，他又想上厕所了。

"有点儿突然。"方凝咬着嘴唇笑。

"唉，我也觉得有点儿快。不过管他呢，我从来没对哪个姑娘这么惦记过。咱们俩，试试呗。"

"那就试试呗。"方凝笑着看向他，"不合适的话，大不了我们就分手嘛。"

"你倒是很看得开。"

哪儿有刚谈恋爱就想着分手的人哪！

方凝靠在副驾驶座位上笑得不行："人总得看开一点儿，不然怎么活啊？！"

余科想起方凝跟自己讲过的那些过去经历——她的家里重男轻女，父母有多亏待她，来到这座城市之后，她又是如何被人笑话的。

其实在过去的那些日子里，方凝也确实差一点儿就走了歪路。家庭对她的影响太大了，她迫切地想要改变命运却严重受到自身条件限制，于是就开始动歪心思。

好在她及时醒悟，回到了正轨上来。

也好在，她做回自己之后才遇见了眼前这个人。

"那你现在是我的女朋友了吗？"

"是吧。"

"怎么还有个'吧'？去掉！"

方凝坐在车里大笑，笑够了之后说："那男朋友，咱们俩今天怎么庆祝啊？"

"你说，我都听你的。"

"我想吃哈根达斯，"方凝说，"要两个球。"

"那咱就吃！"余科帮她系好安全带，载着她往商场去，"别两个球，咱敞开了吃，哥哥有的是钱！"

方凝攥着安全带，带着笑意看着身边开车的人。

她没想到，自己有一天竟然真的和一个很好的有钱人谈恋爱了。

但是她心里也清楚，就算余科没钱，她一样会喜欢上他。

拜金女的那一页早就翻篇了，现在的方凝是认真为了自己而活的她。

她说："我想考研究生。"

"考！"

"我还想考职业证书。"

"考！"

"我希望以后能顶替我们经理！把他拉下来，我当经理！"

余科笑了起来："顶他！咱们能行！"

两个人在车里互相看了一眼，然后都笑得放肆又畅快。

方凝打开车窗，让风吹进来。

她闭着眼，感受着风拂过脸。她的长发被风吹得扫到了余科的脸颊，余科觉得痒，抬手挠了挠脸。

那一瞬间，余科想：以结婚为目的谈恋爱，有点儿开心啊！

所以，他们什么时候结婚呢？

【全文完】